Tillie Cole est originaire du nord de l'Angleterre, où elle a grandi dans une ferme, entourée des animaux recueillis par sa famille. Titulaire d'un diplôme en sciences des religions, elle a parcouru le monde en compagnie de son mari rugbyman et enseigné les sciences sociales avant de s'installer à Austin au Texas. Elle a écrit de nombreux romans dans des genres très différents, pour les adultes et les jeunes adultes, rencontrant chaque fois un succès retentissant.

Du même auteur, chez Milady :

Hades Hangmen :
1. *Hors-la-loi*
2. *Sans foi ni loi*
3. *La Loi d'attraction*
4. *Au-dessus des lois*
5. *La Loi du silence*

Sweet Home :
1. *Sweet Home*
2. *Sweet Rome*
3. *Sweet Fall*

Les Écorchés :
1. *Ruine*
2. *Tourmente*
3. *Ravage*
4. *Révolte*

CE LIVRE EST ÉGALEMENT DISPONIBLE
AU FORMAT NUMÉRIQUE

www.milady.fr

Tillie Cole

Sweet Home

Sweet Home – 1

Traduit de l'anglais (États-Unis) par Evangéline Caravaggio

Milady

Milady est un label des éditions Bragelonne

Titre original : *Sweet Home*

ISBN : 978-2-8112-2721-0

Bragelonne – Milady
60-62, rue d'Hauteville – 75010 Paris

E-mail : info@milady.fr
Site Internet : www.milady.fr

À mon mari : nous sommes unis depuis l'adolescence,
et tu n'as jamais cessé d'être mon chez-moi.

À notre équipe, les Seahawks de Seattle,
qui m'a inspiré cette histoire.

Aux habitants d'Alabama
– les supporters de la Crimson Tide en particulier –
et à leur accent, sans nul doute le plus classe au monde !

Allez la Tide !

Avertissement

Toutes les fraternités et sororités – ainsi que leur processus d'intégration et d'initiation – présentées dans cet ouvrage sont caricaturées et utilisées de façon purement fictionnelle. Leur description ne se base en rien sur la réalité de leur fonctionnement, et doit donc être considérée comme telle.

Prologue

Angleterre, Durham, Easington
Quatorze ans plus tôt…

— Molly, mon cœur, viens par ici, veux-tu ? J'aimerais te parler.

Mamie est assise dans le salon, sur son vieux fauteuil marron, la tête dans les mains.

Je m'avance en regardant un peu partout dans la pièce. Mon papa n'est pas encore rentré du pub : depuis que la dame effrayante qui passe parfois à la télé a fermé la mine, l'année de ma naissance, il est triste et passe tout son temps là-bas. C'est mamie qui me l'a dit.

Elle lève la tête et m'adresse un sourire tout triste. Ma mamie a le sourire le plus doux au monde, capable d'illuminer une pièce entière… Je l'aime tellement, mamie.

Tandis que je m'approche, je remarque qu'elle tient une vieille photo de maman. Maman est morte à ma naissance : papa et mamie ne supportent pas que je pose des questions à son sujet, alors j'ai fini par arrêter. En revanche, j'embrasse sa photo tous les soirs. Je l'ai placée à côté de mon lit. Mamie m'a dit que maman me voyait le faire depuis le paradis.

— Approche, ma petite Molly-Jolie. Viens donc sur mes genoux, me dit-elle en me faisant signe.

Elle pose la photo sur la moquette rouge à côté d'elle.

J'abandonne sur le sol mon sac à dos rose, vais la rejoindre et saute sur ses genoux. Elle sent la menthe. Elle sent toujours la menthe. C'est pour couvrir l'odeur des cigarettes qu'elle fume en cachette dans l'allée, derrière la maison. Qu'est-ce qu'elle me fait rire à cavaler tous les matins en douce, vêtue de son tablier violet, ses bigoudis roses encore dans ses cheveux gris.

Je pose mes doigts sur sa joue. Elle a l'air préoccupée.

— Qu'est-ce qu'il y a, mamie ?

Elle prend ma petite main dans la sienne, et le froid de sa peau me fait sursauter. Je lui frotte la main du mieux que je peux pour la réchauffer, et l'embrasse sur la joue pour la réconforter. Elle me dit que mes doux baisers ont ce pouvoir de rendre n'importe quel souci plus facile à supporter.

La pièce est si calme. Il n'y a guère que le crépitement des bûches dans l'âtre et le « tic-tac » sonore de l'horloge de papi pour troubler le silence.

Mamie écoute toujours de la musique – de la vieille, très vieille musique – et, souvent, on danse ensemble devant la cheminée. Mais il n'y a pas de musique aujourd'hui, et la maison me semble triste, éteinte…

Je regarde la grande aiguille sur l'horloge : elle est sur le douze. La petite, sur le quatre. Je lutte pour me rappeler ce que nous a expliqué notre institutrice, Mrs Clarke… Je ferme les yeux, fort, et tâche de m'en souvenir… Je les rouvre en hoquetant : il est seize heures ! Oui, c'est ça ! Seize heures ! Papa va bientôt rentrer !

Je me mets à gigoter pour descendre des genoux de mamie et courir à la porte où j'attendrai papa : il me serre toujours dans ses bras et me fait tourbillonner en l'air, avant de me dire que je suis la petite fille la plus mignonne au monde, comme maman avant. C'est mon moment préféré de la journée.

Mais j'ai à peine touché le sol qu'elle m'attrape par le bras.

— Qu'est-ce que tu fais, mamie ? Papa va arriver ! Il a besoin de son gros câlin du jour !

Mamie lâche un profond soupir, et des larmes coulent sur ses joues.

— Pourquoi tu pleures, mamie ? Sois pas triste, s'il te plaît ! Tu veux un gros bisou tout doux ? Ça te ferait du bien, ça, un gros bisou tout doux ?

Mamie me serre contre sa poitrine, si fort que mes lunettes manquent de tomber, et je sens contre ma joue le tissu rugueux de son tablier. Comme ça me chatouille, je grimace pour calmer la démangeaison. Elle me repousse et se met à genoux, si bien que ses yeux mouillés se retrouvent à hauteur des miens.

— Molly, j'ai quelque chose à te dire. Quelque chose qui va te rendre très, très triste. Est-ce que tu comprends ?

— Oui, mamie. J'ai six ans, tu sais, je suis une grande fille, maintenant ! Je comprends beaucoup de choses. Mrs Clarke m'a dit que j'étais la fille la plus intelligente de toute la classe, peut-être même de l'école !

Mamie me sourit, mais ce n'est qu'un rictus feint. Papa me dit toujours que les sourires qui n'éclairent pas le visage tout entier trahissent que la personne n'est pas véritablement heureuse. Les pleins sourires, ça ne se gâche pas selon lui : on ne les utilise que lorsqu'on est vraiment heureux.

— C'est bien vrai, ça, mon cœur, que tu es intelligente. J'avoue que je ne sais pas trop de qui tu tiens ça, d'ailleurs. Tu iras loin. Tu quitteras cette vie de chagrin pour te forger une longue et belle vie ; c'est le destin qui t'attend. C'est ce que ta maman et ton p… papa auraient voulu.

Elle renifle et sort son mouchoir en tissu rose de sa poche. Il est orné de nombreuses roses rouges. J'ai trouvé ce tissu au marché deux semaines auparavant. Nous en avons fait deux mouchoirs : un pour elle et un pour moi. Assortis, comme mamie et moi, m'a-t-elle dit.

Elle se tamponne le nez avec le mouchoir, le regard perdu par la fenêtre. Son regard change, tout à coup, et elle se retourne vers moi.

— Maintenant, Molly, il va falloir que tu prennes une grande inspiration, comme je te l'ai appris, tu veux bien ?

J'acquiesce, inspire cinq longues secondes par le nez, bloque mon diaphragme, puis expire par la bouche cinq secondes de plus.

— C'est bien, mon cœur, me félicite-t-elle en me caressant la joue du pouce.

— Mamie ? Il est où papa ? Il est en retard. Il est jamais en retard d'habitude.

Il m'accueille toujours après l'école. Il empeste la bière, mais c'est son odeur à lui, toujours la même, tout le temps. Sans elle, papa, ce ne serait pas vraiment papa.

— Molly, il est arrivé quelque chose à papa, aujourd'hui, m'a-t-elle dit d'une voix chevrotante.

— Il est malade ? Il faut qu'on lui fasse du thé pour quand il rentrera ? Le thé, ça peut tout soigner ! Pas vrai, mamie ? Tu dis toujours que le thé, ça peut tout soigner.

Mais son regard inhabituel fait naître en moi une sensation étrange, comme un tourbillon dans mon ventre. Sa lèvre inférieure frémit, et elle détourne les yeux.

— Non, ma chérie. Inutile de faire du thé, cette fois-ci. Vois-tu… Dieu a décidé d'inviter ton papa à le rejoindre au paradis. Il s'est envolé avec les anges.

Je lève la tête et scrute le plafond. On m'a expliqué que Dieu vit haut dans le ciel, bien au-delà de ce plafond, mais, malgré tous mes efforts, je ne l'ai jamais vu.

— Pourquoi Dieu nous a enlevé papa ? On a été méchants ? J'ai fait trop de bêtises ? C'est pour ça que Dieu veut pas que j'aie une maman et un papa ?

Mamie m'attire tout contre elle.

— Non, Molly-Jolie, me dit-elle, le nez dans mes longs cheveux châtains. Dieu n'aimait pas voir combien l'absence de ta maman le rendait triste, alors il a décidé de les réunir.

Il savait que tu étais assez forte et courageuse pour vivre sans eux.

J'y ai réfléchi en suçant mon pouce. Je suce toujours mon pouce quand je suis stressée ou que j'ai peur.

Mamie écarte une mèche de cheveux tombée devant mon visage.

— N'oublie jamais ça : aucun couple en ce monde ne s'aimait aussi fort que ta maman et ton papa. Quand ta maman est morte, ton papa ne savait plus comment il était censé vivre sa vie : il t'aimait plus que tout, mais il aimait aussi maman. Quand la dame de la télé a…

— Margaret Thatcher ?

On nous a parlé d'elle à l'école. Dans ma ville, les gens ne l'aiment pas beaucoup. Ils la traitent même de tous les noms. Elle a rendu beaucoup de gens très tristes.

Mamie me sourit.

— Oui, Margaret Thatcher. Lorsque Mme Thatcher a imposé la fermeture des mines, ton papa a perdu son travail, et cela l'a rendu très, très triste. Pendant longtemps, il a essayé de trouver un moyen de gagner de l'argent pour nous acheter une plus belle maison, mais comme il n'avait jamais travaillé qu'à la mine, il ne savait pas faire grand-chose d'autre… (Elle ferme les yeux.) Ton papa est mort, aujourd'hui, mon cœur. Il est au paradis, et il ne reviendra pas.

Je sens ma lèvre inférieure se mettre à trembler, et mes yeux se remplissent de larmes.

— Je veux pas qu'il s'en aille au ciel, moi ! On peut demander à Dieu de nous le rendre ? On va faire quoi sans lui ?

J'ai l'impression qu'une vague de plomb m'emplit la poitrine. La respiration pesante, je prends la main de mamie. D'une voix éraillée, je lui demande :

— On n'est plus que toutes les deux, hein, mamie ? J'ai plus que toi, moi. Et si Dieu te prend, toi aussi, hein ? Je veux pas être toute seule ! J'ai peur, mamie… (Un sanglot me déchire la gorge.) Je veux pas être toute seule !

— Molly…, me murmure mamie en me serrant fort contre elle.

Nous tombons à genoux, et nous pleurons longuement devant la cheminée.

Mon papa est mort.

Mon papa est au paradis.

Et jamais, plus jamais, il ne reviendra.

Chapitre premier

États-Unis, Tuscaloosa, université d'Alabama
Aujourd'hui

Je suis à la bourre, merde !

Je traverse au pas de course le campus de l'université d'Alabama, le souffle court, redoublant d'efforts pour ne pas m'étaler devant tout le monde.

J'ai les bras chargés des photocopies du programme de philo qu'on m'a réclamées il y a une heure : ma première tâche en tant qu'aide-enseignant.

Le cours était sur le point de commencer, mais ma malchance – aussi proverbiale qu'implacable – a voulu que la photocopieuse de la salle de reprographie tombe en panne au beau milieu de ma session avec une sorte de chant du cygne pathétique : un sifflement suraigu, suivi d'un toussotement enfumé.

La salle se trouvant de l'autre côté du campus, je me vois obligée de cavaler, chaussée de mes Crocs orange faites pour tout sauf le sport, à travers l'immense cour universitaire sous le soleil de plomb typique de Tuscaloosa, une géhenne que jalouseraient les Enfers. Un temps habituel par ici.

J'observe mon reflet à la hâte dans une porte vitrée : alerte… Alerte rouge !

Mes cheveux châtains n'ont rien à envier aux poils crépus d'un caniche, la sueur sur mon nez encourage mes lunettes à large monture noire – ce modèle cher à la sécurité sociale britannique – à bondir en kamikaze loin de mon visage, et ma tenue, un short-salopette en jean sur un tee-shirt blanc, me fait l'effet d'un autocuiseur lancé à plein régime.

Le ciel uniformément gris de l'Angleterre ne m'a jamais autant manqué…

Tout semble aller de travers, aujourd'hui : avant la photocopieuse défectueuse, dans la série de mes tristes infortunes, j'ai eu droit ce matin au harcèlement de mes amies, hystériques de profession.

* * *

— La toge ! La toge ! La toge ! scande Lexi.

Cass et elle sont assises sur mon lit, hilares, tandis que je désespère dans ma toge de fortune. Déchaînées, elles battent l'air du poing en rythme, martelant chaque syllabe de cris d'animaux.

— J'ai l'air affreuse, là-dedans…, protesté-je en tentant d'arranger le drap pour qu'il couvre les parties de mon corps théoriquement intimes.

— T'es une vraie bombe, ouais ! T'as des nichons de ouf, tout beaux tout ronds ! me complimente Cass en faisant mine de me peloter. Honnêtement, Molly, je suis pas du genre broute-gazon, mais quand je te vois sapée comme ça, je serais prête à faire une exception. T'as des courbes à croquer, poulette !

Je lève les yeux au ciel, feignant d'être outrée.

— Cass ! T'es obligée de parler comme ça ?

— Hé, respire, chérie ! T'es canon, là : tu viens ce soir, et pas moyen de te défiler ! M'oblige pas à te traîner là-bas… Tu sais que je n'hésiterai pas.

— Mais…

— Mais, mon cul ! On t'a promis une vie d'étudiante délire pour te changer de la routine merdique dans laquelle tu t'encrassais en Angleterre, et c'est ce soir que la grande aventure commence !

— Hé, c'était pas si nase que ça, Oxford! Et puis, elle me promet quoi, votre aventure? Déjà que j'ai dû rejoindre une foutue sororité... C'est quoi, la suite? Des cocktails de médocs? Des sorties de boîte saoules à en finir le nez dans le caniveau?

— Si tu y tiens, on peut organiser ça, mais pour l'instant, le programme prévoit surtout beaucoup de mecs, du cul, des orgies, des orgasmes... Oh, et des ateliers découverte de ton point G! Enfin, tu vois, le genre de choses pour lesquelles on s'inscrit vraiment à la fac, quoi..., m'explique Cass, on ne peut plus sérieuse.

— Je me suis inscrite à la fac pour étudier, pas pour jouer les vide-bourses pour le compte d'ivrognes des fraternités!

Cass éclate de rire.

— Si tu le dis, poupée! On verra ce que t'en diras quand un étalon te broutera la foufoune comme s'il y cherchait ses clés!

Sachant que Cass aura toujours le dernier mot, je me laisse choir sur le coussin moelleux de mon fauteuil et me prends la tête à deux mains.

— Dans quoi je vous ai laissées m'embarquer...

— Dans le plus grand kif de toute ta vie, me répond Lexi sur le ton d'un grand sage.

Je lève la tête et épie à travers mes doigts les deux dingues moqueuses dont j'ai hérité comme amies, et qui me regardent d'un air amusé.

— Je vais pas pouvoir y échapper, à cette foutue soirée, hein?

Lexi descend du lit, vient s'asseoir sur mes genoux et passe ses bras à mon cou.

— Tu crois que tu vas réussir à nous poser un lapin? Tu fais partie du gang, maintenant!

J'esquisse un sourire forcé.

— J'ai bien l'impression, oui...

Cass nous rejoint sur le fauteuil, ajoutant au poids de Lexi: écrasée sous elles, je pousse un petit couinement.

— Allez, enlève-moi cette toge, que je la couse pendant que tu es en cours. À ton retour, on sonnera le début des bacchanales…

* * *

Comme le veut la formule : « jamais deux sans trois ». Ça marche même pour les tuiles.

Je m'en suis déjà payé deux, donc… encore une à prévoir.

Déjà à bout de forces, je continue pourtant à cavaler comme une folle. Je passe la double porte qui ouvre sur la faculté des sciences humaines, longe les amphis et me dirige droit vers la classe du professeur Ross, l'esprit hanté par des images de toges facétieuses dansant avec frénésie.

Perdue dans mes pensées, je ne remarque pas le groupe d'étudiantes qui vient à ma rencontre, derrière le coin du couloir. La rouquine aux lèvres saturées de gloss qui mène la troupe s'assure que je ne les manque pas en me rentrant sciemment dedans. Aussitôt, mes feuilles m'échappent et se répandent sur le sol de dalles blanches.

— Oups ! lâche-t-elle en peste diplômée. Attention où tu vas, chérie… Tu devrais t'acheter des loupes un peu plus épaisses, tu crois pas ?

OK, donc, ça, c'est la troisième tuile…

Je m'agenouille sans relever la tête, quand j'entends un rire gras et moqueur qui m'est de toute évidence adressé. J'ai la sensation soudaine d'être de retour au lycée, où les gosses populaires prenaient un malin plaisir à persécuter les intellos. Je n'osais pas leur tenir tête et avais pris l'habitude de ne pas relever leurs moqueries sur mes fringues au rabais, mon manque d'argent ou autre…

Je me contente de maugréer et me mets à empiler à la va-vite les papiers éparpillés sur le sol.

La porte de l'amphi proche se referme dans un cliquetis sonore.

— Merde ! Bande de connes…

Rendue téméraire par la sécurité que m'offre la solitude, j'ai parlé un peu plus fort que je le pensais, et l'injure résonne jusqu'au fond du large couloir comme dans une immense caverne. Je frémis.

Je ne jure pas souvent, mais là, c'était à mon avis justifié. En tout cas, l'effet cathartique était au rendez-vous… Dans le grand monde académique, riche d'un vocabulaire précieux, le mot « merde » est parfois le plus parlant.

Je ramasse la pile instable de polycopiés, secoue la tête et me relève : c'est ce moment que choisissent mes foutues lunettes pour glisser le long de mon nez et se fracasser sur le sol.

Je soupire, abattue. J'aurais mieux fait de rester couchée, ce matin…

Un petit rire derrière moi me fait sursauter, puis une main amicale m'attrape par le bras, me retourne et replace les lunettes sur mon nez.

Je papillonne des paupières. Lorsque ma vue redevient nette, je me rends compte que je suis nez à nez avec un torse musculeux recouvert d'un débardeur carmin sans manches, sur lequel est inscrit en blanc : « Football[1] – Crimson Tide ».

— Ça va mieux, comme ça ?

Je traque l'origine de la voix grave au fort accent du Sud et découvre devant moi un beau gosse typique de l'Alabama : longs cheveux châtain clair qui tombent sur les joues, des yeux d'un brun sombre ornés de longs cils. Il est immense à côté de mon mètre soixante-cinq. Il doit bien faire son mètre quatre-vingt-dix…

Je déglutis.

Il est à tomber.

De très, très haut.

---

1. Dans ce roman, « football » désigne le football américain (*NdT*).

Je secoue la tête pour recouvrer mes esprits, récupère les feuilles qu'il a dans les mains, et essaie de passer mon chemin en le contournant : j'ai besoin de prendre mes distances, sans quoi je risque de perdre le peu d'assurance et de dignité qu'il me reste… si ce début de journée m'en a épargné. Lorsque je passe à côté de lui, Mr Crimson Tide m'attrape le poignet.

— Hé, ça va ?

J'essaie de me détendre et de rester polie – après tout, il m'est venu en aide –, mais je suis à fleur de peau, et le contact de sa main puissante et calleuse ne fait que me troubler davantage. Mais je me ressaisis et décide de mettre mon trouble naissant sur le compte d'une déshydratation passagère, ou d'une crise inopinée de *togeophobie*…

Les épaules tombantes, je me résigne à lui répondre.

— Ça va…

— Sûre ?

Je lève le regard vers lui, croise ses délicieux yeux bruns aux iris mouchetés de minuscules taches bleu-noir, et souffle de dépit.

— Ça t'est déjà arrivé de vivre une journée où le moindre truc vire au foutu cauchemar ?

J'insiste bien sur les deux derniers mots.

Il lâche un soupir sonore, et l'amusement qui se lit dans ses yeux contraste avec sa moue dépitée.

— Ouaip. Aujourd'hui, pour tout dire.

Je ne peux m'empêcher d'esquisser un sourire.

— Bienvenue au club ! Merci d'avoir pris le temps de me donner un coup de main, le remercié-je en plaquant contre moi mon tas de feuilles désordonnées. C'est très gentil.

Visiblement touché par ma fébrilité, il croise ses bras bronzés et musculeux. Son torse n'est pas moins impressionnant.

— Gentil ? C'est pas souvent qu'on me définit comme ça…

Sur ces mots, il s'en va, me laissant seule dans l'immense couloir.

Je me retourne pour filer en cours, lorsqu'il me jette un dernier regard par-dessus son épaule.

— Moi, c'est Rome.

— Molly, lancé-je précipitamment.

Rome acquiesce lentement et laisse traîner ses incisives sur sa lèvre inférieure en me toisant d'un regard d'une intensité troublante... Après quoi, sans rien ajouter, il entre dans la salle où se tient le cours de philosophie.

Je prends quelques secondes pour me ressaisir, puis pousse la porte de la salle de l'épaule : aussitôt, plusieurs paires d'yeux se tournent vers moi. Je continue d'avancer, avec la sensation désagréable de me payer une entrée en scène désastreuse à la Bridget Jones.

Mrs Ross m'adresse un regard sévère. Je m'approche de son bureau en grimaçant, y dépose les programmes polycopiés et me mets à me tortiller les doigts avec nervosité, embarrassée à l'extrême. Elle m'ordonne d'un geste de venir me poster à côté d'elle, derrière le pupitre. Je m'exécute, puis lève la tête vers les étudiants, qui assistent en direct au suicide social de la petite Britannique tout juste débarquée dans le grand monde.

Le professeur me désigne du doigt et se met à parler avec cet accent distingué que n'aurait pas renié la reine d'Angleterre. Avec son tailleur en tweed marron, ses cheveux gris tirés en chignon banane et ses minuscules lunettes en demi-lunes, elle a tout d'une vieille enseignante d'internat.

— J'aimerais vous présenter Molly. Comme moi, Molly vient d'Angleterre. Elle a accepté de travailler à son master au sein de cet illustre établissement, en plus de tenir les rôles conjoints d'assistante de recherches pour une série d'articles que j'écris dans un journal universitaire, et d'aide-enseignant dans le cadre de ce cours. Je connais Molly depuis plusieurs années et n'aurais pu espérer meilleure accompagnante durant mon année sabbatique aux États-Unis. Comme vous le découvrirez bientôt, c'est une jeune femme d'exception.

Mrs Ross fait un pas de côté et, d'un geste de main, me fait signe de m'adresser à la classe.

— Molly ? Peut-être as-tu quelque chose à dire à tes nouveaux camarades.

Je prends une inspiration profonde, m'avance jusqu'au pupitre et lève vers les étudiants un regard mal assuré.

— Bonjour, tout le monde ! Comme le professeur Ross vient de le dire, j'ai quitté l'Angleterre pour l'Alabama. Je travaille actuellement à un mémoire de master en philosophie, en prévision, l'année prochaine, d'un doctorat avec lequel je pourrai, comme je l'espère, devenir professeur.

Je balaie les rangées d'étudiants du regard. Ils sont une trentaine dans le petit amphi.

— Je me suis toujours passionnée pour la philosophie religieuse, et ne pourrais être plus heureuse d'aider le professeur Ross durant ses cours magistraux. Sans compter que je suis ravie d'avoir une chance de pouvoir rendre le petit monde merveilleux de la philosophie un peu plus attrayant ! Je serais heureuse de répondre à la moindre de vos questions concernant…

— Moi, j'ai une question.

Je me retourne en direction de la voix et découvre que l'étudiante qui m'a interrompue n'est autre que la jeune femme rousse du couloir… Fait notable : elle est assise à côté de Rome.

— Faut être un peu barré pour vouloir devenir prof de philo, non ? Pourquoi tu veux faire un truc aussi assommant ?

Je commence à avoir l'habitude qu'on me pose la question.

— Pourquoi pas ? Tout, dans notre vie, sur notre planète, mérite qu'on y réfléchisse : pourquoi est-ce que cela existe ? Quel est l'intérêt de ceci ? J'ai toujours été inspirée et intriguée par les mystères de la vie et de l'univers. L'immensité de notre ignorance me fascine, et j'adore m'immerger dans les périples académiques des scientifiques historiques et actuels.

Elle pouffe.

— T'as quel âge, chérie ?

— Eh bien… Vingt ans.

Je regarde avec nervosité les étudiants réunis dans l'amphi, et découvre nombre de regards éberlués qui me dévisagent.

— Vingt ans ! Et t'es déjà en fin de master ?

— Oui, j'ai… Je suis rentrée à l'université avec un an d'avance. Je m'en sortais bien au lycée.

— La vache, ma fille, va falloir arrêter d'être sérieuse et commencer à vivre un peu… Y a pas que les études dans la vie : faut s'éclater ! Lâche-toi, merde ! (Elle secoue la tête, dépitée, ses cheveux suivant le mouvement avec grâce.) Je crois que je comprendrai jamais les filles comme toi…

Plusieurs étudiants remuent sur leur siège, manifestement mal à l'aise devant ces remarques d'une naïveté confondante. La rouquine, pourtant, semble visiblement fière d'elle. De toute évidence, elle a l'impression d'avoir parfaitement réussi à me tourner une fois de plus en ridicule.

— Les filles comme moi ?

Je ne peux dissimuler l'agacement dans ma voix. Elle m'adresse un sourire de garce, et une parure de facettes blanc-perle hors de prix manque de m'aveugler.

— Les rats de bibliothèque, les *nerds*… Les nanas qui veulent devenir maîtres de conf', quoi !

Je fronce les sourcils et tâche de garder l'attitude la plus professionnelle possible. Et puis, comme son ton de petite péteuse m'agace au point que j'en martyrise le bois du pupitre, je décide finalement d'adresser un joli doigt d'honneur au professionnalisme. J'ai eu une journée merdique – et ce sera l'apothéose ce soir –, alors je décide d'amortir pleinement cette virée en enfer, en m'assurant de bien enfoncer le clou.

— Je pense que l'étude et le savoir donnent accès à davantage d'influence et de pouvoir que l'argent, le statut social ou la marque de nos vêtements.

— Sans déconner ? C'est vraiment ce que tu penses ?

— Bien sûr. Rester ouvert à d'autres possibles, apprendre le fonctionnement d'autres croyances et de cultures qui nous sont étrangères, offre une compréhension de l'âme humaine bien plus riche et holistique. La philosophie permet une réflexion sur nombre de questions d'importance : pourquoi certaines personnes vivent-elles sans heurts toute leur vie, sans jamais faire montre de la moindre compassion, alors que d'autres – généreuses, bienveillantes et honnêtes – subissent revers après revers ? Pourquoi ces dernières trouvent-elles en elles la force de continuer ? Ne penses-tu pas que s'il existait davantage de personnes conscientes des maux de l'humanité, nous vivrions dans un monde meilleur ?

La rouquine balaie ses cheveux d'une main nerveuse sans répondre à ma question. Le regard rivé dans le mien, elle pince ses lèvres rubicondes dans un rictus agacé.

— Voilà pourquoi je préfère étudier plutôt que me saouler tous les soirs. Le monde mérite de compter davantage de gens qui pensent plus aux autres qu'à eux-mêmes, et qui s'efforcent de se montrer chaque jour moins égoïstes et attachés au superficiel. (Je lui jette un regard noir et poursuis d'une voix faussement amicale.) J'espère que cela t'aura aidée à comprendre un peu ce pour quoi j'aimerais devenir enseignante. C'est ma vision des choses, ma conviction, et j'en suis extrêmement fière.

— Hou, putain, Shelly, elle t'a mis la misère, là…, marmonne une voix bourrue.

Le silence pesant est aussitôt rompu par un éclat de rire général. Je relève la tête d'un coup sec en reconnaissant la voix de Rome : avachi dans son siège, les pieds sur sa table, il pouffe de sa remarque, en chœur avec les étudiants hilares. Je sens aussitôt une vague de satisfaction me réchauffer le ventre.

Shelly en reste bouche bée.

— Et puis merde, fais comme tu veux : mais c'est pas comme ça que tu vas faire ton trou ici, chérie !

Le professeur Ross me tapote l'épaule et me murmure de distribuer les polycopiés avant que le cours se termine. Rien qu'à son ton, je comprends que mon comportement l'a agacée.

Je vais aussitôt récupérer les papiers sur le bureau en chêne. Pendant ce temps, Mrs Ross explique à l'assemblée comment elle notera les copies tout au long de l'année et détaille ses attentes en matière de comportement et de résultats.

Lorsque j'arrive au dernier rang, Rome m'observe de façon insistante, une lueur troublante dans le regard. Il m'accueille d'un hochement de tête, une expression inflexible sur le visage. En retour, je lui adresse un sourire timide.

Shelly se rapproche de lui sans me quitter des yeux. Si j'en crois sa position – ses jambes repliées contre les siennes, sa poitrine généreuse lui caressant le bras –, elle et Rome sont un peu plus que camarades de classe. Je m'apprête à tendre la dernière feuille à Shelly, lorsqu'elle m'interpelle d'une voix moqueuse.

— Jolies chaussures, Molly. Les aspirants profs de philo ont tous des goûts vestimentaires aussi inspirés ?

Une poignée d'étudiants pouffent à mes dépens.

Je baisse les yeux vers mes Crocs bon marché, puis vers ses élégantes sandales romaines dorées probablement hors de prix, avant de laisser filer un petit soupir défait.

Rome repousse soudain la jambe de la jeune femme qui touche la sienne.

— Hé, lâche-la un peu, Shel'. T'es vraiment obligée de jouer la garce à plein temps, bordel ?

Sa remarque fait taire la classe entière. Son air de type à qui on ne cherche pas des noises pousse même tous les étudiants à se détourner de l'Anglaise mal assortie que je suis. Ils se tassent dans leur siège par crainte d'attirer son attention.

Shelly croise les bras et prend une moue boudeuse.

Rome snobe sa réaction puérile et se tourne de nouveau vers moi en levant légèrement le menton.

— Tu penses vraiment ce que tu viens de dire ?

— Quel passage en particulier ?

Il s'agite sur son siège comme s'il était soudain mal à l'aise, et passe une main dans ses cheveux châtains en désordre.

— Quand t'as parlé de l'injustice de la vie. Du fait qu'la philo pouvait expliquer pourquoi des gens bouffaient de la merde toute leur vie et pas d'autres.

— Oui, je le pense. Je l'affirme même haut et fort.

Il hoche lentement la tête en se mordillant la lèvre inférieure, l'air presque impressionné, et j'en profite pour me retourner en hâte, et trotter jusqu'à mon bureau d'assistante sur le côté de l'amphi. Je me laisse tomber sur ma chaise, et garde la tête basse tandis que Mrs Ross annonce la fin du cours.

— Molly.

Lorsque je relève la tête, le professeur se tient devant moi, un air désapprobateur sur son visage aux rides sévères.

— Tu peux m'expliquer ce qui vient de se passer, je te prie ? C'était tout à fait hors de propos.

— Suzy, je…

— Hmm, c'est « madame Ross » quand on est en cours, Molly. Qu'est-ce qui t'est passé par la tête ?

— Désolée, m'excusé-je en grimaçant. Je suis totalement perdue depuis ce matin…

— Cela ne répond pas à ma question.

En plus de sa déception devant mon manque de professionnalisme, je peux lire une pointe d'inquiétude dans son regard inflexible.

Je soupire.

— Sale journée, rien de plus. Ça ne se reproduira plus.

Suzy laisse tomber ses bras le long du corps, navrée : elle m'a déjà pardonné ma bévue.

— Ne laisse personne te dérouter : ni ce genre de jeune femme, ni qui que ce soit d'autre. Tu n'as pas à t'excuser d'être toi.

Un sourire soulagé illumine mon visage.

— Merci. Je m'en souviendrai… C'est juste qu'elle… Je ne sais pas pourquoi, mais elle a réussi à me taper sur le système.

— J'ai bien vu, oui. Mais, la prochaine fois, fais abstraction. Laisse couler. (J'acquiesce.) Tu peux rentrer chez toi, si tu veux.

— Merci.

J'attrape mon cartable en cuir brun accroché au dossier de ma chaise et sors de l'amphi.

J'aperçois Rome dans le couloir. Une fille blonde, très mince, lui a passé les bras au cou et plaque sa poitrine contre son maillot rouge, celui de l'équipe de foot. D'après ce que je peux en déduire de son air exaspéré, il semble essayer de la repousser.

Je m'arrête en plein élan et me raidis, affreusement embarrassée.

— Mais… mais… pourquoi ? C'est la première fois que tu me dis non ! gémit la blonde en abandonnant à contrecœur le cou de Rome, avant de croiser les bras, rageuse, et de frapper le sol de sa chaussure crème à semelle compensée.

— Les temps changent, déclare Rome d'un ton sec en la repoussant loin de lui.

— Les temps, ouais… mais toi ? Depuis quand tu changes ?

— Depuis maintenant, fais pas chier, merde ! Je me passerai très bien de tes services : tu peux disposer.

La blonde pousse un cri d'indignation avant de tourner les talons. Rome, lui, se passe une main sur le visage et, l'air dérouté au possible, plaque le front contre le mur.

Je profite de ce qu'il a le dos tourné pour le dépasser en silence, les yeux rivés au sol, ne reprenant ma respiration qu'une fois à bonne distance.

Tandis que je franchis les portes de l'établissement pour m'exposer au franc soleil estival, je ressens malgré moi une pointe de déception à l'idée que Rome est, de toute évidence, le stéréotype du tombeur qui se joue de ses conquêtes… Le *bad boy* typique.

Vu ses atouts physiques, je ne peux pas dire que cela m'étonne…

Chapitre 2

— Redites-moi pourquoi je me balade vêtue d'un drap blanc qui ne doit pas cacher plus de trois centimètres carrés de mes seins et de mes fesses ? lancé-je à mes amies, un peu plus fort que je l'aurais voulu, alors que nous nous rendons à la soirée d'initiation tant redoutée de la sororité que j'ai prétendument choisie.

Lexi s'arrête subitement et me tire par le bras pour que je me retrouve face à elle.

— Parce qu'il est hors de question que je ne devienne pas pom-pom girl, cette année, merde ! Cette sororité, c'est le meilleur moyen d'y arriver : c'est la pom-pom-pouffe en chef qui la dirige, et je compte bien faire copine-copine avec elle pour arriver à mes fins. J'ai essayé trois ans sans être membre : nada ! Cette année, c'est ma dernière chance d'y arriver, alors boucle-la et direction la soirée.

— Je te l'ai déjà dit et je te le répète : on est trop vieilles pour ces conneries ! On est en quatrième année, en fin d'études ! Pourquoi est-ce qu'elles voudraient de nous dans leur petit club ?

— Parce que, merde ! lâche-t-elle, exaspérée. Parce qu'elles n'ont pas rempli leurs quotas d'étudiantes étrangères ou en fin d'études : nous, quoi !

Un rictus se dessine sur son visage d'une pâleur troublante.

Lexi est une petite goth d'un mètre cinquante à la silhouette svelte. Avec sa coupe à la garçonne brune, son fond de teint blanc neige et le khôl noir dont elle pare ses yeux et ses lèvres, elle est l'antithèse absolue de la pom-pom girl, mais n'en entretient pas moins ce rêve presque absurde de se retrouver un jour au sommet d'une pyramide humaine à la mi-temps d'un match.

Moi, pauvre coloc, je ne suis là que pour la soutenir dans sa folle entreprise. Cass aussi, bien sûr : la joyeuse Texane blonde de cent trente kilos traîne quelques pas derrière nous, traquant les garçons qu'elle se mettra ce soir sous la dent. Comme toujours, Cass porte son Stetson blanc et ses santiags noires, en plus de la toge obligatoire pour l'initiation : trop serrée, elle lui donne des airs de polochon.

Quand je nous vois toutes les trois, je ne peux m'empêcher de me dire que nous ferons un peu tache parmi la tripotée de filles du Sud belles et athlétiques qui nous attendent de l'autre côté de la grande porte blanche.

Durant ma première semaine ici, soit la semaine du recrutement pour les sororités, une jolie brune hystérique nous a jeté le grappin dessus – j'entends par là qu'elle nous a badgées sans sommation –, puis, après plusieurs semaines de sélection, on nous a fait savoir que nous devions nous rendre à la cérémonie d'intronisation officielle de ce soir.

Lexi a aussitôt interprété cela comme un signe de la part de la munificente divinité tutélaire des pom-pom girls.

Personnellement, j'y ai davantage vu un châtiment cruel et particulièrement tordu.

Cass se place devant Lexi et moi.

—Bon, les meufs : cette fête, on y va ou on se tripote ? J'ai hâte de voir les saucisses de taureau à la vente. J'ai l'pain à hot-dog qui n'attend que d'être fourré ! lance-t-elle en se frappant l'entrejambe pour appuyer son propos.

Quand je suis arrivée, un mois plus tôt, la seule chambre disponible sur le campus était la leur. Je les ai tout de suite adorées, toutes les deux : pas de faux-semblants, pas d'atouts physiques flagrants, mais une fierté folle d'être ce qu'elles sont. Elles m'ont prise sous leurs ailes de filles du pays, et nous sommes aussitôt devenues amies. Pour autant, lorsque j'ai rencontré mes bonnes fées, je ne me suis pas rendu compte que notre nouvelle devise – « Une pour toutes, et toutes pour une » – me vaudrait de me retrouver enrubannée dans du coton Walmart premier prix dans le seul et unique but d'aider une reine de beauté *emo* à devenir la glorieuse pom-pom de ses rêves.

En résumé, je suis passée d'une vie de solitude marquée par des sessions de dix-huit heures à la bibliothèque et l'exubérance de l'argenterie des dîners à Oxford, à celle d'étudiante tentant de faire passer un vieux drap blanc pour une toge de la Rome antique.

En vain, d'ailleurs.

Un vieux drap blanc, ça reste un vieux drap blanc.

Cass tire une petite flasque d'alcool jusqu'ici dissimulée dans les replis de sa toge ultra-serrée et en descend une longue gorgée.

— Yiihaa ! Ça arrache ! s'écrie-t-elle en frappant sa cuisse généreuse de la main.

Elle se passe la langue sur les dents pour savourer jusqu'à la dernière goutte de la gnôle, puis tend la flasque à Lexi qui, après en avoir englouti une lampée, se met à danser sur place en couinant et en secouant les bras. Je me risque également à une gorgée timide et sens aussitôt mes yeux s'exorbiter.

— La vache, Cass ! Comment tu peux avaler un truc pareil ? craché-je en me passant une main le long du cou pour tenter d'apaiser l'incendie qui me ravage la gorge.

Cass a transformé une partie de sa salle de bains en distillerie clandestine, et elle raffole du fruit de son délit.

— Tu te fous de moi ? C'est du lolo tout droit sorti des tétés de mamoune, ça ! Et le coup de jus que ça te file : le kif ! Gzzzzzzzzz ! lance-t-elle en singeant une électrocution, avant de sortir son tabac à chiquer de sa planque et de le caler dans sa bajoue.

Je lève les yeux au ciel devant le cliché rétrograde qu'est notre Cass nationale, et lui rends la flasque. Puis, les bras scellés tels les maillons d'une chaîne indestructible, nous franchissons sans faillir les portes de l'enfer.

* * *

Le foyer de la sororité Delta Epsilon Nu Omega… Bêta… Pipi Kappa – pourquoi pas ? – est gigantesque. Un immense escalier en chêne domine l'entrée de la bâtisse de briques rouges, et les lustres au plafond semblent avoir été empruntés au château de Versailles.

Dès notre arrivée, des filles de la sororité nous guident comme du bétail jusque dans une petite salle bondée, bouillonnante d'excitation : on vient d'annoncer l'arrivée imminente de la quasi divine présidente. Le fait qu'une seule personne puisse susciter autant d'hystérie me sidère.

Les sœurs réclament le silence et, tandis que l'une d'elles tambourine des mains sur une table, la présidente franchit une double porte dans une entrée en scène d'une solennité irréelle, prête à ordonner le début des festivités.

Je me raidis aussitôt : c'est Shelly, apprêtée à l'extrême et vêtue d'une robe jaune aussi moulante que courte. Très courte.

— Bienvenue, recrues : vous êtes ici ce soir pour vivre la dernière étape de votre intronisation au sein de cette illustre et estimée sororité. Vous toutes, ici, ferez bientôt partie d'une sororité soudée, d'une famille qui, en plus de vous soutenir durant vos années universitaires, sera la vôtre pour le restant de vos jours. (Elle se met à parader devant l'assemblée.) Ce soir, vous allez vous éclater comme jamais, mais avant que la fête commence, nous avons décidé de vous soumettre à une petite épreuve, pour que vous nous prouviez votre désir indéfectible de nous rejoindre.

Son sourire narquois m'emplit d'appréhension, et ma gorge se serre.

— C'est un gage aussi simple que rapide, annonce-t-elle en s'arrêtant près d'une table recouverte d'un drap noir.

Là, elle glousse et retire le drap, révélant la surprise qu'elle nous réservait : de longues rangées de bandeaux.

Shelly se pavane devant chacune de ses victimes, nous jaugeant tour à tour de ses yeux de fouine… Lorsque son regard se pose sur moi, c'est presque imperceptible, mais j'ai le sentiment qu'il se durcit.

— Molly, tiens donc… Qu'est-ce que tu fais ici ? Je pensais que tu trouverais ce genre de trucs pathétiques. Ça t'amuse, en fait ? Hmm ? Tu t'es peut-être dit que rejoindre une sororité t'aiderait à mieux comprendre la nature humaine ?

Je ferme les yeux, expire lentement et fais mine de ne pas remarquer les regards interrogateurs de Cass et Lexi.

Je hais cette fille.

Shelly m'adresse un sourire narquois doublé d'un rire cristallin, avant de poursuivre sa prestation.

— Pour cette épreuve d'initiation, nous avons fait appel à des membres d'une fraternité amie. Les yeux bandés, vous devrez embrasser – avec la langue, ça va de soi – l'un de nos frères grecs, et deviner ce qu'il vient de manger. C'est un maigre prix à payer pour nous prouver votre envie de nous rejoindre, et ça nous promet à toutes de belles tranches de rire !

Elle se tourne vers ses consœurs : ses cheveux, dignes d'une publicité pour un shampoing haut de gamme, s'envolent avec une grâce insolente, et toutes se mettent à pouffer.

Connasse.

Tout ça n'augure rien de bon.

J'attrape Lexi par le bras et me penche à son oreille.

— Tu m'avais pas dit que le bizutage était interdit depuis je ne sais trop quel scandale ? Non mais tu as vu les bandeaux ? C'est l'humiliation ultime assurée ! C'est pas du bizutage, ça ? C'est trop pour moi, Lexi… Je pourrai jamais faire un truc pareil.

Lexi dégaine son regard de chien battu aux yeux cernés de noir.

— Pitié, Molly, fais-le pour moi… Et puis, c'est pas du bizutage trash, non plus, merde : suffit d'embrasser un type !

Je baisse la tête et laisse échapper un petit grognement frustré. Inutile de lutter : ce serait l'assurance d'une crise de larmes culpabilisante au possible.

— Là, tu vas m'en devoir une belle, Lex !

— Avancez jusqu'à la table et prenez chacune un bandeau, annonce Shelly d'une voix guillerette. Nous vous placerons ensuite en ligne et ferons entrer les garçons.

Un plaisir sadique manifeste transparaît dans sa voix. Nous nous exécutons et, quelques minutes plus tard, j'entends le cliquetis de la porte qui s'ouvre et les bruits de pas des nouveaux arrivants. Je perçois une présence devant moi et réprime un haut-le-cœur en sentant l'odeur ignoble que dégage le type : il a bu de l'alcool fort, et son odeur corporelle est répugnante.

Ça me dégoûte.

— Quand je vous tape sur l'épaule, vous galochez, et si vous devinez ce qu'a bouffé votre apollon, vous êtes des nôtres ! Plutôt simple, non ?

Je comprends que je suis la dernière de la ligne, car quand je lève la main sur le côté, elle ne rencontre aucun obstacle.

Je suis la dernière recrue : la dernière qui passera à la casserole…

J'entends clairement les joutes de langues poisseuses et les suppositions des filles qui, bientôt, noient la pièce entière, accompagnées du chœur que forment les garces hilares de la sororité.

Mon pouls s'accélère au rythme de mon appréhension. Ma panique fait trembler mes mains.

Ce sera bientôt mon tour, et j'ai l'impression que le temps se fige. Le type de la fraternité refoule un max, mais je vais aller au bout. Pour Lexi…

Une légère tape sur mon épaule me signale que c'est à moi : je prends mon courage à deux mains, me penche en avant… et sens un courant d'air me caresser le visage. Puis j'entends un grand bruit de chute, suivi d'éclats de rire masculins bien gras.

— Bouge, Macmillan : c'est chez moi, ici, lance un type à l'accent marqué du Sud.

— Hé, n-non ! Fl-Flash ! Shelly a dit qu-qu…, bredouille le dénommé Macmillan vraisemblablement au sol.

— Je m'en bats les reins de ce qu'elle a dit. Déblaie-toi la tête, mange-toi un bon coma éthylique, ce que tu veux, mais casse-toi.

La menace dans le ton du nouvel arrivant est palpable.

— Tu m'le p-paieras, mec… Tu vas v-voir…

Je ne comprends rien à ce qui se passe. On se bat pour m'embrasser ? Qui vient d'arriver ? Cette journée devient plus dingue chaque seconde qui passe…

— Stop ! hurle Shelly. C'est Mac qui doit…

— Ta gueule, Shel, fais pas chier, rétorque l'inconnu d'un ton catégorique.

Shelly se tait aussitôt.

Je suis en train de me ronger les ongles – une sale habitude qui traduit ma nervosité – quand le gars de la fraternité s'approche de moi : il sent divinement bon comparé à l'ordure sur pattes qui l'a précédé. Je savoure son odeur estivale de savon et de menthe. J'ai l'impression de la reconnaître, et me sens aussitôt rassurée, réconfortée. Attirée, aussi…

D'une main – grande, puissante, calleuse –, il me retire le pouce de la bouche et place ma paume contre sa taille dure et musculeuse. Je laisse courir mes doigts sur son torse et devine sous le tissu le contour marqué de ses abdominaux. Le bandeau joue parfaitement son rôle de catalyseur sensoriel : mon odorat, mon toucher et mon ouïe n'ont jamais été aussi affûtés.

Je sens ses mains se poser sur mes joues, puis son approche invisible… jusqu'à ce que des lèvres, il caresse soudain ma bouche, délicat et provocant…

Le gémissement de frustration subit de mon ravisseur me surprend : sans sommation, il abandonne toute délicatesse, et sa langue impatiente et humide s'invite entre mes lèvres, vient affronter la mienne, conquérante. Je rends les armes avec plaisir… vaincue.

C'est la première fois que j'éprouve une sensation pareille.

Chaque seconde, notre baiser se fait plus passionné, plus intense, et je perçois sans mal le goût délicat de la menthe sur sa langue. C'est la saveur que je dois identifier, la menthe. Je la sens partout entre et sur ses lèvres charnues et délicieuses.

Soudain, je m'extirpe de cette torpeur empreinte d'une lubricité à peine voilée. Je viens de me rappeler où je me trouve : au beau milieu d'une salle bondée. Avant d'être totalement envoûtée par ses lèvres, je me ressaisis et, à contrecœur, brise le lien ardent entre nous.

Ma langue se défile la première, et j'enserre les poignets de l'inconnu dont les mains encadrent toujours mon visage. Je soustrais mes lèvres aux siennes, mais les lèche une dernière fois avec un gémissement satisfait.

J'essaie de recouvrer mon souffle, et remarque que, pour la première fois depuis notre arrivée, le silence a envahi la salle.

Mon ravisseur maintient toujours fermement mon visage, dominant, possessif, et je sens sur ma peau la caresse de son souffle chaud et pantelant.

Je m'éclaircis la gorge et annonce, d'une voix à peine audible :

— De la menthe… Le goût dans… dans sa bouche, c'est…

Ma réponse est subitement interrompue, lorsque le type de la fraternité m'assaille de nouveau, plaquant ses lèvres contre les miennes avec plus de voracité encore que la première fois : déjà, je sens sa langue contre la mienne.

Ses cheveux dégagent une odeur forestière envoûtante de bois frais. Ils me chatouillent le nez tandis qu'il m'embrasse avec fougue, au point, presque, de m'en faire mal. Il gémit à chaque coup de langue, comme s'il savourait le meilleur dessert au monde, et je ne peux rien faire d'autre que de répliquer avec la même voracité.

Je lève les mains, glisse les doigts dans ses cheveux – longs, délicats –, puis les empoigne, lui arrachant un grognement lascif. Nous nous plaquons presque malgré nous l'un contre l'autre.

Je n'ai plus la moindre notion du temps, mais je me demande si mon cœur ne va pas exploser si le baiser se poursuit.

Il est aux commandes, j'obéis, et nous savourons notre étreinte.

À l'instant où je sens qu'il pose une main sur ma nuque, on me tire par l'épaule et ses mains quittent brusquement mon visage.

— Hé, ça suffit ! Qu'est-ce tu fous, Rome ? Lâche-la tout de suite ! s'offusque Shelly d'une voix qui résonne à mes oreilles comme le crissement d'une craie sur un tableau noir.

On arrache mon bandeau et, sitôt l'obscurité dissipée, c'est Rome que je découvre devant moi, vêtu de la même façon que tout à l'heure. Snobant la crise stridente de Shelly, il me dévore d'un regard qui ne dissimule rien de son désir pour moi. Nous sommes si proches l'un de l'autre que nos nez se frôlent.

— Hé, Molly…, souffle-t-il d'une voix rauque, passant de mes lèvres bouffies à mes yeux sans savoir où river le regard.

— Hé…, toi…, murmuré-je en retour, mon cerveau embrouillé peinant à piocher dans mon vocabulaire quoi que ce soit de plus subtil.

Rome se penche une fois de plus, attraction magnétique, et je lève le menton comme un réflexe. Mais cette fois-ci, Shelly l'attrape par le bras et le fait reculer d'un mètre avec violence. Pourtant, son intervention échoue à briser notre troublant échange de regards.

— Hé ! braille-t-elle, avant de gifler Rome.

Sa réaction extrême achève de défaire le lien entre nous et tire aux convives des hoquets de stupeur.

Rome retire ses mains de mes joues – il n'avait pu s'empêcher de les y remettre –, puis attrape Shelly par le poignet, sans violence, mais avec fermeté.

— Ne lève… plus jamais… la main sur moi…, grogne-t-il entre les dents, un rictus menaçant sur le visage.

Surprise par l'agressivité de son avertissement, Shelly ouvre des yeux ronds. Les invités, eux, me dévisagent comme si j'étais une bête de foire.

— La menthe, dis-je encore, et Shelly tourne la tête vers moi d'un coup sec. La bouche de Rome a le goût de menthe. C'est ce que tu voulais savoir, non ? Pour ton rite initiatique à la con ?

Mes mots me semblent d'une violence inouïe. Je soutiens le regard de Shelly, de façon à calmer sur-le-champ ses ardeurs.

Rome me jette un regard dur, et je retiens mon souffle. Jamais personne ne m'avait fait me sentir ainsi, et l'attirance déroutante que je ressens pour lui commence à me faire paniquer.

Sa bouche n'est plus qu'une mince ligne de frustration, et ses narines semblent humer l'air ambiant, comme s'il pouvait deviner mon désir.

— Elle a raison. Je viens de mâcher un chewing-gum.

Sur ces mots, il soustrait son bras à l'emprise de Shelly d'un geste vif, la repousse, se retourne et quitte la pièce en claquant la porte.

Après quelques secondes de tension générale, les autres types de la fraternité lui emboîtent le pas, et ne restent plus dans la salle que les recrues éberluées et les sœurs qui me toisent du regard, l'air aussi dédaigneux qu'abasourdi.

Lexi et Cass déboulent à mes côtés, surexcitées, le sourire jusqu'aux oreilles. Lexi me prend la main.

— Molly, tu sais qui tu viens d'embrasser, là ? couine-t-elle.

— Oui, Rome. Je l'ai rencontré ce matin. Il suit mon cours d'éthique et philosophie.

Cass renâcle.

— Oui, voilà, c'est Rome, et Rome n'est pas le premier étudiant venu, Molly !

— Ah non ?

Je suis un peu perdue.

Lexi se penche à mon oreille.

— Molly : Rome est en dernière année et, soit dit en passant, il est légèrement inaccessible pour le commun des mortelles ! Distant, ténébreux, OK, mais surtout : c'est le quarterback titulaire de la Tide !

— Statistiques officielles : 1,91 mètre, et 106 kilos de muscles bien fermes ! ajoute Cass, euphorique.

— C'est le quoi de la… quoi ?

Cass a un mouvement de recul et place les mains sur sa poitrine hors norme comme si je venais d'insulter le Saint-Père.

— Le quarterback vedette de la Crimson Tide !

— Oh, OK… C'est ce qui était inscrit sur son tee-shirt… C'est une équipe de foot américain, c'est ça ?

— C'est ça ? « C'est ça », qu'elle nous dit ! Vous ne regardez pas le foot en Angleterre ?

— Si, mais celui avec le ballon rond. On joue aussi au rugby, au cricket, au tennis... Mais, pas au foot américain, non. Enfin, on n'a pas de ligue pro, en tout cas.

— Quoi ?! Comment est-ce qu'on peut vivre sans foot ? Pas de fêtes d'avant match, pas de barbec ni de stands de hot-dogs ? Je ne tiendrais pas deux minutes !

— J'ai été élevée par ma grand-mère dans une petite ville minière du nord de l'Angleterre : pour elle, se divertir, c'était tricoter des écharpes et jouer aux échecs. Et puis, quand je suis arrivée à Oxford, j'ai bûché 24/24 pour mon diplôme. On n'organise pas tellement de barbecues dans les bibliothèques !

J'essaie d'en rire, mais, comme chaque fois que je reparle de mon ancienne vie, je sens l'angoisse m'étreindre. Je m'efforce de penser à autre chose pour ne pas la laisser m'envahir.

Lexi balaie ma remarque d'un revers de la main.

— OK, très bien, laisse-nous te mettre au jus : Roméo Prince est le quarterback titulaire de la Crimson Tide, l'équipe de foot de l'université d'Alabama, et tout le monde sait qu'il finira en NFL, la ligue pro, à la fin de la saison. Il aurait déjà pu se présenter deux fois à la *draft* – la phase de recrutement de nouveaux joueurs pros –, mais sans que personne comprenne pourquoi, il a décidé de s'attarder à la fac et de finir ses études avant de faire le grand saut. En résumé, Molly Shakespeare, vous venez de galocher en public le type le plus convoité de tout le campus, un gars qui ne s'est jamais casé, et que les autres mecs craignent à en chier dans leur froc. N'importe quelle nana de l'université serait prête à donner un rein pour se le taper ! Et avec le sourire !

— Oh, ma salope, t'es une putain de veinarde, ouais ! surenchérit Cass en m'envoyant un coup de poing amical dans le bras.

Mon visage impassible semble trahir le fait que je n'ai pas encore pris la pleine mesure de l'événement...

Cass lève les yeux au ciel avec une grimace théâtrale.

— OK, je te la refais au ralenti : toi, Kate Middleton, viens de rouler moult pelles au prince William de l'université d'Alabama et, possiblement, de toute la ligue de foot universitaire.

OK, je crois que je viens d'imprimer…

— En gros, sortir avec Rome, ici, c'est un peu… tirer le gros lot, c'est ça ?

Leur sourire démesuré me laisse comprendre que je viens de donner dans l'euphémisme.

— Roméo Prince. Légèrement intense, le type…, murmuré-je en me rappelant le goût addictif de ses lèvres, la peau de ses mains contre mes joues, et ses râles de satisfaction.

— Baisablement intense, oui ! Faut absolument que tu le voies sur le terrain. C'est à ne pas s'en remettre ! Il pète souvent les plombs, très souvent même, et se castagne à la première occasion, mais c'est excitant ce côté *bad boy*, non ? Et puis, c'est un kâma sutra sur pattes, ce type ! Gaulé comme un dieu, une gueule d'ange, bronzé… Oh merde, j'ai le clito en feu rien que d'en parler ! (Je grimace à sa remarque salace, mais elle balaie ma réaction d'un mouvement de tête désapprobateur.) Minute, Molly, t'as vu comme il était accro à ta bouche ? J'ai cru qu'il allait arracher ta toge devant tout le monde ! Il a failli décapiter Mac quand il a vu qu'il allait t'embrasser. Si t'avais vu le regard meurtrier qu'il lui a lancé quand il l'a envoyé bouler… J'en ai eu des frissons !

Elle tend le bras et le frotte pour appuyer son propos.

Je fronce les sourcils à mesure que je prends pleinement conscience de ce qui s'est passé ce soir.

— Roméo Prince…, murmuré-je, rêveuse.

Il m'a embrassée avec une sorte de rage désespérée, un désir brut qui a éveillé en moi des sensations inconnues jusqu'alors…

— Ouais, et Molly Shakespeare ! Roméo et Shakespeare ! C'est pas dingue, sans déconner ? s'enthousiasme Cass.

Sa trouvaille l'excite tellement qu'elle en fait tomber un pan de sa toge, m'offrant de son anatomie bien plus que je ne voulais en voir.

— Oh, c'est le destin ! s'esclaffe Lexi, avant de se couvrir la bouche d'une paume minuscule.

Shelly choisit ce moment pour se planter devant moi et river dans le mien son regard bleu saphir.

— Dégage de notre foyer tout de suite, sale… sale… traînée ! peste-t-elle, cinglante, en m'aspergeant de postillons.

Je retire mes lunettes et en essuie le liquide malvenu avec un bout de toge.

— Avec plaisir. J'ai fait une belle connerie en venant ici. Cass, Lexi, je suis désolée, mais sceller une sacro-sainte amitié entre sœurs par une orgie de bas étage, ce n'est vraiment pas mon truc. Je vous retrouve à la maison…

Je sens que j'ai besoin de m'éloigner de cette sale peste et d'arrêter de jouer à celle que je ne suis pas. J'ai tenté le coup, pour mes amies, et j'en suis bien contente, mais maintenant j'ai besoin de laisser toute cette journée derrière moi : demain, la vie normale reprendra son cours, et tout ira mieux.

Cass fiche ses doigts dans sa bouche et siffle un grand coup, attirant l'attention de la salle entière.

— Elle fait partie du clan, maintenant, Shelly : elle a embrassé un type et deviné ce qu'il avait mangé. Nous la fais pas à l'envers, tout le monde l'a vu. Molly avait le bandeau, et tout, merde ! Et on peut pas dire que c'est elle qui l'a cherchée, cette putain de galoche !

Sur ces mots, elle croise les bras et foudroie Shelly du regard, lui faisant perdre toute son assurance. J'avoue avoir de la peine à lui jeter la pierre : je ne ferais pas la maligne non plus si Cass me prenait en grippe.

— Elle était pas censée l'embrasser ! Il est à moi, merde ! hurle Shelly en se retournant vers ses consœurs qui la regardent toutes avec indifférence.

— Je pense qu'on est toutes d'accord pour dire que c'est lui qui l'a embrassée… Deux fois, annonce une brune superbe en m'adressant un clin d'œil depuis le fond de la salle.

Elle traverse la pièce et vient me poser une main sur l'épaule. Puis elle poursuit, un air moqueur et satisfait parant son visage magnifique :

— Elle a passé le test, Shelly : ne prétends pas le contraire, tout le monde en est témoin. Tu ne peux t'en prendre qu'à toi-même : tous les ans, tu fais chier les recrues avec ces conneries pour que tes caniches et toi preniez votre pied, et tu viens de te prendre un joli retour de bâton. C'est bête, hein ?

Shelly me plante aussitôt un index en pleine poitrine.

— Si t'approches de lui, je te pourris la vie, t'as compris ? Tu sais pas à qui tu te frottes, mais si tu me cherches, tu vas vite le découvrir !

Elle quitte la pièce sur ces mots, claquant la porte derrière elle, et la pièce tombe dans un silence de mort.

Quelques secondes plus tard, la brune s'adresse aux recrues.

— Félicitations ! Vous faites désormais partie de cette fabuleuse sororité ! Quelle veine, hein ? Les fûts sont dehors, régalez-vous…

Les recrues quittent la salle en file indienne et le sourire aux lèvres, heureuses, nous laissant, Cass, Lexi et moi aux côtés de la belle brune aux jambes interminables. Elle a la peau tannée, de longs cheveux qui tombent au milieu de son dos, des yeux d'un brun profond et porte une courte robe d'été rouge. Je la trouve sublime ; sublime à en défiler sur un podium.

Elle se retourne vers moi et se présente, un sourire radieux illuminant son visage.

— Ne fais pas attention à Shelly : chaque fois qu'on organise ce genre d'événement, elle se sent obligée de tout diriger. Et puis, je crois qu'elle a un peu de mal à digérer que mon cousin et toi vous soyez illustrés de cette façon en public.

— Ton cousin ? couiné-je, gênée.

Elle rit.

— Oui, Rome est mon cousin, même si je le considère plutôt comme mon frère, en réalité. Moi, c'est Ally. Ally Prince. Shelly veut se caser avec mon cousin depuis qu'on a… dix ans, je crois. Fais comme si elle n'existait pas. C'est ce que je fais, et ça marche plutôt bien.

— Oui, elle a l'air un brin possessive avec lui.

Ally s'esclaffe de plus belle.

— Honnêtement, je ne suis pas sûre de comprendre son délire : ils n'ont jamais vraiment été un couple. Ils se sont vaguement fréquentés par le passé, mais je crois qu'elle n'a jamais saisi qu'ils n'étaient plus ensemble. Rome n'est pas vraiment du genre monogame. La seule raison pour laquelle il ne la snobe pas totalement, c'est parce que leurs pères bossent ensemble. Les parents de Rome rêveraient de le voir épouser une fille comme elle : les riches épousent les riches, dans le coin. Leurs parents respectifs font comme s'ils étaient déjà fiancés.

La nouvelle, à ma grande surprise, me serre le cœur : c'est cette… peste, la promise de Rome ?

Ally pose une fois de plus la main sur mon épaule, une expression amusée sur le visage.

— Je n'ai jamais vu Rome dans cet état, ma fille. Shelly non plus, d'ailleurs, ce qui explique qu'elle ait piqué une crise pareille. Hé, même moi, sa cousine, je vous ai trouvés hypersexy ! Et qu'on soit bien clairs, l'inceste, c'est pas du tout mon trip ! plaisante-t-elle en me prenant par le bras. Viens, on va se prendre une bière. Quelque chose me dit qu'on va bien s'entendre vous et moi, mademoiselle Molly ; même si, j'avoue, c'est surtout pour que je puisse te voir le plus souvent possible torturer Shelly. Je vais aussi faire en sorte que vous emménagiez ici, tes amies et toi. On n'a plus beaucoup de chambres, mais si tu vis ici, Shelly sera sur les nerfs en permanence, ce qui me promet une année bien plus fun que ce à quoi je m'attendais.

Chapitre 3

Deux heures plus tard, je me retrouve à une table de pique-nique avec Cass, Lexi et Ally dans le jardin du foyer, aménagé avec élégance. Lexi fait autant de lèche que possible à Ally, sachant qu'elle a un poste important au sein de l'équipe de pom-pom girls, et la cuisine pour savoir quand auront lieu les prochains essais et ce qu'elles attendent de leurs recrues. Cass, elle, est occupée à mater le colosse de la Tide en tenue de cowboy à notre droite – c'est elle qui m'a dit qu'il fait partie de l'équipe – tout en sirotant son alcool de contrebande.

Comme peu de nos conversations nécessitent une réelle implication de ma part, mon esprit vagabonde, et se focalise bientôt sur un unique sujet : Rome. Il n'a pas reparu depuis qu'on s'est embrassés. En tout cas, je ne l'ai pas vu à la soirée. Il a dû rentrer chez lui. Cela m'ennuie de l'admettre, mais j'avoue que son absence me déçoit. Ses manières déstabilisantes ont vraiment eu raison de moi, et j'ai du mal à ne plus penser à nos baisers. Des images assez inhabituelles pour moi me viennent à l'esprit, sans que je puisse y faire grand-chose : des corps nus, des lits, et des hectolitres de sueur.

Quand je me focalise de nouveau sur la conversation, je me rends compte, affligée, qu'après avoir écumé le sujet de la pom-pomerie, les filles échangent sur leur famille respective. C'est le moment idéal pour aller souffler un peu.

— Hé, Ally ? Tu peux m'indiquer les toilettes ? demandé-je subitement.

— Oh, tu peux aller dans ma chambre, chérie. Dernier étage, troisième à droite. (Elle récupère une clé dans son sac et me la pose dans la paume.) Je la ferme pour que personne ne s'envoie en l'air à l'intérieur pendant ce genre de fêtes.

— Pas bête… Merci, en tout cas ! Je reviens vite.

Je franchis les portes du patio, puis me dirige vers l'escalier principal dont je gravis à la hâte les trois volées de marches en faisant mon possible pour ne pas prêter attention aux gémissements et aux râles qui s'élèvent derrière certaines portes closes. Ally a raison de fermer sa porte à clé : on dirait que des meutes de loups en rut s'accouplent à tous les étages.

Une fois devant la bonne porte, je tourne la clé dans la serrure, entre puis referme la porte derrière moi pour m'assurer de ne pas être dérangée : je n'ai aucune envie de sortir des toilettes et de me retrouver devant deux étudiants en pleine partie de jambes en l'air sur le lit d'Ally.

Sa chambre est magnifique. Les murs sont d'un blanc éclatant, des draps rouges en lin couvrent un immense lit deux places et un bureau ancien trône dans un coin. Le clou du spectacle reste son balcon : une terrasse juste pour elle. Des rideaux de gaze rouge ondoient sous la brise estivale devant les battants de la double porte-fenêtre, et la lumière des étoiles fait scintiller les filaments d'argent cousus en filigrane du tissu.

Je ne peux m'empêcher de secouer la tête, médusée, en voyant tout ce dont elle dispose alors qu'elle n'est encore qu'étudiante. Certaines personnes ne connaîtront jamais de leur vie un tel niveau de confort, de luxe, même. Mon père et ma grand-mère, par exemple, ont passé leur existence entière dans quatre minuscules pièces. Vivre ici doit coûter une petite fortune… Cette seule pensée me ramène avec violence à la réalité, et je me lance à la recherche des toilettes, seule véritable raison de ma présence ici.

Alors que j'atteins le fond de la pièce, une voix désincarnée s'élève depuis le balcon.

— C'est toi, Al' ?

Je sursaute et porte les mains à ma poitrine, le cœur battant la chamade. Je m'appuie contre la colonne de lit, lorsque l'homme qui a parlé entre dans la chambre plongée dans l'obscurité…

C'est Rome.

Quand je lève la tête, je le vois qui me dévisage : de toute évidence, ma présence dans la chambre d'Ally l'a pris de court.

— C'est accès interdit, ici, Jolly, déclare-t-il d'un ton un peu sec en tirant une gorgée de bière à sa bouteille.

Jolly… J'adore l'entendre prononcer ce mot avec son accent du Sud. Jamais personne ne m'a appelée comme ça, mais ce simple surnom suffit à me donner envie de changer de prénom.

Je me redresse comme je peux : sa voix râpeuse me rend nerveuse au point que je peine presque à respirer et laisse pendiller dans ma main la clé éclairée par la lune.

— Oui, je sais… Ally m'a laissé sa clé pour que je puisse aller aux toilettes.

Rome se passe la langue sur les lèvres et, sans un mot de plus, retourne pieds nus sur le balcon. Je le regarde disparaître et me hâte de rejoindre les toilettes. Je fais rapidement ce que j'ai à faire, puis dévisage mon reflet dans le miroir, faisant de mon mieux pour recouvrer mon sang-froid.

J'emprunte sur sa coiffeuse la brosse d'Ally, remets de l'ordre dans la masse rebelle de mes boucles brunes, puis les noue en chignon au sommet de ma tête. J'en profite aussi pour badigeonner de dentifrice le bout de mon index que je me passe sur les dents, et rajuste ma toge froissée pour mieux couvrir mon bonnet C et la belle courbe de mes reins. Le tatouage sur ma hanche ne se voit pas, fort heureusement, et, après avoir lissé une dernière fois mes sourcils et m'être tapoté les joues, je décide de quitter la sécurité de la salle de bains.

J'ouvre discrètement la porte, rejoins la sortie à pas de loup, mais Rome m'interpelle d'une voix sonore avant que j'aie pu atteindre la porte.

— Jolly ?

Je me fige.

— Oui ?

— Ça te dit de… me tenir un peu compagnie ?

Il parle d'une voix presque agacée, comme s'il me le proposait en dépit du bon sens. Si tel est le cas, alors nous sommes deux à être paumés… Quand j'étais avec lui tout à l'heure, j'avais l'impression de ne plus être maîtresse de moi… Du tout.

— Jolly ?

— OK… C'est d'accord.

Lorsque je m'avance sur la terrasse, j'aperçois Rome assis sur un fauteuil blanc placé près d'une table d'extérieur. Son regard se perd à travers les barreaux de la balustrade : il observe, l'air blasé, la pelouse du foyer de la sororité en contrebas.

Je tire une chaise en face de lui et m'y laisse glisser timidement, tâchant de voir ce qui captive son attention. L'espace de quelques secondes, Rome ne fait pas attention à moi, mais il me tend bientôt une Bud, avale au goulot une gorgée de la sienne, puis s'affale dans son fauteuil, pensif.

Je balaie du regard la terrasse derrière moi, admire sa décoration ainsi que ses superbes plantes en pot et, lorsque je me retourne vers Rome, je croise ses yeux bruns qui me regardent intensément. Pour la première fois depuis que j'ai accepté de lui tenir compagnie, un mince sourire habille ses lèvres charnues.

Je bois une gorgée de bière dans le seul but de m'occuper les mains. Rome, silencieux, le bras sur l'accoudoir, pose la tête sur sa main.

— Ça fait longtemps que tu as des lunettes ? me demande-t-il finalement.

De toute évidence, il cherche surtout à lancer la conversation.

— Depuis mes trois ans, je crois. Par là. J'ai toujours eu une vision de chiotte.

Il se détourne et pose une nouvelle fois un regard absent sur la foule en contrebas.

Une bouteille se brise à l'étage en dessous, et Rome jette un coup d'œil à travers les barreaux de la balustrade pour voir ce qui se passe.

— La fête commence, annonce-t-il d'un ton égal.

— Et encore, tu ne traînes pas dans les couloirs : c'est un vrai lupanar, ici. Je ne m'attendais pas que la vie étudiante soit si… animée.

Il lâche un petit rire discret et lève sa bouteille comme pour porter un toast.

— Bienvenue dans l'Antiquité grecque…

Je lui souris et lève ma bière à mon tour, avant d'en descendre la moitié d'une traite pour mieux survivre à la crise de panique qui menace chaque seconde de m'envahir. Roméo hausse un sourcil étonné, et je repose ma bouteille sur la table.

— J'aime bien la bière…, expliqué-je sur un ton quelque peu pathétique.

— J'ai l'impression.

Il a le même sourire amusé qu'un peu plus tôt. Je rougis et pose le menton dans ma paume.

— Alors ? Pourquoi tu es venu te planquer ici ?

Rome hausse ses larges épaules.

— Je n'étais pas d'humeur à faire la fête, ce soir.

J'émets un hoquet moqueur.

— Monsieur le quarterback vedette craindrait-il de se mêler à ses fans en délire ?

Son expression passe aussitôt de l'amusement à l'agacement et, d'un geste impulsif, il arrache l'étiquette de sa Bud.

— Les nouvelles vont vite à ce que je vois. Qui t'a parlé de moi ?

— Lexi et Cass.

— Qui ?

— Mes colocs. Elles m'ont expliqué qui tu étais après qu'on… qu'on s'est… enfin…

— Embrassés ? conclut-il simplement, sans la moindre gêne.

Je rive le regard sur le sol de dalle ocre.

— Hmm… voilà.

— Et ? Qu'est-ce qu'elles t'ont dit sur moi ?

— Que tu étais l'illustre Roméo Prince, le seul et unique, le *squaterback* de la Crimson Tide, prince William du foot universitaire, tout ça, tout ça…

Il interrompt son entreprise d'arrachage d'étiquette pour réprimer un rire du dos de la main.

Je grimace, vexée.

— Qu'est-ce qu'il y a ?

— Quarterback.

— Pardon ?

— Quarterback. Pas *squaterback*.

Je hausse les épaules et balaie sa remarque d'un revers de main.

— Ouais, bon, c'est kif-kif…

— Kif-kif ? Je te déconseille d'annoncer un truc pareil en public par ici : le foot et la Tide, c'est… tout pour les gens du coin. La vie, la mort, c'est secondaire à côté…

Il soupire et se remet à martyriser l'étiquette de sa bière.

Je bois quelques gorgées de plus, avant de reprendre :

— Ton vrai prénom, c'est Roméo, alors ?

Ses yeux cacao virent chocolat frappé.

— C'est Rome.

— Non, c'est Roméo ! pouffé-je, amusée, en haussant les sourcils. Je tiens l'info d'indics assez fiables.

Il m'adresse un regard noir.

— Personne ne m'appelle comme ça, ici, Jolly.

— Et personne ne m'appelle Jolly.

J'écarquille les yeux en prenant conscience de ma soudaine effronterie. Ma remarque me vaut un regard surpris de la part de Rome.

— Un point pour toi. Molly… comment ?

Il attend mon nom de famille, un sourire curieux aux lèvres.

— Molly Shakespeare.

Rome se penche vers moi, les lèvres pincées.

— Pardon ?

— Shakespeare. Molly Shakespeare.

Son expression pour le moins intimidante trahit son agacement.

— T'essaies de te foutre de moi ?

— Pas du tout : toi, Roméo, moi, Shakespeare. Ce n'est pas une blague…

Il marque un temps d'arrêt, puis jette la tête en arrière, se tient le ventre et explose d'un rire sonore. Son tee-shirt se relève légèrement, découvrant un peu de son ventre bronzé aux abdos dessinés.

— Ce n'est pas la coïncidence la plus troublante…, annoncé-je, nerveuse.

— Ah non ? En tout cas, troublant, le mot est bien choisi pour définir la journée… et notre rencontre. Je ne suis pas encore sûr d'avoir bien compris ce qui se passe, d'ailleurs, ajoute-t-il en secouant la tête, les sourcils froncés.

— Prêt pour un aller simple à Chelouville ? C'est parti : mon deuxième prénom, Roméo, c'est Juliette.

Je l'ai annoncé comme on retire un sparadrap, vite et sans trop réfléchir. Je n'en martèle pas moins du bout des doigts le plateau de verre de la table.

Rome n'a pas encore porté la bière à ses lèvres qu'il se fige, sa langue comme suspendue entre ses lèvres.

— Tu déconnes ?

— Non. Mon père trouvait que ce serait un juste hommage à notre nom de famille.

Il incline la tête et me dévisage d'un air intrigué.

— Très juste, ouais.

— Embarrassant, aussi, cela dit…

— Et toi ? Maintenant que tu sais que je m'appelle Roméo « Flash » Prince, tu vas me voir d'un autre œil ?

— « Flash » ?

Je grimace, perplexe.

— C'est mon surnom. Au foot…, m'explique-t-il en se grattant le front. Rapport à ma vitesse de lancer.

Je le regarde sans comprendre.

— De lancer. Avec mon bras. (Je garde mon air ahuri, et Rome se désigne du doigt.) Je suis quarterback… Le quarterback, ça… lance la balle. Au foot. On la lance aux autres joueurs. On… mène le jeu sur le terrain.

— Je te crois sur parole, dis-je avec un sourire assorti d'un haussement d'épaules.

— 'tain, le foot et toi, ça fait vraiment deux, pas vrai ?

Il a l'air sincèrement médusé par mon ignorance en la matière. Je le lis dans son regard.

— Je n'y connais rien de rien et, sans offense, ça me va parfaitement comme ça. Ça ne m'intéresse pas. Le sport et moi, c'est pas ça.

Rome fait grincer sa chaise sur le sol dallé pour contourner la table et se rapprocher de moi, puis, avant-bras sur le plateau, penche son visage près du mien.

— Ça me plaît que tu n'y connaisses rien au foot. Ça me changera de parler d'autre chose que du dernier blitz défensif ou de formation ACE ouverte.

— De quoi ?

— Sans déconner, j'adore le fait que tu ne captes pas deux mots de ce que je te raconte…, dit-il d'un air amusé.

— Tout le plaisir est pour moi.

Rome plonge une main dans la glacière, tout à coup plus détendu. Il m'ouvre une bouteille contre le bord de la table, me la tend, s'en ouvre une de la même manière, puis étire les jambes jusqu'à ce que ses pieds nus effleurent les miens. Ce seul contact physique suffit à me couper le souffle.

— Alors, Shakespeare ? C'est quoi, ton secret ? Tu dois être une putain d'intello, déjà, pour être en master à ton âge en plus d'être l'assistante de Ross depuis quelques années. Tu dois vraiment avoir quelque chose de spécial, pour qu'elle t'ait trimballée d'Angleterre jusqu'en Alabama…

Je m'agite dans mon fauteuil, mal à l'aise, et dévisage le plateau de la table.

— Eh bien… Quelque chose dans ce goût-là, sûrement, oui…

— T'aimes pas parler de ta réussite universitaire ? me demande-t-il, intrigué.

— Pas trop… C'est toujours un peu gênant de s'envoyer des fleurs. Les gens qui aiment les compliments… Je ne sais pas, j'ai toujours trouvé ça étrange.

— Ça nous fait un point commun, alors.

Il a l'air… agréablement surpris.

— Un autre, tu veux dire, murmuré-je sur le ton de la plaisanterie. Avec nos noms inspirés d'un modeste dramaturge élisabéthain.

Tout en parlant, j'ai posé par réflexe ma main sur la sienne. Une vague de chaleur remonte aussitôt le long de mon bras et, lorsque Rome remarque ma réaction, il esquisse un sourire entendu.

— Un autre, oui.

— Rome ? Rome ! Quelqu'un a vu Rome ? Il est où, merde ?

Merde, Shelly…

Rome grogne et se prend la tête à deux mains. Je vide d'un trait le reste de ma bière et repousse ma chaise sous la table, soudain saisie par un accès de panique.

Il faut que je parte d'ici.

Rome relève subitement la tête et paraît anxieux.

— Tu t'en vas ?

Je me penche et regarde par-dessus la balustrade : en bas, Lexi, Cass et Ally papotent et rient, assises dans le jardin.

C'est avec elle que je devrais être ; pas ici avec Rome…

Shelly arpente le jardin, tenant à peine debout. Elle doit chercher Rome. Triste spectacle…

Je la désigne du doigt.

— Tu ne vas pas la rejoindre ? Elle a vraiment l'air complètement saoule, là…

— Mon cul, oui… Elle me cherche si elle veut, mais je laisse un autre étalon lui faire oublier ses malheurs.

D'un coup de pied, il me renvoie ma chaise.

— Pose ton cul, Shakespeare, m'ordonne-t-il. T'as encore une bière à boire avec l'un de tes persos maudits fétiches. Tu restes avec moi.

Je réponds à son regard autoritaire par un sourire malicieux, mais n'en saisis pas moins une autre Bud avant de me rasseoir.

— Si je continue à picoler, c'est moi qui finirai par tituber dans le jardin. Tu veux m'entendre crier ton nom, c'est ça ?

Rome se passe la langue sur la lèvre inférieure, et je l'imite malgré moi.

— C'est une invitation ?

La question me prend de court et, voyant que je suis mal à l'aise, il change de sujet, sans pour autant cacher son amusement.

— Alors comme ça, tu as rejoint une sororité ?

— Oui et, comme si ça ne suffisait pas, Ally veut que j'emménage dans le foyer avec Lexi et Cass. Ça ne m'enchante pas plus que ça, mais j'ai décidé de faire mon possible pour m'intégrer sur le campus, alors…

Il sourit.

— T'as parlé un peu avec Ally ?

— Oui. Après ton… départ… Après qu'on s'est… tu vois…

— Embrassés, annonce-t-il une fois de plus.

Mais, cette fois, son timbre est plus voilé, ses sourcils légèrement froncés, et il rive le regard sur mes lèvres…

— Hmm, oui… voilà… Mais, bref : quand Shelly m'a hurlé dessus, Ally a pris ma défense et lui a dit, en substance, d'aller se faire foutre.

Il lâche un petit rire et passe une main dans ses cheveux châtain clair.

— Al' ne porte pas vraiment Shelly dans son cœur. Elle est cool, ce sera chouette pour toi de l'avoir comme amie dans cette jungle. C'est ma cousine et ma meilleure amie. Elle m'a filé un double des clés de sa chambre pour que je puisse souffler un peu quand tout ça me porte un peu trop sur le système.

D'un pouce, il désigne par-dessus son épaule la horde d'étudiants en contrebas.

— Elle a l'air sympa.

— C'est la meilleure. (Il se penche en arrière dans son fauteuil et place ses mains derrière sa nuque.) Alors, Shakespeare ? Tu viens d'où en Angleterre ? Si tu réponds Stratford-upon-Avon[1], je pointe à l'asile demain matin…

— Rassure-toi, je suis de Durham, donc rien à voir, dis-je dans un petit rire amusé.

Il réfléchit en se mordant la lèvre inférieure.

— Nan, ça me dit rien…

— Tu as vu *Billy Elliot* ? lui demandé-je, tâchant de trouver une référence un minimum populaire.

1. Ville natale de William Shakespeare (*NdT*).

— Le film avec le gosse qui danse ?

Je souris.

— Oui. Eh bien, le perso que joue le petit et moi, on vient du même coin.

— Ah ouais ?

Rien qu'à son air, je vois qu'il est en train de se le représenter : les innombrables rangées de maisonnettes conçues à l'identique, la grisaille, et une pauvreté qui jure avec son train de vie de jeune prince.

Rome rive son regard ténébreux sur la table. Je pose de nouveau ma main sur la sienne, et ce contact inattendu le fait tressaillir.

— Hé, te bile pas. Je viens d'une famille pauvre, c'est comme ça : tu n'y es pour rien, alors ne t'en veux pas d'y avoir pensé.

— Nan, j'y pensais pas, c'est juste qu..., bredouille-t-il à la hâte, tout en retournant sa main, de façon que nos paumes se touchent.

Il regarde nos mains jointes avec curiosité, et moi, je me retiens de ne pas tomber dans les pommes.

— Si, tu y as pensé. Pas de souci : je sais bien que ma ville natale n'est pas très sexy, mais ça ne m'empêche pas d'en être fière. C'est là-bas que j'ai grandi, et j'aime cette région, quelle que soit sa réputation. Même si je n'y suis pas retournée depuis des années, d'ailleurs.

— Ta famille vit encore là-bas ?

Ma famille... Une douleur désormais familière, mais toujours aussi incisive, m'enserre la poitrine, et je tousse pour dissimuler mon angoisse : je prie en silence le destin de me permettre d'enfouir mes souvenirs au plus profond de moi pour ne pas me mettre à pleurer devant Rome. Je sens sa main se poser dans mon dos, et l'angoisse se dissipe aussitôt, chassée par sa prévenance.

— Ça va ? s'inquiète Rome en se penchant vers moi. (Il me caresse le dos avec une bienveillance redoublée.) T'es devenue blême, d'un coup.

Je tape soudain des mains pour contrôler mes derniers tremblements, puis lève les yeux vers son superbe visage.

— Oui, merci..., dis-je, sans trop comprendre comment, d'un geste, il a pu me rasséréner ainsi.

Préoccupé, il lève légèrement le menton, et je comprends qu'il attend ma réponse à sa question. Je prends une inspiration profonde et me lance :

— Non, je n'ai plus de famille.

Sa mine soudain déconfite s'imprime aussitôt dans ma mémoire : si elle n'était pas aussi tragique, elle en serait presque drôle.

— T'es orpheline ? Merde...

— Non. Disons plutôt que je suis la dernière de ma famille à être encore en vie. Difficile de qualifier un adulte d'orphelin, non ?

— Ta mère ?

— Morte en couche.

— Ton père ?

— Quand j'avais six ans.

— T'as pas des grands-parents, des tantes ou des oncles ?

— J'avais une grand-mère.

— Et ?

— Elle est morte quand j'avais quatorze ans.

— Dans ce cas, où est-ce que...

— En foyer d'accueil.

— Tu veux dire que tu es seule depuis... Tu as vingt ans, c'est ça ?

— Oui.

— Ça fait six ans que tu es toute seule ?

— Hmm, je suis allée à la fac, du coup, je me suis fait quelques amis là-bas. Et puis, le professeur Ross a fait de moi son assistante de recherches, et m'a prise sous son aile dès qu'elle a appris que je n'avais plus de famille. Mais oui, on peut dire que je suis seule depuis pas mal de temps… Et c'est… pas simple, on va dire.

Il se rapproche de moi presque malgré lui… J'ai l'impression de l'attirer comme une planète attire un satellite. Je trouve ça… touchant. C'est agréable de voir que ma situation l'affecte, et apaisant de m'ouvrir à quelqu'un après des années de silence. Pas à n'importe qui, qui plus est… De m'ouvrir à lui, le *bad boy* de la fac. Je ne me félicite pas : il n'y a que moi pour arriver à me confier à un bourreau des cœurs à temps plein.

Je laisse glisser ma main un peu plus haut, jusque sur son avant-bras.

— Ne m'en veux pas, Rome, mais cette conversation me mine un peu le moral… La mort et la Bud ne font jamais vraiment bon ménage.

Il acquiesce, et le silence nous enveloppe de nouveau. Chose notable, cependant, il a remonté la main plus haut dans mon dos, et je me redresse pour mieux me caler contre sa paume.

— Toi et Shelly, donc, vous…

— T'assures niveau changement de sujet, dis donc.

— Pourquoi ça l'a foutue en rogne comme ça, qu'on s'embrasse ? C'était juste pour l'initiation…

— Entre elle et moi, c'est… compliqué, déclare-t-il d'une voix hésitante.

— Tu bottes en touche, donc ?

— Non… Disons qu'elle me harcèle depuis qu'on a dix ou onze piges. Nos familles nous poussent à nous fiancer : faut protéger nos investissements communs, garder l'argent de la boîte au sein de la famille, tu vois le genre ? Nos pères sont partenaires en affaire. Mais je n'ai pas la moindre attirance pour elle : de mon point de vue, c'est surtout une épine dans le pied…

— Mais tu comptes te fiancer à elle quand même ? J'ai du mal à t'imaginer te caser avec une fille qui ne te plaît pas… Te caser tout court, d'ailleurs, si j'en crois les rumeurs.

Rome pousse un long soupir.

— Les rumeurs, je les emmerde. Les filles se jettent dans mes bras, et je suis pas du genre à refuser un cadeau, OK ? Pourquoi je le ferais ? J'ai pas de copine régulière. J'en ai jamais eu, d'ailleurs. Le sexe, ça me permet d'évacuer mon putain de stress, en plus de bien montrer à tout le monde que non, quoi qu'on en pense, je ne suis pas avec Shelly. C'est comme ça, et ça me plaît. J'en ai pas honte : j'aime baiser, beaucoup, et jamais deux fois de suite la même nana.

La bouche m'en tombe, mais il fait fi de ma réaction outrée.

— Mes parents ont déjà planifié ma vie : je vais décrocher mon diplôme, épouser Shelly, reprendre les affaires familiales et vivre ce putain de rêve américain.

— Mais tu n'aimerais pas jouer au foot en ligue professionnelle ? À ce qu'on dit, tu es voué à une belle carrière, si tu deviens pro.

Son visage s'illumine.

— Ça, c'est sûr que ça me plairait ! J'adore le foot. C'est ma raison de vivre, même… Les montées d'adré, la camaraderie, les rugissements du public les jours de match, balancer une passe parfaite qui finit en touchdown… Ça débecte mes darons. Ils… Oh, et puis merde : je peux pas supporter qu'ils gèrent ma vie comme ils le font, c'est tout…

— Fais ce qui te chante, alors. Ceux qui ne sont pas contents n'ont qu'à aller se faire voir.

Rome relève subitement la tête, un rictus dégoûté sur le visage.

— Plus facile à dire qu'à faire.

— Ta vie n'appartient qu'à toi. Fais ce que toi, tu aimes, et réalise tes propres rêves comme toi, Rome, tu l'entends. Si tu es heureux, je suis sûre que tes parents le seront aussi. Peut-être pas tout de suite, mais ils finiront par l'être avec le temps. Ne fais pas comme Shelly : ne joue pas à être quelqu'un d'autre. Quelqu'un que tu n'aimes pas, qui plus est. Case-toi avec une fille qui t'envoûte, une fille que tu aimes plus que tout. Une fille auprès de qui tu te sens bien.

— Toi, par exemple ? Une fille comme toi ?

— Tu ne sais rien de moi, murmuré-je, les yeux écarquillés en le voyant se pencher vers moi.

Il lève une main et caresse imperceptiblement ma joue du bout de l'index. Je frémis.

— Dès le premier regard, Juliette a scellé le destin de Roméo… Je suis peut-être une nouvelle incarnation du personnage dont je porte le nom… et toi aussi.

Il pose une main sur mon genou, puis la laisse glisser jusque sur ma cuisse nue, s'humectant la lèvre inférieure de cette langue dont je peine à me détourner. Il suffirait que nous nous penchions… juste… un peu plus… et nous pourrions…

La poignée de la porte s'agite, et un cri strident nous coupe en plein élan.

— Rome ? Rome ! Ouvre ! Je sais que tu es là !

Shelly. Encore elle.

— Putain ! hurle Roméo en se relevant soudain, avant de projeter avec violence sa bouteille de bière dans la poubelle.

— Mais, quelle conne !

Je me relève d'un coup, furieuse qu'on nous ait interrompus, et empoigne la balustrade pour essayer de recouvrer mon calme.

Rome scrute ma réaction d'un regard intense depuis l'autre extrémité de la terrasse. Il serre les poings, et nous nous entre-regardons sans rien cacher de notre frustration.

— Je ferais mieux de filer, Rome, dis-je à voix basse.

Je ferme les yeux un instant pour me ressaisir. À quelques mètres de moi, Rome se contente de m'observer en silence : je ne parviens pas à lire sur son visage, et son absence de réaction me rend folle.

— Je te laisse avec elle. C'est probablement mieux comme ça, dis-je encore, avec plus de conviction cette fois.

Il soupire et cale les mains derrière sa nuque, dépité.

— Jolly, je…

Mais il ne termine pas sa phrase, et je prends ça comme une invitation à partir : Roméo et Juliette, c'est terminé pour ce soir !

Quand je passe près de lui, il m'attrape la main et m'attire contre son torse : j'atterris avec force contre le rempart de ses muscles, le souffle court.

Roméo me glisse une mèche de cheveux derrière l'oreille.

— J'ai aimé qu'on discute comme ça, Shakespeare. C'était… nouveau pour moi…

Il semble aussi dérouté que moi. Il agrippe l'un des bords de ma toge en fronçant les sourcils, me maintenant tout contre son corps d'acier.

Je pousse un soupir.

— Pour moi aussi, Roméo, mais notre petite conversation est terminée, apparemment, et j'imagine que c'est mieux comme ça…

Je me dégage de lui et ouvre la porte à contrecœur. Shelly, ivre, trébuche à l'intérieur, et se jette au cou de Rome avant de passer les jambes autour de sa taille, snobant totalement ma présence.

— J'ai envie de toi, Rome. Prends-moi, vas-y… Tout de suite…

Je recule, agacée, tandis que Shelly commence à jouer des hanches contre lui. Roméo lâche un grognement de surprise et l'attrape par les bras.

Je me fige quelques secondes qui me semblent durer une éternité, puis, folle de rage, tourne les talons et les laisse à leur affaire. Je me suis rarement sentie aussi furieuse : comment peut-il se montrer si entreprenant avec moi, puis se mettre à baiser une autre fille quasiment sous mes yeux ? Finalement, la rumeur disait vrai : ce type n'est qu'une queue sur pattes. Je me suis fourré le doigt dans l'œil en pensant que j'avais pu établir une sorte de connexion mystique immédiate avec un gars comme lui. Cass et Lexi m'avaient prévenue, et j'ai bêtement baissé ma garde. Tout ça m'avait pourtant semblé si réel…

Je m'en retourne auprès de mes amies et me laisse tomber sur le banc de bois. Cass s'est nichée dans les bras du colosse de tout à l'heure.

— C'est qui la jolie p'tite madame ? Y a un arbre à canons dans l'coin ? lance-t-il en balayant le jardin d'un regard théâtral.

Je ris de bon cœur. Au moins, il a un peu dissipé ma mauvaise humeur.

— Moi, c'est Molly. Et toi ?

Je ressens aussitôt pour lui une sincère sympathie : imposant, genre gros nounours, il a deux grosses joues roses de poupon.

— Jimmy-Don Smith, ma belle. Plus que ravi de faire votre connaissance.

Il touche son Stetson en signe de salut, puis plaque un baiser dans le cou de Cass qui se met à glousser.

Ally m'attire à côté d'elle.

— T'étais passée où, toi ?

— J'étais avec Rome dans ta chambre. Il a le double de tes clés.

Elle me tape dans la main et, les yeux écarquillés, m'adresse un sourire solaire.

— Alors, alors ?

— Hé, tout doux ! Il ne s'est rien passé. On a papoté, c'est tout. On a descendu une ou deux bières… Rien de bien méchant, raconté-je à la hâte pour la faire taire.

— Il t'a encore embrassée ? me demande-t-elle, bondissant presque de joie sur son siège.

Je fais « non » de la tête. Je n'en reviens toujours pas…

— Non. Il ne m'a embrassée que pour l'initiation, Ally.

— Je ne crois pas, non…

Je lève la main pour l'interrompre.

— Shelly l'a débusqué dans ta piaule : ils y sont, là. Vu comme ça partait, t'auras peut-être à changer les draps, tout à l'heure.

Elle laisse tomber son front sur la table, dépitée.

— Quoi ? Mais pourquoi il retombe dans le panneau, après toutes ces années ? Je pensais que…

Elle m'adresse un regard en coin.

— Quoi donc ? Tu pensais quoi ?

Elle me dévisage en se mordant la lèvre inférieure, pensive, puis secoue finalement la tête.

— Rien. Je me suis plantée, c'est tout.

Je détourne le regard et vois Lexi montrer à une fille comment faire une roulade arrière.

— Tu prends une autre bière ? me demande Ally avec un soupir de déception.

— OK.

Autant profiter de la soirée, et éviter de trop penser au fait que le prince de l'Alabama est en train de sauter Son Altesse Pompomissime dans la luxueuse chambre rouge de ma nouvelle amie…

Chapitre 4

— Reste claire et concise, parle avec ton ventre, pas avec ta gorge et, oui : pense à bien respirer. Tu connais très bien ton sujet, donc tout se passera bien.

Je hoche la tête. Le professeur Ross est en train de me briefer avant mon intervention du jour. Comme elle avait beaucoup de recherches à faire sur l'argument téléologique pour sa revue universitaire, elle m'a demandé de m'occuper du cours magistral aujourd'hui.

— Si je ne me trompe pas, l'équipe de foot est encore en déplacement, donc tu ne devrais avoir que treize ou quatorze étudiants dans l'amphi.

Je m'étire le dos et le fais craquer pour me débarrasser de la tension.

— OK, je crois que je suis prête.

J'entasse mes feuilles devant moi, puis, depuis le bureau du professeur, regarde l'air de rien les étudiants qui entrent dans l'amphi en file indienne. Amusée, Suzy reste plantée devant moi.

— J'ai appris que tu avais déménagé ?

— Oui. Cass, Lexi et moi avons rejoint une sororité, et on m'a proposé une chambre au sein du foyer.

Elle passe un bras autour de mes épaules.

— Excellente nouvelle, Molly. Alors ? La chambre te plaît ?

Je pouffe.

— Elle est dingue : gigantesque, un lit immense, des murs blanc neige et une terrasse… Une terrasse, quoi !

— Oh, vraiment ? Ça doit te changer des dortoirs d'Oxford !

— Légèrement ! Vous vous rappelez, il y a quelques années, quand vous avez donné ce cours dans plusieurs villes d'Italie ?

Suzy acquiesce avec enthousiasme.

— Eh bien, ma terrasse ressemble trait pour trait à celle qu'on a vue à Vérone, celle de la chambre de Juliette. Étrange, hein ? Je peine à croire qu'on puisse vivre dans une telle opulence à l'université. C'est de la folie ! Quoi qu'il en soit, je suis bonne pour une année à me serrer la ceinture…

Suzy se met à rire, puis place ses mains frêles sur mes épaules.

— Profites-en, ma fille. Tu le mérites.

Je me colle presque à la clim et la monte un peu pour ne pas fondre sur place : le petit bureau est une vraie fournaise. Il fait tellement chaud, aujourd'hui encore, que j'ai mis un court short en jean et un petit haut blanc en lin à manches courtes. J'ai même abandonné mes Crocs orange favorites au profit d'une paire blanche qui convenait mieux au reste de ma tenue ; peut-être un peu, aussi, pour agacer Shelly, si friande de mon excentricité vestimentaire. Comme toujours, j'ai coiffé mes cheveux en chignon haut et désordonné, et calé mes lunettes sur mon nez.

Je jette un dernier coup d'œil dans l'amphi et le découvre presque plein. Shelly arrive accompagnée de sa cour de bimbos. À ma grande surprise, Rome entre à sa suite, papotant avec Ally. Je jure entre mes dents : l'équipe de foot est déjà rentrée. Comme si donner ce cours n'était pas assez stressant, j'allais en plus devoir gérer mes sentiments conflictuels à l'égard de Roméo.

Je le suis des yeux alors qu'il entre par la porte entrebâillée, et remarque qu'il braque aussitôt le regard vers mon bureau d'assistante. Le découvrant vide, il baisse la tête, les épaules tombantes. J'ignore pourquoi, mais cela ne m'en rend que plus furieuse contre lui. Pourquoi s'attrister de mon absence, alors que la fille pour laquelle il m'a lâchée l'attend au dernier rang avec une impatience manifeste ? Je me force à me concentrer sur mon cours et à oublier sa présence dans l'amphi.

Agrippant mes notes, je sors du bureau du professeur et entre dans l'amphi : Rome se tourne aussitôt vers moi, le regard aimanté par mon arrivée. Il porte un jean tout ce qu'il y a de plus banal, un débardeur noir, et ses cheveux mal coiffés sont toujours aussi sexy. Un sourire illumine son visage dès qu'il me reconnaît.

Il passe devant moi, m'adresse un signe de tête et un bref « Shakespeare… », puis gravit les marches qui mènent à sa place habituelle. Shelly tente de lui prendre la main, mais il la retire aussitôt et fusille la reine des pommes… poms du regard. Vexée, elle croise les bras avec une moue boudeuse. J'esquisse un sourire moqueur malgré moi, mais recouvre aussitôt ma contenance : le professeur Ross vient d'entrer et, d'un geste de la main, m'invite à commencer.

Je m'avance jusqu'au pupitre et prends une profonde inspiration.

— Bonjour, tout le monde. Le professeur Ross m'a confié le cours du jour, durant lequel je vous présenterai le concept d'utilitarisme. Durant les semaines à venir, je ferai régulièrement de brèves interventions à propos des problématiques majeures associées au sujet, avant d'enchaîner avec quelques exemples plus concrets, dont nous pourrons discuter ensemble.

Je me dirige vers mon bureau d'assistante et y dépose mes notes. Je connais mon sujet par cœur.

— En termes simples, l'utilitarisme théorise que les actes d'un individu se basent sur le fait qu'en tant qu'humains, nous prenons nos décisions en fonction du plaisir qu'elles nous procureront. De ce fait, il est perçu comme une approche hédoniste de la morale : nous agissons pour nous sentir bien, pour mener à bien une quête personnelle du plaisir. Selon Jeremy Bentham, les êtres humains agissent en fonction d'un principe de rapport de force entre plaisir et souffrance : nous cherchons à tout prix le premier en tentant d'échapper à la seconde.

Je balaie les rangs du regard pour m'assurer que les étudiants sont attentifs. Pour l'instant, tout va bien…

— Bentham était convaincu que ce principe pouvait également être appliqué à la société dans son entier, et qu'il fonctionnerait de manière optimale si l'on mettait en place un système qui cherche à produire un maximum de bonheur pour le maximum d'individus. Cela semble couler de source dans de nombreux domaines, et se manifeste parfaitement dans notre système de vote démocratique : le vote majoritaire va, en bonne logique théorique, satisfaire la majorité des gens. Ainsi, la majorité des gens seront heureux : en d'autres termes, ils auront conçu, de cette élection, du plaisir, et façonné par là même une société plus utilitaire, au sens philosophique.

On tousse dans la salle, et j'entends quelqu'un s'agiter sur son siège. Je tourne la tête en direction du bruit et aperçois Rome : penché en avant, le menton calé sur les mains, il ne me lâche pas du regard.

Mon agaçomètre interne est au bord du court-circuit, mais je me ressaisis et reprends, tâchant de ne pas lui prêter attention :

— Où en étais-je… Oh, oui : aujourd'hui, nous aborderons les bases de ce principe plaisir-souffrance, et verrons si les humains tendent à vivre effectivement de cette façon. D'un point de vue personnel, je partage presque entièrement le point de vue de J…

— Ah oui ?

Je relève aussitôt la tête : la classe entière s'est retournée vers Rome, médusée. Vu la réaction des étudiants, je gage qu'il n'est pas du genre à intervenir souvent.

— Pardon ?

Il fait tournoyer son crayon autour de son pouce et m'adresse un regard insolent.

— Je m'étonnais que vous ne partagiez que « presque entièrement » le point de vue de Bentham.

Troublée, je sens mes joues commencer à rosir.

— Pourtant, c'est bien ce que j'ai dit. Vous m'avez bien comprise.

— Rooh ! se moque-t-il, avant de coincer son crayon entre ses dents.

Ally lui envoie un coup de coude dans les côtes pour qu'il se taise, et il se tourne vers elle, amusé.

Sa réaction ne fait qu'attiser ma colère : je n'ai jamais supporté l'incorrection. Je lutte pour rester le plus pro possible – c'est important pour moi, et je m'y applique toujours –, mais c'est comme si un rempart cédait en moi. Ce Roméo Prince me fait vraiment perdre les pédales.

— « Rooh » quoi, Roméo ? rétorqué-je, sachant que l'usage de son prénom complet l'agacerait.

Il fronce les sourcils, retire son crayon d'entre ses dents et le garde à la main.

— Je trouve ça foutrement idéaliste comme vision des choses, mademoiselle Shakespeare. Vu l'intelligence qu'on vous prête, je suis assez surpris que vous ayez pu sortir un truc pareil.

Je grince des dents. Je m'apprête à expliquer mon positionnement, quand il intervient de nouveau.

— Prenons votre analogie avec le vote, par exemple, quand vous parliez du maximum de bonheur pour un maximum de gens. Vous dites que le résultat sera forcément bénéfique pour la société, car la majorité des gens en seront satisfaits. Personnellement, j'y vois quand même un défaut : que se passera-t-il si cette majorité de gens est malveillante et mal intentionnée, et que la minorité est faite de gens bienveillants ou candides ? Comme ils sont moins nombreux, ils se retrouvent dans une situation dangereuse pour leur bien-être. Et puis, si la personne pour qui a voté la majorité avait un objectif inavoué et revient sur ses promesses ? Hitler, par exemple ? Il a été élu de façon démocratique et, pendant un temps, il incarnait une certaine vision du bonheur pour une majorité de votants faite de gens pauvres et désespérés. On sait comment ça a fini… Ce que je veux dire, c'est que sur le papier, ça a l'air chouette, mais qu'en pratique, c'est plutôt foireux, non ?

J'ai la sensation, à cet instant précis, que, comme dans les westerns, une boule d'amarante va traverser l'amphi de part en part. Un silence de mort a envahi la salle. Rome semble particulièrement fier de son effet, et mes poils se hérissent. Instinctivement, je me dirige vers l'escalier, et m'assure qu'il me voit bien pour la tirade à venir : ma maîtrise professionnelle a capitulé devant ses commentaires insolents.

Je lève un doigt menaçant.

— Pour commencer, j'apprécierais que vous me laissiez terminer, avant d'intervenir de façon si inconvenante. Ce dont je suis convaincue, c'est que les individus préfèrent, dans bien des situations, le plaisir à la souffrance. Pour la plupart, j'entends. Quelque chose à redire à cela, monsieur Prince, quarterback extraordinaire ? Les décisions que vous prenez dans le cadre de votre illustre carrière de joueur de football, ne vous apportent-elles pas du plaisir ?

Le regard des étudiants ne cesse d'aller de Roméo à moi, comme s'ils assistaient à un match de tennis un peu chaotique.

— Tout à fait, mais je ne les prends pas que pour moi. Quand j'agis comme je le fais, c'est aussi pour mes coéquipiers, pour le public. Le foot leur procure du plaisir, à eux aussi. Ce n'est pas le cas de tout le monde, je sais…

— Qu'est-ce que vous sous-entendez ?

— Je sous-entends qu'en Alabama, mademoiselle Shakespeare, il n'y a pas plus grande source de plaisir que le foot, qu'on y joue, qu'on le regarde ou qu'on coache une équipe. Mes efforts ne bénéficient pas qu'à moi seul : ils font aussi kiffer les autres. À part vous, apparemment.

— Ce qui apporte de l'eau à mon moulin : en Alabama, la plus grande source de plaisir pour la majorité des gens, c'est le football américain, car c'est ce qui génère de la joie chez la majorité des individus, rétorqué-je d'un air suffisant.

Il caresse son menton mal rasé.

— Pour cet exemple-là, vous avez raison. Mais je doute que ce soit toujours aussi simple.

Je croise les bras, impatiente de voir où il veut en venir.

— Poursuivez.

— Vous dites que les gens agissent en quête de plaisir et pour éviter la souffrance ou, plus généralement, ce qu'ils n'aiment pas.

— Oui.

— Que dire des gens qui s'infligent souffrance ou déplaisir pour satisfaire les autres ?

Je me dis qu'il doit faire référence à l'étrange relation qu'il entretient avec Shelly qui, d'ailleurs, nous foudroie du regard, rageuse de nous voir débattre ainsi.

— Mon avis, c'est qu'ils ne souffrent pas autant qu'ils l'affichent, lorsqu'ils agissent pour satisfaire la volonté d'autrui.

— Ça vous dirait d'être plus claire, Shakespeare ? grince-t-il entre ses dents.

J'ai l'impression de ne plus pouvoir m'arrêter, maintenant que je suis lancée : c'est comme si la colère que je rumine depuis des jours avait eu raison de ma volonté.

— Prenez le sexe, par exemple : l'un des deux partenaires peut être plus demandeur que l'autre. Si cet autre, à l'envie plus discrète, accepte de poursuivre les ébats pour rendre le premier heureux, eh bien – et c'est là que repose toute l'ironie de la chose –, même insatisfait, libéré tout de même de sa tension sexuelle, il ne ressent pas vraiment d'inconfort ou de souffrance. Je me trompe ?

Je fais en sorte qu'il comprenne sans équivoque que je ne m'adresse à personne d'autre qu'à lui.

Son crayon craque entre ses mains.

— Autre exemple : une personne estime que ce serait une bonne idée d'en embrasser une autre qui l'attire de façon inédite, étrange presque, puis, avec du recul, se rend compte que c'était une foutue erreur. Qu'elle a parlé avec elle de choses personnelles, et qu'elle l'a trouvée différente. Qu'elle s'est dit qu'elle pouvait peut-être se permettre de se livrer sans retenue à ce confident, avant de prendre conscience que c'était idiot, qu'il aurait mieux valu que ce ne soit jamais arrivé et qu'elle en conclue que les autres ne pouvaient être qu'une putain de source de déception !

Rome jette par terre les bouts cassés de son crayon, se passe une main dans les cheveux avec nervosité, et des murmures s'élèvent dans tout l'amphi.

Nous nous défions du regard, le souffle court, vidés par la décharge émotionnelle de cette joute verbale, ne sachant ni lui ni moi quoi faire à présent. Rome ne semble pas plus habitué que moi à ce genre d'échange direct, sans le moindre fard.

Le professeur Ross nous interrompt alors d'une toux feinte. Je me retourne vers l'horloge et me rends compte que le cours est bientôt terminé.

— Lors du prochain cours magistral, nous étudierons les notes personnelles de Bentham. Les lectures requises se trouvent sur le polycopié du programme. Le cours est terminé.

Je retourne à la hâte à l'abri derrière mon bureau, refrénant une soudaine envie de vomir. Je me sens plus troublée encore qu'après ma dernière lecture de Friedrich Nietzsche en allemand.

Le professeur Ross apparaît bientôt près de moi : elle s'évente d'une main.

— Voilà qui était… pour le moins inattendu, Molly. Cela n'avait pas grand-chose à voir avec le sujet que nous devions traiter, en plus d'avoir été particulièrement inapproprié, mais vous observer jouter ainsi n'en était pas moins fort intéressant… Peut-être aurais-tu besoin de parler un peu ? L'atmosphère dans l'amphi était aussi chaude et électrique qu'un soir d'orage estival…

— Non merci, je n'ai aucune envie de parler, dis-je en rassemblant mes livres. Je suis navrée, mais je crois que je vais récupérer mes affaires et filer à la bibliothèque. J'ai des recherches à faire. Pour un devoir.

Elle pince les lèvres.

— Très bien… Mais, si tu en ressens le besoin, tu sais où me trouver, n'est-ce pas ?

Je fuis son regard.

— Merci.

Soulagée de constater que l'amphi s'est vidé, je quitte la salle. Je viens tout juste de franchir la porte d'un pas déterminé, lorsque Rome bondit et se plante devant moi, si près que nos souffles se mêlent.

— C'était quoi ce bordel ? demande-t-il, furieux.

— Ton impolitesse me laisse sans voix, l'accusé-je en m'assurant que nous sommes seuls dans le couloir.

C'est le cas. Il n'y a personne.

Personne.

— J'échangeais avec toi. C'est pas ce qu'on est censés faire en philo ? C'est toi qui as changé le cours en dispute.

— Certainement pas !

Nous nous fusillons du regard, et c'est à qui cédera le premier. Mon corps entier se couvre de frissons.

Rome finit par craquer.

— Qu'est-ce qui t'a pris de parler de l'autre soir ? Je me suis confié à toi : c'était perso, OK ? Je t'ai dit des choses que je n'avais jamais dites à personne, et tu en parles en plein cours, devant tout le monde ! Je t'ai accordé ma confiance, et tu t'en es servie pour ton propre profit d'intello de mes deux !

Je pars d'un grand éclat de rire.

— Tu oses parler de confiance, toi ? Toute la fac sait que tu utilises les filles pour ta vidange et, soyons clairs, ça me donne envie de gerber. Et puisqu'on en parle, c'est exactement ce que tu as fait avec l'autre, là, non ? L'autre soir, juste après m'avoir confié que tu ne l'aimais pas ? Tu sais, juste après qu'on a tissé ce lien si précieux à tes yeux ? Où est la morale là-dedans ? La vérité, c'est que dès qu'elle écarte les cuisses, t'es incapable de résister…

Il ricane nerveusement et s'avance encore de quelques pas : je ne bouge pas d'un pouce pour lui montrer toute ma détermination. Il m'a acculée dans un coin sombre.

— Je baise qui je veux ! Qu'est-ce que t'en as à foutre ?

Je lui lance un regard noir et reste silencieuse plusieurs secondes, avant de siffler entre mes dents avec révolte :

— Rien. J'en ai strictement rien à foutre.

Il pouffe, rageur, et plaque avec violence sa main contre le mur, juste au-dessus de ma tête.

— Menteuse !

Les poings serrés contre mes livres, j'ai l'impression qu'une boule de lave me dévore le ventre.

— Je ne mens pas : tu baises qui tu veux, comme tu le dis si bien. C'est pas mon affaire.

Rome rapproche son visage du mien.

— Mon cul, oui ! Te fous pas de moi.

Je place une main sur son torse et tente de le repousser, en vain.

— Je te crois pas une seconde, OK ? tonne-t-il. Dis-moi pourquoi tu te soucies de qui se retrouve dans mon pieu, et me raconte pas de conneries !

Comme il m'empêche de fuir, je pousse un grognement qui traduit toute ma frustration.

— Très bien ! Tu veux savoir ? J'en ai quelque chose à foutre, parce que tu m'as embrassée ! Tu m'as embrassée comme si ta vie en dépendait, merde ! Je me suis livrée à toi, et tu me traites comme une autre de tes poupées gonflables ! Tu m'as brillamment rappelé pourquoi je ne me confiais jamais à personne…

Son torse puissant m'effleure, et je me sens fébrile devant ses lèvres entrouvertes, tandis que je perçois contre mon visage son haleine brûlante.

— Au fait, au cas où ça t'intéresse : je l'ai pas baisée. Je lui ai même dit de la façon la plus limpide qui soit que j'en avais fini avec elle, une bonne fois pour toutes. Tout ce que tu m'as dit, ce soir-là, à propos de vivre ma vie, ça m'a parlé, tu vois ? Ça m'a touché, même… Tu m'as touché. Et qu'on soit bien clairs : t'es pas une poupée gonflable, Shakespeare. La baise sans lendemain, c'est mon truc, on est d'accord. Mais pas avec toi.

Je m'apprête à rétorquer, mais il me fait taire d'un doigt sur les lèvres, le regard menaçant.

— Faut avoir du cran pour me parler comme ça, Shakespeare. Ceux qui s'y risquent font pas longtemps les malins. Les gens du coin savent que me faire chier, c'est pas une chouette idée : ils ont compris qu'il valait mieux ne pas me chercher des noises.

Je dégage sa main d'une tape et me renfrogne.

— C'est une menace ?

Il m'adresse un regard ténébreux, et j'hésite entre lui envoyer mon poing dans le nez… ou lui offrir mon corps et attendre de voir ce qu'il en fera.

— Non, Shakespeare, c'est un ordre : me cherche pas. Ta bouche et toi, vous me chauffez comme pas possible, mais si tu continues, je vais devoir t'apprendre à la boucler et à filer droit.

Je tressaille et sens une vague de chaleur irradier entre mes cuisses. Je tente de résister de toutes mes forces à ce désir perfide.

— Garde ce ton autoritaire pour tes parties de jambes en l'air avec Shelly.

— Je t'ai dit que je l'avais pas touchée, merde !

— Visiblement, elle dit le contraire.

— Ce qu'elle dit, je m'en branle ! Je pensais que t'étais pas comme les autres, Jolly. Pourquoi me sortir ces conneries à propos du foot et de Shelly après tout ce que je t'ai dit de la galère que je traversais ?

J'ai vraiment la sensation de l'avoir déçu.

Un sentiment de culpabilité et d'incertitude m'envahit soudain, et je me masse les tempes, déroutée.

— Écoute, je crois que je suis mal lunée aujourd'hui… Je n'aurais pas dû te chercher comme ça, et je te présente mes excuses. Je regrette d'avoir trahi ta confiance. C'était irrespectueux de ma part. J'étais furieuse contre toi ; je suis furieuse contre toi depuis plusieurs jours, à vrai dire. Je n'arrive pas à savoir comment me comporter avec toi. Tu me… troubles.

Nous nous retranchons l'un l'autre dans le silence. Roméo me prive encore de toute échappatoire et me dévisage d'un regard furieux ; c'est comme s'il voulait me briser en deux. J'essaie de le contourner, mais il m'attrape par le bras.

— Tu crois qu'on a fini, là ?

J'expire lentement.

— Je m'en vais, OK ? J'en ai assez de… tout ça : de ce qui se passe entre nous et du merdier de tout à l'heure. Alors oui, on en a fini.

J'essaie de l'esquiver une fois de plus.

— Putain, tu me rends dingue, Shakespeare ! grogne-t-il, avant de caler une main contre ma nuque et de m'attirer vers lui, jusqu'à ce que ses lèvres avides trouvent les miennes.

Il ne se montre ni attentionné, ni prévenant, ni même respectueux : il prend ce qu'il veut sans aucun égard pour moi, et ça me plaît. J'aime me sentir sous son contrôle, avoir l'impression que je n'ai d'autre choix que lui obéir.

Je laisse tomber mes livres et mes inhibitions sur-le-champ. Sans plus de retenue, je m'accroche à sa chemise et me laisse emporter par la passion.

Soudain, il gémit, s'empare de moi et me pousse contre le mur : mon dos percute le ciment, et l'excitation de Rome devient palpable contre mon ventre… Sa langue prend la mienne d'assaut, et c'est comme si à chaque passe d'armes, il éveillait un peu plus en moi un désir refoulé.

Dans un soupir presque alarmé, il se sépare subitement de moi, sa peau bronzée brûlante contre la mienne.

— Putain, Jolly, tu m'obsèdes. Je ne pense qu'à toi et ça me rend dingue de perdre le contrôle comme ça.

— Tu penses à moi ? m'étonné-je dans un murmure rauque.

— Chaque minute…, répond-il, son regard fiévreux plongé dans le mien. Chaque seconde, du matin au soir.

Rome recule, et je peux enfin respirer, libérée de sa présence obsédante. Il faut que je parte d'ici : je perds la tête auprès de lui. Je me baisse pour ramasser mes livres et, lorsque je me redresse, Rome est toujours là, devant moi, les mains derrière la tête, le visage marqué par une avidité dévorante.

Il passe la langue sur sa lèvre inférieure avec une lenteur indécente, et je me surprends à imaginer mon corps sous cette caresse brûlante.

— Je suis paumé avec toi… Tu me perturbes, et j'aime pas ça. J'ai jamais eu une fille dans la peau à ce point… Mais t'es pas comme les autres, Jolly… Je l'ai remarqué dès notre rencontre, dans le couloir, le premier jour de cours… Putain, si tu savais : j'ai plus que ton goût dans la bouche depuis qu'on s'est embrassés durant l'initiation.

Je manque de lâcher un gémissement d'envie en captant dans ses yeux ténébreux la flamme d'un désir irrépressible.

Alors, je fais ce que je fais le mieux lorsque je suis incapable de gérer une situation sociale… Je fuis.

— Il faut… il faut que j'aille à la bibliothèque, bredouillé-je maladroitement en me dirigeant d'un pas pressé vers la sortie.

Je tremble, perturbée, furieuse… et terriblement excitée. Son assurance inébranlable m'attire… et m'inquiète. Il s'est déjà passé bien des choses entre nous, mais cet échange est sans nul doute celui qui me trouble le plus.

Tandis que je m'apprête à franchir la porte qui me sépare de l'extérieur – et de la grande bouffée d'oxygène dont j'ai besoin –, je risque un regard par-dessus mon épaule.

Grossière erreur.

Roméo se tient au milieu du couloir et me regarde, les bras croisés.

Je gifle presque la poignée de la porte, et il m'interpelle d'une voix si forte que je me fige.

— J'en ai pas fini avec toi, Shakespeare… Loin de là, même. Très loin de là !

Une nouvelle vague de désir m'envahit à ces mots, si intense que j'en panique presque et accélère le pas. J'oublie la bibliothèque et décide de rentrer chez moi : j'ai manqué de tourner de l'œil auprès de Rome, alors le mieux est que je m'en retourne au calme de ce sanctuaire qu'est ma chambre.

Roméo n'a pas couché avec Shelly.

Je l'obsède.

Pour la première fois depuis des années, je sens mon cœur s'ouvrir timidement à un bonheur inconnu…

Chapitre 5

Quatre heures que je suis allongée à regarder danser l'ombre des pins au plafond. C'est la cinquième nuit d'affilée. Je suis épuisée, vexée de me laisser envoûter, et si troublée que je ne parviens même plus à dormir, ni même, pour être tout à fait honnête, à vivre normalement. La seule et unique cause de mes préoccupations ? Roméo « Flash » Prince.

Il est parti pour une semaine de plus à l'extérieur avec la Tide. Ils sont en Arkansas. Il a quitté l'Alabama juste après notre altercation dans le couloir, m'abandonnant à l'incertitude de notre relation… J'avoue que ça ne m'aide pas d'avoir vu les photos de membres de l'équipe se bécotant avec des inconnues dans des boîtes de nuit miteuses ou lors des soirées qu'organisent les fraternités après les matchs : j'ai vu les clichés sur Facebook – où le monde entier peut s'en délecter –, et quand j'imagine Rome en train de s'adonner aux mêmes passe-temps, je me sens prise de nausées…

Tirant un trait sur ma nuit de sommeil, je me débarrasse de ma couverture et file dans la salle de bains. J'entre dans la douche, espérant que l'eau chaude me sortira de ma torpeur.

En vain.

Je plaque le front contre les carreaux froids de ma douche et soupire : je n'ai pas la moindre idée de ce que je ferai lorsque nous nous reverrons. D'après Ally, l'équipe rentre aujourd'hui, alors je compte bien me réfugier dans le dernier endroit au monde où on s'attendrait à trouver une groupie de quarterback : la bibliothèque.

Une demi-heure plus tard, je suis habillée, ai réuni mes livres et ai traversé l'immense pelouse du campus baignée de soleil matinal. Sept heures : l'heure idéale pour longer l'allée bordée d'arbres. Isolée du reste du monde, je peux réfléchir en paix, me détendre et me ressourcer.

Je suis à mi-chemin du sentier, quand j'entends les éclats sonores d'une violente dispute. De là où je suis, je ne distingue qu'une Bentley argentée à l'arrêt, devant laquelle se tient un grand homme plutôt âgé.

Et face à lui, Roméo.

L'inconnu, furieux, lui hurle dessus.

D'un pas de côté, je me dissimule derrière un tronc large et épie l'affrontement depuis ma cachette. À la tension de sa posture et ses poings serrés, je comprends aussitôt que Roméo est prêt à exploser. L'inconnu en costume sombre agite les bras avec violence à quelques centimètres à peine de Roméo, tout en lui hurlant des chapelets d'injures aussi vulgaires que blessantes. Et puis, l'homme âgé fait un pas en avant, lève une main et, sous mes yeux, administre à Rome une gifle magistrale, si puissante que sa tête part vers l'arrière. Il ne riposte pas, ravalant sa fierté, et se contente de rester là, droit comme un « i » devant l'inconnu.

— C'est pas vrai…, murmuré-je.

Affolée, je cherche de l'aide partout alentour, mais je suis désespérément seule ici… Seule avec eux. Avant que j'aie eu le temps de fuir, l'homme en costume remonte dans la Bentley, qui recule dans un crissement de pneus. Je me tourne aussitôt vers Roméo et le vois, furieux au possible, se planter devant un arbre colossal, le rouer de coups de poing en grognant rageusement, puis s'écrouler au sol la tête entre les mains.

Je plaque le dos à l'écorce rugueuse du tronc qui me sert de cachette et revois la scène en esprit, croyant à peine ce à quoi je viens d'assister. J'ai beau me torturer l'esprit, je ne sais pas quoi faire. Roméo vient de se faire agresser : on l'a frappé sous mes yeux ! Je jette un coup d'œil dans sa direction, sortant la tête de derrière le chêne massif. Même blessé, effondré, les poings ensanglantés, je le trouve superbe et me délecte sans retenue de son physique d'apollon du Sud. Mon cœur se serre et, avant que mon cerveau ait pu m'en dissuader, me pousse à le rejoindre près de l'arbre au pied duquel il s'est prostré.

Je m'accroupis devant lui, tachant de boue séchée mon ensemble short-tee-shirt noir sans manches. Il ne m'a pas entendue approcher. Sans brusquerie, je tire de mon sac besace une bouteille d'eau et mon vieux mouchoir rose. Malgré ma relative discrétion, Rome lève la tête et je découvre sa bouche ensanglantée, ses dents blanches parfaites étrangement rehaussées par l'écarlate.

— Oh, Roméo…, murmuré-je en réprimant un sanglot.

Il ne dit rien, se contente de me dévisager, hagard.

Je dévisse le bouchon de ma bouteille d'Evian, et soulève sa main rugueuse aux doigts souillés de sang. J'y verse de l'eau pour nettoyer les plaies, autant de coupures et d'écorchures salies de terre et de bouts d'écorce, puis tamponne la peau meurtrie avec mon mouchoir. Il ne cille même pas.

— Ça te fait mal ? lui demandé-je d'une voix douce.

Il fait « non » de la tête.

Une fois sa main propre, je m'avance jusqu'à me retrouver à genoux entre ses jambes. Je porte doucement mon mouchoir à sa bouche pour en essuyer le sang et découvre une plaie dans sa superbe lèvre supérieure. J'appuie mon mouchoir contre la coupure, et mon regard croise le sien. Je lis dans ses yeux marron le mélange d'abattement et d'incertitude qui agite son esprit.

Une fois que sa lèvre a cessé de saigner, je lui passe la bouteille d'eau.

— Rince-toi la bouche, tiens. Tout ce sang, ça ne doit pas être bien bon…

D'un geste purement mécanique, il récupère docilement la bouteille, et je viens m'asseoir à côté de lui dans la poussière, m'adossant à mon tour contre l'écorce. Là, je reste silencieuse : je ne veux pas prendre le risque de le blesser davantage. Je ne pouvais tout simplement pas me résoudre à le laisser seul.

Au bout de quelques minutes, je sens ses épaules se détendre, et son regard se perd dans le lointain. C'est plus de tristesse que je ne peux en supporter. Quand je prends sa main indemne dans la mienne, il tourne le regard vers nos doigts entremêlés, puis fait glisser son épaule contre la mienne. Je sais que nous n'avons pas encore réglé nos querelles, surtout après cette… dispute ? – je ne sais pas trop comment qualifier cela – dans le couloir, mais pour l'heure, je ne désire rien de plus que lui apporter tout le réconfort dont il a besoin.

Après un silence qui me semble durer une éternité, il relève les yeux vers moi.

— Hé, Jolly…

— Hé, toi.

— Alors, le spectacle ? Tu en as vu quoi ?

Je pose la tête sur son épaule. Il retient son souffle, je le sens…

— Trop.

Il plaque la nuque contre l'écorce et ferme les yeux. Fort.

— C'était qui, l'homme en Bentley ?

— Mon cher papa…

Je relève subitement les yeux vers lui, interdite.

— Ton père ?

Il baisse de nouveau la tête. Il reste muet et évite soigneusement mon regard, mais je n'arrive pas à savoir si c'est parce qu'il est embarrassé, ou accablé par la tristesse.

— Ça va aller ?

Il se raidit, et tourne la tête vers moi. Je lis toute la souffrance dans son regard.

— Non.

— Tu veux en parler ? (Il secoue la tête, déterminé.) Il te frappe souvent ?

Il hausse les épaules.

— Moins qu'avant… Il en a moins l'occasion. Là, j'ai fait un truc qui lui a pas plu, alors il m'a appelé pour que je le retrouve ici. La suite, tu la connais…

Je me traîne dans la poussière pour me retrouver face à lui.

— Qu'est-ce que tu as pu faire de si terrible pour qu'il te gifle comme ça ?

— Il a parlé d'argent, de déception, de fils indigne… Comme d'hab, quoi. C'est la première fois qu'il va aussi loin en public, par contre… Je l'avais jamais vu aussi vénère.

— Mais, tu es son fils, merde ! Comment il peut te faire subir ça ? Rien ne mérite un coup pareil en plein visage !

Ses lèvres scellées me promettent son silence. Il ne veut pas en parler, je le lis à son visage fermé, crispé. Je reprends sa main dans la mienne, et il la serre fort, craignant peut-être que je m'éloigne.

Il a l'air si perdu… C'est comme si sa carapace d'assurance avait volé en éclats, exposant toute sa fragilité. Pour mieux suturer son orgueil blessé, je change de sujet.

— Comment s'est passé ton match en Arkansas ?

Il affiche aussitôt un soulagement discret.

— On a gagné. Pas grâce à moi, mais on a gagné.

— Tu as mal joué ?

Il se lèche la lèvre, passant la langue sur sa plaie ouverte, puis ramasse une brindille qu'il casse entre ses doigts.

— C'était un enfer, ce match.

— Hé, tu as beau être bon, tu restes humain…

— Je n'ai jamais aussi mal commencé une saison. C'est ma troisième à la fac : la draft, le recrutement pour la ligue pro, c'est à la fin de l'année, et tout part en couilles…

— Pourquoi ça se passe si mal ?

— Parce que j'arrive pas à lancer la moindre passe. Je déçois les attentes de tout le monde : des fans, de l'équipe… Mes parents refusent de lâcher l'affaire avec Shelly : la gifle, c'était pour ça, ça te montre leur ouverture d'esprit à ce sujet. Et puis, madame pom-pom me colle comme jamais. Sans rire, c'est du jamais vu ; je passe mon temps à la refouler. Et j'arrive pas à me concentrer, en ce moment, ni même à dormir… Je n'arrête pas de penser à une certaine étudiante anglaise qui m'obsède au point que j'en pieute plus la nuit. Jamais. Elle me hante.

Il porte nos mains jointes à sa joue mal rasée, et m'offre une caresse rugueuse.

— Crois-moi, je vois exactement de quoi tu parles…, murmuré-je, soufflée par sa confession, et les yeux rivés sur le bout de mes doigts qui filent près de ses lèvres.

— Je n'ai pas arrêté de penser à notre dernière confrontation pendant le déplacement de l'équipe.

Rome parle si doucement que je peine à l'entendre. C'était comme s'il confessait un péché capital. Je le trouve nerveux… Je ne l'avais jamais vu dans cet état. Le fait qu'une fille lui plaise, ça doit être un nouveau monde – et des plus troublants – pour lui, le roi du sexe sans lendemain.

— Je comprends. Moi aussi… C'était… déroutant de penser à temps plein à un certain beau gosse d'Alabama plutôt qu'à Dante, Descartes ou Kant.

Il me taquine du genou, et je vois une pointe d'amusement teinter de vie son regard sinistre.

— Tu me trouves beau gosse ?

Je rougis et lui rends son petit coup de genou.

— Disons que t'es pas trop mal.

Il me regarde d'un air malicieux et esquisse un sourire.

— T'allais où comme ça, de bon matin, avant de voir un beau gosse se faire déboîter la tête ?

— Rome…

— Hé, esquive pas la question, Shakespeare !

Je secoue la tête : Roméo le gros dur ressuscite enfin.

— J'allais à la bibliothèque. J'ai des recherches à faire pour Mrs Ross. Elle a un bureau, là-bas, où je peux bosser tranquille. Quand j'ai vu… ton père te battre, j'ai estimé que sur l'instant, tu avais davantage besoin de moi que le monde merveilleux des études académiques.

Il m'invite à me lever d'une petite tape sur la cuisse, et nous nous redressons, les mains toujours jointes.

— Allons-y.

— Où ça ?

— À la bibliothèque. Je vais te filer un coup de main. On va pas laisser le monde universitaire en plan, non ? Quelle inconscience…

— Roméo… T'es sûr que tu ne veux pas rentrer chez toi ? C'est vraiment ce que tu préfères ? Parce qu'on pourrait se poser quelque part pour discuter, si tu veux. Vraiment, on fait ce qui te met le plus à l'aise.

Il abandonne soudain son ton jovial, en annonçant, le plus sérieusement du monde :

— Non, on va à la bibliothèque, et je t'aide dans tes recherches.

Il ne s'en laisserait pas dissuader : il m'a répondu d'un ton presque sec, et je sens une agressivité latente bouillonner en lui, prête à rugir. Qui plus est, il a besoin de se changer les idées, et cela évitera à un pauvre type de se prendre le poing de Roméo en plein nez lorsque ce dernier ne parviendra plus à se contenir.

— Toi, Roméo, tu vas m'aider, moi, dans mes recherches en philosophie ?

Ses lèvres charnues se tordent en un rictus vexé.

— Hé, c'est pas parce que je joue au foot que je suis forcément stupide. (Posté dans mon dos, il passe les bras autour de mes épaules.) Pour ta gouverne, je suis un tueur en philo. C'est peut-être moi qui vais t'apprendre un truc ou deux…

Il fait un pas en arrière, et pose un doigt sur sa joue, pensif.

— Par exemple, poursuit-il, *« Emmanuel Kant avait la picole pissante et le genou pas très stable… »*

Mon visage se pare d'un immense sourire en reconnaissant ces paroles, et je pars d'un grand rire, avant de me mettre à chanter à mon tour.

— *« Heidegger, Heidegger était un sac à bière qui gambergeait mieux sous la table. »*

Roméo défile devant moi, singeant la posture d'un maître de conférences.

— *« Aristote, Aristote on le note, n'a jamais bu de flotte, et Hobbes crachait pas sur le whisky. »*

D'un geste de main, il m'invite à enchaîner.

— *« Et René Descartes coltinait sa pancarte : Je picole, donc je suis ! »*

J'étouffe mon rire d'une main, soudain gaie et d'humeur espiègle : Rome, un sourire irrésistible sur le visage, lève la main pour un *check*, et je la claque avec enthousiasme.

— Monsieur est fan des Monty Python ? lui demandé-je, enjouée.

— Difficile de faire de la philo et de ne pas connaître la base : la chanson des philosophes, par nos amis les trois Bruce.

— Un point pour toi. C'est juste que je n'aurais jamais parié que tu étais fan d'humour *british*.

Il renâcle.

— Les Monty Python, c'est la crème de la crème. *(Touché.)* Allez, go. Je t'ai subjuguée une fois avec ma maîtrise de la philo, et ce n'est qu'un le début.

Je balaie sa remarque d'un revers de la main.

— Dit le type de vingt et un ans. Je te rappelle qu'à vingt ans, je suis déjà en master : je doute que tu aies quoi que ce soit à m'apprendre, monsieur la superstar. La philo, c'est mon domaine.

En un clin d'œil, Rome m'attire contre son torse et me mordille l'oreille.

— En philo, je suis peut-être un peu limité, mais dans mon domaine d'expertise à moi, je suis assez convaincu que j'aurais des tas de choses à t'enseigner…

— Et ton domaine, c'est ? lui demandé-je, haletante.

Ses lèvres insolentes s'aventurent sur la peau délicate de mon cou, là où se perçoivent les battements de mon cœur.

— Quelque chose de bien plus… jouissif que le travail.

Je me raidis, et il m'échappe soudain pour se remettre en marche, me tirant d'une main à sa suite.

— Allez, Cortex, on file à la biblio avant que ton esprit dévergondé se noie dans ses fantasmes…

* * *

Roméo reste avec moi plusieurs heures à la bibliothèque ; il m'aide à dactylographier mes notes et essaie de déceler les failles de l'argumentaire que je présente dans mes travaux. Je dois reconnaître qu'il s'est montré assez savant sur le sujet. Je me sens bien à ses côtés et, même s'il lui arrive de se montrer cinglant, voire d'une brusquerie un peu inquiétante, son impulsivité me séduit plus qu'autre chose. La seule chose qui me gêne, c'est que j'en suis une nouvelle fois réduite à ne plus penser qu'à lui, aux dépens de mon travail.

Au final, je dois revenir à la bibliothèque le jour suivant. Je me dirige vers le bureau, entre, referme la porte derrière moi, la verrouille… et découvre en me retournant que Roméo m'attend là, les pieds sur la table de travail, les mains derrière la tête, un sourire narquois sur le visage.

— C'est pas trop tôt, Shakespeare. J'ai eu le temps de boucler une thèse en t'attendant.

— Qu'est-ce que tu fais là ? lui lancé-je, le sourire jusqu'aux oreilles, heureuse de lui trouver la lèvre moins boursouflée que la veille et les phalanges bandées avec soin.

Il jette les jambes au sol, se redresse et vient se planter devant moi.

— Je suis venu assister l'assistante. Ordonnez : j'ai hâte de vous servir.

Je pose mes livres sur la table et les mains sur mes hanches.

— Tu peux m'expliquer comment tu as réussi à rentrer dans un bureau fermé ?

Rome m'adresse un haussement d'épaules espiègle.

— La bibliothécaire est l'une de mes admiratrices secrètes. On a papoté un peu en privé, tu vois, et elle m'a ouvert la porte.

— Mrs Rose ? Mais, elle a, genre… quatre-vingt-dix ans !

— Dans mon vocabulaire, j'appelle ça une couguar insatiable, plaisante-t-il en mimant un frisson d'excitation.

Je ne peux m'empêcher de pouffer.

— Tiens donc ! Et alors quoi, Roméo ? Tu meurs d'envie de m'aider une fois de plus à rédiger mon devoir ?

Son regard se fait aussitôt plus grave, et je lis dans ses yeux la même fragilité qui avait terni hier matin son superbe visage. Il croise les bras, sur la défensive.

— Tu veux que je parte ? Si je te gêne, je m'en vais. Je n'ai pas l'intention de m'incruster.

Je m'approche de lui et prends entre les mains son visage sévère.

— Hé, c'est pas ce que j'ai dit… Je suis juste surprise par le fait que toi, Roméo, tu veuilles passer du temps ici avec moi. Personnellement, où qu'on soit, je suis contente d'être avec toi.

Il incline la tête et m'embrasse la paume.

— Moi aussi, j'aime être près de toi, Jolly. Je me sens bien avec toi. Et puis, je t'en dois une pour ton aide, hier.

— Tu ne me dois rien du tout.

D'un doigt, il me caresse la joue, et je manque de m'effondrer.

— Je reste, alors.

— Et tes cours ?

— Je reste avec toi. Je deviens accro, je crois…

Je déglutis.

— Accro ?

— Accro. À toi et à ce que je ressens quand je suis près de toi.

Je rougis et joue nerveusement avec la bride de ma sacoche.

— Oh, OK, eh b… eh bien… Dans ce cas, je vais te trouver du boulot. Allez…

Il hoche la tête, puis s'assied en face de moi, avec sur le visage un sourire rayonnant de fierté.

* * *

J'entends derrière moi s'élever un soupir exagéré au possible.

— On a besoin d'une pause, ordonne Roméo sur un ton renfrogné.

Il vient de franchir la porte, deux tasses de café fumant dans les mains. Vu que je ne l'ai même pas vu sortir, j'en conclus qu'effectivement, je dois avoir bien besoin d'un break. Je m'affale dans ma chaise et me frotte les yeux.

— Ça fait combien de temps qu'on est là ?

Roméo se laisse tomber sur sa chaise, puis pousse jusqu'à moi ma tasse de café et un sac en papier kraft contenant un bagel au fromage frais.

— Six heures, à peu de choses près.

J'ouvre des yeux ronds.

— Sans déconner ?

— Sans déconner.

Je prends une petite gorgée de café, ferme les yeux, et émets un gémissement de satisfaction sonore, tandis que la caféine, ma drogue, se répand dans mes veines.

J'entends une chaise grincer sur le sol de vinyle, puis Roméo sursauter dans un juron. Quand j'ouvre les yeux, je le vois qui secoue son tee-shirt gris taché de café.

— Mince, ça va ?

Il acquiesce d'un bref hochement de tête.

— Ouais, ouais… Si tu pouvais juste… éviter de faire ce genre de bruit quand je suis dans la même pièce que toi, Jolly.

Ces simples mots pèsent sur ma respiration, et je m'agite sur ma chaise en voyant son regard transi s'attarder sur ma poitrine. Il se rassied, et nous mangeons dans un silence aussi interminable qu'électrique…

Puis Roméo s'étire.

— Tu dois avoir bientôt fini, là, non ? J'ai jamais vu personne bosser autant. Tu vas faire une prof d'enfer, c'est sûr.

Je hausse les épaules.

— J'adore étudier. Ça m'occupe l'esprit.

Il incline de nouveau la tête.

— Y a des choses auxquelles tu veux éviter de penser ?

— C'est ça.

— Du genre ?

Je fais cliqueter à répétition le bouton de mon stylo.

— Des trucs pas chouettes… Déprimants. Des mauvais souvenirs…

Il prend ma main dans la sienne.

— Dans ce cas, les études sont pour toi ce que tu es pour moi. (À défaut de savoir quoi répondre, je prends une gorgée de café.) Je suis sérieux, Jolly. Tu me fais du bien…

— Je te… Pardon ? Tu…

Je m'agite sur ma chaise, et il glousse en me voyant rougir. Vexée, j'arrache un morceau de mon bagel et le jette contre son torse. Il le récupère et le gobe en haussant malicieusement ses sourcils. Je pouffe malgré moi.

Une fois que j'ai recouvré mon calme, je relève les yeux vers lui.

— Alors, comment tu te sens aujourd'hui ?

— Mieux. Une nana m'aide à sortir la tête de la merde, en ce moment.

— Quelle nana ? Tu m'en parles un peu ? le taquiné-je.

Il fait mine de réfléchir.

— Brune, un accent à tomber, le genre rat de bibliothèque hypersexy, avec des petites lunettes et tout le bordel…

J'ai des papillons dans l'estomac.

— Je vois… Non, allez, sérieusement, comment tu vas ?

Il prend un air moins guilleret.

— Un peu mieux. J'y travaille en tout cas. C'est un taf de tous les jours…

Je le laisse quelques secondes à ses pensées et sirote mon cappuccino en relisant mes notes. Mais je relève bientôt la tête : Roméo a quitté lentement son siège et s'approche de moi, les sourcils froncés et les lèvres entrouvertes. Lorsqu'il place une main sur la bibliothèque derrière moi et l'autre sur le bureau, j'agrippe les accoudoirs de ma chaise. Maintenant qu'il m'a prise au piège, il se penche doucement vers moi. Sa bouche s'arrête à quelques millimètres de la mienne, et je ferme les yeux…

— Roméo, qu'est-ce que…

Soudain, il niche la langue à la commissure de mes lèvres. Je me raidis.

— Tu avais de la crème sur la lèvre…, murmure-t-il d'une voix lente et rocailleuse.

Je suis prise d'un soudain vertige.

— Oh, je…

Il revient aussitôt à l'assaut, me prend le visage à deux mains et plaque sans ménagement ses lèvres contre les miennes. Je m'abandonne à son emprise, gémis lorsque d'une main, il empoigne mes cheveux, tirant ma tête en arrière pour que sa langue file plus loin entre mes lèvres.

De longues secondes plus tard, il se détache de moi.

— Et ça, c'était pour quoi ? murmuré-je, le regard rivé dans ses yeux de braise en passant un doigt sur ma bouche humide.

Il plaque son front contre le mien.

— Parce que j'avais envie de t'embrasser, c'est tout, halète-t-il.

Il s'agenouille de façon que nos yeux se retrouvent au même niveau, puis, des deux mains, trace des cercles délicats sur mes cuisses.

— Viens me voir jouer, ce week-end.

— Il faut que je bosse…, prétexté-je de but en blanc.

La déception dans son regard me serre le cœur.

— C'est l'histoire de quelques petites heures, Jolly…

— Je sais, mais je suis payée pour aider Mrs Ross, et je mets un point d'honneur à toujours rendre mon boulot à temps. Sans mon salaire, je dors dehors, Rome. C'est pas donné de crécher dans le foyer de la sororité. Pendant le match de samedi, moi, je pointerai ici, à la biblio.

Les épaules tombantes, il laisse échapper un profond soupir.

— OK. Ça me fout hors de moi, mais je comprends.

Je pose une main délicate sur sa joue hâlée et râpeuse.

— Sois pas déçu, je t'en prie. Et puis, le sport, c'est vraiment pas mon truc. Je n'ai pas la moindre idée de comment fonctionne le football américain, et encore moins de ce qu'est censé faire un quarterback sur le terrain, tu le sais…

— Message reçu, Jolly, murmure-t-il en lovant sa joue dans ma paume. Personne ne sera là pour me soutenir : rien de nouveau sous le soleil.

— Roméo…

Il se relève en se grattant la tête.

— Faut que je file. J'ai entraînement.

Je lui caresse la main, et découvre la tension dans ses doigts.

— Je vais encore rester ici quelques heures, mais je te retrouve après, OK ?

Je m'en veux terriblement de lui faire faux bond comme ça. Je m'en sortais si bien avec lui, depuis hier. Je le trouvais plus heureux… C'est comme un retour à la case départ.

Rome se penche, fouille mon regard des yeux et, soudain, se retourne et quitte la pièce, m'abandonnant là, immobile et désolée.

Je passe les deux heures suivantes à dévisager les nœuds de bois du bureau en chêne en me demandant quel lien insaisissable nous unit, Roméo « Flash » Prince et moi.

Tandis que je rassemble mes affaires, décidée à partir, je trouve sur le sol une note glissée sous la porte.

Viens au match, s'il te plaît.
J'ai besoin de toi dans les tribunes.
Ton Roméo

« Mon » Roméo ?

OK, ça, c'était pas prévu…

Chapitre 6

— Rome, allez ! Rentre dans le match, là !

Debout, Ally agite les bras, comme Cass et jusqu'à la dernière personne présente dans le stade de cent mille places. Moi exceptée, bien sûr… Je crois que je ne me suis jamais sentie aussi paumée de ma vie.

J'ai finalement décidé d'assister au match. Ally avait un billet supplémentaire qu'elle tentait de me refourguer depuis le début de la saison, et je refusais chaque fois son invitation. Cette fois, j'ai cédé, et me voici dans les gradins pour un match de la Tide : j'étais hantée par la souffrance que j'avais lue dans le regard de Rome quand je lui ai dit que je ne viendrais pas.

Sa note, ça a été la goutte d'eau.

Je suis devenue l'amoureuse transie que je n'avais jamais imaginé devenir un jour, et ses mots doux ont achevé de faire de moi une romantique.

— Rome, qu'est-ce tu fous, merde ! Raaaah ! hurle Ally une fois de plus.

Installées dans les tribunes étudiantes les plus proches du terrain du stade Bryant-Denny, nous assistons au derby qui oppose la Tide à sa rivale historique, l'université d'Auburn. Visiblement, pour la troisième fois de la saison, Rome offre une prestation assez médiocre, bien loin de son exemplarité habituelle sur le terrain. Je lève les yeux vers l'écran géant : Roméo y apparaît en gros plan. Il vient de détacher la jugulaire de son casque et jure comme un charretier. Après un coup de poing au sol, il bouscule les joueurs devant lui : j'ignore ce qui vient de se passer, mais, de toute évidence, ça ne lui a pas plu.

Le côté *bad boy* qu'il montre sur le terrain est à se damner, qui plus est avec la façon dont sa tenue encadre ses épaules d'athlète… N'existe-t-il donc pas une loi interdisant d'être aussi sexy ?

Ally se cache la tête dans les mains et, l'air défait, épie la scène entre ses doigts. Cass – qui s'enfile son troisième *corn dog* – secoue la tête, abattue. Les pom-pom girls commencent leurs cabrioles, et je regarde Lexi jouer des jambes avec enthousiasme : elle a intégré l'équipe après une performance d'exception, subjuguant le jury avec son salto arrière suivi d'une triple rondade… C'est la goth la plus heureuse au monde.

Je profite de ce moment de flottement pour scruter les alentours : le stade de la Crimson Tide est immense, et l'ambiance électrique dans les tribunes. Je n'ai pas mis longtemps à comprendre pourquoi Rome était si connu au sein du campus et, pour lui rendre justice, dans tout l'Alabama : à l'instant même où il est sorti du tunnel d'accès, son visage et ses statistiques sont apparues sur l'écran géant de l'une des zones d'en-but. Tandis qu'il menait son équipe jusque sur le terrain, la foule de cent mille fans s'est mise à hurler à l'unisson un « Allez la Tide ! » tonitruant, au son des cornes de brume haché par les grondements des tambours. Jamais je n'avais assisté à pareil spectacle.

Chaque fois que Rome jette le ballon, les fans retiennent leur souffle dans un silence quasi religieux. Pour l'heure, malheureusement, il n'a réussi aucune de ses tentatives de passe. Même si je ne suis pas certaine d'avoir bien compris les termes que Cass a utilisés, cela n'a pas l'air d'être une très bonne nouvelle.

Je pose de nouveau mes yeux sur le terrain, et vois Rome trimballer d'un pas rageur sa carrure de colosse jusqu'au banc des remplaçants où un coach se met à lui hurler au visage, martelant avec frénésie un tableau blanc de la paume pour manifester la pleine mesure de sa colère. Je suis prise d'une soudaine envie de bondir hors de mon siège et de me ruer vers eux pour m'interposer.

Je me retourne vers Ally.

— Pourquoi il l'engueule ? C'est si terrible que ça d'avoir raté ses… envois de… ballon ?

— C'est assez terrible, oui. Rome ne peut pas se permettre de jouer aussi mal, Molly : il est en troisième année, et tout le monde le considère comme le meilleur quarterback du pays. Les pros se l'arracheront au premier tour de la *draft*. Et puis, si la Tide veut encore accéder au top 25 cette année, elle a besoin qu'il performe à plein régime. S'il utilise vingt pour cent de ses capacités, ces temps-ci, c'est bien le max. Je ne l'ai jamais vu autant à la ramasse… Je ne comprends pas ce qui se passe.

Elle semble totalement déboussolée.

La foule se remet à scander une salve d'encouragements et, lorsque je regarde une nouvelle fois du côté du terrain, je vois Rome courir pour se remettre en position en rajustant son casque.

Comme à l'accoutumée, le soleil embrase Tuscaloosa, au point que la chaleur est devenue insupportable dans le stade bondé à ciel ouvert. Je porte une robe courte sans manches en lin blanc, ainsi qu'une paire de bottes en cuir brun qui m'arrivent à mi-mollet : Ally me les a offertes dans un accès d'euphorie, lorsque je lui ai dit que je venais au match. Sans ménagement, elle m'a dit que je devais faire l'effort de m'intégrer, et m'a poussée à donner dans la tenue sudiste un peu voyante. J'ai également honoré ce jour historique de quelques discrètes touches de maquillage. Au final, je dois bien avouer que je suis assez séduite par le style du coin…

— Je vais me chercher un Coca Light. Vous voulez un truc ? hurlé-je pour que ma voix perce les acclamations rugissantes de la foule.

D'un geste, je chasse un moustique : j'ai vraiment besoin d'échapper quelques instants à la chaleur accablante du stade. Ally secoue la tête de façon mécanique, hypnotisée par le match, et Cass plonge une main dans sa poche.

— Un grand paquet de chips et une limonade, chérie.

Je prends l'argent qu'elle me tend et longe le terrain, filant en direction des kiosques situés à l'intérieur du complexe. Je n'ai pas dû faire dix pas que des milliers de spectateurs se tournent vers moi au ralenti et me suivent du regard. Avant même que j'aie eu le temps de comprendre ce qui se passe, le ballon plonge dans le public et deux hommes commencent à se battre pour le récupérer. Emportés par leur querelle, ils se rapprochent de moi, et un coude égaré me percute en plein visage, m'envoyant à la renverse. Je finis les fesses par terre, et la foule lâche un « Oooh ! » collégial. Quelques secondes plus tard, la sécurité éloigne de moi les deux hystériques.

Je porte aussitôt les mains à mon nez : je le sens qui fourmille, mais il n'a pas l'air cassé. Je ne saigne même pas, je crois. Mes lunettes, en revanche, c'est une autre histoire : elles se brisent entre mes doigts. Je les serre précieusement tandis que plusieurs personnes m'entourent, me demandant si tout va bien. Puis j'entends un homme hurler qu'il est médecin, et il se penche vers moi et commence à ausculter mon visage.

— Mes lunettes sont cassées…

Le médecin à la calvitie marquée m'aide à me relever. Une fois debout, j'entends la foule se mettre à taper des mains en rythme. Je cale mes lunettes brisées sur mon nez, une main sur chaque branche et me rends compte, mortifiée, que mon petit incident a été retransmis sur l'écran géant.

— Prince ! rugit un homme manifestement furieux. Prince ! Tu te crois où, bordel ! Reviens ici !

Autour de moi, la foule s'écarte.

Lorsque je lève les yeux, c'est pour découvrir Rome en train de cavaler dans ma direction. En me voyant les doigts crispés sur mes lunettes cassées, il prend un air horrifié.

— Shakespeare, merde ! Je suis désolé… Ça va ? me demande-t-il, paniqué.

Il jette son casque au sol, prend mon visage entre ses mains et m'incline la tête en tous sens, m'auscultant de ses grands yeux bruns.

— Ça roule, Rome… Mes lunettes m'ont sauvée, je crois. Elles se sont sacrifiées pour moi. Tu n'as rien à te reprocher : ce sont les deux ivrognes qui me sont tombés sur le coin de la gueule qui devraient s'excuser !

Je brandis les deux morceaux noirs de ma monture brisée pour appuyer mes dires, mais, comme je n'y vois plus grand-chose, les remets vite en place et perçois le mince sourire de Rome.

— Il a fallu que ça tombe sur toi, hein, commente-t-il en secouant la tête. Un putain de stade bondé, et il a fallu que ça tombe sur toi. Ça ne me surprend même pas, en fait : quand il m'arrive un truc, t'es jamais loin. Ce serait pas un signe du destin, par hasard ?

Je hausse les épaules.

— J'allais juste… me chercher un Coca Light…

Il lâche un petit rire.

— Alors que j'allais jouer ?

— Ben… pour être honnête, je ne comprends rien à ce qui se passe sur le terrain, et j'avais très soif, alors…

Des femmes se penchent à la balustrade proche.

— On t'aime, Flash !

— Tu m'invites chez toi, chéri ?

— Baise-moi, le 7 !

Je détourne brièvement le regard, et Rome perd son sourire : d'un doigt sous mon menton, il me force à ne plus regarder que lui.

— T'es venue…

— Je suis venue, acquiescé-je avec un sourire.

— Qu'est-ce qui t'a fait changer d'avis ?

— Tu m'as touchée, plaisanté-je, reprenant les mots qu'il avait lui-même prononcés lors de notre dispute houleuse dans le couloir de la fac.

Rome pouffe malgré lui.

— Mademoiselle ? me lance l'homme du staff médical. Je dois vous accompagner à l'infirmerie pour m'assurer que vous allez bien. Je suis navré, mais c'est le règlement. Si vous voulez bien me suivre.

Il me prend par le bras, mais Rome lui demande d'un doigt levé de patienter une seconde, puis il se penche légèrement, le regard rivé dans le mien.

— Tu es sûre que ça va ?

— Oui. Et toi, t'as pas un match à gagner, au fait ? Je doute que cent mille personnes aient fait le déplacement pour nous voir papoter.

— C'est vrai que j'étais en pleine rencontre, moi, avant que tu décides de te castagner avec deux outres à bière.

Je m'apprête à suivre le médecin, lorsque Rome se baisse soudain vers moi et m'embrasse langoureusement : son baiser est tendre, délicat, différent de la passion brutale à laquelle nous sommes habitués. Le monde chavire autour de moi…

Nous nous regardons une dernière seconde, puis Rome se retourne et trotte jusque sur le terrain, un air déterminé sur le visage.

La foule entière en reste bouche bée. Tous, jusqu'au dernier des spectateurs, devaient se demander pourquoi le quarterback vedette avait montré un tel intérêt pour la jeune fille blessée.

On m'entraîne jusqu'à l'infirmerie, à l'abri de la fureur du stade. Alors que je recouvre tout juste mon calme, je sursaute, effrayée : un grondement assourdissant, à en faire trembler jusqu'aux fondations du stade, s'élève des tribunes.

— Qu'est-ce qui se passe ? lancé-je, prise de panique.

Le toubib jette un regard au petit écran placé dans un coin de la pièce.

— Oh bordel !

— Quoi donc ? Qu'est-ce qu'il y a ?

— Flash vient de lancer une passe de quarante yards à l'un des receveurs ! Touchdown !

— Et c'est bien, ça, non ? Un touchdown ?

Il se retourne aussitôt vers moi, l'air inquiet : à n'en pas douter, il se demande si, au final, je n'ai pas été victime d'une grave commotion cérébrale.

— Oui, c'est une très bonne chose, même. Surtout à un quart-temps de la fin du match. Égalité. Il nous reste quinze minutes pour arracher la *win*.

— La *ouine* ?

— La victoire, m'explique-t-il avec un soupir exaspéré.

— Oui. OK. Bien sûr…, balbutié-je, estimant plus avisé de ne pas m'enfoncer davantage.

Pour éviter toute autre distraction, le médecin éteint le poste de télé, termine son examen et m'aide à réparer grossièrement mes lunettes à l'aide d'un généreux bout de sparadrap. Niveau discrétion, on repassera… Niveau classe aussi, mais je n'ai pas vraiment le choix. « Que sera, sera », comme disait ma grand-mère.

Lorsque je retourne à mon siège, c'est pour entendre l'arbitre siffler la fin du match : aussitôt, la foule exulte, hurle de joie à l'unisson. Cass et Ally bondissent en tous sens, et se ruent à ma rencontre dès qu'elles m'aperçoivent. Une fois sur moi, elles manquent de peu de me plaquer au sol.

Je m'accroche : hors de question de me retrouver deux fois de suite sur les fesses devant cent mille personnes.

— Molly, ça va ? me demande Ally, les yeux écarquillés. On a tout vu ! Sur l'écran géant ! Oh, tes lunettes !

Elle se redresse et m'étudie sous toutes les coutures, soucieuse de me voir blessée.

— J'arrive pas à croire que tu te sois mangé un coup de coude, Molly ! Molly Shakespeare, nouvelle recrue du Fight Club ! Putain, j'étais morte de rire ! s'esclaffe Cass en se tenant les côtes. (Elle perd soudain son sourire.) Molly ? Mes chips et ma limonade ?

— J'ai été un peu occupée, là, Cass ! (Elle tire une moue boudeuse et croise les bras, déçue.) Alors, on a gagné ?

Ally passe un bras autour de mes épaules.

— Gagné ? On les a démontés, chérie ! Après que Rome t'a embrassée, il s'est métamorphosé ! Il a réussi toutes ses passes et été élu MVP du match !

Je papillonne des yeux.

— MVP, c'est le titre de… meilleur joueur du match, c'est ça ? C'est bien, non ?

— Bien ? Tu planes, chérie ? Et puis, tout le monde dit que c'est ton baiser qui lui a porté chance !

Je me redresse et la dévisage, sceptique.

— J'ai des lèvres magiques, maintenant ?

— Molly, le vent a tourné, genre, totalement, quoi ! T'as changé le cours du match !

Tout sourires, elle frappe des mains comme une hystérique.

Cass me prend par les hanches et me tourne vers l'écran géant.

— Regarde…

Je lève les yeux.

Merde alors…

Le monteur s'est surpassé en mon absence : la sélection des meilleurs moments tourne en boucle sur l'écran, montrant d'abord Rome manquer une longue série d'actions. On m'y voit ensuite assaillie par les deux ivrognes, me prendre un coude dans le nez et m'effondrer sur le sol. Sincèrement, la scène est encore plus ridicule à regarder qu'à vivre… Puis Rome quitte le terrain en dépit des réprimandes de son entraîneur et des regards médusés de ses coéquipiers délaissés, prend mon visage à deux mains, et m'embrasse. La dernière partie du montage me révèle les trois passes décisives que j'ai manquées durant mon séjour à l'infirmerie. Trois touchdowns.

C'est trop pour moi. Mon cœur se met à battre la chamade, trop fort, trop vite, et je me crispe. Je déteste être le centre d'attention : me retrouver sur un écran géant scruté par cent mille personnes est plus que je ne peux le supporter. Ajoutez à cela le baiser de Roméo, et je ne suis plus qu'une poupée de chiffon pétrie de stress. J'ai toujours estimé que personne ne méritait la gloire des projecteurs : aujourd'hui, j'en suis plus que convaincue.

Je me retourne lentement vers le terrain où Rome donne plusieurs interviews et, surprise ! Shelly se jette soudain à son cou pour l'embrasser sur la joue, en petite amie fière de son homme.

Les yeux rivés sur leur couple, je sens mon cœur voler en éclats : comment ai-je pu être aussi stupide ? Croire que j'avais mon mot à dire dans leur histoire ?

C'était une belle connerie de venir ici, et une autre de penser que j'avais mes chances avec un mec comme Rome. C'est le gars le plus populaire du campus, un type que des centaines de nanas hystériques espèrent mettre dans leur lit. Pourquoi s'intéresserait-il à un rat de bibliothèque dont le plus grand talent est de se faire oublier ?

Que Roméo Prince se case avec une fille comme Shelly, c'est bien le plus logique. Elle colle parfaitement à sa vie faite de glamour et de pression quotidienne.

Je me retourne vers Cass et Ally, tâchant tant bien que mal de ne rien leur montrer de ma déception.

— Je rentre, j'ai du boulot… On se retrouve plus tard.

Je sors du stade avant qu'elles aient pu se révolter et tente désespérément d'oublier la caresse délicate des superbes lèvres de Roméo contre les miennes.

Pour le citer lui-même : « Plus facile à dire qu'à faire. »

Chapitre 7

— Molly, sors ton joli petit cul d'Anglaise de là ! On va se démonter la tête ! On a besoin de notre quatrième mousquetaire !

— Pour la dernière fois, Cass : c'est gentil, mais non merci. Je suis sérieuse.

Un crachotement ignoble déchire le haut-parleur de mon téléphone, au point que je dois l'éloigner de mon oreille. De toute évidence, Cass est déjà ivre morte. Efficace, sa gnôle…

— Molly ? Molly !

Tiens, Ally a dû s'emparer du téléphone.

— Je t'entends, Ally.

— T'es sûre que tu veux pas venir, chérie ? Ça m'embête que tu te fasses chier toute seule dans ta chambre quand tout le monde est en train de s'éclater.

— Non, sérieusement, Ally. Je vais très bien, je suis juste un peu fatiguée.

Un long silence au bout du fil me permet d'entendre en arrière-plan la musique du Zac Brown Band s'élever par-dessus un brouhaha tonitruant.

— OK, chérie, on se voit demain matin… Si tu changes d'avis, tu m'appelles, hein ?

— OK. Amusez-vous bien !

Je raccroche et m'affale sur mon lit. Les yeux rivés sur le papier peint représentant une fleur de lotus rose sur un étang paisible, je balaie l'écran d'un pouce absent.

Quand je suis rentrée, j'ai pris une douche, enfilé une vieille chemise de nuit d'un rose passé, et décliné toutes les invitations aux nombreuses fiestas organisées pour célébrer la grande victoire de la Tide.

Cass, Lexi et Ally ont décidé de participer à la fête tenue par la fraternité de Rome, de l'autre côté de la rue, et ont utilisé jusqu'à la dernière arme de leur arsenal pour me forcer à venir avec elles. Comme j'avais besoin de me distancier de tout ce qui avait un rapport, de près ou de loin, avec Roméo Prince, j'ai poliment résisté.

Je ne suis pas assez bête pour ne pas voir que je l'ai dans la peau. Et pas qu'un peu : j'ai l'estomac qui papillonne, le cœur abonné aux montagnes russes et je ne compte plus les rêves érotiques qui hantent mes nuits.

Le temps que nous avons passé ensemble cette semaine, rien que tous les deux, a fait gravir mes sentiments pour lui d'un échelon, et j'ignore comment gérer ce rapprochement. Aussi, mon plan – à en faire pâlir la CIA, à n'en pas douter… – est de me tenir aussi éloignée que possible du quarterback vedette de la Tide.

Et il est déjà en vigueur.

Je me redresse sur mon lit, relâche mes longs cheveux dont les extrémités viennent caresser le haut de mes hanches, masse mon crâne engourdi d'avoir maintenu toute la journée mes innombrables bouclettes, puis m'installe confortablement sous les douces couvertures lilas avec un bon livre. Mon exemplaire écorné de *Jane Eyre* en main, je me plonge dans la vieille Angleterre de Mr Rochester et m'y perds joyeusement.

Une heure plus tard, alors qu'absorbée par ma lecture, je me sens plus apaisée que jamais, j'entends un discret martèlement. Je balaie d'un regard inquiet ma chambre vide, éclairée seulement par le rougeoiement poussif de ma lampe de chevet. Je suis la seule consœur dans tout le bâtiment… Je commence à frissonner.

Lorsque j'entends de nouveau le martèlement, je bondis hors de mon lit et, debout au beau milieu de ma chambre, comprends qu'il vient de la porte-fenêtre qui donne sur ma terrasse.

Je m'approche prudemment et la déverrouille, après m'être assurée d'un coup d'œil qu'aucun tordu ne rôde de l'autre côté. Je l'entrouvre… et découvre sur le sol de dalles rouges une poignée de gravillons. J'avance d'un pas et, enveloppée par la brise du soir, en ramasse un. Lorsque je me redresse, une nouvelle volée de gravier atterrit sur mon épaule.

Je souffle pour mieux garder mon calme et me dirige vers la balustrade d'où je me risque à regarder en bas. Je n'aperçois d'abord qu'un rideau de ténèbres desquelles, bientôt, sort une silhouette…

— Shakespeare ?

Je ne connais qu'une personne capable de rendre cet accent du Sud si sexy…

Roméo s'extirpe des ombres et s'avance dans la faible lueur émanant du porche. Dans la pâle lumière qui semble auréoler ses larges épaules, il m'apparaît d'une beauté surnaturelle : il a délaissé sa tenue de match pour un jean taille basse et un tee-shirt rouge sans manches de la Tide. J'essaie aussitôt d'étouffer la vague d'excitation qui m'envahit tout entière.

— Hé, Jolly…, murmure-t-il, un sourire timide aux lèvres.

— Hé, toi… Qu'est-ce que tu fais ici ?

— Je suis venu te voir, tiens…

— Ah ? Pourquoi ?

Ma surprise est sincère : je pensais qu'il célébrait sa victoire dans je ne sais quelle fête.

Rome hausse les épaules, fourre les mains dans ses poches et m'adresse un regard timide à la dérobée.

— Parce que j'ai remarqué que tu étais restée chez toi. (Il fait un pas de plus en avant, et je le distingue plus facilement.) Et puis, je voulais m'assurer que tu allais mieux, après l'incident au stade. J'ai pensé à toi toute la soirée.

— Pourquoi t'es pas avec Shelly ?

— J'aurais une putain de raison d'être avec elle ?

Je hausse les épaules.

— Elle était avec toi après le match. Ça avait l'air de bien se passer entre vous… Je me suis dit que tu allais fêter ta victoire avec elle.

Il se raidit des pieds à la tête.

— Qu'on soit clairs une bonne fois pour toutes : j'en ai rien à battre de cette fille, et c'est pas près de changer. C'est pour ça que t'es restée dans ta piaule ce soir ? Tu pensais que j'allais m'éclater avec cette putain de sangsue ?

— Rome…, l'interpellé-je en grimaçant, un peu mal à l'aise. Ça ne me disait pas de sortir faire la fête, c'est tout. Tu ferais mieux d'aller en profiter. Pas la peine de t'en priver pour moi.

— Hors de question que je parte d'ici.

Mon cœur s'affole tandis que je l'observe en contrebas : il est là, juste là… Pas avec Shelly, donc… Je me détends un peu, surprise de voir à quel point le simple fait de penser à lui dans les bras d'une autre fille m'a mise sur les nerfs.

Je me penche un peu à la balustrade et ne peux réprimer un petit rire.

Roméo fronce les sourcils, menaçants sur ses yeux chocolat.

— Qu'est-ce qui te fait rire, Shakespeare ?

— Que Roméo soit venu à mon balcon pour attirer mon attention. (Je me couvre la bouche de la paume, puis joins les mains et les pose sur mon épaule.) « Les murs de ce verger sont hauts, durs à franchir, Et ce lieu, ce serait ta mort, étant qui tu es, Si quelqu'un de mes proches te découvrait. »

Je bats des cils pour un effet plus théâtral.

Sa bouche se tord tandis qu'il tente en vain de refréner un sourire.

— Comment tu peux citer tout un passage de tête, bordel ?

— J'ai dû lire la pièce un million de fois. Elle est d'une beauté tragique imparable… (Je pouffe.) Un peu comme nous, non ?

Roméo se soustrait à mon regard, et j'entends bientôt un bruissement de feuilles. Je file tout au bout de la terrasse pour voir ce qu'il fait : il est en train d'escalader la trame de plantes grimpantes qui grouille sur la façade.

— Fais attention, Roméo ! Qu'est-ce que tu fous ?

Il tend une main vers le prochain rameau fragile qui lui servira de prise, puis lève la tête vers moi, l'œil rieur.

— Je monte retrouver ma Juliette.

Je chancelle en me rendant compte de ce qu'il est en train de faire.

Il vient me retrouver…

Dans ma chambre…

Et je suis seule.

OK, c'est la merde…

Les deux mains de Rome agrippent la balustrade de pierre de mon balcon, et il se hisse bientôt jusque sur la terrasse : là, il se redresse et s'époussette les mains sur le jean. Un jean parfaitement ajusté, par ailleurs… Le souffle court et les bras ballants, il écarquille les yeux en ne me voyant vêtue que d'une chemise de nuit.

Je baisse soudain les yeux et m'effondre intérieurement en prenant la pleine mesure de ma tenue. Je relève la tête pour lui expliquer que j'étais déjà au lit lorsqu'il est arrivé, et le découvre déjà devant moi, à quelques centimètres à peine. Ses grands yeux ténébreux se régalent de la moindre de mes courbes, et je vois le bout de sa langue caresser ses lèvres, tandis que son regard quitte mes hanches pour s'attarder sur mes seins.

Il lève une main et la plonge dans mes longs cheveux ondulés.

— J'aime quand tes cheveux sont lâchés…, me révèle-t-il d'une voix râpeuse, comme si articuler le moindre son le faisait souffrir.

Par pur automatisme, je lève une main pour jouer nerveusement avec mes boucles…, et ma paume se retrouve malgré moi sur la sienne : je veux la retirer, mais il s'empare de mes doigts et place nos mains le long de nos hanches. Je baisse les yeux… Les caresses de son pouce contre ma paume couvrent mes bras de frissons. Il dégage les cheveux qui recouvrent l'une de mes épaules et, de l'index, effleure ma peau nue d'un geste lent et hypnotique.

Je ferme les yeux et sens le bout de mes seins durcir à m'en faire mal contre le coton délicat de ma chemise de nuit.

— Roméo… Qu'est-ce que tu fais ?

Je sens sur mon visage la caresse de son haleine à la douce odeur de menthe.

— Je ne sais pas trop… Mais je n'ai aucune envie d'arrêter.

— Rome, je ne sais pas si…

Je rouvre les yeux, soudain dégrisée par les hurlements perçants de consœurs imbibées de retour au foyer. Il s'en suffirait de peu pour qu'elles nous découvrent là, sur la terrasse, à nous toucher, nous caresser, nous rapprocher un peu plus chaque seconde…

Du bout du nez, Rome taquine la peau de mon cou, et je me cambre, répondant instinctivement à ses caresses invitantes.

— OK, on ferait peut-être mieux d'arr…

Mais Rome ne l'entend pas de cette oreille. Il passe sa langue sur ma peau tannée avec un grognement grave…

— Non, Jolly… Ça fait trop longtemps que je me retiens. J'ai essayé d'y aller doucement avec toi, mais c'est fini maintenant. J'en peux plus d'être invisible à tes yeux… Et j'ai envie de toi… Bordel, ce que j'ai envie de toi…

— Rome, ce n'est pas une bonne idée… Je ne me sens pas de…

— Bien sûr que si, m'interrompt-il d'un ton malicieux, ses mains s'aventurant sur le haut de mes fesses.

Je place fermement mes paumes sur son torse.

— Je t'en prie… Pas tout de suite…

Roméo recule d'un pas et m'adresse un regard perplexe.

— Qu'y a-t-il ?

— C'est la première fois qu'on refuse mes avances…

Il a l'air totalement décontenancé.

— Tu plaisantes ?

— Carrément pas…

— C'est… Ça a quelque chose de… pathétique…

Il réduit peu à peu l'écart entre nous, le sourire aux lèvres. Du bout des doigts, il frôle mon bras et, une fois sa main près de ma hanche, empoigne le fin tissu qui le sépare de moi.

— Pourtant, c'est vrai… (Il déglutit, et je capte dans ses yeux un éclair de nervosité.) Tu es sûre que tu ne veux pas… de moi ?

— Roméo…

— Quoi donc ? lance-t-il, manifestement impatient.

Je me passe les mains sur le visage.

— C'est trop dur, là…

— Je ne te le fais pas dire, me répond-il en soupirant, un sourire grivois sur le visage.

— Écoute, j'ai un peu de mal à comprendre ce que tu attends de moi… Tu me fais perdre mes moyens, j'ai pas l'habitude de me sentir comme ça…

Il se rapproche et passe les bras à ma taille.

— Ce que j'attends de toi ? Laisse-moi te le montrer… Arrête de lutter, merde…

J'essaie de le repousser.

— Non, Rome, c'est trop…

— J'ai envie de toi, insiste-t-il, ses grands yeux bruns presque suppliants. Allez, Jolly… J'ai besoin de toi. Tu comprends ce que je veux dire, pas vrai ? Dis-moi que toi aussi, tu perds pied quand on est ensemble…

Je ferme les yeux et sens ses mains glisser jusque sur mes fesses. Mon ventre s'éveille, se réchauffe, tressaille… La sensation, envoûtante, bâillonne ma raison, et je suis sur le point de céder.

— Entre…, l'invité-je d'une voix enrouée par le désir.

Roméo pose son front sur le mien et pousse un soupir de soulagement.

— Putain, merci…

Je le guide à l'intérieur, puis fais coulisser la porte-fenêtre derrière nous en silence. Je tourne le loquet, quand je sens derrière moi la chaleur de son corps : Rome passe les bras à ma taille et, les mains sur le fin tissu de ma chemise de nuit, commence à me caresser le ventre, puis dépose un baiser juste sous mon oreille. D'un geste délicat, il attire mes hanches contre les siennes, et je le sens durcir contre mes fesses…

Entre ses bras, je me retourne et, sitôt que je suis face à lui, sa bouche retrouve la mienne. Il se fait d'abord doux, effleurant à peine mes lèvres délicates qu'il redessine des siennes. Je lève les mains, les perds dans ses cheveux et l'attire contre moi : sa langue taquine la barrière de mes lèvres, puis s'immisce entre elles, avant de s'unir à la mienne et de la gâter de caresses noueuses.

Je suis sous son emprise.

Je comprends, à cet instant précis, que rien ne sera plus comme avant ; que jamais plus je ne verrai Rome de la même façon. Mon corps brûlait d'obtenir ce qu'il est en train de m'offrir, si bien que mon cœur n'a pas la force de lui opposer la moindre résistance.

Rome raffermit son étreinte et, sans cesser de m'embrasser, m'entraîne vers le lit derrière moi. Mes jambes butent contre le sommier, et nous glissons lentement vers le matelas, le corps puissant de Rome recouvrant bientôt le mien. Ses gémissements de satisfaction m'invitent à aller plus loin et je réponds de toute mon âme à son enthousiasme.

J'abandonne ses cheveux pour glisser les mains jusqu'à l'ourlet de son tee-shirt. Je trace du bout des doigts de lents cercles dans son dos, et l'entends gémir dans ma bouche, nos langues vibrant à l'unisson. D'une main, il me caresse le ventre… et s'aventure plus bas, posant ses doigts longs et expérimentés contre l'intérieur de ma cuisse.

Soudain, il me prive de ses lèvres, baisse les yeux vers mon ventre, et remonte lentement la main sous ma chemise de nuit. Je m'en empare aussitôt, et il se fige, relevant subitement la tête vers moi.

— C'est… c'est trop… Ça va un peu vite pour moi…

Gênée, je fuis son regard. Il soupire, retire sa main et me prend le menton entre le pouce et l'index.

— Qu'est-ce que tu me fais, là ? annonce-t-il, autoritaire.

— C'est-à-dire ?

— Tu te sens gênée de dire « stop ». Ne culpabilise jamais de dire « non ». Je ne te prendrai que le jour où le désir sera trop fort, le jour où, fiévreuse, tu me supplieras de te baiser. Ne t'excuse jamais de dire « non », mais sache que le jour où tu t'offriras à moi, tu mouilleras tellement que tu en gémiras avant même que je te prenne.

— Le jour où je m'offrirai à toi ? répété-je, vexée qu'il me pense incapable de résister à ses charmes… mais pas moins excitée par son assurance insolente.

— Le jour où tu t'offriras à moi, oui, acquiesça-t-il, sans équivoque.

La bouche m'en tombe.

— T'es bien sûr de toi… Qui te dit que je ne vais pas te résister ?

Il secoue la tête sans trop y croire et, de l'index, trace un cercle délicat sur mon genou.

— Oh, on va baiser, toi et moi. Tu le sais aussi bien que moi. Je compte les jours avant celui où je te pénétrerai si fort que tu jouiras… jouiras… et jouiras encore. (Il se lèche les lèvres, et elles luisent dans l'obscurité.) Et quand je dis les jours, c'est plutôt les minutes que je compte…

Je lutte pour reprendre possession de mes moyens, mais mon désir brûlant balaie ma raison, et je l'attire de nouveau vers ma bouche impatiente.

Rome lâche un grognement de frustration et me repousse sur le matelas, un air de reproche sur le visage.

— Je n'aurais pas dû me montrer si pressant. Tu n'es pas prête.

— Non, non, ce n'est pas toi, c'est juste que… je ne suis pas… très… expérimentée, voilà… Et je…

Il écarquille aussitôt les yeux et a un mouvement de recul.

— Merde, t'es vierge ?

Je baisse le bord de ma chemise de nuit et m'agenouille sur le matelas, tandis que Rome me dévisage, déboussolé. Gênée, je rabats une mèche de cheveux derrière mon oreille.

— Je ne suis pas vierge, non, mais je ne peux pas non plus dire que je sois très expérimentée dans le domaine de… disons, la séduction. Je n'ai couché qu'avec un garçon, une fois seulement, et c'était l'année passée, avoué-je d'une traite.

Un éclair de possessivité zèbre son visage, et il bombe le torse.

— Quand ça ?

— Quand j'étais à Oxford. Oliver et moi…

— Oliver ? répète-t-il d'un ton sec.

— Oui. Oliver Bartholomew.

Sa colère se dissipe aussitôt. Le voyant réprimer un sourire moqueur, je fronce les sourcils.

— Quoi ?

— Oliver Bartholomew ? C'est très… *british*.

— Il est anglais, en même temps ! Comme moi, je te rappelle. Arrête de te moquer !

Je me détourne de Rome et croise les bras, vexée, mais il me ramène face à lui, un air espiègle sur le visage.

— OK, OK, je suis désolé.

Je me détends aussitôt, incapable de lui en vouloir bien longtemps, et prends sa main dans la mienne.

— Et cet… Oliver, alors ? C'était ton copain ?

— On peut dire ça, oui… En tout cas, j'ai essayé de faire comme si…

— Essayé ?

— Oui. J'ai… un peu de mal à tisser des liens. Avec lui, j'ai essayé, mais au final, ça n'a pas pris. On est plus ou moins sortis ensemble quelques mois – cafés, bachotage, ce genre de trucs –, et j'ai décidé de passer au… cran du dessus, histoire d'en finir : il en mourait d'envie, et moi, ça ne me faisait ni chaud ni froid. Je me suis dit, pourquoi pas ? Olly a toujours été doux avec moi, et je l'appréciais assez pour passer à l'acte avec lui. Le sexe, par contre, ça n'a pas été… trop ça.

Il se redresse et me lâche la main, horrifié.

— Tu… Le sexe, ça ne t'a pas plu ?

Je rougis d'embarras et joue avec le coton effiloché de mon drap.

— J'ai trouvé que ce n'était pas vraiment naturel, et maladroit. Honnêtement, ce n'était pas vraiment à la hauteur de l'extase dont tout le monde parle.

Roméo me caresse le bras de l'index et observe les frissons parcourir ma peau dans son sillage.

— C'est qu'Olly ne savait pas s'y prendre…

Mon bras se remet à frissonner. La réaction de ma peau, traîtresse, lui arrache un sourire.

— Je suis sûr qu'avec toi, Shakespeare, ça va être incroyable… Je n'ai jamais eu autant envie de quelque chose que de te prendre, te goûter… t'entendre crier mon nom.

— Roméo…

Je m'éloigne de lui, de façon à mettre un peu de distance entre nous avant que les choses dégénèrent.

Il tend une main et m'attrape par le bras.

— Je ne te forcerai pas, OK, mais ça ne m'empêche pas de te dire à quel point j'en crève d'envie, Shakespeare. Je ne pense qu'à ça…

Je grogne et me plaque d'un geste brusque mon coussin sur le visage : Roméo part d'un petit rire guttural à côté de moi. Il s'empare du coussin, le pose sur le matelas et, pouvant de nouveau voir mes yeux, m'adresse un regard interrogateur.

— Bon, faudrait qu'on trouve un truc à faire, Roméo : j'ai besoin de penser à autre chose, là, tout de suite.

Il m'adresse un sourire aux dents impeccables.

— Mais j'ai plein d'idées de trucs à te faire, moi, Shakespeare. Suffit de me laisser manœuvrer…

Je glousse.

— Je n'en doute pas, mais je suis déjà à deux doigts de te sauter dessus, alors je préférerais qu'on en reste là pour ce soir : ça m'arrangerait de ne pas passer de presque vierge à salope lubrique après une nuit en ta compagnie.

Roméo éclate de rire, et je m'esclaffe bientôt avec lui. Il me prend la main et la serre dans la sienne.

— Qu'est-ce qu'on fait, alors, madame la presque vierge, pour t'éviter de me sauter dessus ? Ce que je trouve dommage, d'ailleurs, qu'on soit bien clairs.

Je lui frappe gentiment le torse.

— Si ça te dit, je crois que j'ai une idée…

Je descends du lit, et Roméo me donne une tape sur les fesses. Je le réprimande du regard et insère un DVD dans mon lecteur, avant de rejoindre Rome. Je dépose un baiser chaste sur ses lèvres et m'adosse à la tête de lit, des papillons dans l'estomac. Le film commence, et il me met un petit coup dans l'épaule, son regard chocolat pétillant de joie.

— *La Vie de Brian* ?

— Les Monty Python, c'est la crème de la crème.

Roméo passe un bras autour de mes épaules.

— J'aurais préféré être en toi, ce soir, mais à côté à regarder les Monty Python, ça devrait le faire aussi.

Je déglutis, peinant à me contenir, et soutiens son regard brûlant de désir.

— O… OK… Bon.

Il éclate de rire, moqueur.

Je quitte encore une fois le matelas, rajuste ma chemise de nuit et désigne Roméo d'un doigt autoritaire.

— Bouge pas, toi : je vais chercher des trucs à grignoter !

Chapitre 8

— « Ce n'est pas le Messie, c'est un très vilain garçon ! » C'est juste la meilleure réplique de l'histoire du cinéma !

Roméo pouffe devant ma réaction démesurée, tout en s'enfilant ce qui reste de pop-corn.

Je lui arrache le saladier des mains et le dévisage, bouche bée.

— T'es censé être un athlète, non ? C'est pas un peu trop chargé en sucre, graisse et autres merdes pour toi ? T'as tout fini, morfale !

Il fait danser ses sourcils et bande les biceps.

— Je suis une putain de machine de guerre, Shakespeare : le pop-corn ne fait pas le poids contre moi.

Je lève les mains en signe d'excuse.

— Oh, navré : j'oubliais que je parlais au terrible, au redoutable… Flash !

Roméo me saisit aussitôt par les poignets.

— Hé, tout doux…, prévient-il d'un ton ferme.

Comme je ne le pense pas sérieux, je continue à plaisanter en me rapprochant de lui, allongée sur le matelas.

— Alabamaaaaaaaa, lève-toi pour acclamer ton quarterback vedette, Roméooooooo « Flash » Prince ! (J'imite les rugissements de la foule, puis me mets à entonner la chanson qui passe quand ses stats apparaissent sur l'écran géant.)

« *There's a bullet in the gun.*

There's a fire in your heart.

You will move all mountains that stand in your path… »

Il m'attire à lui, et je m'écrase contre son torse, le nez à quelques millimètres du sien.

— Arrête, Shakespeare, bordel !

Surprise, je grimace, dégage mes poignets de ses mains et me redresse.

— Hé, je plaisantais… Pas la peine de jouer le vieux vénère avec moi.

Roméo tourne aussitôt vers la fenêtre son regard froissé.

— Je sais, pardon… C'est juste que je supporte plus ces conneries. T'imagines même pas. Je n'ai aucune envie d'être ce putain de « Flash » à tes yeux. T'es la première personne que je rencontre à n'en avoir strictement rien à foutre de ma réputation et mes exploits sportifs. (Il se retourne vers moi et pose les mains sur mes joues.). Le seul que je veux être à tes yeux… c'est Rome.

Mon cœur se serre, et je me penche pour déposer un baiser délicat sur sa joue.

— C'est sûr que ta renommée en tant que joueur, ça me passe carrément au-dessus… Cela dit, je ne te cache pas que c'était quelque chose de te voir sur le terrain aujourd'hui… Ça ne te rend pas nerveux de jouer devant une foule pareille ?

— Non. Je suis rodé, maintenant. C'est ma quatrième année avec la Tide. La plus mauvaise des quatre, et de loin, je dois dire. Enfin, ça l'était jusqu'à aujourd'hui.

Le bruit de bouteilles vides qui se brisent s'élève au-dehors et résonne dans la chambre. Je me serre contre lui et pose la tête sur son torse, savourant cet instant de plaisir simple. Rome s'amuse à enrouler autour de son index une boucle de mes cheveux, la défait, puis recommence.

— Tu as été élu MVP, alors ? lui fais-je remarquer au bout de plusieurs minutes, apaisée dans cette oasis de quiétude que nous nous sommes créée dans ma chambre blanche et violette.

— Ouaip. C'est assez dingue, vu que j'ai été à la ramasse toute la première mi-temps. Tout le monde est regonflé à bloc :

le public, l'équipe… Et… ils pensent tous que c'est grâce à toi. Ce serait votre doux baiser, princesse, qui m'a remis sur le droit chemin. Tu es ma bonne étoile, paraît-il.

À ces mots, je me raidis, le souffle coupé. C'est comme si mon cœur venait de s'arrêter et que des milliers d'aiguilles me picotaient le bras. Je plaque instinctivement une main contre ma poitrine et me masse le sternum pour atténuer le malaise. Je me concentre sur ma respiration et me rappelle le conseil de mamie : « Inspire pendant cinq secondes par le nez, puis expire lentement par la bouche. »

Rome relève soudain la tête vers moi, le visage pétri d'inquiétude.

— Quoi ? Qu'y a-t-il ? J'ai dit une connerie ?

Il me prend par la main et, les yeux clos, je sens la vague de panique s'apaiser une fois de plus à son contact.

Rome balaie d'un geste délicat les cheveux plaqués sur mon front en sueur.

— Qu'est-ce qui se passe, Jolly ? Je suis là.

— Je suis désolée, c'est juste… Tu as utilisé les mêmes mots que ma grand-mère. Ça m'a renvoyée des années en arrière, à une époque difficile… J'ai fait une crise d'angoisse. Je… Ça m'a surprise quand tu les as prononcés, c'est tout… Tu aurais pu le dire de mille façons, mais tu as utilisé sa formulation à elle, mot pour mot.

La main toujours dans mes cheveux, il me masse doucement la nuque.

— Qu'est-ce qu'elle te disait ? Qu'est-ce que j'ai répété mot pour mot ?

— Tu as parlé d'un « doux baiser ». (Je souris au souvenir doux-amer.) Elle me disait toujours que mes doux baisers avaient le pouvoir de rendre n'importe quel souci plus facile à supporter…

L'émotion vient agiter le visage de Roméo.

— Je suis d'accord avec elle. C'était une dame bien sage et perspicace, parce que c'est exactement ce que tu as fait pour moi aujourd'hui, pendant le match.

Tandis que je repense à cette femme qui m'a élevée, celle dont l'absence hante encore aujourd'hui mon cœur et mon esprit, les larmes me montent aux yeux.

— Elle était… tout pour moi. On nous disait toujours qu'on faisait la paire, toutes les deux. Quand elle est morte, la moitié de mon âme l'a accompagnée… Je n'aime pas repenser au passé… Quand je repense à tout ce que j'ai perdu, je perds pied…

Je réprime un nouveau sanglot, et Roméo reste là, respectant silencieusement mon chagrin. Au bout d'un moment, je m'adosse de nouveau à mon coussin et écoute les rires et les éclats de voix joyeux au-dehors. Rome est toujours à mes côtés, les yeux rivés sur nos mains jointes tandis qu'il joue délicatement avec mes doigts.

— T'as un peu fui une fête en ton honneur, en fait, dis-je pour rompre le silence pesant.

— T'étais pas là, répond-il sans réfléchir.

Je me cale sur un coude et me régale des trois petites taches de rousseur qui parent l'arête de son nez.

— Je compte vraiment tant que ça à tes yeux ?

— J'ai pas été assez clair ?

Je fais « non » de la tête, et il me plaque soudain contre le matelas en maintenant mes bras contre mes hanches.

— J'aime comme tu te comportes avec moi. J'aime l'homme que je suis quand on est ensemble. J'ai l'impression de pouvoir tout te dire, de pouvoir lutter contre les pires noirceurs qui me pourrissent la tête. Avec toi, je me sens… Je me sens… Enfin, tu vois ce que je veux dire ?

Il s'approche timidement, l'air inquiet.

Je souris à sa déclaration hésitante.

— Je vois ce que tu veux dire, Roméo.

Il esquisse un sourire forcé.

— J'aimerais juste que tu ne beugles plus ce que je te confie en plein amphi.

Je grimace, passe une main dans ses longs cheveux blonds, et il niche la tête au creux de ma paume.

— Je suis vraiment désolée pour ça. J'ai dépassé les bornes. C'est juste que, ce soir-là sur la terrasse, j'ai eu l'impression qu'on s'était rapprochés, toi et moi. Et quand j'ai vu Shelly te sauter au cou, ça m'a rendue dingue… Je me suis sentie trahie. C'était débile.

Rome me caresse la joue d'un doigt.

— Non, c'était pas débile. Moi aussi, j'ai ressenti qu'il se passait un truc entre nous. Shelly m'a surpris, c'est tout : on était en train de rire et de papoter peinards, et la seconde d'après, elle déboule et me saute dans les bras. Quand j'ai vu ton visage, juste avant que tu quittes la chambre, j'ai pris la décision de tout arrêter, une bonne fois pour toutes. Avec elle et avec toutes les autres. Je lui ai dit que c'était fini entre nous, qu'elle pourrait chialer et comploter autant qu'elle voulait avec mes parents, ça ne changerait rien.

— « Toutes les autres » ? Les autres filles ?

Il dépose un baiser sur le bout de mon nez.

— Je n'ai couché avec personne depuis notre rencontre. Pour la première fois de ma vie, j'ai envie de n'être plus qu'avec une seule et unique fille. Avec toi. C'est assez nouveau pour moi… Je crois que ça y est : les poules ont des dents. Je suis devenu monogame.

Je glousse.

— Vraiment ?

— Vraiment.

— Et les fiançailles avec Shelly ? Tes parents ont tout organisé déjà. Je doute qu'ils voient notre relation d'un bon œil.

Il grimace de dégoût et prend un air sinistre.

— Qu'ils aillent se faire foutre ! Je m'en branle…

— Mais…

— Qu'ils aillent se faire foutre, OK, Jolly ? J'ai pas envie d'en parler.

Je balaie une mèche de cheveux sur sa joue et sonde son regard pour mieux comprendre ce qui le rend si agressif.

— Quels rapports commerciaux entretiennent tes parents et ceux de Shelly, pour vous mettre autant de pression sur le dos ? Pourquoi veulent-ils vous marier ?

Sa mâchoire se crispe, mais il lève les yeux au ciel, vaincu par l'envie de parler.

— Le pétrole. Mon père est dans le pétrole. Il en a une chiée, du pétrole.

— Oh… Donc, tu es…

— Riche ? conclut-il avec un sourire sarcastique.

— Oui… Voilà.

— C'est mon père qui est riche. Et sans lui, beaucoup de gens seraient au chômage en Alabama. (Il prend ma main et la pose contre son torse.) L'argent, je m'en branle, Jolly. J'en ai ras le cul que mes parents dirigent ma vie.

Je l'embrasse sur la joue et me rassieds.

— Shelly doit être furieuse que tu l'aies plaquée pour de bon.

Il se passe les mains sur le visage.

— Elle vit dans son petit monde… Je lui dis d'aller se faire foutre, et elle acquiesce, me dit de me reposer un peu, que dès que j'aurai les idées au clair, je changerai d'avis. Je lui assure une fois de plus, droit dans les yeux, que j'en ai bien fini avec elle, et elle me tapote le bras en m'expliquant qu'elle comprend que je suis sous pression, que je réagis à chaud… Comment je suis censé lui faire entendre quoi que ce soit ? La meuf est complètement tarée !

J'éclate de rire malgré moi.

— Je ne sais pas, pour le coup…

Rome reprend son sérieux et se met soudain à examiner mon visage avec attention.

— Quoi ?

Il tapote d'un doigt le sparadrap sur mes lunettes.

— Pur style, Shakespeare, au fait. T'essaies de lancer une mode ?

— Oh, ça va… C'est ma seule paire de lunettes. C'est soit ça, soit j'y vois que dalle. Alors je vais devoir jouer la carte de l'avant-gardisme chelou jusqu'à ma paie.

— Non mais tu les portes bien ! Ça te va même super bien !

La fête au-dehors semble s'embraser tout à coup, et la voix grave de Luke Bryan s'échappe, assourdissante, des enceintes réglées à plein régime. Rome et moi nous levons pour jeter un coup d'œil aux festivités depuis la terrasse, et découvrons un tapis d'étudiants ivres morts en train de danser et se bécoter sans retenue.

Le souffle chaud de Rome me caresse la nuque, et un frisson ardent me parcourt l'échine. Il pose le menton sur mon épaule, les yeux rivés sur la scène en contrebas, m'emprisonnant dans ses bras bronzés et musculeux.

— Je ne vais pas avoir l'air con en redescendant dans la fosse aux lions, moi…

J'ouvre des yeux ronds et mon pouls s'accélère.

— Ça va jaser, Rome…

Il couvre mon épaule nue d'une salve de petits baisers, et je me rends compte que depuis son arrivée, il n'a cessé de me toucher, même discrètement, d'une façon ou d'une autre.

— Et ? Je m'en tape…

— Mais pas moi. Je n'ai aucune envie de passer pour une autre de tes pouffes. Je ne suis pas comme ça…

Je sens ses bras se raidir. Il s'énerve.

— Personne n'osera sortir une connerie pareille : je m'en assurerai personnellement.

— Ah oui ?

Il fait serpenter son bras athlétique autour de ma taille et m'attire tout contre son torse.

— Ne te compare jamais aux autres filles, Jolly, murmure-t-il à mon oreille. Tu vaux tellement mieux qu'elles. Je me ferai une joie d'en persuader les plus sceptiques.

— Pourquoi est-ce que tu me trouves si différente des autres ? Je ne comprends pas…

— C'est comme ça. Tu es comme ça. C'est un putain de chaos de merde dans ma tête, et tu m'apaises. Tu me touches comme personne n'avait réussi à me toucher avant toi. C'est aussi simple que ça…

Je sens une vague de joie pure embraser chaque parcelle de mon être et je me retourne vers lui, mon nez frôlant sa joue.

— Tu… Tu aimerais rester ici ce soir ? Pour dormir, rien de plus. Histoire qu'on n'ait pas à répondre aux questions des gens…

Il me mordille le cou et taquine ma peau nue en grognant.

— Tu m'étonnes que j'aimerais… Peut-être un peu trop, même, Jolly…

Rome m'attrape par la main et m'attire jusque dans ma chambre à reculons. Je tire les rideaux prune, puis me dirige vers mon lit d'un pas nerveux. Rome croise les bras, s'empare du bord de son tee-shirt et le retire, révélant le grand « A » noir tatoué sur son pectoral gauche. Je le reconnais : c'est le symbole du football américain, ici, en Alabama. Une vague de chaleur irradie entre mes cuisses, et je grimpe maladroitement sur le matelas en admirant son corps hâlé aux muscles dessinés. Trop loin pour que je puisse le lire, un deuxième tatouage – un texte magnifiquement calligraphié – descend le long de ses côtes, sur son flanc droit.

Je l'observe, pantelante, tandis qu'il défait le premier bouton de son jean, exposant ses abdominaux de discobole et leur « V » hypnotique. Le vêtement, lourd, glisse bientôt jusque sur le sol, et Rome s'avance dans ma direction, vêtu seulement de son boxer noir qui ne cache rien ni de ses cuisses musculeuses ni de la joie manifeste que lui procure notre nouvelle proximité. Sur la hanche, au même endroit que le mien, je lui découvre un troisième tatouage. « Un jour », dit l'encre, piquant ma curiosité…

Une fois au bord du lit, Roméo tire la couverture lilas, et je me retrouve à serrer les cuisses pour bâillonner le désir qui menace de me consumer tout entière. Il monte dans le lit et son odeur m'assomme comme une volée de pierres : fraîche, sensuelle, sexy à se damner. Comme je ne sais pas comment réagir, je m'allonge sur le dos et rive le regard au plafond. Il passe une main à ma taille et me tourne dos à lui : je sens sa peau brûlante contre la mienne, et ne peux réprimer un gémissement de plaisir au lent mouvement de ses hanches contre mes fesses.

Rome cale le menton sur mon épaule, juste sous mon oreille.

— Mieux vaut qu'on essaie de s'endormir vite ou ça risque de déraper… Je ne suis pas sûr de pouvoir me retenir longtemps…

— D-D'accord…, acquiescé-je, haletante, avant de poser mes lunettes sur ma table de chevet.

— Bonne nuit, Shakespeare, murmure-t-il en caressant mon ventre.

— Bonne nuit, Roméo…

Il expire, la bouche dans mes cheveux, si bien qu'une mèche bouclée s'envole et retombe sur mes seins.

— J'adore t'entendre prononcer mon prénom. Je pensais pas que ça m'arriverait un jour, un truc pareil… Je crois que c'est ton accent anglais. C'est comme si c'était la seule bonne façon de le prononcer : comme l'entendait Shakespeare quand il a écrit sa pièce. Personne ne m'appelle Roméo… Personne ne m'a jamais appelé Roméo, en fait. Je l'interdis à tout le monde. Pourtant, c'est étrange, mais quand c'est toi… ça me plaît.

J'essaie de me retourner mais il m'enserre de ses bras puissants, aussi je me contente d'embrasser nos mains jointes, avant de réciter à voix basse…

— « Qu'y a-t-il dans un nom ? Ce que nous appelons une rose embaumerait autant sous un autre nom. Ainsi, quand Roméo ne s'appellerait plus Roméo, il conserverait encore les chères perfections qu'il possède… »

Roméo laisse échapper un sifflement avide, et fait danser lentement ses hanches contre mes cuisses.

— Arrête… S'il te plaît…

— Pourquoi tu refuses qu'on t'appelle par ton prénom ? lui demandé-je, épousant son mouvement langoureux.

— C'est une longue histoire.

— On a tout notre temps.

— Non, pas maintenant, dit-il d'un ton sans réplique, tout en me serrant un peu plus pour se rapprocher.

Il lèche ma peau et, refrénant mon désir, j'arrête des mains ses mouvements de hanches, ne cédant pas à son grognement de frustration. Changeant vite de sujet, je lui demande :

— La phrase tatouée sur tes côtes, qu'est-ce que c'est ?

— « La plus belle des victoires n'est pas de ne jamais trébucher, mais de ne jamais rester à terre. » C'est de Vince Lombardi.

Ces mots semblent inspirés de ma vie… Je ferme les yeux et les laisse tournoyer dans mon esprit tel un mantra inspirant.

— C'est magnifique. Je ne connais pas ce philosophe, Vince Lombardi… Ça m'étonne. (Il se met à rire et tire avec espièglerie une mèche de mes cheveux.) Qu'est-ce que j'ai dit, encore ? demandé-je sur un ton exaspéré.

— C'est un coach de foot US. L'un des plus connus de l'histoire.

— Oh… Va vraiment falloir que je rattrape mon retard niveau foot, moi…

Il resserre son étreinte autour de ma taille.

— Je préférerais que tu ne le fasses pas. Tout le buzz autour de mon jeu, ça ne t'impressionne pas, et j'aimerais autant que ça reste comme ça. Tu n'as pas idée de ce que ça représente pour les gens du coin, et c'est tant mieux.

— Tu veux dire que tu ne veux vraiment pas que je t'appelle… Flash ? le taquiné-je.

— Putain, non…

— Comme il vous plaira.

— Dors, Jolly, merde…, maugrée-t-il, les mâchoires crispées. Ou ce qui me plaît vraiment, on va finir par le faire.

Je manque de lâcher un gémissement de plaisir et dois me mordre la lèvre pour le réprimer.

— Une dernière question, avant de dormir.

Il soupire.

— Une dernière. Tu joues avec le feu, là…

— Pourquoi « *Un jour* » ?

Il se raidit. Je passe un doigt sur sa main pour qu'il se détende, et il m'embrasse sur la nuque.

— Parce qu'*un jour*, je quitterai cet endroit. *Un jour*, je deviendrai celui que je veux être. *Un jour*… Je mènerai ma vie comme je l'entends, m'avoue-t-il d'une voix si faible que je dois tendre l'oreille pour l'entendre.

Ses mots me touchent au point que les larmes me montent aux yeux.

— La vie a donc été si dure avec toi ?

— Ça fait deux questions, ça, Shakespeare. J'avais dit une. Endors-toi, maintenant.

Je dépose les armes et me love entre ses bras puissants.

— Roméo ? l'interpellé-je malgré tout après cinq minutes de réflexion anxieuse. Je préférerais que personne ne soit au courant pour nous deux. J'aimerais que ça reste entre nous, pour l'instant.

Il retire les mains de mon ventre, roule lentement sur le côté, puis se laisse tomber la tête entre les mains, assis tout au bord du lit.

— OK, je comprends… Je t'embarrasse. Flash : le quarterback agressif qui baise dans tous les coins, ça sonne pas trop petit ami idéal, c'est ça ? Pour quelques coups de queue en secret, par contre, ça passe…

Je l'attrape par le bras et niche mon visage dans son dos.

— Qu'est-ce que tu racontes ? Non ! C'est juste que… ça me rend nerveuse, tout ça…

— Nerveuse ? Mais, pourquoi, merde ?

Il se retourne vers moi, l'air inquiet.

— Je n'ai rien de tes conquêtes habituelles : apprêtées, sculpturales, dix sur dix à chaque œil… (Une lueur d'amusement éclaire son regard.) S'il te plaît, est-ce qu'on peut attendre au moins un peu, avant de mettre tout le campus au courant ? Ce serait trop pour moi, sinon : sortir avec toi, ça va me demander quelques… ajustements, je pense. J'ai besoin d'un peu de temps.

Les lèvres pincées, il plaque le front contre le mien.

— Je voudrais que tout le monde sache que je suis avec toi. Et tout de suite. Hors de question que je cache notre relation : ce que les gens pensent, je m'en branle, OK ? Quant à mes coucheries, c'est du passé : je cherche autre chose avec toi. Plus que ce que j'ai trouvé chez les autres. T'as toujours pas compris, merde ?

Je n'en démords pas.

— S'il te plaît. Juste quelque temps. Tu es… Roméo Prince. Ta réputation m'intimide un peu. Profitons l'un de l'autre un moment sans l'interférence de personne, voyons comment ça se passe…

Il pousse un soupir agacé.

— Bordel, Jolly !

— S'il te plaît…

— OK, OK ! On la boucle… Ça me fait péter un câble, mais pour toi, je le ferai. Cacher notre relation… Putain, ça me donne envie de briser le nez du premier venu.

— Chhhhut…, le calmé-je tout en remuant la tête d'un air désapprobateur.

— Quoi encore ? pesta-t-il.

— Tu n'arrêtes pas de jurer, merde ! Tu es vraiment obligé de dire « bordel » ou « putain » toutes les deux phrases ?

— Putain, oui, bordel…, me répond-il avec insolence, avant de me plaquer de nouveau sur le lit et de couvrir mon visage de baisers.

Je couine, attrape l'une de ses mains pour parer son assaut, passe son bras à ma taille, puis l'oblige à se remettre en position derrière moi pour me câliner.

— Oh, et tant qu'on y est : les coups, c'est fini aussi. Je suis censée t'apaiser, non ?

— Mais tu vas dormir, merde ? Tu veux pas faire ce que je te dis, pour une fois ? Ça nous rendrait service à tous les deux…

Je ferme les yeux, rassurée par le cocon que forment autour de moi ses bras puissants.

Chapitre 9

Je me dirige vers la cafétéria, légèrement assommée par le cours d'éthique que je viens de suivre… Non, soyons honnêtes, un peu. Je la refais : Je me dirige vers la cafétéria, légèrement assommée par le manque de sommeil dû aux fréquentes visites nocturnes de Roméo. Je ne peux réprimer un sourire en pensant à la tendresse et à la gentillesse dont il fait preuve à mon égard. Jamais il ne m'oblige à quoi que ce soit, et il semble m'idolâtrer, me répétant sans cesse qu'il n'a jamais rencontré quelqu'un comme moi.

Je nage en plein délire.

Je suis bientôt à la porte, perdue dans mes pensées, quand j'aperçois Roméo au téléphone, un peu plus loin. Je souris et m'élance vers lui pour lui dire bonjour, mais son air excédé me retient de l'aborder : la main sur le front, les lèvres retroussées, il lâche à son interlocuteur un chapelet de grognements rageurs.

Sans me remarquer, il raccroche et retourne à l'intérieur, assenant au passage un violent coup de pied dans une poubelle. Lorsqu'il franchit les portes de l'établissement, les étudiants, pressentant le danger, s'écartent sur son passage.

J'entre dans la cafétéria et rejoins mes amies, jetant à Rome quelques regards discrets : il traverse la salle à pas pesants, tire sa chaise d'un geste brusque et s'assied avec le reste de l'équipe de foot, avant de se pincer l'arête du nez, le visage furieux.

— Du pain de viande… Miam… Moi adooorer pain de viande ! lance Cass, attirant mon attention, en prenant son repas d'assaut avec enthousiasme.

Ally et Lexi, elles, semblent papoter de la boîte dans laquelle nous irons vraisemblablement passer la soirée de samedi.

— Tu viens, Molly, hein ? me lance Ally alors que je sors mon sandwich de mon sac.

— Oui, super.

Je ne suis jamais allée en boîte de nuit, alors, l'expérience risque d'être… enrichissante.

Cass et l'attachant Jimmy-Don sortent officiellement ensemble, et il l'emmènera danser après le match : Lexi, Ally et moi nous joindrons à eux pour profiter de la soirée.

Lorsque la conversation se porte sur les tenues et coiffures qui seraient les plus appropriées pour cette soirée, j'en profite pour jeter un nouveau coup d'œil à Rome qui, visiblement, m'épie déjà depuis un moment. Il m'adresse un petit hochement de tête, et je dois m'agripper à ma chaise. Difficile de ne pas céder à l'envie de me lever et de le rejoindre à grandes enjambées pour m'assurer qu'il va bien.

La nouvelle de sa rupture officielle avec Shelly s'est répandue, si bien qu'encore plus de filles qu'à l'accoutumée paradent près du quarterback vedette : mon agacement est piqué au vif à chaque battement de cils ou mouvement de cheveux exagéré. Les sourcils froncés, Ally, qui a vraisemblablement perçu mon irritation, nous surveille en mâchouillant ses bâtonnets de carotte. Je fais mine de ne rien avoir remarqué de son air scrutateur.

Rome repousse ses hordes d'admiratrices tantôt d'un « non » de la tête, tantôt d'un revers de main qui en dit long sur son désintérêt : pour être honnête, cela me grise totalement… Mais quand je vois les regards intrigués de ses coéquipiers, surpris qu'il repousse ainsi ces superbes groupies par vagues entières, je mesure la difficulté que nous aurons à cacher longtemps notre relation. De toute façon, je ne donne pas bien cher ni de sa patience ni de la mienne…

Une quinzaine de minutes plus tard, Shelly entre dans la cafétéria en poussant cet insupportable rire sonore qui est sa marque de fabrique. Lorsqu'elle me voit, le rire se change en rictus haineux qui déforme ses traits de Barbie.

Le silence envahit aussitôt la salle.

— Sans déconner, Molly : si demain je te vois encore avec ces saloperies de lunettes sparadrap, je crois que je vais hurler. T'en as pas d'autres ?

Avant même que j'aie pu faire le moindre geste, elle s'empare de mes lunettes et les jette derrière elle sur le sol. Le cliquetis de l'impact résonne dans le réfectoire entier.

Je me lève pour la défier de tout mon haut, mais elle me repousse d'une main sur l'épaule, et je retombe lourdement sur ma chaise.

— Reste assise quand je te parle ! tonne-t-elle en se penchant vers moi, jusqu'à placer son visage à quelques centimètres du mien. C'est quoi ton problème ? Pôpa et Môman ont plus de piépièces ? T'es pauvre, Molly ?

Malgré toute la maîtrise dont je tente de faire preuve, chacun de ses mots perfides touche sa cible, et son venin me paralyse. J'aimerais répliquer, garder la face, mais ses piques m'ont blessée, en plus d'exposer au grand jour la peur que je tentais de contenir.

— Ça suffit ! rugit soudain une voix courroucée qui résonne dans toute la salle. Fous-lui la paix, bordel de merde ! T'as quel âge ? Douze piges ?

J'entends des pas puissants approcher, sens une main sur mon épaule, puis on me glisse les lunettes sur le nez. Je tourne légèrement la tête et aperçois Rome, juste derrière moi : les yeux rivés sur Shelly, il fulmine. Elle, en revanche, devient livide en voyant qu'il a posé les mains sur moi.

— Lâche-la, merde ! siffle-t-elle, hors d'elle.

Rome la défie du regard, le sourire aux lèvres.

— On n'est pas ensemble, Shelly, et ça n'arrivera jamais : fourre-toi ça dans le crâne. Je crois qu'il est temps d'arrêter ton manège à la con… (Tout à coup, il écarte les bras et balaie du regard l'assemblée tout entière.) Je ne sais pas quelle connerie elle vous raconte derrière mon dos, mais je ne suis pas avec Shelly : on n'a jamais été ensemble, et à part de la merde, y a pas grand-chose qui sort de sa putain de bouche !

Lexi et Cass ouvrent des yeux ronds et laissent courir leur regard entre Rome, Shelly et moi, bouche bée. Les bras croisés et l'air amusé, Ally affiche une satisfaction rayonnante.

Roméo incline la tête vers moi.

— Ça va ? me demande-t-il d'une voix tendue.

J'acquiesce, mais garde la tête basse, embarrassée. Rome me prend alors par la main, m'invite à me lever, et son geste génère parmi les étudiants murmures et commérages, chacun se demandant pourquoi il semble aussi impliqué dans le sauvetage de la discrète étudiante anglaise du campus…

— Prends ton sac, Shakespeare, on se casse.

Je récupère ma sacoche noisette et tâche tant bien que mal de suivre son pas rapide. Il sort de la salle dont il envoie voler avec violence les portes contre les murs, furieux. Shelly reste immobile au milieu de la cafétéria, sous le choc.

Nous traversons le campus, Roméo menant la marche.

— Ralentis, Roméo. Où est-ce qu'on va ? lui demandé-je, le souffle court, cavalant derrière lui.

Nous nous arrêtons bientôt devant un énorme pick-up noir Dodge dernier cri. Rome m'ouvre la portière côté passager.

— Monte, m'ordonne-t-il sur un ton agressif.

J'obéis, et il claque la portière derrière moi avant de prendre place au volant et de démarrer le moteur. Les haut-parleurs crachent aussitôt un morceau de metal, et il quitte en trombe le parking de l'université en faisant crisser les pneus de son bolide. J'en reste muette : jamais je n'ai vu tant de colère émaner d'une personne.

Après deux morceaux – faits essentiellement de percussions bien grasses et de hurlements bestiaux –, Rome commence à desserrer un peu les poings sur le volant, au grand soulagement de ses phalanges blanchies par l'effort.

— T'es sûre que ça va ? me demande-t-il d'une voix tendue.

— Oui. Un peu embarrassée, mais ça va…

— Comment elle ose te parler comme ça, bordel ? Mais quelle connasse ! Comment j'ai pu perdre autant de temps et d'énergie avec une pute pareille ! jure-t-il en frappant le tableau de bord d'un poing furieux.

— C'est un peu ce que je me demandais, oui…

Je devine au tressaillement de ses lèvres qu'il peine à réprimer un sourire amusé.

Nous filons de rue en rue, et je pose la tempe contre la vitre, observant la ville floue défiler sous mes yeux tout en essayant d'effacer de ma mémoire les mots de Shelly, à la fois si blessants et si justes.

Nous nous garons finalement près du centre commercial de la fac. Je redresse la tête, et lorsque je tourne les yeux vers Rome, je le trouve la joue dans une main. Il me regarde.

— Jolly… Je suis navré qu'elle t'ait sorti cette connerie à propos de tes parents. J'imagine même pas le mal que ça a dû te faire…

Je lis dans ses yeux bruns une souffrance sincère.

Je tends la main et la pose sur son genou.

— Tu n'y es pour rien. Ne t'excuse pas…

Il serre ma main dans la sienne.

— C'est faux. Elle te fait chier parce qu'elle voit que tu me plais. Elle l'a remarqué depuis notre premier baiser. Elle te considère comme sa plus grande rivale, Jolly, et j'en suis vraiment désolé. C'est ma faute si tu te retrouves dans cette situation merdique : Shelly va faire son possible pour te pourrir la vie, maintenant.

Sa prévenance me touche, et je lui souris avant de poser la tête sur son épaule. Il soupire et passe son bras nu à mon cou. Je laisse courir un regard séduit sur son débardeur – bleu, cette fois –, son jean délavé et ses santiags brunes au cuir usé : le gars du pays dans toute sa splendeur. Superbe.

Après quelques minutes passées dans le réconfort de ses bras, je lève les yeux vers lui.

— Rome ? Tu étais au téléphone avec qui, tout à l'heure, avant d'entrer dans la cafétéria ?

Il se raidit et laisse échapper un long soupir, comme pour se calmer.

— Tu m'as vu ?

— Oui.

— J'ai pas vraiment envie d'en parler.

— OK... Mais, juste, est-ce que c'étaient tes parents ?

Je sens son bras se crisper contre mon cou, et l'horloge sur le tableau de bord émet un « tic » sonore dans le lourd silence.

— Oui, me répond-il après de longues secondes de silence.

Pour l'heure, je décide de ranger mes questions sur le sujet : je les lui poserai lorsqu'il sera plus apaisé. Je vois bien que le seul fait de répondre à cette question lui a beaucoup coûté.

Je me redresse soudain sur mon siège et détaille les alentours.

— Qu'est-ce qu'on fait là, au fait ?

Roméo ouvre sa portière, me prend par la main et me guide jusque sur le goudron brûlant.

— On va t'acheter de nouvelles lunettes. Viens.

— Roméo, je n'ai pas encore touché mon salaire.

Son regard devient plus sévère, et son visage se crispe.

— C'est moi qui paie, allez !

Il tente une nouvelle fois de me faire avancer, mais je résiste.

— Roméo, je ne suis pas un pays du tiers-monde : je m'achèterai des lunettes quand j'aurai assez économisé. Je refuse que tu m'en paies de nouvelles. Désolée, mais c'est non. Être pauvre ne me fait pas honte : faire la manche, si.

Il m'attire brusquement contre son torse et m'enlace de ses bras d'acier.

— Hé, Jolly, pas de ça, pitié : j'ai pété involontairement tes lunettes avec ma passe de merde, j'ai foutu Shelly en rogne en montrant à tout le monde que tu me plaisais, et j'ai gonflé son ego à l'hélium en la laissant jouer la reine du bal ces trois dernières années. Je vais t'acheter une putain de paire de lunettes, et tu vas accepter. T'as pas le choix. Ta gêne, c'est pas mon problème. Ce qui m'importe, là, c'est de protéger mon putain de territoire.

Sa tirade sans réplique ne me laisse aucune alternative… D'ordinaire, j'aurais été hors de moi qu'on me donne des ordres ainsi, mais son attitude de mâle alpha à qui il ne vaut mieux pas se frotter a quelque chose qui m'invite malgré moi à la luxure la plus débridée…

Il laisse remonter ses mains calleuses jusqu'à mes cheveux et incline ma tête en arrière, me forçant à la regarder droit dans les yeux.

— Compris ?

Je lui cède sans plus d'effort en lâchant un soupir vaincu.

— Compris.

Roméo me dépose un baiser brûlant sur le front, m'empoigne la main avec autorité, puis me guide jusqu'au vaste centre commercial.

* * *

— La tête en arrière… On ouvre grand… Oui, comme ça… Ça glisse bien… C'est bon ? me demande l'opticienne, tandis que je papillonne des paupières pour me débarrasser des gouttes de solution excédentaire.

Le monde autour de moi gagne peu à peu en clarté.

— Oui, je crois que c'est bon. C'est pas trop moche ?

Je marche jusqu'au miroir proche et, pour la première fois depuis des années, me vois, bien nette et sans montures pour me cacher une partie du visage.

— Très, très jolie, je dirais, s'extasie-t-elle presque avec une grande gentillesse.

— Mes yeux…, murmuré-je en découvrant jusqu'au moindre détail de mes iris.

Marron clair piqué d'or, comme les décrivait toujours mon père.

C'est la première fois que je les vois ainsi, si nets, sans obstacle. Je tends une main vers mon reflet et caresse la surface du miroir.

À notre arrivée, Rome a demandé à l'opticienne de me fournir le nec plus ultra de ce qu'elle avait en stock, avant de plaquer sa carte Gold sur le comptoir sans se soucier une seconde de mes protestations embarrassées.

Nous nous sommes accordées sur le fait que des lentilles de contact seraient pour moi le meilleur choix à faire, et je peine à croire combien elles m'ont transformée.

— Voilà : un mois de lentilles de contact et une paire de montures Chanel en écaille pour les jours où vous en aurez ras le bol de vous coller des mini-loupes sur la cornée. Tout est payé jusqu'au dernier cent, mademoiselle Shakespeare : c'est bon !

Je m'empare du sac qu'elle me tend et me sens rougir. Je retourne dans le hall, un sourire aux lèvres : Rome est avachi sur un fauteuil rembourré depuis lequel il regarde un programme télé sans intérêt. Il tourne la tête distraitement quand la porte s'ouvre, se reconcentre un instant sur le poste, puis, lorsqu'il prend conscience de ce qu'il vient de voir, braque de nouveau le regard sur moi : son air abasourdi en dit long sur ce qu'il pense de ma métamorphose.

Il se lève lentement de son siège, se dirige vers moi, et je vois sa pomme d'Adam aller et venir tandis qu'il déglutit nerveusement. Je triture les anses du sac blanc et baisse la tête, gênée. Bientôt, je distingue le bout de ses santiags, puis son index qui vient me relever le menton. Je lève les yeux vers lui et vois ses lèvres charnues s'entrouvrir.

— Tu es superbe, Jolly, halète-t-il presque.

Je rougis et détourne encore les yeux. De l'index, il m'invite une seconde fois à le regarder.

— Non. Ne te cache pas. Pas de moi. Tu as les plus beaux yeux que j'aie jamais vus. Je suis soufflé, Jolly…

— Merci…, murmuré-je en rosissant.

Il me prend par la main.

— Allons-y.

— Où est-ce qu'on va, cette fois ? demandé-je avec un petit rire.

— J'aimerais te montrer un coin spécial… mais va falloir qu'on se dépêche.

Chapitre 10

Nous roulons depuis près d'une demi-heure, et je n'ai pas la moindre idée d'où nous sommes. J'ai un sens de l'orientation déplorable, alors, plutôt que d'essayer de me repérer, je m'installe confortablement et profite du paysage : des champs et des champs aux nuances marquées de vert et de jaune, du maïs, du blé à perte de vue. Le ciel bleu s'étire sur des kilomètres, moucheté de nuages cotonneux et lents que colore le soleil de fin d'après-midi. C'est magnifique.

Rome a posé une main sur mon genou dès que nous sommes montés dans le pick-up et ne l'a toujours pas retirée. De temps à autre, je sens son regard se poser sur moi et me demande ce qu'il a en tête. Que des bonnes choses, j'espère.

Bientôt, il met son clignotant et nous nous engageons sur une longue allée.

— On y est presque, annonce-t-il.

— Où ?

— Là où je vais quand j'ai besoin d'être un peu seul.

Rome prend un virage en épingle sur notre gauche, nous descendons, puis nous nous engageons sur un sentier caillouteux. Trois bornes plus loin, j'aperçois devant nous une gigantesque crique à l'eau bleue cristalline, ceinte de hauts arbres et qu'embellissent encore d'innombrables fleurs colorées. Je reste bouche bée face à cette vue féerique.

— Oh, Rome, c'est fabuleux, ici…

Il me tapote la jambe avec délicatesse et gare le pick-up derrière un immense chêne. Il ouvre sa portière, contourne le véhicule et ouvre la mienne. D'un petit bond, je mets un pied à terre, prends la main qu'il me tend, et nous descendons jusqu'au bord du lac, bercés par le chant de l'eau mouvante. Roméo m'invite à m'asseoir à côté de lui sur une berge couverte d'herbe grasse et accueillante.

Des oiseaux chantent, perdus dans les cimes vertigineuses, des criquets s'en mêlent, et l'air ambiant nous étreint, chaud et immobile. Je doute de m'être déjà sentie aussi apaisée. Rome, qui me regarde admirer les alentours, paraît satisfait.

— OK, là, il faut vraiment que tu me dises où nous sommes : c'est possiblement le coin le plus chouette de la planète…

Il semble hésiter.

— C'est la crique qui se trouve… au fond de la propriété de mes parents.

— Là, on… on est chez tes parents ?

Il acquiesce d'un léger hochement de tête, la mâchoire crispée.

Je balaie l'endroit du regard, découvre partout des hectares et des hectares de nature foisonnante, puis me retourne vers Rome.

— Tout ça, c'est à eux ?

Il s'allonge sur le sol et se passe une main sur le visage.

— C'est une plantation, Jolly…, murmure-t-il.

Je me raidis.

— Une plantation ? Tes parents possèdent une plantation entière ?

Je cherche partout leur maison, mais ne la vois nulle part. La plantation doit être immense.

Rome se cale sur un coude et se met à triturer un brin d'herbe sèche.

— T'inquiète pas, ils ne sauront jamais qu'on est là. Je viens souvent ici : c'est ma planque, quand je cherche à fuir le monde.

Cela me rassure un peu. Je soupire et secoue la tête.

— Qu'est-ce qu'il y a ? me demande Rome, les sourcils froncés.

— Tout ça… Toi… Une plantation, Rome. On vient de deux mondes totalement différents.

Je désigne d'un geste les champs ondoyants de coton rose pâle, et les compare en esprit aux rues pavées étroites de mon enfance.

Roméo prend ma main tendue et la porte à ses lèvres chaudes.

— Tout ça, ce n'est pas moi… Crois-moi. Tu n'imagines pas. Tout ça, c'est à mes parents que ça appartient, pas à moi. Ce que je suis, moi, c'est Roméo, rien de plus. Et toi, tu es ma Jolly Juliette. Viens là…, ajoute-t-il en me tirant doucement par le bras.

Je me penche vers lui, et il rive son regard dans le mien.

— C'est fou ce que tu es belle avec ces lentilles… Tes yeux ont une couleur incroyable, presque dorée… Ça va être compliqué pour moi de ne pas te toucher comme j'en ai envie…

Je rougis aussitôt et porte l'ongle de mon pouce à ma bouche. Il m'observe avec attention, comme s'il ne voulait rien rater du spectacle.

— Tu peux me… toucher, si tu veux…, dis-je d'une voix mal assurée.

Un désir intense embrase aussitôt son regard ténébreux, et il ferme les yeux.

— Ne joue pas avec le feu, Shakespeare. Pas sûr qu'une jolie petite Anglaise dans ton genre puisse survivre aux feux de l'Alabama…

— Qu'est-ce que j'y peux… J'aime prendre des risques, je crois…

— Jolly…, menace-t-il presque, pantelant.

Je rampe lentement jusqu'à lui, les mains et les genoux faisant crisser sous moi l'herbe sèche. Ses pupilles se dilatent à mesure que je m'approche…

—Jolly…

La menace est plus ferme encore, mais je ne m'arrête pas. Roméo éveille en moi un courage nouveau… De l'effronterie, presque.

Une fois à côté de lui, je plonge le regard dans les ténèbres de ses yeux, et les chaînes qui bridaient mon désir volent soudain en éclats : sans plus y réfléchir, je me jette dans le puits brûlant qu'est Roméo Prince. En dépit du danger.

De ses mains habiles, il se met à caresser mes cuisses nues, vient taquiner le bord de ma robe verte, puis remonte lentement… pour s'arrêter à quelques millimètres de ma culotte. Je sens ses paumes rêches redescendre, puis remonter, plus proches à chaque exploration, et je me penche sur lui. Mes lèvres caressent les siennes. Rome me laisse donner le rythme, et je le savoure doucement, laissant courir ma langue contre sa lèvre inférieure.

J'ai bien conscience que je suis en train de tester ses limites, de voir jusqu'où il me laissera aller. Il grogne et commence à m'empoigner les cuisses, à les écarter, à peine, à se rapprocher peu à peu du tissu chaud de ma culotte.

Je plaque ma bouche contre la sienne, mais ne lui donne pas encore ce qu'il veut, le torturant un peu plus de mes lentes caresses. Il me laisse jouer, le provoquer… Le séduire.

Je pose mes paumes sur son torse, et Rome tressaille à mon contact. J'entame des mains mon exploration, en cercles lents d'abord, puis j'aventure le bout de mes doigts sous son fin débardeur, suis la courbe de ses abdos, mais m'arrête à la frontière de son jean… avant de risquer un doigt juste sous sa ceinture, sur sa peau délicate.

En une fraction de seconde, Roméo m'attrape l'intérieur des cuisses, les écarte en grognant de désir, puis m'assied sur ses hanches. À travers ma culotte, mon sexe brûlant se plaque contre son érection.

Je détache mes lèvres des siennes, pantelante : Rome me regarde avec des yeux fous de désir, ses pupilles dilatées au point de faire disparaître ses iris chocolat… Je comprends aussitôt que j'ai éveillé en lui un désir longtemps refoulé, lui faisant perdre la raison…

Il entoure mon cou de ses mains brûlantes, puis plaque sa bouche contre la mienne. Sa langue franchit le rempart de mes lèvres, emplit ma bouche d'une douce saveur de menthe, et je le laisse s'emparer de moi. À cet instant précis, je ne désire rien de plus que cela : être sienne. Comme il l'entend.

Ses mains quittent mes cheveux, glissent le long de mon cou, puis se posent sur ma poitrine : je ne porte pas de soutien-gorge et sens sa paume rugueuse caresser mon téton en éveil, palper mon sein tendu, tandis que je roule des hanches sous l'excitation. Rome enroule sa langue autour de la mienne, et ses gémissements de désir se font de plus en plus pressants.

Après une dernière caresse sauvage, il abandonne ma poitrine, et glisse ses mains sous ma robe, jusqu'à ma petite culotte noire. J'ai envie de lui à en devenir folle, mais c'est là qu'il me repousse, un sourire insolent sur les lèvres, et plonge le regard dans mes yeux dorés embrasés par le désir.

— Roméo…, soufflé-je dans un gémissement presque plaintif, avant de refermer les yeux, frustrée tant j'ai envie de lui.

— Jolly… Je…

J'ouvre brusquement les yeux et rive mes prunelles dans les siennes.

— Je t'en prie…, le supplié-je, prête à tout pour qu'il me touche.

Qu'il me touche vraiment : finies les caresses trop prudes.

— Putain, Jolly… Tu vas me rendre complètement dingue…

Je vois bien qu'il fait son possible pour se contenir.

— Rome, vas-y ! lui crié-je presque.

Des doigts, il écarte ma culotte, caresse mon sexe brûlant et, sans attendre, sitôt que sa bouche a retrouvé la mienne, il glisse son long majeur entre mes lèvres et me caresse doucement, me coupant le souffle un peu plus à chaque mouvement.

— Ne me donne jamais d'ordre. (Il courbe le doigt, décrit de petits cercles en moi, et je me mets à trembler.) Compris ?

— Oui, oui, j'ai compris.

J'aime qu'il me contrôle ainsi, et mon corps s'embrase à chaque nouvel ordre.

Roméo bouge pour adopter une meilleure posture, et je jette la tête en arrière, emportée par les sensations indescriptibles qui ont raison de mes dernières défenses. Je passe le bras gauche à son cou et l'enserre tandis qu'il me pénètre de son doigt avide. Je veux lui faire du bien, moi aussi ; j'en ai besoin même, alors, d'une main, je défais le bouton de son jean, puis baisse sa fermeture Éclair en me mordant la lèvre inférieure pour le provoquer davantage.

Roméo se fige.

— Jolly, non… Tu…

— Laisse-moi m'occuper de toi… Je sais ce que tu veux : laisse-moi te l'offrir… S'il te plaît…

Rome ferme les yeux sitôt que de mes doigts, je m'empare de son sexe long et brûlant et commence à le caresser lentement. Chaque fois que ma main descend, il pousse un soupir rauque. Ses gestes et les miens s'accélèrent peu à peu, tandis que nous recherchons chacun l'orgasme de l'autre et, bientôt, je sens grandir en moi une tension envoûtante. Incapable de penser à quoi que ce soit d'autre, je plaque mon front contre le sien. Sans prévenir, il glisse entre mes lèvres un second doigt, m'arrachant un long gémissement.

— Roméo…

Aucun autre mot ne me vient.

Rome remue les hanches, de plus en plus sauvage entre mes doigts.

— Laisse-toi aller, Jolly, putain… Vas-y ! grogne-t-il et, après un dernier assaut, je jouis et étouffe mes gémissements d'extase contre sa bouche.

Il ne s'arrête pas pour autant, et sa caresse rythmée arrache à mon corps agité jusqu'à la dernière once de plaisir, tandis que je me tortille sur ses hanches.

Je ne cesse pas non plus de faire jouer ma main, et bientôt, dans un grognement guttural, il incline ses hanches sur le côté et jouit en salves longues et puissantes sur l'herbe sèche.

Tandis que nous ralentissons tous deux, je passe mes bras à son cou et nos souffles se mêlent, la main de Rome toujours lovée entre mes cuisses.

Roméo continue d'effleurer mon sexe avec des mouvements lents et délicats, et je recouvre le souffle doucement, la bouche contre sa joue, tandis qu'il mordille la peau au creux de mon cou. Bientôt, je lève la tête et me redresse pour mieux river mon regard à ses yeux sombres.

— Hé, Jolly…, lance-t-il d'une voix rauque, le torse encore agité par l'orgasme.

Je rougis.

— Hé, toi…

— Ça va ?

Il fouille mon regard, sans trop que je sache ce qu'il y cherche. Je baisse les yeux et hoche la tête.

— Ça pourrait difficilement aller mieux…

— Regarde-moi, m'ordonne-t-il.

J'obéis avec plaisir.

— Ça t'a plu ? La façon dont je t'ai parlé ? Que je te donne des ordres, comme ça ?

Il a l'air nerveux, troublé, comme s'il s'attendait que je m'emporte.

Oui, ça m'a plu. Je n'ai pas beaucoup d'expérience dans le domaine, mais cette façon qu'il a eue de me dominer a éveillé quelque chose en moi. J'ignore pourquoi, mais, quelque part, je me suis sentie… libérée.

—Ça t'a plu, Jolly, non ?

Sa voix d'ordinaire si solide, dure même, s'est teintée d'une fragilité inédite.

—Oui, Roméo. Je ne pensais pas que c'était… comme ça que j'aimerais le sexe, mais je pense qu'on a vu tous les deux que ça m'avait bien branchée…

Un mince sourire vient apaiser ses traits souvent si sévères, puis il prend ma main et la passe délicatement le long de ses côtes.

—Elles y sont toutes ?

Je fronce les sourcils.

—Pardon ?

—Mes côtes. Est-ce qu'il en manque une ?

Je caresse lentement ses côtes, perplexe.

—OK, je pense que tu n'as plus toute ta tête, là… Tu crois vraiment que tu as perdu une côte ?

Il lâche un petit rire apaisé.

—Je me disais juste que Dieu m'en avait peut-être pris une quand il t'a faite…

Il a beau plaisanter, ses mots me touchent en plein cœur.

—Roméo… Tu sais que tu peux être d'une douceur incroyable, parfois ?

Il m'adresse un clin d'œil.

—Seulement avec toi.

Je dépose un baiser dans sa paume et réfléchis à ce que nous venons de partager. C'était si bon, si agréable – ses ordres, ses demandes, ses instructions –, si… troublant, mais je n'ai pas pour autant envie d'aller plus loin que ça. Le laisser aux commandes, oui, mais je crains de m'aventurer sur des sentiers… plus sombres.

— À quoi tu penses ? me demande Rome, une main sur ma joue.

Je me ronge l'ongle du pouce.

— Tu dis que tu aimes donner des ordres… Ce besoin de domination, il s'arrête où, exactement ?

Il se met à rire.

— Hé, je n'ai pas de penchant sadique, déjà, donc tu peux te remettre à sourire, jolie Jolly. C'est juste que j'aime… diriger. Je ne sais pas… Je suis comme ça. Y a trop de trucs merdiques dans ma vie sur lesquels j'ai aucune emprise, du coup j'ai besoin d'être aux manettes quand je fais ce qui me plaît : je dois être sûr que c'est moi qui gère. J'assure au poste de quarterback, parce que c'est moi le chef d'orchestre. Et c'est pareil au pieu.

Plutôt sensé : il a besoin de contrôler. Rien de sordide, c'est juste un besoin naturel, pour ne pas devenir dingue au quotidien.

— J'aime que tu aies pris les choses en main comme ça. Mon quotidien à moi m'impose l'indépendance, l'autonomie, les prises de décisions… Je déteste ça. C'était… libérateur, pour moi, de remettre mon présent entre tes mains. De m'abandonner à toi.

Une expression troublante passe sur son visage, si intense que je dois refréner un mouvement de recul. Roméo me tient fermement dans ses bras.

— Tu m'appartiens, maintenant, Jolly. Tu le sais, n'est-ce pas ? Jamais une fille n'a répondu comme toi à ma façon de faire : à chaque geste, chaque baiser, chaque caresse, tu t'offres totalement à moi.

Les doigts toujours plaqués contre mon sexe chaud, il reprend ses va-et-vient.

Je sanglote de plaisir, puis porte à ma bouche l'ongle de mon pouce pour réprimer d'autres cris.

— Je suis à toi, Roméo…

Rome prend mon pouce dans sa main.

— Tu vas me rendre dingue avec ce geste, Jolly… Si tu veux vraiment mettre quelque chose entre tes lèvres, j'ai quelque chose de bien plus savoureux pour toi…

Je laisse échapper un hoquet excité.

— Je… Je…

— Mais pas maintenant. Chaque chose en son temps…, lance-t-il comme une promesse, l'air joueur.

— Roméo… Ta main…

— Va t'offrir un nouvel orgasme. Et je vais te regarder jouir. Je vais te regarder, fébrile entre mes bras, et je vais adorer ça, Jolly. C'est compris ? C'est moi qui ordonne à tes désirs, maintenant…, siffle-t-il entre ses dents, tandis qu'il glisse son majeur plus profondément en moi.

— Oui… Oui…

Et il tient parole, chacun de ses mouvements experts embrasant un peu plus mon plaisir.

Je tressaille, convulse presque et, dans un dernier gémissement tremblotant, me laisse retomber mollement contre son torse. Nous restons ainsi de longues minutes, puis il retire ses doigts d'entre mes lèvres, reboutonne son jean, et m'allonge sur ses genoux. Je ferme les yeux et reste là, somnolente, épuisée, contre son torse chaud, savourant ses caresses délicates sur mes joues.

Je m'éveille lentement, tirée du sommeil par les mouvements de Roméo.

— Le soleil se couche. J'ai pensé que tu aimerais assister au spectacle avec moi.

Une vague de joie me transporte aussitôt.

— Ça me ferait très plaisir, oui…

Le ciel est rouge sang, d'un rose pastel autour du soleil, immense hémisphère de flammes jaune qui plonge sous l'horizon en baignant la crique d'une lumière brûlante et dorée.

Le souffle de Roméo me caresse l'oreille.

— Parle-moi de ta famille, Jolly.

Je tressaille en sentant l'angoisse familière m'engourdir la poitrine, puis me raidis et tente de recouvrer mon calme. Percevant ma réaction, Roméo me prend la main et me serre fort dans ses bras, m'offrant un abri chaud et rassurant.

— Tu peux tout me dire, Jolly. Parle-moi d'eux. Pourquoi est-ce que c'est si douloureux pour toi ?

Je prends une profonde inspiration en regardant l'horizon avaler les derniers flamboiements orangés du soleil.

— Je ne sais pas trop par quoi commencer…

— Par le début ? Je veux tout savoir de toi : je veux connaître ton corps comme ton esprit.

La révérence dans sa voix me fait frémir.

— OK.

Je remue, nerveuse, cherchant une position plus confortable, et la trouve en plaquant la tête contre son torse. Les battements de son cœur me rassurent. Je ferme les yeux, me concentre sur les bras réconfortants de Rome, puis les rouvre et les rive sur l'eau placide de la crique, laissant sa surface lisse m'apaiser.

— Je suis fille unique. Ma mère est morte à ma naissance, suite à des… complications. J'ai une photo d'elle. C'est fou ce que je lui ressemble.

— Dans ce cas, ça devait être une femme magnifique, elle aussi, dit-il en déposant un baiser sur mon épaule.

Ses mots m'insufflent une confiance nouvelle, et je me blottis un peu plus contre lui. Je ramasse un long brin d'herbe et le fais glisser entre mes doigts.

— Mon père n'avait pas de famille en dehors de ma grand-mère. Elle vivait avec nous. J'avais six ans quand il est mort. Je m'en souviens comme si c'était hier : je rentrais de l'école et j'ai trouvé ma grand-mère assise dans le salon, effondrée. Elle m'a dit que Dieu avait appelé mon père au paradis. (Je secoue la tête et ris de dépit.) J'ai cru qu'il me punissait parce que j'avais été méchante… Et puis, j'ai fini par comprendre qu'il n'avait pas succombé à une quelconque maladie, pas plus qu'il n'avait été rappelé par Dieu : il s'était juste levé, comme tous les jours, m'avait accompagnée, moi, sa petite fille, jusqu'à la porte pour mon départ à l'école, puis il était allé se trancher les veines dans la baignoire avec une lame de rasoir.

Rome lâche un soupir discret derrière moi, et son souffle chaud sur ma nuque me fait frémir.

— Bordel, Jolly… Je l'ignorais… Je suis désolé.

C'est sa compassion à mon égard qui me donne la force de raconter en détail cette journée funeste, pour la première fois de ma vie.

— Je n'ai jamais totalement réussi à accepter le geste de mon père : je comprends qu'il ait pu finir par trouver insoutenable de vivre sans ma mère, mais il m'avait, moi, et… j'avais besoin de lui… Pourquoi est-ce qu'il ne s'est pas montré fort pour sa petite fille ? Pour moi ? Et pour sa mère ? Dans sa lettre d'adieu, il m'a écrit qu'un jour, je comprendrais, mais je crois que non : je ne comprendrai jamais comment un père peut abandonner sa fille comme ça.

Ce souvenir amer commence à avoir raison de mon calme. Rome reste silencieux, forteresse impassible et rassurante.

— Je crois que ce qui m'a sauvée de cet océan de merde, c'est ma tête : à sept ans, mon institutrice m'a fait passer un test du MENSA. J'ai été reçue, et on m'a appris que j'avais un Q.I. très largement supérieur à la moyenne, et que la recherche constante de nouvelles connaissances, les études, c'était ce qui me permettait de gérer les coups durs… J'ai développé une passion quasi obsessionnelle pour la religion et la philosophie : il fallait que je trouve une raison logique à la mort de mon père, que je m'explique pourquoi des choses terribles arrivaient à des gens fondamentalement bons. Je n'ai jamais obtenu de réponse à tout ça. Et puis, quand j'ai commencé à reprendre ma vie en main, on a diagnostiqué un cancer à ma grand-mère : pendant trois longs mois, je me suis occupée d'elle. Elle dépérissait à vue d'œil et, un jour, elle est morte dans mes bras. On est restées là plusieurs heures, toutes les deux, dans notre petite maison… Je n'avais plus personne vers qui me tourner.

J'inspire profondément et suis des yeux les oiseaux qui, les uns après les autres, s'en retournent à leur nid, dans les arbres de la crique, pour y passer la nuit. Rome m'incite à poursuivre.

— Après la mort de ma grand-mère, j'ai été placée en famille d'accueil. J'ai eu de la chance, j'ai atterri dans une famille plutôt chouette, tout près de mon ancienne maison. Ce n'étaient pas les gens les plus affectueux du monde et, de toute évidence, ils faisaient ça pour arrondir leurs fins de mois, mais j'étais à l'abri chez eux, et c'est ce dont rêve tout gamin du système. J'avais du mal à… vivre, à y trouver du plaisir, et je refusais de m'attacher à qui que ce soit, de peur de souffrir encore. Je me sentais seule, mais au moins… ça m'a permis de tenir le coup. Une fois de plus, ce sont mes études qui m'ont aidée à ne pas broyer du noir : j'ai su très vite que c'étaient elles qui me permettraient de me libérer de tous les souvenirs qui me hantaient dans ma ville d'origine. Il fallait que je quitte tout ça.

Roméo dépose un nouveau baiser attentionné sur mon épaule dénudée.

— Quand j'ai eu dix-sept ans, j'ai passé mes examens avec un an d'avance, et ai obtenu une place à l'université d'Oxford. Après mon diplôme, je suis venue ici. Pour ma thèse, j'irai ailleurs.

Roméo pousse un soupir acerbe.

— En gros, tu fuis.

Je me raidis et tente de me soustraire à son emprise, de m'éloigner de celui qui se permet de critiquer ma stratégie de survie, mais Roméo m'emprisonne. Il resserre son étreinte.

— Ne lutte pas. Réponds à la question.

— T'as pas la moindre idée de ce que j'ai enduré ! D'où tu te permets de me juger comme ça ?

Il adopte soudain un ton plus grave et autoritaire.

— Je ne te juge pas. C'est un fait : devant un obstacle, tu fuis. Pas vrai ?

— Et alors ? Je n'ai pas de foyer à moi, pas de famille, alors quelle différence ?

— C'était peut-être vrai à l'époque, mais aujourd'hui, il y a des gens qui tiennent à toi et qui se préoccupent de ton bien-être. Je ne te laisserai pas fuir loin de moi.

Des larmes embuent ma vision : les mots de Roméo sont si réconfortants... J'ai tellement envie de le croire.

— Je ne te laisserai pas fuir loin de moi, répète-t-il, péremptoire.

Une digue se brise en moi, et je me mets à pleurer, pour la première fois depuis des années, la tête entre les mains. Roméo caresse mes cheveux, refuse que je quitte la sécurité de ses bras. Et c'est ce qu'il représente pour moi : mon fort, mon îlot de paix...

— Pourquoi as-tu fui Oxford pour venir ici ? me demande-t-il, une fois que j'en ai fini de pleurer.

Je laisse échapper un soupir défait, et décide de tout lui dire.

— Oliver en attendait davantage de ma part. Après son doctorat, il voulait qu'on passe à l'étape supérieure, lui et moi. Mais pas moi : il ne savait rien de moi. Je ne lui ai jamais rien raconté. Après qu'on a couché ensemble, j'ai su que la mascarade avait trop duré. Je pensais que le sexe m'aiderait à me sentir plus proche de lui, à faire tomber mes défenses. Au final, à part de la déception, je n'ai pas ressenti grand-chose. Je me pensais incapable de m'attacher de nouveau à quelqu'un… J'ai paniqué et j'ai préféré fuir, oui. C'est aussi simple que ça. Quand il s'est réveillé, je n'étais plus là. Depuis, je ne lui ai jamais reparlé.

Les criquets gagnent en ferveur à mesure que la nuit tombe, et une vaste fresque étoilée se dessine, scintillante, dans le ciel limpide.

— Et puis, tu es arrivé dans ma vie… Je me sens proche de toi. Je t'ai… accepté en moi. Peut-être que je ne suis pas aussi brisée que je le pensais, après tout.

Je l'entends avaler sa salive.

— T'es pas la seule à avoir l'impression de voler en éclats quand les choses se gâtent, mais je vais te dire un truc : à partir de maintenant, je ne te laisserai fuir que si je suis là, à tes côtés, à cavaler avec toi.

Je me contorsionne pour mieux trouver ses lèvres, et sa bouche vient caresser la mienne avec tendresse. Lorsque je me détache de lui, je prends son visage entre mes mains.

— Parle-moi de toi.

Il se fige aussitôt. Il hausse les épaules et détourne le regard. Sa soudaine crispation appuie son silence obstiné.

Une brise froide anime alors l'air nocturne, et mes bras et mes jambes nus sont parcourus de frissons. Roméo le remarque aussitôt.

— On ferait mieux de filer.

Je le retiens, frustrée.

— Je ne veux pas partir. Pas encore… Je veux que tu me parles de toi.

Il incline la tête et m'adresse un regard incrédule.

— Hé, moi non plus, j'ai pas envie de filer, mais il commence à être tard et tu te les gèles. Allez : rideau pour ce soir.

Rome m'aide à me relever, et nous flânons jusqu'au pick-up, main dans la main, sans que je puisse lui arracher quelque information que ce soit sur son passé.

Tandis que nous reprenons l'autoroute en sens inverse, lancés à notre vitesse de croisière, Roméo semble perdu dans ses pensées. Je tends la main et la pose sur la sienne.

— Ça va ? T'as l'air sur une autre planète…

Il déglutit, manifestement nerveux. Je ne crois pas l'avoir déjà vu si mal à l'aise.

— Oui.

Je ne suis pas dupe.

— Tu es sûr ? Ça n'a pas l'air.

Il serre ma main, fort, et m'adresse un regard lourd d'incertitude.

— Rome, qu'est-ce qu'il y a ? insisté-je.

Il se racle la gorge et se lance :

— Avant ce soir, je ne m'étais jamais senti désiré pour ce que j'étais vraiment…

Ses mots me frappent en plein cœur, plus dévastateurs qu'une balle tirée à bout portant, et je retiens mes larmes de justesse.

— Pourquoi est-ce que je te plais, Jolly ? Je n'arrive pas encore à comprendre…

Je me rapproche de lui sur le siège, et dépose un baiser sur celle de ses mains qui tient la mienne.

— Tu me plais, c'est tout. Toi.

— C'est ce que je pige pas, justement. Pourquoi est-ce que je te plais, moi ? Ce que je suis au fond, ça n'a jamais branché personne : je suis sur les nerfs à longueur de temps, je suis possessif, les sentiments c'est pas mon fort… Je ne comprends pas ce qui te plaît tant chez moi.

— Je suis la première que ça branche, alors, parce que je te veux, toi, et je ne demande rien en échange. Pourquoi est-ce qu'on désire quelqu'un ? Mon corps te reconnaît comme celui qui lui fait du bien, mon esprit comme celui dont il a besoin, et mon âme comme celui qui m'est destiné.

La tension quitte aussitôt ses épaules, et un sourire hésitant se dessine sur ses lèvres.

— On est foutus, pas vrai, Shakespeare ? susurre-t-il presque, irradiant une aura de quiétude accomplie.

Un sentiment d'apaisement nous grise tous deux.

— C'est un euphémisme.

— Viens par là, toi.

Il passe son bras autour de mes épaules et m'embrasse tendrement sous les lumières stroboscopiques de la ville qui défile derrière les fenêtres.

* * *

Rome me dépose devant la porte d'entrée du foyer de la sororité, et je monte les marches quatre à quatre, heureuse de n'être accueillie que par le silence. Les portes de la salle où se trouve la télé sont fermées.

Je prends une longue douche chaude, laissant le jet puissant me masser le visage et le cuir chevelu, la tête penchée en arrière. Je me sens… différente, mais ne saurais dire en quoi. Simplement différente, à un niveau presque moléculaire. Je porte une main à mon ventre en repensant à la sensation de ses doigts en moi, et réprime un grognement de plaisir. Il s'est montré si autoritaire, si assuré dans ses gestes tandis qu'il menait notre danse et orchestraît la symphonie de nos gémissements et de nos cris. Jamais je n'avais éprouvé de telles sensations. Je sors de la douche avant que le souvenir ait raison de mon équilibre, me sèche, enfile une chemise de nuit violette et me glisse sous les draps.

Quelques minutes plus tard, des bruits de caillasse contre la vitre me font sursauter.

Je me débarrasse en hâte de mes draps, cours jusque sur la terrasse, baisse les yeux, et… Roméo est là, en bas : il m'adresse un large sourire, escalade le treillage, puis se jette presque dans mes bras, souriant avec gourmandise devant mon choix vestimentaire.

— Dès que je suis arrivé au foyer de la fraternité, je me suis demandé ce que tu faisais. Trois secondes plus tard, j'ai décidé d'arrêter de m'interroger et de venir voir par moi-même.

— Tu reviens dormir ici, pas vrai ? Tu comptes en faire une habitude ?

— Non, tu crois ? En même temps, après ce qui s'est passé aujourd'hui, je pense avoir droit à certains privilèges.

— Ah oui ? Et lesquels, au juste ?

— Tu le sauras en temps voulu, Shakespeare. Allez : bouge tes jolies petites fesses jusque sous les draps, et cale-toi dans mes bras.

Je rentre dans ma chambre et jette un regard faussement effarouché par-dessus mon épaule.

— Je n'ai pas souvenir que Roméo se montre si autoritaire avec Juliette !

Il hausse les sourcils et prend un air entendu.

— Et regarde comment ils ont fini. Je préfère mon approche : moins de morts, et plus d'orgasmes.

Je feins d'être choquée, mais ne peux m'empêcher de rire.

— Toi. Lit. Maintenant, dit-il d'un ton catégorique en retirant ses vêtements.

Il ne garde que son boxer noir qui tombe bas sur ses abdos dessinés.

Obéissante, je glousse encore quand il bondit derrière moi, mais troque bientôt mon petit rire pour un gémissement grave : sans attendre une seconde, il a plongé la main sous ma chemise de nuit, et caresse déjà des doigts mon clitoris.

— Bien… Concernant ces fameux privilèges…

Chapitre 11

Je m'éveille et m'étire longuement pour libérer les tensions dans mon dos noué. Lorsque je fouille d'une main le lit à côté de moi, je n'effleure que les draps. Roméo n'est plus là. Par réflexe, je cherche mes lunettes sur la table de chevet, oubliant que je n'en ai désormais plus besoin.

Je m'assieds sur le matelas et fronce les sourcils, préoccupée par l'absence de Roméo : jamais il ne m'a quittée sans un au revoir. Là où il a dormi, les draps sont froids et fripés, mais une note m'attend sur son oreiller. Je m'en empare d'un geste vif.

J'avais un entraînement matinal.
J'ai pas voulu te réveiller : tu es tellement belle quand tu dors…

Ton Roméo

J'enfonce ma tête dans un coussin, le sourire aux lèvres, quand on frappe à la porte. Je vais ouvrir et me retrouve nez à nez avec Ally, bras croisés et les sourcils haussés à l'extrême : à son expression, ce n'est pas le moment de jouer au plus malin avec elle. Elle me bouscule, referme la porte, puis va s'asseoir au bord de mon lit défait.

— Tu peux m'expliquer pourquoi j'ai vu Roméo filer en douce par ta terrasse, ce matin ? me demande-t-elle d'une voix faussement calme.

Je m'approche d'elle en me tortillant les doigts et, une fois près du lit, me laisse tomber à côté d'elle sans la regarder, le mur blanc en face de moi soudain très attractif.

— Il a passé la nuit ici.

— Je me doute bien, oui. Et ça dure depuis combien de temps, ces histoires ?

— De quoi ? Qu'il passe la nuit ici ou qu'on est ensemble ?

Elle secoue la tête, surprise.

— OK, voilà qui confirme que les choses en sont à un stade plus avancé que ce que je pensais. J'avais deviné qu'il se passait quelque chose à la façon qu'il avait de te dévorer du regard. Ça te faisait rougir chaque fois. Sans parler des baisers. C'est sérieux entre vous ?

J'acquiesce en me rongeant les ongles.

— Vous êtes ensemble, du coup ? C'est... officiel ?

— Oui.

Son visage se pare soudain d'un immense sourire, ses yeux marron s'illuminent et elle me donne une petite tape enthousiaste sur l'épaule.

— Mon cousin qui s'engage dans une relation sérieuse. Honnêtement, je ne pensais pas voir ça un jour... Ça me rend heureuse, tu n'imagines pas ! (Ally m'assène une nouvelle tape, sur le genou cette fois, puis m'étudie du regard.) Où sont tes lunettes, chérie ?

Je cale mes cheveux derrière mes oreilles.

— J'ai des lentilles de contact, maintenant.

Son visage s'éclaire.

— Un cadeau de Rome pour que Shelly arrête de te faire chier ?

— Oui.

— Alors là, j'hallucine ! Rome qui se prend pour une fille d'une affection sincère au point de se montrer prévenant ! exulte-t-elle avec un rire incrédule.

Je baisse la tête, un peu gênée.

— Il se montre toujours très doux avec moi.

J'ai l'impression que les yeux d'Ally vont quitter ses orbites.

— Mon cousin et le mot « doux » dans la même phrase, ça aussi, c'est une première ! Cela dit, depuis qu'il a posé les yeux sur toi, j'avoue qu'il a totalement changé… Au début, franchement, j'ai un peu paniqué, mais au final je trouve ça absolument génial ! T'es vraiment faite pour lui : tu vas lui faire beaucoup de bien.

Ally se lève, retourne à la porte et, juste avant de partir, me décoche un regard d'une gravité soudaine.

— Molly, sois juste consciente que Rome peut se montrer un peu compliqué : ses parents lui mettent une pression folle sur les épaules depuis des années, et ça l'a beaucoup affecté. S'il se montre un peu dur parfois, essaie d'être compréhensive, et de lui pardonner quand c'est possible. Si vous vous impliquez tous les deux dans votre relation, je suis sûre que te perdre pourrait le briser totalement. Sois patiente avec lui, attentionnée, choie-le… Il le mérite.

Sur ces mots, elle me laisse seule dans ma chambre.

* * *

Il fait si chaud aujourd'hui, que Cass, Lexi, Ally, Jimmy-Don et moi décidons de pique-niquer sur la vaste pelouse du campus. Manifestement, nous ne sommes pas les seuls à avoir eu cette idée, car l'endroit est bondé.

— Tiens, Jimmy-Don, si tu me parlais un peu de toi, aujourd'hui ? l'interpellé-je, alors que nous bullons en cercle sur l'herbe fraîchement coupée.

Je me remémore les matinées estivales de mon enfance, lorsque je m'éveillais au son de la tondeuse de mon père qui entretenait notre minuscule jardin. C'est l'une des rares images heureuses que j'ai gardées de ce temps-là.

— Hmm… Je suis texan – de Houston – et je fais partie de la Tide. Je suis bloqueur offensif. J'ai vingt et un ans et, quand j'aurai décroché mon diplôme en sciences de l'environnement, je retournerai à Houston pour bosser dans l'exploitation bovine de mon père.

— Tu veux pas passer pro, toi ?

— J'adorerais, mais la NFL ne me draftera pas. Mais bon, c'est cool : je vais pouvoir rentrer chez moi, récupérer un peu de bétail et, avec un peu de chance, cette petite pouliche fera partie du lot, annonce-t-il en se lovant contre Cass pour déposer un baiser sur sa joue.

Ally me tapote le bras et, quand je lève les yeux, j'aperçois trois membres de la Tide se diriger vers nous, Rome en tête : il porte un jean, des santiags brunes, un débardeur rouge et des Ray-Ban Aviator effet miroir. À ses côtés se trouve un grand brun couvert de tatouages, vêtu d'amples vêtements noirs. Des chaînes pendent en larges boucles à sa ceinture cloutée. Il est aussi attirant qu'intimidant. Le troisième est le jeune B.C.B.G. américain typique, blond aux yeux bleus et peau hâlée. Je scrute alentour et aperçois plusieurs filles mater Rome sans retenue aucune sur son passage : le moins que l'on puisse dire, c'est qu'il plaît aux femmes…

— Yo, Flash, Austin, Reece ! Qu'est-ce que vous venez foutre ici ? lance Jimmy-Don en serrant la main de chacun des nouveaux arrivants.

Roméo tourne le regard vers moi et me sourit.

— Je viens prendre des nouvelles de ma copine.

Tout le monde se fige.

Rome nous contourne, vient s'asseoir près de moi, m'attire entre ses genoux et m'embrasse. Et cette fois-ci, ça n'a rien d'un baiser à la sauvette : il m'embrasse comme s'il voulait montrer au monde que je lui appartiens. Son geste m'envoûte aussitôt, et je m'abandonne à lui sans retenue.

Après ce baiser, qui me laisse pantelante, Roméo se détache de moi et caresse ma lèvre inférieure du pouce.

— Comment ça va, aujourd'hui, ma chérie ?

Je reprends mon souffle à grand-peine.

— Ça va… plutôt très bien, je dois dire.

— Bon, eh bien, moi qui voulais savoir si tu lui avais bel et bien tapé dans l'œil, j'ai ma réponse, s'amuse Cass, m'extirpant de l'emprise hypnotique de Rome. Hier, à la cafétéria, je me suis dit que quelque chose couvait. Tout le monde sait que Flash ne s'implique pas avec les filles, du coup ça me semblait bizarre, cette soudaine prévenance à ton égard. Et puis, il y a eu les lentilles, et l'absence de Molly… Je comprends, maintenant !

Des lèvres, Roméo m'effleure le front.

— C'est très résumé… On est ensemble pour de vrai, Shakespeare et moi. En couple, pas vrai ?

Il me décoche un sourire, et je comprends que mon petit ami a décidé de tirer un trait sur le secret de notre relation. Le pire, c'est qu'il ne semble pas une seconde ennuyé d'avoir pris la décision de cette révélation de manière unilatérale.

— Oui, on est ensemble, confirmé-je à voix basse.

Il passe les bras autour de ma taille, et notre petit groupe d'amis nous dévisage comme s'ils se demandaient tous s'ils ne souffraient pas d'hallucinations.

Rome désigne ses deux acolytes du doigt.

— Les amis, je vous présente Austin et Reece.

— Austin Carrilo, receveur éloigné titulaire, et Reece Todd, quarterback remplaçant, détaille Cass qui sourit jusqu'aux oreilles, un tantinet excitée par l'arrivée des nouveaux venus. Inutile de les présenter, la réputation des joueurs de la Tide parle pour eux !

Lexi qui, jusqu'ici, dévorait Austin du regard, lève sa petite main comme pour nous ramener tous à la réalité.

— Hmm, je suis très heureuse pour vous, évidemment, mais quand est-ce que ça a commencé, cette histoire ? Et pourquoi est-ce qu'on n'en a jamais entendu parler ?

Elle me fusille du regard, visiblement vexée.

Je grimace, l'air gêné.

— On est ensemble depuis deux semaines. Je voulais juste que ça reste entre Rome et moi quelque temps.

— Je n'arrive pas à croire que vous soyez en couple ! Non que ça craigne ou quoi, hein, c'est juste complètement dingue ! Toi, Molly, la grosse tête toute timide qui se maque avec le quarterback titulaire de la Tide ! C'est quoi, une caméra cachée ?

— Non, c'est du vrai de vrai : elle est à moi, cerveau sous amphètes compris, annonce fièrement Roméo.

Il hausse les sourcils d'un air euphorique, me pose une main délicate sur la tête, et ses coéquipiers prennent des airs dubitatifs, comme s'il avait perdu la tête.

— La putain de classe, merde ! C'est génial, bordel ! jubile Cass.

— Merci, Cass.

Notre petit comité de bienheureux papote près d'une heure, nos amis s'habituant peu à peu à la réalité du couple que nous formons, Rome et moi.

Installés dans les bras l'un de l'autre, nous tâchons de faire fi des regards insistants et des piques des autres étudiants, l'air menaçant et la réputation de Rome les forçant à ne commérer qu'à voix basse.

Nous parvenons ainsi à nous préserver des murmures incessants, jusqu'à ce qu'un joueur de l'équipe de basket de la fac passe avec ses potes et nous adresse des regards moqueurs. Aussitôt, Rome se braque et se raidit, prêt à en découdre.

Le basketteur brun, grand et filiforme, s'arrête près de nous, un poing devant la bouche pour étouffer son rire.

— Putain, Flash, j'en crois pas mes yeux ! Tu lâches toutes les chattes du campus pour te taper ça ? Elle suce bien, j'espère !

Avant même que j'aie eu le temps de me sentir offensée par l'injure, Roméo s'est levé d'un bond et a plaqué le type au sol. Nos amis se précipitent vers les deux combattants. Quelques secondes plus tard, les étudiants ont tous quitté leur petit coin sur l'herbe pour former un cercle autour de Rome et du basketteur pour mieux observer le pugilat.

Quand il me voit me relever et commencer à me diriger vers Rome, Jimmy-Don m'attrape fermement par le bras.

— Laisse-les, ma jolie. Faut que Rome évacue…

Je libère mon bras de son emprise.

— Non ! Je ne veux plus qu'il se batte ! (Je me retourne vers Austin et Reece.) Arrêtez-le !

— Si tu veux vraiment être avec Rome, va falloir t'y faire, m'annonce Jimmy-Don en désignant d'un doigt les deux lutteurs. C'est son pain quotidien…

Je les fusille du regard, Reece et lui, éberluée. Austin, lui, s'est joint à la foule de plus en plus nombreuse.

— C'est ton ami, non ? Arrête-le avant qu'il soit blessé !

Reece me pose une main sur l'épaule.

— Oh, je ne me fais pas de souci pour Flash, Molly. Il est rodé à la castagne… Et puis, m'en veux pas, mais hors de question que je m'approche de lui quand il est dans cet état. Je tiens à ma tête, tu vois ?

— OK, dans ce cas, je vais y aller, moi !

Je joue des coudes pour percer le cercle de spectateurs et me retrouve bientôt devant les combattants. Roméo est à califourchon sur le basketteur, indemne, et le cloue au sol en le tenant par le col.

— Tu parles encore comme ça de Jolly et je te démonte, trou du cul, t'as saisi ?

Le type sourit, du sang à la commissure des lèvres et un hématome naissant sur la pommette, manifestement amusé d'avoir réussi à pousser Rome à bout.

— Elle ressemble à rien, ton intello, mais elle doit baiser comme une reine pour t'avoir mis en laisse comme ça. C'est ça le délire ? Elle baise comme une pute de luxe ?

Roméo grogne de rage, menaçant, et je vois son visage virer au rouge : fou furieux, il lève le poing, prêt à assener un nouveau coup. Un ami du basketteur jaillit aussitôt de la foule pour le désarçonner, mais Austin se rue vers lui, le repousse violemment, et lui retourne les bras dans le dos pour le maîtriser. Au moins, un de ses amis essaie de l'aider un peu…

Je m'empresse de saisir le poignet levé de Rome avant qu'il frappe, et il se retourne brusquement vers moi, ses yeux bruns assombris par la rage. Apeurée, la foule recule d'un pas.

— Roméo, arrête, je t'en prie, l'interpellé-je d'une voix suppliante.

Il tente de me repousser.

— Dégage, Jolly, bordel !

— Molly, qu'est-ce tu fous ! me lance Cass qui, tout juste arrivée derrière moi, essaie de me faire reculer pour me mettre à l'abri.

Lexi et Ally se tiennent à ses côtés, un air implorant sur le visage.

Je plante de nouveau le regard dans celui de Roméo et fais voler la main de Cass d'un vif geste du bras.

— Roméo, arrête ! Tout de suite. Tu vaux mieux que ça !

— Ouais, écoute ta meuf, Roméo : arrête tes conneries…

La bêtise du basketteur m'arrache un grognement : ce type est suicidaire ou quoi ?

Les mâchoires serrées, Roméo se penche à son oreille.

— T'as de la veine que ma meuf soit là et que j'aie pas envie qu'elle voie ton putain de crâne en sang, connard…, siffle-t-il entre ses dents.

Il se relève d'un coup, m'enveloppe de ses bras puissants, et je sens son pouls lui marteler les côtes. D'une main, j'agrippe son tee-shirt, et caresse de l'autre son dos crispé pour tenter de le calmer.

Je sens Rome se retourner, et il se met à hurler.

— Dégage ton cul de là avant que je change d'avis et que je te démonte, Michaels !

Les potes du basketteur le relèvent, l'aident à s'éloigner, et les spectateurs brisent le cercle, visiblement déçus d'avoir été privés du clou du spectacle.

Rome dépose un baiser au sommet de mon crâne et lâche un soupir.

— J'aurais dû le foutre dans le coma après ce qu'il a dit.

Je me redresse et place les mains sur ses biceps tendus.

— Non, c'est très bien comme ça. Ça aurait servi à quoi ? On se doutait bien que ça ferait jaser, le fait que tu t'engages sérieusement avec une fille.

— OK, mais ce connard me cherche depuis des plombes. Il mérite de se manger une raclée.

— Pourquoi il t'a cherché comme ça ?

Roméo se fige et je lève la tête pour mieux soutenir son regard fuyant. Devant son air inquiet, je grimace.

— Qu'y a-t-il ?

— J… J'ai…

— Tu as quoi ? insisté-je, tandis qu'il me regarde avec anxiété.

Manifestement, il se demande s'il peut ou non se confesser.

— Crache le morceau, Rome…

— J'ai baisé sa copine, il y a quelques mois.

Ma gorge se serre, et je m'arrache à son étreinte.

— Voilà, maintenant, t'es en colère contre moi ! Bordel, je vais le tuer, ce connard ! crache-t-il en se préparant à retourner à l'assaut de Michaels.

J'attrape sa main et la serre fort pour le retenir.

— Laisse-le tranquille.

Il me regarde avec inquiétude.

— T'es en colère, pas vrai ?

Je me cale les poings sur les hanches.

— Tu t'attendais à ce que je saute de joie dans tout le campus en apprenant que tu avais baisé sa copine ?

— Je laisse couler, décide-t-il finalement. T'as l'air vraiment énervée, et t'as probablement raison de l'être.

Son air boudeur m'arrache un début de sourire, et je secoue la tête, dépitée. Au début, je trouvais son attitude intimidante, mais maintenant, sa mauvaise humeur m'amuse presque… Et puis, il est craquant quand il est énervé comme ça.

— T'as entendu ce qu'il a dit sur toi ? reprend Rome sans se soucier de mon sourire.

— Oui, mais je m'en fous. J'ai pris l'habitude de ne pas prêter attention à ce que les autres pensent de moi.

Il baisse la tête, et je vois qu'il fait son possible pour contenir sa colère.

— Viens, lui dis-je en tirant gentiment sur sa main. Reste assis avec moi encore un peu.

Roméo se passe une main sur le visage.

— Laisse-moi régler son compte à ce fils de pute une bonne fois pour toutes, Jolly. Ça passera l'envie à tout le monde de nous faire chier. J'ai foutu les boules à un paquet de connards par le passé, et ils ne vont pas se priver de faire les langues de putes…

Je secoue doucement la tête pour lui faire comprendre que je ne pourrais davantage m'en moquer.

Il retrousse les lèvres et passe un bras à mon cou, avant de déposer un nouveau baiser sur le haut de ma tête.

— Merde, Jolly… Merde. Je crois que je vais vite changer de réputation avec toi : Rome Prince, président du club des tafioles…

Nos amis se sont réinstallés à notre emplacement de tout à l'heure, mais Rome et moi allons nous abriter sous un arbre quelques mètres plus loin, pour fuir les regards des autres étudiants. Là, tandis qu'il me serre dans ses bras, nous papotons de tout et de rien jusqu'à ce qu'il se soit enfin calmé.

Lorsque nous nous relevons pour rejoindre le cours de philosophie, une silhouette menaçante s'invite dans notre retraite paisible entre les arbres, à la manière d'un horizon de nuages noirs lors d'un beau jour d'été : la reine mère Shelly en personne vient nous présenter ses félicitations. Debout devant nous, elle fulmine.

— C'est quoi, ces conneries ?

Rome grogne et resserre son étreinte autour de moi, comme pour me protéger.

— Rah, dégage, Shel'. J'ai assez vu de trous du cul pour la journée.

— Tu déconnes ? T'es pas vraiment avec elle ?

Elle me regarde et grimace comme si elle venait d'avaler une boule de cendres.

— Non, je ne déconne pas : je suis vraiment avec elle.

Il appuie ses dires avec un baiser enfiévré. Je pose une main sur sa nuque pour mieux l'encourager.

— Tu sais qu'il va te lâcher, chérie ? crache-t-elle à mon intention.

Rome et moi nous tournons vers elle.

— Ah ? Et pourquoi donc ?

— Parce que papa et maman ne laisseront jamais une traînée grippe-sou les priver de leur fils, et qu'ils peuvent se montrer foutrement persuasifs, quand ils veulent. C'est moi qu'ils veulent comme belle-fille, et c'est moi qu'ils auront : c'est une promesse, pigé ?

Elle sourit comme si elle avait droit de vie ou de mort sur Roméo.

— Une traînée grippe-sou, tu dis ? C'est marrant, c'est exactement comme ça que Rome te décrit.

— T'es rien, OK ? T'existes pas, sale p…

— Ta gueule, Shelly, et barre-toi avant que je fasse quelque chose que je risque de regretter, la menace Roméo d'un ton sans équivoque.

Elle part d'un grand rire condescendant.

— On en reparle dans un mois, OK ? On verra où vous en êtes ! Tu me reviendras en moins de temps qu'il ne faut pour le dire, Rome. En attendant, je me régalerai de la réaction de ta mère !

— Tu serais la dernière femme sur terre, que je ne te toucherais pas, Shelly : t'es qu'une traînée frustrée et aigrie. Quant à mes parents, j'apprends jour après jour à me foutre royalement de ce qu'ils pensent de mes choix. Ce que je veux, moi, c'est Jolly, et c'est réciproque : point final. Toi et mes parents pourrez remuer la merde tant que vous voudrez, vous n'y changerez rien. Maintenant, lâche-nous. (Il se tourne et s'adresse à tous les curieux aux alentours.) Et ça vaut pour tout le monde : foutez-nous la paix ou vous aurez affaire à moi ! Le prochain qui nous fait chier, ou que j'entends soupirer en nous voyant passer, je me le paie, et il aura moins de chance que cet enfoiré de Michaels !

Je soupire et ferme les yeux. J'abhorre la violence.

Shelly se recoiffe et, vexée que des centaines de spectateurs aux regards fébriles aient assisté à notre embrouille, se débine enfin. Quelques secondes plus tard, je la vois dégainer son iPhone à coque rose : pas la peine d'être un génie pour savoir à qui elle téléphone.

Roméo se penche à mon oreille.

— L'écoute pas, OK ? Prends ses mensonges pour ce qu'ils sont.

Je me laisse glisser de l'autre côté de l'arbre, découragée. Je n'arrive pas à passer outre ce que vient de dire Shelly. Je déteste la quantité d'ennuis que nous a déjà attirés l'annonce de notre relation. Et je ne peux m'empêcher de me demander si les parents de Roméo vont effectivement croire que je ne suis avec lui que pour l'argent… Vont-ils tout faire pour qu'il me quitte et retourne dans les bras de Shelly ?

Roméo s'accroupit calmement devant moi, pose son front contre le mien et place délicatement les mains sur mes épaules.

— Tu ne dis plus rien, Shakespeare. Ça m'inquiète…

Je me force à sourire.

— Ça va aller, ne t'en fais pas.

Nos amis nous rejoignent, l'angoisse transparaissant sur leurs visages : de toute évidence, ils se font du souci pour nous. Je leur souris pour les rassurer.

Roméo m'adresse un dernier regard mal assuré, puis se redresse.

— Après le match de samedi, je pars avec toi, annonce-t-il. Je t'offre un vrai rendez-vous en amoureux. Finis les secrets, il est grand temps de montrer à tout Tuscaloosa que tu es à moi.

Nos amis sourient de conserve, ravis qu'il fasse preuve à mon égard d'une affection si sincère, mais je fais « non » de la tête.

— Qu'est-ce qu'il y a ? me demande Rome, les épaules crispées.

Il pense que je refuse son invitation…

Je pose une main sur son bras et le caresse avec tendresse.

— J'ai déjà dit aux copines que j'allais danser avec elles, samedi, lui annoncé-je en désignant nos amis d'un geste.

Je vois ses épaules se détendre.

— Dans ce cas, je t'emmène danser aussi. On y va tous.

— OK, j'ai déjà hâte d'y être, dis-je, quelque peu rassurée, avant de perdre aussitôt mon sourire. Par contre, je n'ai que vingt ans… Ils ne me laisseront pas rentrer, non ?

Jimmy-Don touche le bord de son Stetson avec un sourire espiègle.

— File-moi une photo de toi avant ce soir, et je te fournis une fausse carte d'identité, OK, trésor ? C'est que j'ai le bras long, entre autres choses…

— OK, ça me va.

Rome me prend par la main pour m'aider à me relever, et nos doigts s'entremêlent.

— On va s'éclater. Au fait, le two-step, tu maîtrises ?

— Le t… Non.

Je n'ai pas la moindre idée de ce à quoi cela peut faire référence.

Tout le monde éclate de rire autour de moi.

— Oh, ce samedi s'annonce bien délire ! s'écrie Cass.

Chapitre 12

— Et celle-ci ?

— Il y a des glands au niveau des tétons, Cass !

Elle hausse les épaules, range la combinaison ridicule en dentelle noire sur le portant de lingerie, puis s'approche du suivant.

— Et ça ?

Je me retourne vers mon amie texane, et la bouche m'en tombe. Ally et Lexi se mettent à glousser derrière moi à l'unisson.

— Une culotte fendue ? Cass ! Je veux avoir l'air jolie, pas me déguiser en actrice porno !

Elle raccroche la culotte sur le cintre d'un geste vif en maugréant.

— Hé, j'ai la même en rose et en vert fluo et je tourne pas de films de boules ! Jimmy-Don les adore : facilité d'accès n'importe quand, n'importe où ! C'est pratique, c'est tout.

Je m'affale dans le fauteuil en velours rouge de la boutique de lingerie richement décorée et me prends la tête à deux mains. Lexi vient s'asseoir à côté de moi et me donne un petit coup d'épaule.

— Ça va, Molly ?

Je laisse glisser les mains le long de mon visage avant de me tourner vers elle.

— C'est quoi, le souci, avec mes sous-vêtements habituels ? Et puis, le jour où je coucherai avec Roméo, à mon avis, il n'en aura pas grand-chose à faire de ce que je porte…

— Peut-être, mais ça ne t'empêche pas de te faire plaisir, ma fille. Allez, prends un truc dans lequel tu te sens à l'aise. Peut-être une robe de chambre ou autre pour… après ? (Elle me sourit, le regard espiègle.) Tu veux te sentir sexy, non ?

Je soupire.

— Oui, bien sûr.

— Et ça, chérie ? (Ally brandit une robe de chambre en soie noire qui doit tomber à mi-cuisses.) Il y a même la nuisette assortie. C'est sexy sans être… comment dire… (D'un geste de menton, elle désigne Cass qui, la mine satisfaite, plaque contre sa poitrine un soutien-gorge sans bonnets.) OK, disons-le : digne d'une actrice de films de cul !

Je me lève pour observer l'article de plus près… L'ensemble est magnifique. Doux au toucher, délicat, et, comme je recherche quelque chose d'un peu sexy sans être vulgaire, il me correspond tout à fait.

J'acquiesce, le sourire aux lèvres.

— J'aime beaucoup… Je le prends.

— Avec ça, me lance Lexi qui me tend trois petites culottes noires assorties, une en dentelle, l'autre en soie, la dernière en satin.

Je prends les articles et me dirige vers la caisse.

Cass arrive vers moi, tout excitée, en agitant des menottes en peluche rose, un grand flacon de lubrifiant et un tube de peinture comestible au chocolat.

— Perso, je prends ça ! Contrairement à Molly Poppins, ici présente, j'aime le sexe sauvage et débridé.

Dix minutes plus tard, nous descendons la rue en rigolant, chargées de nos emplettes, quand Cass s'arrête au milieu du trottoir. Emportée par mon élan, je m'écrase contre son dos. Elle se retourne aussitôt et je lis la panique sur son visage.

— Je… Il faut que j'y retourne ! J'ai oublié quelque chose !

— Quoi donc, meuf ? T'as zappé quoi ? gémit Lexi, abattue.

Nous étions en route pour déjeuner.

Cass ouvre de grands yeux affolés.

— Il me faut… Il me faut des… (Elle claque soudain des doigts, comme si elle venait d'avoir une idée de génie.) Capotes ! Il faut que j'aille à la pharmacie acheter des capotes ! J'ai tout sauf des capotes, ajoute-t-elle dans un sourire malicieux en brandissant ses menottes et sa peinture comestible. Jimmy-Don et moi avons écoulé notre stock, hier soir : on s'est bien éclatés !

Je me retourne vers Lexi et Ally qui, elles aussi, observent Cass sans comprendre. Lorsque mon regard se reporte sur cette dernière, elle lance des hochements de tête à répétition à l'intention d'Ally, comme pour l'inviter avec insistance à regarder derrière elle. Je me tourne aussitôt vers Ally : figée, elle se mord la lèvre.

Cass me prend d'un coup par le bras, un sourire forcé sur le visage.

— Allez, on y va ! Vous savez combien je tiens à ma baise quotidienne, et j'y couperai si je n'ai pas de capotes. La sécurité avant tout !

Je libère mon bras de son emprise et pose mes sacs par terre.

— Tu débloques ou quoi, Cass ?

Ally et Cass tentent de singer l'étonnement, tandis que Lexi, bouche bée, regarde par-dessus mon épaule, l'air consterné. Ally lui adresse un petit mouvement de tête, et Lexi reporte son attention sur moi, un large sourire greffé sur le visage.

Un truc ne tourne pas rond.

Je commence à me retourner, mais Cass m'attrape par le bras.

— Molly !

— Quoi, bon sang ? hurlé-je, excédée.

Le visage rondouillard de Cass s'adoucit aussitôt.

— On rentre, OK ? S'il te plaît ?

Je sens mon estomac se nouer : mes amies me cachent quelque chose, et je veux savoir quoi. Je me retourne lentement, et mon cœur vole en éclats lorsque je découvre ce qui les a troublées à ce point : Roméo est attablé à la terrasse luxueuse d'un restaurant chic, avec Shelly et deux femmes plus âgées.

J'expire si fort que j'ai l'impression qu'il ne reste plus la moindre molécule d'air dans mes poumons.

Je sens la main d'Ally se poser sur mon épaule et la serrer tendrement.

— Molly, la dame blonde, c'est la mère de Roméo. La rousse, celle de Shelly, Mrs Blair. Tu trouveras pas de vieilles corneilles aussi perfides que ces deux-là…

J'acquiesce mollement, médusée par la scène qui s'offre à moi. Shelly est assise à côté de Rome… Juste à côté. Leurs bras se touchent, et elle a posé une main sur son torse. Sirotant leur vin, les deux femmes sourient, visiblement comblées. Je réprime un haut-le-cœur.

— Il m'a menti…, commenté-je à voix basse.

Je suis dévastée, et je me demande si je ne vais pas m'effondrer.

— Allez, on y va, OK ? Tu lui en parleras plus tard, nous lance Cass, impatiente de partir.

— Non ! Je veux les voir. Je veux vivre cet instant pleinement…

— Molly… Pourquoi tu t'infliges ça ? me dit Lexi en se plaçant devant moi pour me masquer la vue.

Je la déplace sans brusquerie.

— Parce que je veux me souvenir de cette souffrance pour toujours… Ça m'empêchera d'ouvrir bêtement mon cœur à quelqu'un d'autre.

Ally fronce les sourcils.

— Je suis sûre que ce n'est pas ce que tu crois, Molly. Rome ne te tromperait jamais, et certainement pas avec cette pétasse ! Il n'a que ton nom à la bouche !

— Je n'ai pas l'impression.

Nous restons toutes figées là, observant la scène comme si nous assistions au dernier blockbuster à la mode. Rome dit quelque chose, et Shelly dépose un baiser sur sa joue. Si j'en crois son air amusé, ce devait être très drôle.

Cass croise ses énormes bras sur sa tout aussi énorme poitrine.

— Shelly l'étouffe, mais il ne lui accorde pas la moindre attention. Il m'a même l'air sacrément dépressif, le petit. Ally a peut-être raison, non ?

Il paraît mal à l'aise, c'est vrai, agacé même. Pourtant, en cet instant précis, je peine à distinguer autre chose que la brume rouge qui trouble ma vision, et une cible clignotante imaginaire se superposer à la tête de Shelly.

Des larmes me picotent les yeux, et je me retourne pour partir.

— Je rentre. C'est trop pour moi.

Soudain, deux choses se produisent en simultané : d'un côté, Cass et Lexi s'interposent, me bloquant le passage comme deux gardes du corps ; de l'autre, Ally traverse la rue au pas de course, filant droit vers le restaurant.

— Qu'est-ce qu'elle fait ? m'exclamé-je, tremblante, mon pouls s'accélérant à mesure qu'elle s'approche du restaurant.

Mrs Blair la dévisage à son arrivée, bras croisés et pieds battant le sol avec nervosité. Mrs Prince aperçoit bientôt sa nièce et croise les bras à son tour, l'air écœuré : visiblement, sa présence ne la réjouit pas.

Je n'entends pas ce qui se dit, mais qu'ils se retournent soudain tous les cinq vers moi ne laisse aucun doute sur le fait qu'Ally leur a révélé ma présence. Tous ne réagissent pas de la même façon… Mrs Prince me décoche un regard agressif sitôt qu'elle m'a repérée. Mrs Blair, elle, semble simplement amusée. Shelly, quant à elle, attrape à la hâte le bras de Roméo avec un rictus d'un rouge outrancier. Roméo, lui, devient blême. Il repousse avec violence la main de Shelly et se lève d'un bond.

Nos regards se croisent, se noient l'un dans l'autre : c'est comme si j'étais incapable de détourner les yeux. Rome commence à hurler des questions à l'adresse d'Ally. Je le vois grimacer, puis se prendre la tête à deux mains. Il paraît abattu, mais c'est hors de question que j'aille le retrouver. Qu'il aille brûler en enfer, après ce qu'il vient de faire.

— Je vais prendre un taxi.

Cass et Lexi soupirent, et la première envoie un coup de pied dans le mur de briques le plus proche, égratignant sa botte de cuir noir, avant de poser les mains sur mes épaules.

— OK, ma chérie. Fais ce qui te met le plus à l'aise. On se retrouve à la maison. Nous, on attend Ally. J'ai l'impression que tu préférerais être un peu seule, non ?

J'acquiesce, ramasse mes sacs, puis m'éloigne pour héler un taxi.

— Jolly !

Le rugissement de Roméo cloue mes santiags au sol. Je jette un bref regard par-dessus mon épaule et, depuis sa place dans le restaurant, Roméo – tee-shirt et jean noir ajustés – me regarde, paniqué, plaqué contre la barrière blanche de la terrasse.

Mrs Prince lâche un rire menaçant et se penche à l'oreille de Roméo.

Il devient livide et baisse les épaules, vaincu. Je comprends aussitôt le pouvoir qu'a cette femme sur son fils. Avec l'agression de son père il y a quelques semaines, il apparaît évident qu'ils contrôlent leur fils en marionnettistes malveillants.

Rome serre les mâchoires, et Mrs Prince agite les doigts à mon intention dans une gestuelle prétentieuse à laquelle il ne manque que le gloussement hautain.

Ally lève les bras en l'air, rageuse, et je prends cela comme un signe : il est temps que je m'éclipse.

Je trotte le long de la rue et lève la main pour appeler un taxi proche. À mon grand soulagement, il ralentit.

— Rome, tu es prévenu ! hurle Mrs Prince d'une voix autoritaire.

Derrière moi, j'entends les pneus du taxi crisser et le chauffeur m'appeler d'un coup de klaxon. Avant même l'arrêt complet du véhicule, j'ouvre la portière arrière et bondis à l'intérieur. L'air surpris et préoccupé, le chauffeur me dévisage dans le rétroviseur.

— Z'allez où ?

— Université d'Alabama, quartier étudiant.

Il met son clignotant pour se réengager sur la route et, tandis que je m'adosse à la banquette en fermant les yeux, des poings se mettent à marteler puissamment la vitre.

— Jolly, ma chérie, écoute-moi !

Roméo court à côté du taxi, collé à la portière, tirant en vain sur la poignée et frappant sur le toit. Je détourne les yeux pour fuir son visage inquiet, puis les ferme le plus fort que je peux.

— Laisse-moi t'expliquer ! Jolly, arrête-toi, bordel !

Je croise les bras et me mets à trembler de colère.

Le chauffeur se retourne vers moi, éberlué.

— Voulez que j'm'arrête ?

Je soupire et fixe ma ceinture de sécurité, tandis que Roméo disparaît derrière nous.

— Non, je veux que vous me rameniez chez moi. Je veux que vous m'éloigniez de ce type… Aussi vite que possible.

* * *

Lorsque j'entre dans ma chambre, je jette avec rage mes sacs sur le sol : mes nouveaux vêtements s'éparpillent çà et là et je me laisse tomber sur le lit.

Alors c'est ça qu'on ressent, quand on a le cœur brisé… C'est donc ça de ressentir quoi que ce soit, d'ailleurs. Je n'avais pas laissé parler mes émotions depuis si longtemps que j'avais perdu jusqu'au souvenir de ce que c'était.

Mon téléphone sonne encore : il sonne non-stop depuis tout à l'heure. Je sais que c'est Rome. Il doit probablement être en train de sprinter jusqu'ici pour s'expliquer. Mais expliquer quoi, au juste ? La raison pour laquelle il m'a menti, en prétextant qu'il devait aller à la salle de muscu, cet après-midi, alors qu'il emmenait sa fiancée dîner dans un resto chic où elle lui caresserait joyeusement le torse sous les regards satisfaits de son tyran de mère et son premier officier ? Je n'arrive pas à croire qu'il ait pu la laisser faire, après tout le mal qu'il a dit d'elle…

Je regarde mes rideaux de gaze blanche ondoyer dans la brise et m'assieds d'un bond sur le lit : il va sûrement tenter de grimper ici par la terrasse. Je ferme précipitamment ma porte-fenêtre. Je la laisse toujours ouverte pour lui. Pas ce soir : qu'il aille se faire foutre !

Je retourne dans mon lit et ferme les yeux…

Vingt minutes plus tard, j'entends le bruissement familier du treillage et, dix secondes après, des pas pesants sur mon carrelage, et la porte-fenêtre qui tremble en refusant le passage à Roméo.

— Jolly, ouvre-moi, bordel ! Je sais que t'es là !

Je me plaque un coussin sur la tête pour ne plus entendre ses assauts contre la fenêtre, jusqu'à ce que, subitement, le vacarme s'arrête.

Je me rassieds lentement, puis rampe sur mon lit pour jeter un coup d'œil discret à l'extérieur : aucun mouvement, pas de bruit… Rien.

Je m'en retourne près des coussins et y enfouis de nouveau la tête, quand soudain, des hurlements éclatent dans le couloir.

— Qu'est-ce que tu fous ! Hé, tu peux pas entrer comme ça ! Arrête, merde !

— Dégage !

— Molly ! Molly, attention !

La porte de ma chambre s'ouvre dans un craquement de bois, enfoncée par l'épaule rageuse de Rome. Cait, une consœur, est sur ses talons, pantelante, ses cheveux châtain clair en désordre sur son visage.

— J'ai essayé de l'arrêter, mais il a rien voulu entendre ! Tu veux que j'appelle la sécurité ?

Je fusille Rome du regard et lis la fureur sur son visage.

— N'y pense… même pas, grogne-t-il, menaçant, sa voix de plus en plus stridente.

Je me tourne vers Cait et fais « non » de la tête.

Elle se rapproche en dévisageant Rome.

— Tu es sûre ?

Je soupire.

— Oui. Merci, Cait…

Elle adresse à Rome une grimace haineuse ; Cait n'est pas une grande fan du sexe opposé.

— Appelle au besoin, OK ?

Sur ces mots, elle referme la porte. Roméo la verrouille aussitôt, me piégeant à l'intérieur.

— Va-t'en, Roméo. Je n'ai rien à te dire.

Il se rue vers le lit et plaque les paumes sur le matelas, juste à côté de moi.

— Ah ouais ? Eh bien moi, j'ai quelque chose à te dire !

— Quoi ? Que tu me mens ? Que tu me trompes ? Que quand tu me dis que tu dois filer à la muscu, je dois comprendre que tu vas manger avec Maman l'Impératrice et l'autre pétasse ?

Il se redresse d'un coup, les poings serrés.

— Rien à voir, merde ! T'as rien pigé !

— Cause toujours, je m'en fous. Casse-toi.

Je me rallonge et concentre mon attention sur le mur blanc.

Soudain, Roméo m'attrape par les bras, me soulève et me plaque contre son torse au point que nos mentons se touchent.

— Ma mère m'a filé rendez-vous aujourd'hui parce qu'une association caritative au conseil de laquelle elle siège a besoin d'un maillot dédicacé de la Tide pour une vente aux enchères. Je voulais en finir au plus vite, mais quand je suis arrivé, Shelly et Mrs Blair attendaient au resto avec elle.

Il me relâche et je déglutis, avant de m'agenouiller sur le matelas. Lui-même tombe à genoux et pose les mains sur mes cuisses.

— Elles m'ont démoli. Shelly leur a parlé de toi, et elles m'ont laminé en beuglant combien j'étais irresponsable et tout le bordel… Ma mère m'a menacé, m'a dit que si je ne rompais pas avec toi, elle s'assurerait que ce soit toi qui partes. Je peux pas la laisser te faire du mal… (Il m'adresse un bref regard, puis baisse une nouvelle fois les yeux au sol.) Mes parents… Jolly, écoute, ils… ils m'en font baver. Je vais pas rentrer dans les détails, mais ils me tuent, merde ! Je suis leur fils, bordel, pourquoi ? Je voulais pas que ma mère te pourrisse la vie comme elle pourrit la mienne, alors je lui ai fait croire qu'avec toi, ce n'était qu'une passade, du divertissement entre amis… Shelly est tellement conne qu'elle n'a même pas compris que je mentais. Je suis resté déjeuner avec elles pour apaiser ma mère. Hors de question qu'il t'arrive quoi que ce soit. S'ils veulent te faire chier, ils devront me passer sur le corps.

C'est sa mère qui a manigancé tout ça ? Elle l'a pris au piège pour le pousser à rompre avec moi ? Mille questions se bousculent dans ma tête – *pourquoi le traitent-il si cruellement ? Que lui ont-ils fait subir toutes ces années ?* –, mais je ne les pose pas : la colère est à deux doigts de le briser, et je n'ai pas le cœur à le brusquer davantage.

— Pourquoi est-ce que tu m'as dit que tu avais une séance de muscu si c'était faux ? Pourquoi tu ne m'as pas dit la vérité ?

Il me répond, les mâchoires serrées :

— C'était la vérité, je te le jure. Elle m'a appelé sur la fin de la séance, et je suis parti pour en finir au plus vite : déposer le maillot et filer.

— Mais, Shelly n'arrêtait pas de te… toucher. Elle t'a embrassé, et tu l'as laissée faire ! Comment as-tu pu me faire ça ?

Rome grogne et jette la tête en arrière.

— Parce que je ne veux pas que mes parents s'en prennent à toi ! Fallait que je joue le jeu… Pour te protéger. Tu n'as pas idée de ce qu'ils sont capables de faire ! Ils tiennent la région entière dans leur main… La région entière, Jolly. (Roméo s'avance doucement et m'entoure le visage de ses paumes.) Jamais je ne prendrais le risque de te perdre. Tu dois me croire quand je te dis que c'est pour te protéger que j'ai supporté leurs conneries, le cul sur cette putain de chaise de resto. Que Shelly aille se faire foutre, merde : je la supporte pas, cette pétasse ! (Il se lève et trépigne devant moi.) Cela dit, c'est réglé, tout ça…

Je grimace.

— Comment ça ?

Il s'arrête et pousse un soupir désabusé.

— Avant de me mettre à cavaler derrière toi, j'ai dit à ma mère qu'elle pouvait oublier son projet de mariage Blair/Prince…

Une vague d'espoir fait trembler ma poitrine.

— Vraiment ?

Il se rapproche, monte sur le lit et me pousse gentiment à m'allonger sur le dos.

— Yep… Je lui ai dit que j'épouserai jamais Shelly, parce que je suis avec toi ; que j'en ai fini avec ces conneries, parce que maintenant on est ensemble, toi et moi. Et pour que ça lui rentre bien dans le crâne, j'ai couru derrière toi en hurlant et en tabassant le toit de ton taxi… Si là, elle a pas compris…

Je passe une main dans ses cheveux et attire sa bouche contre la mienne, ne le relâchant que pour river mon regard dans le sien.

— Si tu as des soucis avec tes parents, tu dois m'en parler. Tu dois m'en parler, pour que je ne doute plus jamais de toi : c'est compliqué pour moi de faire confiance, et c'est avec toi que j'apprends à le faire. Laisse-moi devenir ta confidente… S'il te plaît.

Rome caresse de son menton mal rasé mon cou nu et se délecte de mon odeur.

— Bébé… Tu n'as pas à te méfier de moi, et je comptais tout te dire en rentrant, de toute façon. Je pensais pas que tu assisterais à tout ça. Putain, quand j'ai lu ta réaction sur ton visage, de l'autre côté de la rue, j'étais dévasté… Et puis, tu es partie… alors que tu m'avais promis de ne jamais me fuir.

Il incline les hanches, et je sens entre mes jambes son sexe en pleine érection. Je me mords la lèvre pour ne pas gémir.

— Je te fais confiance, tu sais… C'est juste que… que ça avait l'air si vrai, si… affreux. Elle t'embrassait, c'était… intenable. Il fallait que je parte.

Rome continue de se frotter contre moi, et je ferme les yeux, submergée par le désir.

— Jamais je ne te tromperai, Shakespeare. Tu comptes trop pour moi… Je t'ai promis que je n'irais jamais voir ailleurs, et je n'aime pas qu'on mette ma parole en doute.

Son autorité familière fait aussitôt naître en moi une vague d'excitation à peine supportable.

— OK…

J'empoigne les draps, tandis que Roméo plaque son sexe dur contre moi, toujours plus pressant. La chaleur habituelle naît entre mes cuisses. Je plonge mon regard dans le sien, et ses yeux s'illuminent.

— Roméo…, murmuré-je, alors qu'il se déplace lentement au pied du lit. Qu'est-ce que…

— Chuuut…

Roméo glisse les mains le long de mes cuisses, puis sous ma robe… Je hoquette lorsqu'il insinue deux doigts sous la couture de ma culotte et la baisse doucement.

J'enfonce la nuque dans le coussin, tandis que Roméo abandonne ma culotte sur le sol et commence à remonter ma robe jusque sur mes hanches. Je fais mon possible pour dissimuler mon tatouage.

— Je vais te goûter, ma chérie… Tu vas jouir dans ma bouche.

— Roméo…, murmuré-je, avant de me cambrer brusquement en gémissant sous le coup de langue de Roméo.

— Je ne veux que toi, Jolly, tu m'entends ? déclare-t-il, tandis que sa langue accélère.

— Oui, j'ai compris ! crié-je, incapable de me concentrer, et la bouche engourdie par le plaisir.

— Ce que tu es belle, bordel…

Il ne s'arrête que lorsqu'un orgasme s'empare de moi et me laisse pantelante, brûlante de jouissance, les doigts agrippés à ses cheveux châtains. Bientôt, la sensation est trop forte et je dois le repousser.

Roméo s'agenouille et rajuste ma robe. Il me dévore du regard et se colle à moi, allongée sur le dos, avant de me serrer dans ses bras. Je sais à l'apaisement que je lis sur son visage rosi par l'effort qu'il est soulagé d'avoir repris le contrôle de la situation.

Une fois que j'ai recouvré mon souffle, je me retourne et caresse sa joue du revers de la main.

— Tu me troubles, Rome… Avec toi, je ne sais jamais où j'en suis…

— Toujours au bord de l'orgasme, j'espère, dit-il. (Je lui lance un petit coup joueur dans les côtes et il perd lentement son sourire.) Je ne sais pas si tu prends la mesure de ce que j'ai fait aujourd'hui en te poursuivant contre l'avis de ma mère.

Je l'ignore, c'est vrai, mais vu son air dévasté, j'ai mon idée sur la question.

Roméo saisit les côtés de ma robe, et je lis toute la douleur dans son regard. Je dégage d'une main délicate les cheveux qui tombent devant ses yeux.

— Qu'y a-t-il ?

Il déglutit, et son regard se perd un instant à l'extérieur, au-delà de la porte-fenêtre de la terrasse.

— Ne me quitte pas… Jamais…, me murmure-t-il, et la souffrance dans sa voix suppliante et désespérée me serre le cœur.

— Hé, qu'est-ce qui ne va pas ?

Roméo plaque le front contre mon ventre chaud et enlace ma taille.

— Je n'arrive pas à croire que je t'ai trouvée. La vie a tellement plus de saveur avec toi… Je ne veux jamais te perdre.

Je passe les doigts dans ses cheveux, préoccupée par sa réaction étrange.

— Je ne te quitterai jamais.

— Tu as failli, aujourd'hui. Tu m'as dit de me casser…

— C'était un malentendu, dis-je, avant d'avaler ma salive avec nervosité. Sans rire, Rome : à quel point tes parents vont-ils nous faire obstacle ?

Je frémis en repensant au visage haineux et au geste hautain de sa mère à mon égard. Je sais désormais qu'elle ne nous laissera pas vivre notre relation sans lutter, et la fragilité émotionnelle de Roméo me préoccupe.

— J'en sais rien… Mais je ne vais pas risquer de les laisser t'approcher dans le seul but de le savoir : je nous protégerai envers et contre tout. J'ai expliqué ce qui s'est passé à tes amies. Elles ont compris, même si Cass m'a donné un crochet en plein ventre et m'a traité de connard parce que je t'avais fait du mal. Jimmy-Don est pas dans la merde avec elle : flippante, la Texane !

Je glousse, guide sa bouche de mon ventre à mes lèvres, puis pose la tête à côté de la sienne sur le coussin moelleux.

— Ta mère… qu'est-ce qu'elle t'a murmuré à l'oreille quand tu m'as vue ? Tu es devenu blanc comme un linge.

Rome écrase aussitôt ses lèvres contre les miennes et parle tout contre ma bouche.

— La ferme, Shakespeare : je t'en ai déjà trop dit. Et j'ai encore beaucoup à faire pour me faire pardonner de t'avoir blessée.

Le grand maître de la diversion a encore frappé.

Chapitre 13

Samedi, déjà. Lorsque j'ouvre les yeux, je découvre à la place de Roméo un maillot rouge de la Crimson Tide, coupe femme : au dos, « PRINCE » est inscrit en majuscules blanches au-dessus du chiffre sept. Je passe une main sur son nom et retourne le maillot. Son numéro se trouve sur la face avant, aussi, ainsi qu'un trèfle à quatre feuilles brodé dans le coin supérieur gauche. Une note est épinglée au col.

> Mon *maillot : à porter par* ma *nana durant* mon *match. Assieds-toi à côté d'Ally, et attends que je vienne réclamer un bisou à ma bonne fée.*
>
> *Ton Roméo*

* * *

Le stade est bondé, empli d'une mer de maillots rouge et blanc. D'innombrables étudiants se sont peint « ALLEZ LA TIDE ! » sur le torse. Dans les gradins des supporters adverses dominent les maillots blanc et bleu marine.

Cass, Ally et moi achetons un Coca et de quoi manger à l'intérieur, puis nous rendons à nos sièges. Tandis que nous longeons les gradins pleins à craquer, le public nous acclame : circonspectes, nous nous tournons vers le grand écran et… Je découvre mon visage en gros plan, traqué par une caméra invisible et encadré par des lignes de trèfles à quatre feuilles.

Je trébuche, décontenancée, tandis qu'Ally et Cass se mettent à hurler.

— Bordel, Molly, t'es célèbre ! tonne Cass, admirative, avant de se tourner vers la caméra et de lui envoyer un baiser.

Vêtue de sa tenue habituelle, Stetson et jean, assortie du maillot de Don, elle détourne l'attention sur elle, et j'en profite pour me ruer vers nos places où je dissimule mon visage derrière mon gobelet en carton.

— Merde, merde, merde…, psalmodié-je à voix basse, humiliée comme jamais.

J'essaie de faire fi des sifflets et des remarques sexistes qui me sont adressées, tandis qu'Ally et Cass s'asseyent à côté de moi, une de chaque côté, riant et frappant des mains avec la foule. Je suis au moins soulagée d'avoir mis plus de maquillage que d'habitude et d'avoir coiffé ma crinière en un chignon désordonné un minimum stylé.

Après quelques minutes de popularité intense que je vis comme une véritable punition, notamment cet instant où l'équipe de pom-poms m'a désignée de ses pompons euphoriques – à l'exception de Shelly qui, grimaçante, a fait comme si je n'existais pas –, la présentation des équipes commence sur le grand écran. Cass se met à hurler et m'oblige à me lever pour danser avec elle au son de la stéréo survoltée. Lorsqu'un montage d'actions spectaculaires de Roméo apparaît à l'écran sur *Bullet in the Gun* de Planet Perfecto, je ne peux m'empêcher de bondir en tous sens et de glousser avec ma Texane préférée, peu à peu envoûtée par l'atmosphère électrique de l'avant-match.

La musique change et les visages des titulaires apparaissent sur l'écran : celui de Roméo arrive en dernier, et ses statistiques sont acclamées par le public.

« Alabamaaaaaa ! Lève-toi et accueille comme il se doit ta Crimsoooooon Tiiiiiiide ! »

L'équipe déferle alors sur le terrain et le stade manque de décoller, propulsé par l'énergie démultipliée des fans en délire. Austin et Jimmy-Don mènent l'équipe, exaltant le public à rugir avec de grands gestes de bras.

Je cherche fébrilement Rome du regard et, tout à l'arrière, un peu derrière le reste du groupe, il déboule en agitant son casque à l'intention de la foule, la caméra suivant le moindre de ses gestes.

Lorsqu'il arrive sur le terrain, c'est comme si tous les supporters présents dans le stade, jusqu'au dernier, se mettaient à scander: « Le bisou ! Le bisou ! Le bisou ! », au point que je me demande si on ne les entend pas jusque dans l'État voisin. Ally me prend par la main, tandis que le visage amusé de Roméo domine les écrans géants installés des deux côtés du stade : après un salut de la main, il se tourne vers nos sièges et trottine jusqu'à nous.

Lorsqu'il arrive en bord de terrain, nos regards se croisent et il m'indique d'un doigt de venir le rejoindre. Ce geste aussi joueur qu'arrogant ne fait qu'embraser la foule un peu plus.

Tétanisée, incapable de faire le moindre pas, je balaie du regard le public hystérique, les yeux ronds comme des soucoupes. Je sens une main dans mon dos : Cass. Elle me pousse en avant pour me forcer à avancer.

— Vas-y, ma fille ! Tu ne vas pas le faire attendre devant tous ces gens, non ?

Je lui jette un regard mauvais par-dessus l'épaule, mais elle le chasse d'un revers de la main. De nouveau tournée face au stade, je vois Roméo, l'air avide à quelques mètres de moi, attendant les mains sur les hanches de voir comment je vais réagir.

— Tu peux le faire… tu peux le faire, me répété-je pour trouver du courage, tandis que mes bottes semblent me porter malgré moi vers mon homme.

Lorsque j'arrive sur le bord du terrain, Roméo me prend par la main, puis m'attire d'un coup contre son torse, avant de caler son autre main sur ma nuque.

La foule en délire hurle à tout rompre.

Roméo plaque son front contre le mien, ne me laissant d'autre choix que de me focaliser sur lui seul : bientôt, je n'entends presque plus les cris de la foule autour de nous.

— Hé, Jolly.

— Hé, toi…

— Alors, ce baiser, ma bonne fée ?

— Si c'est ce que tu veux…

Je lis sur son visage qu'il contient ses élans.

— Plus que tout…

Il incline légèrement ma tête en arrière, plaque ses lèvres chaudes et avides contre les miennes, puis se détache de moi, m'adresse un clin d'œil et repart vers le terrain, me laissant là, hébétée.

L'espace d'un instant, je me demande si je vais trouver la force de marcher, mais je finis par m'en retourner presque au pas de course à mon siège, en prenant bien soin de ne pas lever les yeux vers la foule hurlante que je crains d'affronter. Ally et Cass rient de conserve de me voir aussi gênée, puis, debout, nous regardons le match commencer.

Rome n'aurait pu jouer de façon plus fantastique : en tout cas, c'est ce dont j'ai l'impression, et à en croire les *checks* réguliers et les signes de tête enthousiastes d'Ally et Cass, je suis assez convaincue d'avoir vu juste. À la mi-temps, nous menons de douze points, si bien que personne ne doute de la victoire à venir.

Je suis adossée à mon siège, savourant l'atmosphère électrique de la rencontre, quand je surprends Ally qui me dévisage.

— Oui ?

Elle incline la tête, et je me mets à gigoter sur mon siège, mal à l'aise.

— C'est dingue, mais depuis qu'on se connaît, je ne t'ai jamais vue les cheveux lâchés. Ils sont longs ?

— Assez… Ils tombent au bas de mon dos ou pas loin, je dirais. Pourquoi ?

Ses yeux scintillent, et je lui trouve un air comploteur.

— Après le match, on file à la maison, me dit-elle.

— Ah ? Si tu veux…

— Mademoiselle Molly, ce soir, vous allez être d'un sexy paranormal ! me lance Ally, enthousiaste.

— Je doute qu'on puisse un jour me qualifier de « sexy », Ally.

Elle a dû faire une grosse insolation, la pauvre.

— C'est parce qu'on ne t'a jamais montré comment tu devais t'y prendre pour l'être. Et je vais arranger ça dès ce soir. On fait à peu près la même taille, donc tu devrais pouvoir porter une de mes robes. On en choisira une qui fera perdre les pédales à Rome.

— Écoute-la, Molly ! C'est une bonne idée de le faire baver, avant de passer au pieu ! Il t'astiquera mieux la chatte, comme ça, ajoute Cass qui, je le sais, fait de son mieux pour m'encourager.

J'incline la tête en arrière et émets un grognement sonore.

— Hors de question. Vous vous croyez où, les filles ? Dans une romance à l'eau de rose pour gamines de quinze ans ?

Les yeux marron d'Ally s'embrasent, rageurs.

— Ma maîtrise du maquillage est sans pareille en Alabama, Molly : tu n'as pas le choix.

Je la dévisage, avant de baisser la tête, vaincue.

— Oh, et puis merde… Allez ! Et je suis assez intriguée… J'ai hâte de voir ce que tu peux faire de tout ça, dis-je en montrant d'un geste ma masse capillaire.

Sa grimace s'efface et elle se met à jubiler sur son siège.

— Tu peux être dubitative autant que tu veux : quand Rome va te voir, il va péter un câble, tu verras. On lui filera rencard à 21 heures, et pas une minute plus tôt.

— Comme tu voudras. Tout ce que je te demande, c'est de ne pas te rater !

La seconde mi-temps commence et, sans surprise, la Tide remporte la rencontre. Rome donne ses interviews d'après-match habituelles, et Austin reçoit le titre de MVP, honneur qui emplit Lexi d'une joie telle qu'elle s'agite en tous sens à côté de nous.

J'attends à ma place que la foule se calme pour prévenir Rome que nous rentrons : il donne une tape dans le dos de ses coéquipiers, puis me rejoint au pas de course. Lorsqu'il arrive devant moi, il me soulève, me fait tourbillonner autour de lui, provoquant un « Yeah ! » collégial des spectateurs et un « Wow… » des spectatrices.

Je passe mes bras à son cou et murmure à son oreille.

— Bien joué, mon chéri. Je suis fière de toi.

— Merci, croasse-t-il d'une voix enrouée par l'émotion, avant de déposer un baiser léger comme une plume sur mes lèvres.

Lorsqu'il me repose par terre, Ally rapplique et le félicite avec un gros câlin.

Rome me prend par la main.

— Bouge pas, OK ? Je reviens tout de suite. Je t'emmène au resto avant la soirée en boîte.

— Pas possible, vieux : je la ramène. Faut qu'on se prépare, vois-tu, l'informe Ally avec un sourire mielleux.

Roméo la fusille d'un regard qui aurait suffi à faire fuir n'importe qui, mais elle se contente de lui assener une tape sur le bras.

— Hé, à d'autres, tes regards à la con, Rome. Et puis, tu peux vivre sans elle quelques heures !

Son visage se pare d'un rictus menaçant.

— J'en ai pas envie, c'est tout. Je l'emmène dîner, fin de la discussion.

Je prends son visage entre mes mains.

— Va manger avec l'équipe, et retrouve-moi à la maison à 21 heures, OK ? S'il te plaît… Fais-le pour moi.

— OK. Si c'est ce que tu veux… Mais je serai là à 21 heures tapantes, et tu as intérêt à être prête, grogne-t-il, avant de me planter un baiser fougueux sur les lèvres, puis de me donner une tape sur les fesses, un peu trop forte pour n'être que joueuse.

Il s'en retourne sur le terrain, l'air sinistre et vexé.

Je soupire.

— Et voilà, il est en colère contre moi, maintenant…

Ally hausse les épaules.

— Ça va lui passer.

— Y a intérêt, oui…

* * *

— Alors, t'en dis quoi ? me demande Ally en retirant la main de devant mes yeux pour que je me découvre dans le miroir.

— Oh bordel…

Je ne reconnais pas la fille dont je dévisage le reflet. Derrière moi, mes amies sont en train de glousser.

— Oh, sexy comme ça, Molly, tu vaux largement tous les bordels du monde réunis, salope ! plaisante Cass en jouant de la langue comme si j'étais à croquer.

— Je t'avais dit que j'étais la meilleure, me rappelle Ally d'un ton suffisant.

— C'est peu de le dire…, commenté-je, toujours éberluée par ce que je vois dans le miroir.

Ally a tenu plus que largement sa promesse, à tel point même, que je peine à croire que cette fille dans la glace est bien moi. Ses cheveux sont longs et délicats, raides d'abord puis bouclés avec élégance. Des mèches caramel viennent les éclaircir, comme si le soleil y avait déposé quelques caresses. Elle a la peau délicieusement hâlée, et ses yeux cernés de noir rendent son regard hypnotique. Une robe noire courte et moulante, sans bretelles et décolleté en cœur magnifie sa superbe silhouette, sa taille fine et ses formes aguichantes. De hautes bottes de cowboy noires parachèvent son look saisissant.

Mon regard médusé est interrompu par un coup frappé à la porte. Cait entre dans la pièce.

— Hé, Ally : Rome et ses potes attendent en bas. (Elle papillonne des paupières.) Molly… J'ai failli ne pas te reconnaître. T'es à tomber, chérie…

— Merci, Cait, la remercié-je en rougissant.

Nous descendons les escaliers, et je vois Roméo en bas des marches, habillé d'une chemise à carreaux rouge et d'un jean taille basse noir. Il est à se damner.

Austin, tout de noir vêtu comme à son habitude, est le premier à nous voir. Il écarquille les yeux lorsqu'il se rend compte que c'est moi, Molly, la fille qui s'avance en fin de peloton. Rome, adossé nonchalamment à la porte, est en train de déconner avec Jimmy-Don, quand Reece lui tapote le bras. Il se retourne aussitôt vers lui, la mine agacée, mais Reece fait fi de son air renfrogné et, sans dire un mot, me désigne du doigt.

La réaction de Rome manque de me faire mourir de rire : il quitte la porte d'un bond et fend aussitôt la petite troupe de convives jusqu'au bas des escaliers. Je gagne en confiance à chaque marche que je descends : l'air abasourdi de Rome est à lui seul la preuve que le plan d'Ally a fonctionné à merveille.

Debout sur la dernière marche, je fais presque sa taille. Le pouce entre les dents, je m'agite avec nervosité sous les regards silencieux de l'assistance.

Sans un bruit, Roméo tend une main vers moi, la glisse au creux de mon dos, puis m'attire brusquement contre son torse musculeux. Des étincelles de désir embrasent ses yeux chocolat. Je comprends aussitôt que cette soirée sera un test pour nous : serons-nous capables de garder le contrôle ? Une vague de désir brûlant me réchauffe le ventre et m'envahit tout entière : j'ai envie de lui et, à en croire les mains avides de Roméo et la dure chaleur contre ma cuisse, il lutte lui aussi pour se contenir.

Il se penche et pose ses lèvres douces sur les miennes. Mes doigts se perdent dans les cheveux sur sa nuque.

— Bordel, Jolly, t'essaies de savoir à quel point je peux me contrôler ? Tu es tellement belle, c'est dingue…, murmure-t-il. Comment tu veux que je tienne toute la nuit, bordel ? Je vais devoir batailler pour repousser les connards qui te materont… Celui qui osera poser les yeux sur toi aura des ennuis, en tout cas.

— Je ne veux que toi, et tu le sais très bien…, le rassuré-je. (Il a l'air aussitôt plus serein et je viens mêler mes doigts aux siens.) On y va ? Je suis impatiente que tu m'apprennes à danser le two-step.

Il part d'un grand éclat de rire et passe un bras à mon cou.

— Two-step, mon cul : on va danser, ouais, mais plus lentement, plus proches… et toute la nuit.

Chapitre 14

Le *Club Flux* est bondé, rempli de supporters de la Tide ivres morts en train de célébrer la victoire de l'équipe. Dès notre arrivée, Roméo est accueilli par des acclamations reconnaissantes, doublées de poignées de main enthousiastes. Il s'accroche à moi, le bras autour de mes épaules, tandis que je blottis la tête dans le creux de son cou.

La boîte a réservé à notre groupe un box dans un coin isolé de l'établissement : l'un des privilèges des membres de la cour de Roméo Prince. Nous nous dirigeons vers nos places lorsqu'un étudiant éméché vêtu d'un tee-shirt de la Tide m'attrape par le bras et m'attire contre son torse dégoulinant de sueur.

— La bonne fée de Flash ! T'as sauvé notre saison, chérie, tu mérites un bon gros bisou de gratitude !

Roméo réagit aussitôt en repoussant le type et en le saisissant par le col de son tee-shirt.

— Qu'est-ce que tu fous, là, connard ?

Le fan de la Tide blêmit et lève les mains en signe de capitulation.

— Flash… Je… Je voulais juste la remercier…

— Remercie-la de loin, alors… Tu la touches encore une fois et tu regarderas le prochain match depuis le cimetière, ducon, compris ?

— OK, OK, compris, mec, j'me casse, d… Désolé…

Roméo le relâche, et le fan éméché – et apeuré, désormais – disparaît au pas de course parmi la foule. Lorsque Roméo se retourne vers moi, je le fusille du regard, les bras croisés et le visage agacé.

— Ma chérie…, tente-t-il en s'avançant d'un pas.

Je balaie sa remarque d'un revers de la main et lui fais signe de se taire.

— Pourquoi, Roméo ? C'était totalement inutile, ce que tu viens de faire ! Pourquoi t'être montré aussi agressif avec ce pauvre garçon ?

Roméo arque les lèvres en une moue boudeuse presque comique.

— Mais… il t'a touchée.

— Et donc, tu le menaces ?

— T'es à moi, et il t'a touchée : ça m'a pas plu.

— Putain, Rome, tu dépasses les bornes, là !

Il lâche un long soupir.

— J'ai encore déconné, c'est ça ?

Il semble dévasté.

Je m'approche de lui et passe les bras à son cou.

— Oui.

Il esquisse un mince sourire, et glisse une main au bas de mon dos.

— Tu me pardonnes ?

Je hoquette, vaincue, et place mon front contre le sien.

— Je suis à toi, rien qu'à toi… Pas besoin de t'inquiéter.

Son visage se fait peu à peu plus apaisé, et il m'adresse un bref hochement de tête, avant de planter ses lèvres sur les miennes et de me dérober un baiser presque brutal.

Nous nous dirigeons ensuite vers la table privée où nous attendent nos amis. Quelques minutes plus tard, une petite serveuse blonde vient prendre nos commandes : dès son arrivée, elle ne peut décoller ses yeux verts de Rome. Je m'y attendais, bien sûr – il attire tout le monde, que ce soit par sa présence, son comportement ou sa belle gueule –, mais elle semble le regarder d'une façon insistante, comme si elle le connaissait… de façon intime.

Mais le fait que Rome semble ignorer royalement la serveuse insistante me rassérène et je peux enfin m'intéresser un peu à l'établissement : partout des corps s'agitent, tournoient, les hommes guidant leurs partenaires en tous sens sur la piste de danse – du two-step, probablement –, et j'avoue trouver ça assez divertissant.

La serveuse nous apporte nos boissons et, une fois de plus, elle s'attarde devant Rome. Je ne me suis pas trompée, c'est certain. Rome fait comme si elle n'existait pas, ce qui la poussé à caler entre nous sa paire de seins aussi provocante que siliconée.

— Hé, Flash, ça roule ? se met-elle à gazouiller.

Je me renfrogne et me tourne vers Rome qui se raidit aussitôt.

— On n'a rien à se dire, lui répond-il froidement.

La blonde pulpeuse à la mini-jupe noire indécente se penche au-dessus de la table, bras vers l'intérieur pour mieux faire ressortir sa poitrine, faisant fi de sa remarque.

— Tu m'as jamais rappelée après notre nuit ensemble.

Je me fige, et Roméo me plaque plus encore contre son torse, devinant que, mal à l'aise, je risque de fuir la scène sous peu. C'est soit ça, soit je laisse parler la rage qui bouillonne en moi et joue des poings.

— C'était pas au programme. Je me répète, mais : on n'a rien à se dire. (Il se penche légèrement en avant.) Je reformule avec des mots plus simples, si tu veux : dégage.

La fille prend un air défait et vexé.

— La rumeur disait vrai, alors : une chatte t'a mis le grappin dessus et tu te fais bien mater. Encore une belle queue de gâchée… (Elle m'adresse un regard dédaigneux et se met à rire.) Et pour ça en plus. J'espère qu'elle baise mieux qu'elle sait porter une robe.

Elle se relève, fait danser ses formes et disparaît dans la foule. Je serre les poings à m'en faire mal, mes ongles s'enfonçant presque dans mes paumes.

Ally lance un regard noir à Rome, puis secoue la tête, l'air déçu. Je n'ose croiser le regard de personne. Je gigote pour mieux quitter les bras de Roméo : il me serre plus fort pour me retenir, mais je parviens à fuir jusqu'au bord de la banquette.

— Faut que j'aille aux toilettes, craché-je presque.

Roméo se décale et réduit l'espace entre nous, le visage dur.

— T'as pas intérêt à fuir ! Pas après tout ce que tu m'as dit ! tonne-t-il.

D'un « chut » cinglant, je lui intime de se taire, et il grimace, énervé : il n'a pas l'habitude qu'on lui tienne tête, et je sais combien il doit être hors de lui.

— Je file aux toilettes ! répliqué-je d'un ton sec, et son visage se pare d'un regard glacial.

Il se renfrogne, insulté par mon ton autoritaire, mais je fais voler mes cheveux dans un geste rebelle et, sans plus prêter attention à lui, m'éloigne de la table.

— Molly, attends ! me crie Ally, mais je ne m'arrête pas.

J'ai presque atteint les toilettes, lorsqu'on m'attrape la main et me tire en arrière. Têtue, je résiste et me libère de l'emprise inconnue : soudain, Roméo se plante devant moi, le regard furieux.

Il me reprend par la main, me traîne dans un couloir vide, essaie plusieurs portes pour en trouver une ouverte, puis, lorsque l'une cède devant lui, me pousse à l'intérieur : nous nous retrouvons dans une petite remise dont il allume la lumière, avant de refermer la porte et de se retourner face à moi, les mains rivées sur les hanches.

— Je l'ai baisée une fois. L'année passée. Un coup d'un soir, alors pas la peine de te mettre dans tous tes états, et encore moins de me fuir, merde !

Je lui adresse un regard noir.

— Excuse-moi de ne pas trouver exaltant que tes conquêtes viennent me fourrer leurs nibards sous le nez.

Roméo grimace et se rapproche d'un pas.

— Tu veux tout savoir de ma vie sexuelle passée ? OK ! J'ai baisé une chiée de nanas, dans toutes les positions possibles et à peu près partout : elles se sont jetées sur ma queue, je leur ai donné ce qu'elles voulaient et elles ont adoré ça, toutes.

Avant même que je me rende compte de mon geste, je le gifle avec violence, le claquement amplifié par l'exiguïté de la remise. Le sang bout dans mes veines, mon cœur martèle mes côtes, et le visage de Rome vire au violacé.

— C'est bon, ça t'a fait du bien ? T'as évacué ? crache-t-il, les dents serrées en se massant la joue.

Mes yeux se chargent de larmes : je ne voulais pas le frapper, mais personne n'avait jamais suscité en moi de réaction si intense. Cette soudaine montée d'adrénaline me laisse tremblante.

Roméo s'adosse au mur opposé et baisse la tête.

— C'est Flash que ces filles veulent baiser, jamais moi… Toujours ce putain de Flash !

Je hoquette, blessée en plein cœur.

— Bravo, Rome… Félicitations… C'est ça que tu m'offres, alors ? Roméo le magnanime m'offre la possibilité de baiser avec le grand Flash Prince, de grimper au septième ciel, puis de faire mes bagages ?

Il s'avance brusquement, m'obligeant à reculer, et je sens contre mon dos le froid métallique des étagères. Les bras calés de part et d'autre de moi, il prévient toute fuite.

— T'as rien pigé, Shakespeare. Je vais te dire ce qui va se passer, moi : je vais te baiser, oui, mais je vais te faire l'amour, aussi. Je vais prendre ton esprit, ton âme, ton corps entier, et jamais je te laisserai filer. Tu vas crier mon nom sans t'arrêter, jusqu'à ce qu'il soit incrusté sur tes putains de cordes vocales.

Avec toi, Jolly, ce ne sera pas de la baise pour la forme, mais de la baise pour le putain de salut de mon âme!

Il place un doigt sous mon menton pour m'obliger à le regarder, à ne plus voir que lui, et j'avale ma salive.

— Et toi aussi, tu vas me faire l'amour. Mais à moi, Roméo, pas à un putain d'alter ego vedette de foot. Tu vas m'avoir dans tout ce que j'ai de plus vrai, de plus authentique, de notre premier jour jusqu'au dernier. Est-ce que j'ai été clair? (Il ferme les yeux et plaque le front contre le mien.) Merde, Jolly, c'est la première fois que je m'implique comme ça! Si j'avais su que tu existais et que tu étais là, quelque part, à m'attendre, jamais je n'aurais baisé toutes ces filles, mais je peux pas effacer le passé…

Je me laisse tomber contre les étagères rigides et froides derrière moi.

— C'est trop, tout ça, tu ne crois pas? Ta famille me déteste, Shelly ne te lâchera pas, tu veux castagner tous les types qui posent les yeux sur moi, et les… filles avec qui tu as eu des aventures t'ont encore dans la peau. J'ai mes soucis, Rome, et ajoutés aux tiens… c'est trop à supporter. Comment tu veux que notre relation survive à tout ce stress?

Un masque de panique fige soudain son visage.

— Non! Je t'interdis de me faire un coup pareil!

— Quel coup?

— Tirer un trait sur nous! Fuir quand ça devient compliqué! (Il me redresse le menton.) Toi, tu triomphes de ton passé, moi, j'apprends à contrôler mes accès de colère, et nous, ensemble, on tient tête à ma famille et on envoie tous les autres se faire foutre. Ensemble, on va surmonter tout ça. Je t'interdis de me laisser tomber maintenant, bordel! Jamais de la vie, putain!

— Rome…

Son regard ténébreux semble fouiller le mien.

— Non ! Je te laisserai pas me quitter. Je sais que je suis un vrai lot d'emmerdements pour toi, mais tu me changes ! J'ai déjà changé grâce à toi, tu ne le remarques pas ? Tu vas lutter avec moi. Dis-le ! Je t'en supplie, dis-moi que tu vas lutter à mes côtés…

Je fais « non » de la tête, prête à répliquer, mais il s'avance encore vers moi, et je suis bientôt prise au piège par sa carrure de colosse.

— Tu vas le faire, Jolly, pas vrai ?

— Rome, je…

Il frappe soudain du poing l'étagère derrière moi, et des boîtes s'écrasent à grand bruit sur le sol.

— Je ne te laisserai pas fuir, c'est compris ? C'est compris, merde ?

— Oui, oui ! C'est compris ! hurlé-je en repoussant son torse imperturbable.

Il a beau faire montre d'une autorité inflexible, je sens des frémissements parcourir son corps à l'idée de me perdre.

D'une main, il vient soutenir ma nuque.

— Toujours partante pour l'aventure ? murmure-t-il, désespéré, en fouillant mon regard.

Je soupire, et il lève l'une de mes jambes pour la caler sur sa hanche, cherchant à s'approcher davantage.

— Toujours partante.

Ses pupilles se dilatent aussitôt, et son visage sévère s'embrase.

— Bordel, Jolly, j'ai envie de toi à en crever. Ça me fout la gaule à m'en faire mal que tu fasses tout ce que je te dis…

Je me penche et dépose un baiser juste sous son oreille. Je me redresse lentement, lui prends la main et, relevant ma robe, la place tout contre mon sexe.

— Putain, Jolly…, grogne-t-il en me caressant les lèvres. Tu vas me tuer…

D'une langue invitante, je lèche le lobe de son oreille.

— J'aime que tu diriges, que tu me montres qui commande… Ça m'excite.

— Je vois ça, bordel… Et moi, j'aime que tu sois soumise. Ça me calme. J'ai besoin de toi. T'es parfaite pour moi, merde… Et t'es magnifique, t'es putain de sexy, Jolly, avec un corps à en faire chialer les peintres…

Des doigts, Rome commence son exploration, et je perds jusqu'à la dernière once de raison. Il mêle les doigts de son autre main à mes cheveux et me maintient fermement, tandis qu'il s'aventure entre mes lèvres chaudes. Captive du désir, je ne peux plus faire le moindre geste. Je lâche un soupir sifflant, et son regard se fait plus ténébreux…

— Il n'y aura jamais personne d'autre que toi… C'est terminé. Pour la première fois de ma vie, quelqu'un m'offre ce dont j'ai vraiment envie, ce dont j'ai besoin… Toi, Jolly : tu m'offres le contrôle absolu… et ça me rend dingue. Toi aussi, ça te plaît, n'est-ce pas ? Dis-le que tu aimes ça…

Une vague de désir désormais familière déferle entre mes cuisses, et ma respiration pantelante résonne bientôt dans la remise entière.

— Oui, j'aime ça… J'aime ça ! gémis-je en l'agrippant par les épaules.

Son petit sourire supérieur et insolent me fait enrager autant qu'il m'excite. Entre mes lèvres, ses doigts me caressent vite, plus vite, à m'en donner le vertige.

Je baisse une main jusqu'à son jean…

— Enlève ta main ! rugit-il. Tout de suite ! Je n'existe pas pour l'instant : tu me toucheras quand je te le dirai, pas avant.

J'obéis, et lorsqu'il glisse un troisième doigt en moi, je jette la tête en arrière et hurle de plaisir, saisie par l'orgasme. Ma poitrine durcit presque aussitôt, et j'attrape Roméo par les cheveux puis attire sa bouche contre la mienne pour mieux le convaincre que je l'accepte entier, tel qu'il est et tel qu'il a été, et nous considère tous deux comme un tout.

Les basses qui font vibrer la piste de danse s'immiscent jusqu'à notre petite retraite, et je les ressens imprégner le torse de Roméo, avant de marteler ma propre poitrine. Rome retire la main de ma culotte et m'embrasse avec tendresse, amoureusement, à mille lieues de notre échange charnel d'il y a quelques secondes.

— Entre nous, ça roule toujours, hein ? murmure-t-il contre ma bouche, le regard craintif, apeuré même.

Je dépose un baiser sur son front, et son visage s'illumine.

— Je te veux toujours près de moi, Roméo. Tu m'as offert quelque chose dont je ne soupçonnais même pas l'existence.

— Même si j'ai baisé à droite, à gauche pendant des années ? Même si je te complique la vie ? Même si je suis complètement paumé ?

Je couvre ses bras de caresses.

— Je ne dis pas que ce sera facile, mais... si tu me promets qu'il n'y a que moi et moi seule, alors je saurai m'y faire.

— Il n'y a que toi, pour moi. Les autres filles, je ne les vois même plus, et c'est comme ça depuis notre premier baiser.

Prononcer ces mots lui semble presque douloureux.

— Roméo ?

Il me caresse le visage du bout des doigts, observant mes moindres gestes.

— Hmm ?

— On est... tordus ? Je veux dire, la façon dont on... trouve notre plaisir, c'est bizarre ? Que tu me donnes des ordres, comme ça, et que j'obéisse en étant si docile... si soumise ?

Mon inquiétude lui inspire un sourire ténébreux.

— J'ai bien peur que oui, mademoiselle. C'est ferme et définitif.

J'acquiesce, puis détourne lentement le regard, mais il m'oblige à le diriger de nouveau vers son visage amusé.

— Ça te plaît, Jolly ? Tu aimes que je te domine comme ça ?

À cette seule pensée, une nouvelle vague de chaleur embrase mon sexe brûlant.

— Oui… Chaque fois.

— Dans ce cas, non, je plaisantais : on n'a rien de monstres. Je dirais même que c'est plutôt sain, et qu'on n'aurait pas pu mieux se trouver… On comble chacun le manque émotionnel de l'autre.

J'émets un bref rire vaincu.

— Les amants maudits…

Il sourit de plus belle. J'avais rarement vu un tel sourire sur son visage.

— Va falloir qu'on arrête de citer cette putain de pièce, Shakespeare… Plus ça va, plus je nous vois comme une sorte de version cul de *Roméo et Juliette*.

Nous ne pouvons nous empêcher de rire à l'unisson. Je rajuste ma robe et prends Rome par la main.

— Allons danser, maintenant.

— Vu comme je suis excité, je vais éjaculer rien qu'en te voyant te tortiller devant moi. T'as des courbes dangereuses…

Je me frotte contre lui, éprouvant l'acier puissant sous son jean.

— T'es loin d'en avoir fini avec moi, ce soir, Roméo : je veux que tu t'en souviennes jusqu'à ce qu'on sorte de cette boîte. Par contre, on est venus ici pour danser, alors on va danser. J'en ai très envie. Et puis, il est temps de montrer à toutes tes anciennes conquêtes que tu m'appartiens, et qu'elles feraient mieux de se tenir éloignées de mon mec.

Je m'apprête à me tourner pour partir, mais il m'intercepte, me soulève et passe mes jambes autour de sa taille.

— Répète ça, m'ordonne-t-il d'un ton ferme, le Rome joueur soudain évincé par le maître sévère.

— De quoi ?

— Ce que tu viens de dire.

— Que tu es à moi ?

— Oui, répond-il d'une voix rauque en s'invitant plus proche entre mes cuisses.

— Tu es à moi, maintenant. Toi, Roméo, sans condition aucune.

Il grogne et me plaque une nouvelle fois contre le mur. Je n'ai pas la moindre envie de l'empêcher de prendre ce qu'il veut et, vu la flamme dans ses yeux, il ne compte pas se gêner. Je suis sur le point de m'offrir à mon petit ami dans une vulgaire remise et, honnêtement, je ne pourrais m'en moquer davantage.

Roméo s'approche et baisse sa fermeture Éclair… quand la foutue poignée de la porte se met à cliqueter.

— Hé ! Y a du monde, là-dedans ? Ouvrez ! tonne une voix masculine depuis le couloir.

— Non ! grogne Roméo, la mâchoire serrée, empoignant ma taille à m'en faire presque mal.

— Ouvrez ou j'appelle la sécurité !

Roméo pose la tête sur mon épaule, abattu, et je réprime un rire, le nez perdu dans ses longs cheveux. D'une main, je remonte sa braguette et me tortille pour échapper à son étreinte, avant de le prendre par la main.

— On a rencard, ce soir, toi et moi, non ? Allons-y.

Il acquiesce, l'air sauvage, et prend mon visage à deux mains.

— Une fois dehors, t'as intérêt à faire comprendre à tout le monde qu'on est ensemble. Tu tiens notre relation par les couilles : c'est l'heure de te montrer sauvage, ma chérie. Sors la grosse artillerie…

Un sourire éclaire lentement mon visage, et une vague de chaleur me réchauffe la poitrine. Il vient de me montrer que nous étions inséparables à présent, et l'heure est venue pour moi de mettre cette réalité à l'épreuve.

Roméo ouvre la porte avec violence, et le jeune gérant du bar recule d'un pas devant son visage furieux. Roméo et moi nous frayons un passage parmi la foule, puis jusqu'à notre table. Comme nos amis s'animent sur la piste de danse, nous profitons des bières fraîches qui nous attendaient là pour calmer un peu nos ardeurs.

J'aperçois la serveuse de tout à l'heure et l'interpelle d'un geste. Elle se dirige vers nous, et Roméo me dévisage, prêt à intervenir, tendu jusqu'au dernier de ses muscles. Je monte sur ses genoux et le laisse me serrer fièrement contre lui.

La serveuse m'adresse un regard mauvais et marmonne un juron imperceptible, avant de nous gratifier d'un sourire forcé.

— J'peux vous aider ?

J'offre un regard joueur à Roméo qui esquisse un sourire crispé devant l'effronterie inédite dont je fais preuve. Notre entrevue torride dans la remise a quelque peu apaisé ma jalousie : si deux amants peuvent faire naître entre eux ce genre d'animalité, ils n'ont pas à craindre le moindre rival...

— On va se prendre une tequila chacun... Non, deux, et... (Je laisse courir un doigt le long des abdos de Roméo jusqu'à son jean, et il joue des hanches sous mes fesses.) Qu'est-ce que tu veux, chéri ?

Ses yeux s'embrasent d'une lubricité à peine voilée, et il me répond comme si j'étais la seule personne sur terre.

— On devrait offrir une autre tournée de bières à nos amis, ma beauté.

Je me retourne vers la serveuse.

— C'est bon, tu as tout noté ? (Elle acquiesce, puis se détourne en levant les yeux au plafond, dans une attitude parfaitement hautaine. Je vois rouge.) Oh, une dernière chose !

Elle fait volte-face et m'adresse un regard agacé : elle a abandonné tout faux-semblant.

Je souris de toutes mes dents.

— Il est à moi, maintenant. Fais passer le message à toutes les pouffes qui aimeraient se refaire fourrer par mon mec : il n'est plus sur le marché... mais dans mon panier.

Elle fusille Rome d'un regard furibond, puis disparaît en hâte dans la foule. Je ne sais pas si mon cœur a déjà battu aussi vite entre mes côtes.

Roméo me retourne vers lui et se met à me mordiller le cou comme un monomaniaque tout droit sorti d'un institut.

— Si t'étais encore dans la remise, tu ferais pas long feu, toi… Merde, Jolly, tu te rends compte de la gaule que tu viens de me mettre ? grogne-t-il.

— Ça va, c'était assez sauvage pour toi ? lui demandé-je.

Il presse ses hanches contre les miennes, le sourire aux lèvres.

— Sauvage ? J'ai le boxer en feu, bébé ! J'adore la nouvelle toi, merde…

— Oh, c'est pas nouveau… C'était juste une partie de moi que je gardais en sommeil…

— Dans ce cas, réveille-toi tout entière, ma chérie ! La vache ! Jolly est de sortie !

À cet instant, Cass rapplique en se pavanant, Jimmy-Don sur ses pas. Elle frappe des mains avec enthousiasme.

— Molly Shakespeare ! Je ne t'avais jamais vue parler comme ça à qui que ce soit. J'en ai encore la chatte qui frétille ! Je ne commencerais pas à te déteindre dessus, chouchoute ? La prochaine fois que tu verras Shelly, sers-lui une part du même gâteau : cette pétasse a bien besoin de quelques-unes de tes super calories dans les dents !

Elle se penche et m'embrasse le haut du crâne comme une mère fière de sa fille.

Cinq minutes plus tard, nous avons tous descendu nos boissons et nous dirigeons sur la piste de danse, près de notre table. Bientôt résonne *Save a Horse (Ride a Cowboy)* de Big & Rich, et j'embrase le regard de Roméo en ondoyant contre lui au rythme des basses. Cass et Jimmy-Don excellent au two-step comme personne, au point qu'un rond se forme autour d'eux. Sitôt que le refrain arrive, Austin invite Lexi à grimper sur son dos.

Mes inhibitions cèdent un peu plus à chaque *shot* de tequila, et Roméo ne manque pas d'en profiter, gâtant mon corps entier de caresses, léchant ma peau nue et honorant mes oreilles de murmures indécents.

Nous ne quittons pas la piste pendant deux bonnes heures. Nous avons réussi à nous isoler dans un coin, loin de l'attention constante des autres fêtards. Roméo acculé contre un mur, je danse devant, autour et contre lui, sentant son excitation supplicier le tissu de son jean contre ma cuisse nue… Et là, je prends une décision.

Les premières notes de *How Country Feels* de Randy Houser s'élèvent, et je passe les bras à son cou, observant un sourire naître sur son visage tandis qu'il répond au mouvement de mes hanches.

— Ça va ?

Je fais « non » de la tête et esquisse une moue mécontente.

Il fronce les sourcils, faisant apparaître entre ses sourcils un petit pli craquant.

— Pourquoi ? Qu'y a-t-il ?

Je passe les doigts dans ses longs cheveux et approche la bouche de son oreille.

— J'aimerais rentrer à la maison…

— Tu ne te sens pas bien ? Quelque chose ne va pas ?

Je soupire et acquiesce.

— Quoi donc ? dis-moi, ma chérie…, m'invite-t-il à me confesser, sans parvenir à réprimer son attitude exagérément protectrice.

C'est exactement ce que je voulais susciter chez lui.

— Je veux que tu me ramènes… J'aimerais me mettre au lit…

Il se passe la langue sur la lèvre inférieure, l'air confus.

— OK. Tu es fatiguée ? Il est encore tôt.

Je fais « non » de la tête.

— J'aimerais me mettre au lit… Que tu te glisses derrière moi… et que tu me fasses l'amour…

Sur ces mots, Roméo redresse la tête, et le désir emplit ses yeux chocolat. Son érection impressionnante pressée contre mon ventre, il me plaque contre le mur suintant de sueur.

— T'es sérieuse ?

— À en crever.

Il semble se contenir difficilement. Il murmure à mon oreille :

— Je refuse que tu t'obliges à quoi que ce soit si tu n'en as pas envie. Tu as bu : je ne veux pas que tu aies des regrets demain matin.

— J'ai bu, oui, mais pas assez pour ne plus savoir ce dont j'ai vraiment envie… Et ce dont j'ai vraiment envie, c'est toi, Roméo. Je sais déjà que je ne le regretterai pas.

— Supplie-moi, alors…

Comme il lit la surprise sur mon visage, il rive son regard dans le mien.

— Je t'ai dit que je ne te baiserai que quand tu me supplieras de le faire, murmure-t-il d'une voix caverneuse. Quand tu auras envie de moi comme de personne d'autre. Si tu me veux à ce point, Jolly, tu vas devoir me le prouver. Et pour ça, je veux que tu me supplies.

Je me souviens de ses mots, oui, et des frissons m'envahissent aussitôt. Roméo m'excite… et ses préliminaires verbaux ont achevé de me jeter dans ses filets.

— Roméo Prince, je veux que tu m'allonges dans mon lit, que tu me déshabilles lentement, et que tu fasses de moi ce que tu veux. Fais-moi l'amour ce soir, Roméo… Je t'en supplie.

L'espace d'une seconde presque irréelle, j'ai l'impression qu'il va me prendre ici même, contre le mur, mais…

— Va chercher ton sac, m'ordonne-t-il. Je t'attends dehors. Et fais vite.

Il fait volte-face et se fraie un passage brutal dans la foule, les poings serrés pour mieux contenir toute sa frustration de devoir se retenir. Enivrée par l'instant, je rejoins notre table, récupère mes affaires, nous excuse auprès de nos amis, puis vais rejoindre Roméo à l'extérieur.

Sitôt que je passe la porte, Roméo rive son regard lubrique sur mon visage réchauffé par l'excitation : il me scrute comme une bête sauvage prête à fondre sur sa proie. D'un bref signe du menton, il m'ordonne de le rejoindre.

Les jambes cotonneuses, je viens me poster devant lui : il dépose un baiser délicat dans mon cou, prend ma main sans prononcer le moindre mot, puis hèle un taxi en silence.

Nous nous calons sur la banquette arrière, nos cuisses réunies, l'atmosphère crépitant de tension sexuelle. Même le chauffeur d'âge mûr aux cheveux grisonnants gigote sur son siège et nous lance d'incessants coups d'œil dans le rétroviseur, probablement inquiet que nous puissions perdre tout contrôle et nous abandonner à la luxure la plus totale sur sa banquette arrière.

Je suis si excitée que je ne tiens plus en place. Rome, d'une main, vient même bloquer mon genou trop aventureux.

— Arrête.

Je risque un regard en direction de son jean, et distingue sans mal la bosse impressionnante qui éprouve la résistance de sa fermeture Éclair. J'essaie de m'approcher, de lui voler un baiser, une caresse, quoi que ce soit qui puisse permettre à mon corps enfiévré de patienter quelques minutes de plus.

Roméo perçoit mon manque de contrôle et se penche à mon oreille.

— Si tu veux qu'on se fasse arrêter pour atteinte à la pudeur, continue comme ça : tu bouges d'un millimètre de plus, et je te baise dans la seconde, sur cette banquette, sans la moindre entrée en matière. C'est toi qui décides, Shakespeare.

Je me défile et me replie jusqu'à la portière, dont j'ouvre la vitre pour faire entrer un peu d'air : je tente tant bien que mal de calmer mon accès d'effronterie, me demandant dans quelle situation folle je viens de m'engager…

Après ce qui me paraît une éternité, le taxi s'arrête enfin devant le foyer de la sororité. Nous sortons dans la rue silencieuse.

— Tu pars devant, seule : je monte par le balcon. Et dépêche-toi. Je suis sérieux : ne me provoque pas…

Chapitre 15

J'entre dans ma chambre, et Roméo est bientôt là, contre moi : je sens son souffle rauque aux senteurs mêlées de bière et de menthe sur ma peau brûlante, rosie par le désir.

— Vers le lit. Enlève tes bottes, m'ordonne-t-il d'un ton ferme et sans réplique.

J'obéis comme si mon esprit et mon corps répondaient naturellement à ses ordres. Une fois à côté du lit, je retire lentement mes bottes.

— Retourne-toi. Face à moi.

Je m'exécute, tremblante, agitée par un cocktail d'appréhension et d'excitation. Roméo est adossé contre le mur où la lumière de la lune donne à son visage une beauté hypnotique. Il me déshabille du regard, savourant ma silhouette tandis que j'obéis à ses injonctions.

— Retire ta robe. Lentement.

Je passe la robe par-dessus ma tête, puis l'abandonne sur le sol : debout devant lui, je ne porte plus que mon nouveau soutien-gorge noir sans bretelles et ma culotte de soie assortie. Roméo s'approche d'un pas déterminé, et commence à tourner autour de moi, se délectant de mon corps presque nu, un sourire aux lèvres. Ses yeux scrutateurs s'arrêtent bientôt en haut de ma hanche, et Roméo retrace d'un doigt les contours de mon petit tatouage.

Son regard stupéfait croise le mien.

— Un tatouage, Shakespeare ? Je ne m'attendais pas à ça. Tu ne me l'avais jamais montré…

Aussitôt, il s'agenouille et examine le message d'encre, son visage au niveau de mon ventre. Son souffle chaud filant entre mes cuisses fait naître au fond de ma gorge un gémissement que je ne réprime que de justesse. Roméo caresse le tatouage, et je sens monter en moi l'angoisse familière que fait naître le souvenir de ses origines. Je tressaille en rendant un hoquet pantelant.

Roméo prend ma main dans la sienne sans même lever les yeux vers moi, et je sens la vague de panique s'essouffler à son contact salvateur.

— « Ainsi, vous êtes pour ma pensée ce qu'est la nourriture pour la vie, ou la pluie bien distribuée pour la terre », lit-il dans un murmure, avant de déposer un baiser sur l'os saillant de ma hanche.

Il lève les yeux vers moi.

— C'est quoi, son histoire, ma chérie ? Pourquoi ces mots peuvent-ils s'enorgueillir de figurer sur ce corps magnifique ? plaisante-t-il, tout en continuant de tracer avec tendresse les courbes de l'inscription du bout des doigts.

Je plonge les mains dans ses cheveux, tandis qu'il passe un bras à mes fesses et me serre contre lui, m'emprisonnant dans son étreinte.

— C'est tiré du sonnet 75 de William Shakespeare, confessé-je en réprimant un soupir lorsque ses doigts s'aventurent entre mes cuisses.

Il ouvre grand les yeux.

— Mais, pourquoi est-ce que cet extrait compte pour toi ? Assez pour le graver à jamais sur ta peau ?

Ma vue se trouble, et je me mords la lèvre pour retenir mes larmes. Roméo me serre plus fort contre lui, réaffirmant son autorité, et laisse courir sa langue au bas de mon ventre.

— Explique-moi, Jolly. Je ne te le répéterai pas. Je suis avec toi, maintenant : je ne laisserai plus rien ni personne te faire du mal.

— C'est juste une… une phrase que j'aime bien, rien de plus, expliqué-je, évasive.

Roméo fronce les sourcils, et son regard chocolat s'assombrit un peu plus.

— Tu ne me dis pas tout, ma chérie, mais peu importe : j'accepte que tu gardes ça pour plus tard.

Je laisse soudain échapper un soupir fragile ; je n'avais même pas remarqué que je retenais mon souffle.

Roméo se lève, et j'avale ma salive quand il pose ses mains sur mes épaules, puis les fait descendre sur mes omoplates dessinées… Il s'arrête alors sur le fermoir de mon soutien-gorge, et j'ai le souffle court. D'un geste instinctif, j'agrippe sa chemise à carreaux pour ne pas perdre l'équilibre.

Je sens le tissu de mon soutien-gorge se détendre, et il quitte bientôt ma poitrine, abandonnant mes seins généreux à son regard brûlant d'avidité. Je baisse les yeux vers mes mains posées sur son torse, incapable de soutenir son regard, tant je suis troublée de me trouver ainsi nue devant lui. Rome plaque les paumes dans mon dos nu, puis remonte lentement jusqu'à mes cheveux, les empoigne, et les tire en arrière pour m'obliger à relever le menton.

J'ai beau avoir les yeux fermés, je sens son regard ardent transpercer le fin rempart de mes paupières.

— Ouvre les yeux.

Je fais « non » de la tête. Je doute de pouvoir supporter la tension sexuelle entre nous, si torride que l'air tout autour crépite, électrique et brûlant.

Il serre les poings davantage, tire sur mes cheveux, éveillant la peau de mon crâne.

— Ouvre les yeux. Je ne le répéterai pas.

Je prends une inspiration profonde pour recouvrer mon calme, puis ouvre mes paupières lourdes. Roméo se penche pour m'embrasser et laisse filer une main furtive sur ma clavicule, avant de prendre mon sein gauche dans sa paume. Je gémis entre ses lèvres, et sa langue s'invite dans ma bouche et encercle la mienne, tandis qu'il caresse mon téton, lentement, encore et encore, faisant naître un désir électrique entre mes cuisses.

Roméo délaisse, haletant, mes lèvres gonflées et, comme si la chaîne qui maintenait sa raison à flot venait de céder, me soulève subitement et me jette au milieu du lit.

Tandis qu'il chevauche mes cuisses, Roméo pince mes tétons entre ses doigts, et je manque de jouir sur le coup, au point que mon dos quitte les draps, courbé par le plaisir. Le torse et les bras puissants de Roméo me dominent, et il se débarrasse sauvagement de sa chemise, faisant céder d'un coup brusque les boutons pression : ne lui reste plus que son jean qui pend bas sur ses hanches.

— Tu es magnifique, ma chérie. Allongée là, offerte… Tu es à moi.

Je me tortille d'envie tandis qu'il se penche sur moi et me dévore la bouche, la langue sauvage, ne s'arrêtant que pour lécher mon cou et téter de ses lèvres suaves mes tétons excités. Je sens mes hanches s'enfoncer dans le matelas, impatiente de sentir le plaisir se répandre entre mes cuisses. Tout à coup, il plonge une main dans ma culotte et, des doigts, se met à caresser sans retenue mon clitoris. J'empoigne ses cheveux pour attiser mon plaisir. La violence de mon geste lui arrache un grognement, et il se redresse soudain, m'écarte les jambes et plaque mon sexe chaud contre son érection.

D'un geste, Roméo se débarrasse de ma culotte, et je tremble d'une ardeur féroce : jamais je ne me suis trouvée si nue, si vulnérable, si ouverte à un homme… et il le lit sur mon visage.

Il se penche pour dégager les mèches qui tombent sur mon visage.

— Je vais te prendre, maintenant… Je vais te montrer à quel point tu comptes à mes yeux, à quel point j'ai envie de toi… et à quel point tu m'appartiens. Compris, ma chérie ?

— Compris, Roméo…

Ma réponse fait naître des frissons le long de sa peau, et je me redresse, dévorant de baisers brûlants son torse et ses abdos parfaitement dessinés. Il lâche un grognement guttural et sonore, et me repousse, les yeux flamboyants de désir. Il recule jusqu'au pied du lit, fait sauter le bouton de son jean, et le lourd tissu tombe aussitôt sur le sol. Puis il glisse les pouces dans son boxer noir, et je me mords la lèvre en le voyant rejoindre son pantalon sur le sol. J'admire, soufflée, la beauté de ce corps d'une perfection irréelle, une tension irrépressible naissant entre mes cuisses.

Roméo grimpe à quatre pattes sur le lit, s'allonge à côté de moi, et je sens son sexe chaud, long et dur caresser ma cuisse, provocant. Une main sur ma nuque, il se sert de l'autre pour relever mon genou, puis s'assure de ses doigts calleux que je suis prête à l'accueillir. La vérité, c'est que je n'ai jamais été aussi prête à quoi que ce soit de toute ma vie…

Soudain, je sens Roméo m'abandonner, et il tend une main vers son jean.

— Roméo ? Qu'est-ce qu'il y a ?

— Capote…, me lance-t-il en se retournant vers moi.

Je pose une main sur son bras pour l'arrêter.

— Je prends la pilule.

— Ma chérie…, grogne-t-il.

— Je t'en supplie… Je te veux toi, rien que toi… sans obstacle…

La seconde suivante, il est sur moi, l'air sauvage, bestial même : il s'empare fiévreusement de mes hanches, et je hoquette, le souffle court, lorsque je sens son sexe imposant taquiner mes lèvres. Dans un élan de tendresse, il se penche et m'offre un baiser d'une délicatesse inouïe. Alors, il plaque son front contre le mien, serre les mâchoires et me pénètre d'un ample mouvement de hanches.

Sous lui, je tressaille, enivrée par ce soudain sentiment de plénitude : le corps puissant de Roméo me cloue au matelas, me laissant comprendre que rien ne pourrait lui échapper. Ses bras crochètent les miens, s'enfoncent dans les couvertures, tandis qu'il s'invite de plus en plus en moi. Je fiche mes ongles dans les muscles de son dos et lui mords la peau pour ne pas crier de plaisir.

— Roméo… Bordel… C'est trop… Je ne vais pas tenir…

Il lève la tête et caresse des lèvres la pointe de mon nez.

— Non, ce n'est pas trop, ma chérie : c'est exactement ce qu'il nous faut, et ça va te plaire comme jamais rien avant moi. C'est notre vie, désormais : maintenant et pour toujours. (Il se retire entièrement et m'observe, immobile.) Et maintenant, tu vas hurler mon nom.

Mes yeux s'écarquillent : je halète, brûlante d'impatience, quand tout à coup, Roméo me pénètre sans retenue, brutal et sauvage.

— Putain, ce que j'aime ta chatte…

Les paupières scellées, je supplicie son dos de mes ongles.

— Roméo !

Tandis qu'il joue des hanches, puissant, il me libère les bras et je lui agrippe le cou, tout en enserrant ses hanches de mes jambes. Il prend mes mains dans les siennes, profitant de la position pour gagner en vitesse et en force : il me pénètre, brûlant de puissance, envoûtant corps et âme. Je sens au creux de mon ventre naître une tension extrême et ne peux réprimer des gémissements sonores.

Roméo redresse le torse, m'écarte les jambes pour gagner en amplitude et m'inviter à l'accueillir plus loin encore.

— Prends mes bras.

Roméo me lâche les mains, puis attrape la tête de lit en bois. Je lui obéis, noue les doigts autour de ses larges biceps, et il redouble de puissance entre mes cuisses, infatigable.

— Ça te plaît, ma chérie ? T'aimes que je te prenne fort comme ça ? rugit-il.

Je crispe les orteils.

— Oui… Oui !

Les flammes du désir embrasent ma peau tout entière, et je sens mes lèvres brûlantes emprisonner son sexe dur.

— Vas-y, Jolly, maintenant ! Lâche-toi ! m'ordonne Roméo, tandis que sur la tête de lit, ses phalanges virent au blanc.

Chacun des assauts de Roméo écaille un peu plus la peinture du mur derrière le lit.

Je ferme les yeux et l'extase me saisit, ondoie dans tout mon corps et, dans un hurlement, je m'abandonne à l'orgasme.

Les grognements puissants de Rome accélèrent, tandis que mon sexe se crispe autour du sien : quand je rouvre les yeux, il pousse un rugissement, bouche ouverte et paupières closes. Alors, tout à coup, je le sens se répandre en moi en vagues chaudes, et son torse s'écrase bientôt contre ma poitrine, presque douloureusement.

Nous restons là, pantelants, mes mains rivées à ses épaules. Lorsqu'il se redresse enfin, la sérénité absolue sur son visage me laisse médusée : je caresse d'une main son front humide et souris.

— Hé, Jolly…

— Hé, toi…

Ma plus belle récompense, c'est son sourire, un sourire plein et solaire. C'est impensable, ce qu'il est superbe… Je peine à croire que quelqu'un d'aussi beau puisse seulement exister, et que ce soit de moi dont il ait tant envie.

Roméo baisse la tête et commence à mordiller la peau luisante de mon cou.

— Tu es tout ce à quoi je pensais ne jamais avoir droit… Te faire l'amour, c'était… Au-delà de…

Son visage se perd dans mon cou. Il ne trouve même plus ses mots.

Je lève le menton pour qu'il s'y niche sans mal, et caresse doucement ses cheveux.

— Roméo, c'était magnifique…

Ses lèvres humides glissent le long de ma gorge, et trouvent le chemin de ma bouche tandis qu'il se retire lentement. Je cille et réprime un gémissement.

Roméo relève soudain la tête vers moi.

— Je ne t'ai pas fait mal ?

Je resserre doucement les cuisses et frissonne.

— Un peu, mais rien d'insurmontable… Je te l'ai dit : j'étais presque vierge avant toi, et on peut dire que tu as marqué ton territoire avec énergie !

Il sourit et dépose la tête sur mon ventre. Cet accès d'affection me surprend. D'un geste lent, il me caresse le sexe.

— Je suis désolé de t'avoir fait mal, ma chérie, mais, soyons honnêtes : je kiffe que tu t'estimes énergiquement baisée.

Je lève les yeux au ciel.

— Si monsieur est content de lui, c'est le principal ! plaisanté-je.

Il lève la tête, remarquant mon sarcasme, et plisse les yeux.

— Je suis assez fier de moi, oui, t'imagines pas, Shakespeare. Mais attends de voir ce que j'ai encore en stock pour toi…

Je frémis à cette seule pensée, et je lis à la lueur dans ses yeux que la réciprocité de son désir le satisfait.

Il s'installe à mes côtés, m'attire dans ses bras et joue avec mes cheveux.

— Raconte-moi un truc que t'as jamais dit à personne.

Je me raidis, et il prend ma main dans la sienne pour prévenir mon angoisse et m'inciter à répondre.

— Quel genre de truc ?

Il hausse les épaules.

— N'importe quoi, tant que tu ne l'as jamais dit à qui que ce soit. Un secret intime, une peur profonde…

Je soutiens son regard plein d'espoir et, prenant mon courage à deux mains, accepte le défi : je vais lui avouer la plus grande de mes souffrances.

— Parfois, je me sens si seule que j'ai la sensation… que je pourrais en mourir… En mourir vraiment.

L'inquiétude obscurcit soudain son visage, et il roule sur le côté pour recouvrir mon corps, se répandant en baisers sur mes lèvres, mes joues, mon front…

— Jolly, ma chérie, ça me brise le cœur de l'entendre…

D'un geste discret, j'essuie la larme qui vient de m'échapper.

— Et c'est vrai… Je ne l'avais jamais dit à personne… Tu es le premier à qui j'en parle. C'est probablement le plus difficile pour moi, au quotidien. C'est dingue ce que le silence peut te hurler chaque seconde combien tu es seule, te rappeler qu'en ce monde, au fond, tu suis ta route sans personne pour t'accompagner…

Roméo, anxieux, passe sa langue sur sa lèvre inférieure. Une lueur étrange anime ses yeux.

— Je peux te dire un truc ?

J'acquiesce timidement. Il m'effleure la joue du bout du doigt, et c'est comme si, plutôt que de me rassurer, ce geste infime insufflait en lui une vigueur nouvelle.

— Je me sens seul à en crever, moi aussi…

Je n'y tiens plus : mes larmes coulent sans que je puisse rien y faire. Roméo niche le visage dans mon cou, et je sens contre ma peau son souffle chaud, tandis que nous souffrons ensemble. Nous nous accrochons l'un à l'autre comme si notre survie en dépendait.

Je perçois sur mes lèvres le goût amer des larmes et, après de longues minutes d'une proximité salvatrice, Roméo lève les yeux vers moi. Un calme apaisé voile son regard fatigué.

— On ne doit plus rien à la solitude, ma chérie… On est là l'un pour l'autre, maintenant.

— C'est fou, Roméo… On se connaît depuis quelques semaines à peine, et j'ai l'impression de t'avoir eu toute ma vie à mes côtés.

Un sourire naît sur ses lèvres.

— C'est le destin qui nous a réunis, Shakespeare… Les amants maudits… Et on a toute la vie pour se découvrir, contrairement au pauvre couple à qui on doit nos prénoms. Tu peux être sûre que je ferai tout pour qu'on vive heureux jusqu'à la fin des temps.

Les mains sur ses joues rosies par l'émotion, je l'attire vers moi pour l'embrasser. Il me laisse prendre le contrôle quelques secondes, puis se redresse et, l'air joueur, agite un doigt devant moi pour me conseiller de ne pas trop prendre goût au pouvoir.

D'un mouvement soudain, il roule sur le dos, et je pose le bras sur son ventre, puis le visage contre son torse.

— Hmm…, dis-je.

— Quoi donc, ma chérie ? me demande-t-il, une main dans mes cheveux.

— Je n'en reviens pas comme c'est bon d'entendre un autre battement de cœur que le sien…

— Jolly…

— Chut… Laisse-moi juste… l'écouter… Je ne me suis jamais sentie aussi… entière.

Il serre d'un geste rassurant ma tête contre son torse, et je me laisse apaiser par le rythme hypnotique de son cœur.

— La citation sur ta hanche, me demande Roméo après quelques minutes de silence, j'aimerais que tu m'en parles.

(Je me fige, et Roméo me serre un peu plus contre lui.) Je suis là, ma chérie.

Je m'éclaircis la gorge, brisée par l'émotion.

— Mon père a cité cette phrase dans la lettre qu'il m'a laissée avant de se suicider. Il me la récitait chaque soir en m'endormant, et j'avais besoin de trouver un moyen de me souvenir de lui, pour ne jamais l'oublier.

J'entends le soupir compatissant de Roméo.

— Tu l'as citée de tête au tatoueur ?

J'acquiesce contre sa peau chaude et nue.

— Oui… Cela dit, tatouage ou pas, et même si elle est incrustée dans ma mémoire, j'ai conservé la note de mon père.

Il s'agite légèrement.

— Ah oui ?

Je me cale sur les coudes, observe son visage nerveux… Je sens bien qu'il n'a pas la moindre idée de quoi répondre à tout cela.

— Tu veux la lire ?

Je suis surprise de voir la peur tordre soudain ses traits.

— Pourquoi je la lirais ?

— Parce que personne d'autre que ma grand-mère et moi n'a jamais lu cette lettre. J'aimerais partager ça avec toi. Je veux que tu fasses partie de ma vie chaque jour un peu plus, que tu en saches chaque jour davantage sur moi… Ça t'aidera peut-être… à me comprendre mieux.

— OK, acquiesce-t-il, les yeux grands ouverts, un peu perdu.

Je me lève lentement, vais ouvrir ma penderie et en sors la vieille boîte en chêne remisée sur l'étagère du haut. Je me tourne ensuite vers Rome qui dévore sans retenue mon corps nu du regard.

Je secoue la tête et lâche un petit rire.

— T'es irrécupérable, mon pauvre.

— Pour info, je vais te baiser encore, ce soir. Je suis camé, Shakespeare. T'es ma putain de drogue.

Les frissons désormais familiers déferlent entre mes cuisses, et je me dépêche de le rejoindre. Il me prend dans ses bras rassurants, et j'ouvre la boîte dont je tire la chemise en plastique contenant une feuille jaunie et écornée. Les mains tremblantes, je la tends à Roméo qui commence à la lire sans piper mot.

Un silence pesant s'installe. J'ai besoin d'air : j'enfile la robe courte de soie noire que je viens d'acheter, puis sors sur la terrasse. Là, je prends une grande bouffée d'air frais en écoutant la brise nocturne bruire doucement dans les arbres voisins. J'ai beau avoir relu cette lettre des centaines de fois, chaque nouvelle lecture me laisse défaite, vaincue… Je ne peux m'empêcher de la réciter en esprit.

Ma Molly-Jolie, ma poupée,

Jamais je n'aurais pensé t'écrire un jour une lettre si douloureuse.
Avant toute chose, sache que je t'ai aimée comme aucun papa n'a aimé sa petite fille depuis la nuit des temps. Tu es la prunelle de mes yeux, et le plus merveilleux de mes accomplissements sur cette terre.
Je sais que tout cela est encore bien trop difficile à comprendre pour une si jeune fille, mais un jour, tout deviendra plus clair, tu verras. J'aimerais, cependant, t'expliquer ce pour quoi je te laisse aujourd'hui, et te promettre que toi, Molly-Jolie, tu n'y es strictement pour rien.
J'ai aimé bien des gens dans ma vie, mais l'amour que j'éprouvais pour ta mère allait au-delà de l'indicible. Le jour de ta naissance a été à la fois le plus triste et le plus heureux de ma vie. Le plus heureux, car je t'ai

eue, et le plus triste, car j'ai perdu l'autre moitié de mon âme.

Cela m'a brisé, Molly, et Dieu seul pourra me reconstruire.

Un jour, mon bel ange, un jeune homme viendra et t'offrira en découverte l'amour véritable. Tu te sentiras voler à ses côtés, et il te montrera le bien que l'on ressent à confier son cœur à un autre, à lui offrir notre âme, à se faire entièrement sien. Assure-toi que ce garçon sera digne du trésor qu'est ton cœur, et fais ton possible pour toujours protéger ce lien précieux qui vous unira.

Quand tu seras plus grande, que tu connaîtras mieux les choses de la vie, et que tu repenseras à mon départ, tu verras peut-être naître en ton esprit des questions, des craintes, et de la rancœur à mon égard de t'avoir laissée si jeune. Je crains, malheureusement, de ne pouvoir trouver ici les mots qui sauront t'apporter du réconfort. D'aucuns te diront sûrement que j'ai été égoïste de t'avoir abandonnée, mais j'aurais trouvé plus égoïste encore de te laisser vivre avec un père qui n'était plus que l'ombre de lui-même.

Depuis la mort de ta maman, j'ai vécu une existence baignée de tristesse et de solitude avec, comme seuls phares dans cette nuit éternelle, ta grand-mère et toi. Sache que, maintenant, je vis en paix en un lieu angélique, blotti dans les bras de ta maman pour l'éternité.

Vis ta vie pleinement, ma fille, mon trésor, et un jour, lorsque Dieu en décidera, je t'attendrai aux portes du paradis où, une fois de plus, tu sauteras dans mes bras : je te ferai tournoyer, comme avant, te dirai combien je te trouve jolie et te présenterai à ta mère… Tu verras comme elle te ressemble.

Ainsi, vous êtes pour ma pensée ce qu'est la nourriture pour la vie, ou la pluie bien distribuée pour la terre.

Je t'aime,
Papa

Je sais que Roméo a fini de lire la lettre sitôt que je le sens dans mon dos, la chaleur de son corps irradiant à travers la fine pellicule de soie de ma robe. Il dépose un baiser d'une tendresse infinie dans mon cou, me retourne pour me prendre dans ses bras, puis me soulève en silence. Je passe les bras à sa nuque, et m'accroche à cette intimité nouvelle sous son regard impassible.

Sans un mot, Roméo me porte jusqu'à la petite table, dans un coin de la terrasse, et me pose sur le plateau blanc. Là, il défait le nœud de ma robe, et le tissu glisse lentement le long de mes côtes. D'une bouche prévenante, il couvre mes chevilles et mes cuisses de baisers délicats, avant de passer mes jambes à sa taille : il se redresse, superbe, puis se penche en avant, lentement, si lentement… et commence à me faire l'amour. Il me pénètre avec une attention infinie, mes mains dans les siennes, jusqu'à ce que nous jouissions ensemble, pantelants, silencieux dans la nuit immobile.

D'un doigt, Rome m'offre sur la joue une caresse lente et amoureuse.

— Merci de m'avoir laissé lire ta lettre, ma chérie. Merci de me faire confiance au point de partager ton passé avec moi.

Je dépose de petits baisers sur les trois adorables taches de rousseur sur son nez, puis sur la cicatrice nacrée de son menton.

— Mets-moi au lit, Roméo…

Roméo s'exécute, me glisse sous les draps comme si je ne pesais rien sous ses mains, s'installe derrière moi, me plaque contre son torse, et nous nous laissons envoûter par le sommeil heureux et apaisé des amants comblés.

Je suis follement, désespérément amoureuse.

Chapitre 16

J'accepte la dernière modification de mon document Word d'un clic gauche enthousiaste : j'ai enfin terminé mes recherches pour la revue à laquelle participe le professeur Ross, et en conçois une fierté et un sentiment d'accomplissement bien mérités. Je vais enfin pouvoir passer mon temps libre avec Roméo, plutôt qu'enchaînée à la table de travail de la bibliothèque.

Je me laisse tomber contre le dossier de ma chaise de bureau pour une pause bien méritée. J'inspire une pleine bouffée de l'air chaud de Tuscaloosa, lorsque j'entends le treillage grincer.

Roméo bondit bientôt par-dessus la balustrade de la terrasse, la mine renfrognée, et mon cœur se serre. Il avance droit sur moi, prend mon visage entre les mains et me vole un long baiser d'une sensualité folle. Lorsqu'il se redresse, les yeux ardents, j'attends la suite avec appréhension… Mais il s'assied simplement sur la chaise blanche inoccupée à mes côtés.

— Tu te tues encore à la tâche, à ce que je vois, dit-il, un sourire tendu sur le visage.

— Oui. Mrs Ross a appris ce matin quand nous devions présenter l'article à Oxford. On part dans quelques mois. Ça va être une course contre la montre pour Ross, mais pour moi, le boulot est terminé.

Roméo se penche vers moi, les lèvres pincées.

— Tu pars en Angleterre dans quelques mois ? Depuis quand ?

Je fais tourner mon stylo sur mon doigt et me risque à croiser le regard de Rome.

— Depuis toujours… Je dois être là pendant la présentation. Et puis, ça m'aidera beaucoup dans le choix de l'université où je passerai mon doctorat. Si notre travail est apprécié, je pourrai aller où je veux. (J'incline la tête, perplexe.) Pourquoi ?

Roméo se laisse tomber contre le dossier de la chaise.

— Je n'ai aucune envie que tu partes. Tu vas trop me manquer. Et puis, ce sera la période de la finale du championnat… J'aurai besoin de toi dans les tribunes. Si t'es pas là, je risque de foirer mon match : t'es mon porte-bonheur, tu te rappelles ? Tu veux vraiment te mettre à dos des milliers de fans de la Tide ?

Je secoue la tête, agacée, et viens m'asseoir sur ses genoux. Il passe un bras puissant autour de ma taille, et caresse ma mâchoire du bout du nez.

— Je serai de retour à temps pour la finale. Si la Tide joue pour le titre, je ne vais quand même pas rater ça ! Je serais folle de vouloir me mettre entre l'Alabama et son équipe fétiche.

Il me pince les fesses.

— Oh, on va y aller, en finale, ma chérie, pas de doute là-dessus. Et toi, tu seras là, dans les tribunes, et tu hurleras mon nom avant, pendant et après le match.

Je me penche et l'embrasse en gloussant. Lorsque je me redresse, son visage se fait de nouveau plus sévère. Je caresse sa joue rugueuse.

— Un problème ?

Il inspire profondément.

— Devine ?

— Tes parents ?

— Bingo…

— Qu'est-ce qu'ils ont encore fait ? lui demandé-je, craignant d'entendre sa réponse.

— Ils veulent te rencontrer. Ils nous invitent à dîner demain soir… Leur stratégie est lancée.

Je me redresse soudain, sous le choc.

— C'est une plaisanterie ? Je n'aurais jamais pensé qu'ils voudraient… me rencontrer un jour.

— Moi non plus. (Je hoquette, vexée, mais Roméo pose une main sur mon bras pour me rassurer.) Hé, ne le prends pas mal, c'est juste qu'on ne peut pas vraiment dire qu'ils soient heureux qu'on soit en couple, Jolly. Je pense qu'ils nous l'ont bien fait comprendre…

Je reviens me lover contre son torse.

— Je sais… Quelle merde…

— Je vais refuser.

Je me redresse subitement.

— Non… Qu'ils aillent se faire voir : on y va. On va leur montrer comme on est bien ensemble. Nous voir, ça les aidera peut-être à comprendre.

Roméo me dévisage, perplexe.

— Premièrement, non, ils ne comprendront pas, et deuxièmement, je ne les laisserai pas s'en prendre à toi. Ça fait des années que je supporte leurs conneries : hors de question que tu subisses le même traitement. Tu as vu ce dont mon père est capable. Il ne supporte pas qu'on lui désobéisse. Quant à ma mère, elle est aussi revancharde que cruelle. Pourquoi est-ce que tu voudrais rencontrer des monstres pareils ?

— Je veux franchir le pas. Pour toi. (Son visage se radoucit, et il dépose un baiser sur le dos de ma main.) Tu comptes me dire un jour ce qui se passe vraiment entre toi et tes parents ? Sans réserve ?

Roméo jette la tête en arrière, comme s'il venait de se faire rabrouer.

— Hors de question. Un résumé suffira : pour eux, je ne suis qu'une gigantesque déception. Qu'importent les détails…

— Tu sais tout sur moi : je t'ai parlé de mon père, de ma vie… Confie-toi à moi…

Il me caresse doucement le bras.

— Je sais que tu m'as tout dit, toi, mais… S'il te plaît, on oublie ça. Je t'en prie.

Ses yeux se voilent et, comme je comprends qu'il s'est braqué, je dépose les armes.

— Et puis, ils sont de pire en pire, me confie-t-il tout de même, après une profonde inspiration. Ils trament un truc, mais je ne sais pas quoi… Ils ont toujours tout fait pour me maquer avec Shelly, mais là, ils semblent plus décidés que jamais à me voir l'épouser. Je n'avais jamais vu mon père si insistant à ce propos. Non, il se passe un truc… Ça me rend dingue de ne pas comprendre… Ils m'appellent à longueur de journée, en ce moment…

Perdu dans ses pensées, il grimace.

— Je veux y aller, annoncé-je.

Roméo pousse un grognement.

— Ça va être un enfer, tu piges pas ? Je refuse de t'exposer à ça. Je sais que je ne te dis pas grand-chose de mon passé, mais crois-moi, ces gens sont de vraies crevures, Jolly ! Je le sais mieux que personne : je tiens d'eux, non ?

— Ne parle jamais de toi de cette manière ! Tu n'es ni cruel ni tyrannique : tu es prévenant, incroyablement attentionné, avec moi plus qu'avec tout autre, d'ailleurs. Appelle-les et dis-leur qu'on accepte leur invitation.

Il se relève, et me porte jusqu'au lit, comme il l'aurait fait avec une jeune mariée. Il m'y jette et se débarrasse de son débardeur gris.

— OK, on y va : mais, d'abord, tu vas te mettre nue et me persuader de te jeter sciemment dans la gueule du loup.

— Je me dénude pour toi quand tu veux, Roméo, pas besoin d'excuse pour ça…, le taquiné-je.

Son jean tombe sur le sol, et je salive devant son corps nu et désirable.

— Tu es encore habillée, Shakespeare : désape-toi avant que je m'en occupe…, menace-t-il.

Je m'exécute et, sitôt ma robe passée au-dessus de ma tête, je sens ses lèvres prendre ma poitrine d'assaut.

— OK, on va y aller, mais annule tes rendez-vous de la journée : tu vas devoir me convaincre longtemps, avant que je sois persuadé qu'on ne court pas au désastre… Très longtemps.

* * *

Quelques heures plus tard, alors que Roméo s'en est allé à son entraînement de foot, je vais toquer à la porte d'Ally.

— Oui ?

— Ally ? C'est moi. Je peux entrer ?

La porte s'ouvre, et je découvre Ally et son visage magnifique. Cass et Lexi sont assises sur son lit. J'entre en les désignant d'un geste de main.

— Qu'est-ce qui se passe ici ? Pourquoi je n'ai pas été invitée ? demandé-je, l'air guilleret, mais en me posant tout de même véritablement la question.

Nous sommes toujours fourrées ensemble, toutes les quatre, et j'aime m'être fait de si bonnes amies. Des amies sincères. Et voilà qu'elles m'ont exclue de leur petit conciliabule… J'avoue que cette idée m'attriste un peu.

Cass, soudain à genoux sur le lit, chevauche la couette, jette la tête en arrière et se met à jouer des hanches avec énergie.

— Ah… Roméo… Hmm… Oui ! Bordel… Roméo ! Je vais… Roméooo !

Lexi grimpe sur le matelas derrière elle, lui donne une tape sur les fesses et fait mine de la prendre en levrette.

— T'aimes ça, Jolly ? Dis-moi que t'aimes ça ! Putain… ouais, comme ça ! hurle-t-elle.

Mortifiée, je cache à deux mains mon visage rougi par la honte, et elles éclatent toutes les trois de rire. Cass est la première à la ramener.

— On est venues frapper à ta porte, hein, faut pas croire, mais vu les bruits d'animaux qui sortaient de vos gorges, on s'est dit qu'il valait peut-être mieux vous laisser à vos affaires ! Et par affaires, je veux dire : votre putain de partie de jambes en l'air carrément torride !

Ally passe un bras à mon cou et pose un baiser sur le dessus de mon crâne.

— Fais pas gaffe à ces deux garces ! Par contre, pour ton information : les murs du foyer, c'est de la putain de dentelle. Alors, je sais que toi et moi, on est amies, mais Roméo est mon cousin et, je te le dis comme je le pense, je ne veux plus jamais entendre ce que j'ai entendu !

Lexi rit tellement fort qu'elle roule sur le matelas en se tenant le ventre à deux mains.

Je ne rêve plus que d'une chose : fuir. Je me tourne vers la porte, mais Cass se jette sur moi et me propulse sur ses épaules, puis me lâche sur le lit au milieu de la mer de coussins en secouant la tête.

— Tout doux, ma fille, on rigole ! On se fait toutes ramoner, te bile pas : c'est juste que certaines cheminées ont droit à un entretien un peu plus régulier et énergique que les autres.

Elle m'adresse un clin d'œil et se suce l'index de façon obscène.

— On est vraiment obligées d'en parler ? dis-je dans un murmure, avant de me mordre la lèvre à en sentir bientôt le goût du sang.

— Allez, foutez-lui la paix, les filles.

Ally s'assied au bout du lit, et Cass et Lexi viennent se poster chacune à mes côtés.

— Bon, alors, comment va la nympho ? plaisante Cass en se passant la langue entre les dents, si salace qu'elle parvient à m'arracher un léger sourire.

Je lui mets une petite tape sur le bras et me retourne vers Ally.

— Les parents de Roméo nous ont invités à dîner demain soir. Ils veulent me rencontrer… officiellement.

Ally se masse le front, le visage déconfit.

— Oh putain, non…

Ce n'est pas la réaction que j'espérais.

— Roméo ne voulait pas que j'y aille, mais je me suis dit que ce serait une bonne chose au final, non ? Ça pourrait peut-être… améliorer nos relations ?

— Non, réplique Ally, péremptoire. Molly, ces gens sont affreux : tu n'as vu qu'une fraction de ce dont ils sont capables. Pour ton bien, rétracte-toi : n'y va pas. Contente-toi de vivre heureuse avec Rome sans les inclure dans l'équation.

— Jimmy-Don m'a dit que c'étaient de vraies ordures, chérie. Ça se passe bien entre Rome et toi, va pas tout gâcher, m'avertit Cass, sérieuse au possible, en me tapotant la main.

— Faudra bien que je les rencontre un jour, alors pourquoi pas maintenant ?

Ally bondit hors du lit et commence à faire les cent pas.

— Parce que si tu les invites dans votre relation, ils feront tout pour te mettre hors jeu ! (Elle revient vers le lit et se fait une place à côté de moi.) Ce qui se dit dans cette chambre reste dans cette chambre, OK ?

Elle désigne du doigt Cass et Lexi, qui acquiescent aussitôt. Soudain, elle commence à se masser les tempes, et je vois son air préoccupé se muer en rictus angoissé.

— J'aurais préféré ne jamais avoir à t'en parler, je pense que ce n'est pas à moi de le faire, mais j'ai le sentiment de te le devoir. J'aime autant que tu prennes la décision de rencontrer les Prince, nababs notoires d'Alabama, en pleine connaissance de cause !

Je déglutis, inquiète.

— C'est impensable de se dire que des parents peuvent détester leur enfant, non ? En général, ils l'idéalisent... Eh bien, pas eux. Ils le haïssent, tu n'imagines pas... Il fait tout de travers, à leurs yeux. Quand il était gosse, il suffisait qu'il fasse une petite connerie – salir ses vêtements ou ce genre de petites bêtises – et son père devenait dingue, littéralement, au point de lui filer des coups de ceinture et de l'enfermer dans sa chambre. Ils le battaient. Souvent. Ils le privaient de sorties des semaines entières, et lui, il restait seul, tout ce temps, pauvre petit gosse isolé à qui on ne cessait de répéter combien on le détestait... Au bout d'un moment, c'est comme s'il avait perdu toute sensibilité. Il en est même arrivé à se convaincre que ces reproches étaient légitimes... Mon père culpabilisera toute sa vie de savoir ce que Rome a enduré... Et aucun d'entre nous, dans la famille, n'a su pendant longtemps quels extrêmes la situation avait pu atteindre... Mes parents et moi, on a emménagé à Birmingham quand j'étais toute petite, alors je ne le voyais que rarement ; mais, à chaque visite, il paraissait un peu plus dévasté. Au final, ça a duré comme ça jusqu'à son entrée à l'université, mais aujourd'hui encore, ils ont une influence terrible sur lui. Ils l'oppriment. La vie ne lui a pas fait de cadeau, et s'il n'épouse pas cette putain de Shelly Blair, eh bien...

Sa voix s'est faite traînante, et ses yeux mouillés brillent de larmes. Bientôt, elle se ressaisit et me prend la main dans un geste suppliant.

— Toi, Molly Shakespeare, tu es le grain de sable dans leur engrenage : je peux t'assurer qu'ils ne t'invitent pas pour faire ta connaissance. Je suis prête à parier qu'ils n'attendent qu'une chance de te rayer de sa vie... pour de bon. Ce sont des raclures, des gens dangereux et malveillants. Promets-moi que tu n'iras pas. N'impose pas ça non plus à Rome… Molly, je crois que tu ne te rends pas compte à quel point il a besoin de toi.

Un mauvais pressentiment me noue la gorge, et les images horribles du père de Roméo le giflant en plein visage viennent hanter mon esprit, doublées des avertissements d'Ally : « Ce sont des raclures, des gens dangereux… »

Mais je balaie tout cela de mon esprit : si je parviens à montrer aux parents de Rome à quel point nous voulons vivre ensemble, à le leur faire comprendre, alors sa vie n'en sera que plus facile. Il faut que j'essaie. Pour lui.

J'avale ma salive avec difficulté et prends mon courage à deux mains.

— Ils ne me font pas peur.

Cass me colle une tape puissante dans le dos.

— C'est ça, ma fille ! Mords-y l'œil, à ce couple de richards de merde !

Ally me dévisage, l'air plus sérieux que jamais, sans se soucier de Cass.

— J'espère de tout cœur que c'est vrai. Parce que Rome préfère sûrement mourir plutôt que te perdre.

— Il ne me perdra pas. Je tiens trop à lui pour ça.

Je vois les lèvres d'Ally trembloter.

— Molly, je t'en prie… N'y va pas. Je t'en supplie…

— Si ! Il faut que j'y aille, que je tente le coup… Pour Roméo. Pour qu'ils nous lâchent enfin avec cette traînée de Shelly, pour qu'ils nous foutent la paix. On vit avec une épée de Damoclès au-dessus de la tête, craignant chaque seconde qu'ils nous donnent le coup de grâce. Je sais que Roméo y pense sans arrêt : ça l'obsède ! Il faut que ça s'arrête !

Elle hoche la tête, vaincue, va ouvrir sa penderie et commence à farfouiller parmi ses tenues de haute couture.

— Très bien… Si tu insistes pour te rendre à ce putain de dîner, on va au moins faire en sorte que tu sois présentable. Laissons-leur le moins de cartouches possible pour t'abattre…

Chapitre 17

Roméo n'a pas dit un mot. De tout le trajet jusque chez ses parents, il n'a pas émis le moindre son. C'en est presque effrayant. Je m'agite sur mon siège, passe une jambe sur les siennes et niche la tête sur son épaule, les yeux rivés sur son visage sinistre. Il m'offre un sourire angoissé et dépose un baiser sur mes cheveux, empoignant d'une main crispée ma cuisse nue.

Ally et les filles m'ont aidée à me préparer : je porte une robe manches trois quarts Valentino, moulante et noire, qui me tombe juste sous le genou, des talons aiguilles noirs, les cheveux lâchés en boucles sombres fixées sur les côtés par de très belles barrettes et des boucles d'oreilles en diamant. Roméo, lui, a opté pour un pantalon noir et une chemise blanche boutonnée au col. Jamais je ne l'ai vu habillé de façon si formelle… ni aussi mal à l'aise.

— Écoute-moi bien, tu veux ? me lance-t-il d'un ton solennel.

J'acquiesce et focalise sur lui toute mon attention.

— Ils profiteront sûrement de la moindre occasion pour te blesser, ce soir. Pour te faire autant de mal que possible. Quoi qu'ils disent, ne laisse pas leur venin t'atteindre. Je leur ferai obstacle, de mon côté. Si tu ressens le besoin de partir, n'importe quand et quelle qu'en soit la raison, on s'arrache sans se retourner. N'hésite pas une seconde. Promets-moi juste que tu ne les laisseras pas te faire de mal.

Sa voix s'est teintée d'une détresse profonde, et une émotion que je n'ai jamais lue en lui, nébuleuse, voile son regard.

— C'est promis.

— Dans ce cas, pourquoi est-ce que j'ai l'impression que je vais te perdre ?

La tristesse dans ses yeux m'est insupportable.

— Gare-toi.

Aussitôt, les pneus crissent sur le gravier, et nous nous arrêtons brusquement sur le bord de la route. Je m'approche de lui, me mets à califourchon sur ses genoux et passe les doigts dans ses cheveux blonds.

— Tu ne me perdras jamais.

Il n'a pas l'air convaincu.

— Je le supporterais pas, Jolly. T'imagines pas ce que tu représentes pour moi… T'imagines pas ce que je ressens pour toi, combien j'ai besoin de toi… C'est le cas, Jolly, je te jure. Je parle pas beaucoup de ce que je ressens, c'est vrai, mais je… Je… Jolly, je t…

— Chut… Pas besoin d'aller jusque-là.

L'amour triomphe de moi d'un coup, aussi destructeur qu'un astéroïde percutant la planète pour tout y dévaster, et je dois me mordre la lèvre pour ne pas m'écrouler dans ses bras. Il baisse les yeux, et une tristesse infinie noie soudain l'habitacle du pick-up.

— Roméo, tu m'as donné une raison d'être heureuse. Je ne m'étais pas sentie aussi bien depuis une éternité. Tu m'as… ressuscitée. Tu le sais, ça ?

— Ce sont des gens cruels, ma chérie. Je sais que tu en doutes, mais la seule et unique raison pour laquelle ils nous ont invités ce soir, c'est pour asseoir leur domination sur moi : c'est leur seul et unique but, toujours. (Il pose le front sur le haut de ma poitrine.) Ils ne me lâcheront jamais… Jamais ils ne permettront que je vive heureux avec toi. Ils préparent un sale coup : ils font toujours tout pour me pourrir la vie. (Son corps s'anime soudain, et il tente de me faire quitter ses genoux.) On rentre ! Hors de question qu'on aille à ce dîner de merde !

Je cale mes mains sur ses épaules et les maintiens fermement.

— Si, on y va.

Roméo enserre ma taille de ses bras puissants, et nous restons ainsi, immobiles, à tenter de recouvrer notre calme, d'apaiser nos esprits échaudés. Au bout de longues minutes, il relève enfin la tête, son visage de dur à cuire peinant à dissimuler le petit garçon perdu dans ce corps d'adulte.

Il est discret, mais je le vois…

Je me penche lentement en avant et l'embrasse avec tendresse, m'enivrant de son odeur, désormais si familière. Je le câline une dernière fois, puis retourne à ma place : Roméo lâche un soupir et remet le contact. Tandis que le pick-up roule de nouveau sur la route de campagne silencieuse, je laisse échapper un rire dépité.

— Qu'y a-t-il ? me demande-t-il d'un ton alerte.

— Me voici, la naïve Juliette Capulet, risquant l'amour pour un dîner chez les Montaigu.

Il lève les yeux au ciel.

— Juliette n'était pas naïve au point de prendre autant de risques : au lieu de ça, Roméo et elle se sont barrés pour se marier en douce. Ça, c'est un plan futé. Sauf que la version de Juliette dont j'ai hérité a décidé qu'une rencontre avec ses ennemis mortels profiterait à notre cause. On en aura bientôt le cœur net, mais j'aimerais que personne n'oublie que depuis le début, j'estime que c'est une putain d'idée de merde.

Le voir si peu sûr de lui me met mal à l'aise. Je déteste ça.

Il s'éclaircit la gorge.

— Par contre, il y a bien un point commun entre nous et la pièce de Shakespeare.

— Lequel ?

— Je ressens pour toi exactement ce que ressentait Roméo pour Juliette. (Il mêle ses doigts aux miens.) Moi aussi, je serais prêt à tout lâcher pour toi.

Je repose la tête sur son épaule et regarde à travers le pare-brise le soleil las s'enfoncer sous l'horizon. J'inspire profondément et souris : rien de ce que pourront dire ses parents ne saurait me pousser à l'abandonner.

Rien.

* * *

Roméo et moi gravissons main dans la main les hautes marches de la gigantesque maison sudiste à colonnes blanches. Les miennes tremblent, mais Rome ne fait aucun commentaire : il se contente de me tenir d'une poigne inébranlable.

Lorsque nous arrivons devant la porte, il se tourne vers moi.

— Première chose, ma chérie : tu es superbe.

— Merci…

— Deuxième chose : n'oublie pas ce que je t'ai dit. Ne les laisse pas te blesser, qu'importe ce qu'ils disent ou font.

Je me signe d'un doigt et, alors que Roméo s'apprête à frapper, la porte s'ouvre en grand sur sa mère : cinquantenaire ultraglamour au carré blond, elle porte un twin-set rouge paré d'un collier de perles, et tient à la main un triple whisky à l'odeur si forte que je réprime un haut-le-cœur.

Elle tord ses lèvres rubis en un rictus cruel sitôt qu'elle voit Roméo. Elle n'aurait pu me snober davantage.

— Vous êtes en retard.

Roméo se raidit.

— Mère, c'est toujours un plaisir.

Mrs Prince lui adresse une grimace de dégoût.

— Dommage que la réciproque ne soit pas vraie.

Elle se retourne et, manifestement ivre, se dirige d'un pas chancelant vers le perron couvert d'un haut porche voûté sur sa gauche. Roméo inspire lentement, les yeux clos comme pour se maîtriser. De toute évidence, ce n'est pas la première fois que sa mère se comporte ainsi, et la réaction de Roméo ne fait que le confirmer. Lorsqu'il baisse enfin les yeux vers moi, je lui souris pour le rassurer, mais me rends bientôt compte que je serre les mâchoires à m'en briser les dents : je suis furieuse.

Nous emboîtons bientôt le pas à sa mère, et tournons quelques mètres plus loin pour nous retrouver dans un salon luxueux décoré de noir et de blanc. Vêtu d'un costume gris parfaitement ajusté, Mr Prince attend notre arrivée, debout devant un grand feu de cheminée. Sa présence me met aussitôt mal à l'aise.

Mrs Prince s'en va rejoindre son mari, et le père de Roméo se redresse et cale les mains dans ses poches dans une attitude presque moqueuse, insultante. Pas de salutations, pas d'embrassades : rien qu'une froideur hautaine qui remet en cause tous mes espoirs.

Mr Prince désigne Roméo d'un geste sec du menton.

— Nous t'invitons à dîner, et tu nous fais attendre. C'est inacceptable.

Roméo s'agite, mal à l'aise.

— J'ai cru que j'avais entraînement, mais non : je suis venu le plus vite possible.

Mr Prince prend un air offensé.

— Oh, quelle chance pour nous, ce trou dans ton emploi du temps d'athlète…, lance-t-il, sarcastique à l'extrême. Je peine à comprendre pourquoi tu perds ton temps avec ces fadaises : tu sais aussi bien que nous que tu ne te présenteras pas à la *draft*.

Je me tourne aussitôt vers Rome, décontenancée, et je vois à sa mâchoire crispée et à son absence de réponse que les mots de son père ont fait mouche.

Avant que Roméo ait pu rétorquer quoi que ce soit, Mrs Prince fait tinter une cloche et désigne de la main un sofa luxueux couleur bronze.

— Asseyez… vous tous…, bredouille-t-elle.

Rome et moi nous dirigeons d'un pas raide jusqu'au canapé : il me serre la main comme s'il craignait que je m'échappe.

Dans la minute, une domestique âgée vêtue d'une tenue noire et blanche stéréotypée entre dans la pièce.

— Quatre Bollinger, ordonne Mrs Prince d'une voix mauvaise.

La bonne s'incline et quitte la pièce.

Mr et Mrs Prince viennent s'asseoir sur le canapé jumeau du nôtre, juste en face de nous.

— Donc… Molly, c'est ça ? me demande brusquement Mrs Prince.

J'acquiesce.

— Oui.

Sa lèvre supérieure se crispe, habillant son visage d'un rictus de dégoût.

— Vous n'êtes pas d'ici, c'est ça ?

— Oui, je suis arrivée en début d'année universitaire pour terminer mon master.

— Et quand avez-vous rencontré Rome ?

Je me retourne vers Roméo et souris. Il me jette un petit regard en coin, et me serre doucement la main.

— Le premier jour de classe.

Roméo sourit et se penche pour déposer un baiser délicat sur le haut de ma tête.

— Le plus beau jour de ma vie…

— Oh, comme c'est… mignon…, commente Mrs Prince d'un ton moqueur au possible.

Roméo et moi portons de nouveau notre attention sur ses parents dont les regards renfrognés nous prouvent combien ils sont restés insensibles à notre petite démonstration d'affection.

L'arrivée dans la pièce de la vieille domestique brise le silence gênant qui suit. Elle porte nos boissons et nous tend à chacun notre verre. Comme personne ne porte de toast, je sirote bien vite une gorgée de whisky : au même instant, Mrs Prince vide son verre d'un trait, prend la grande bouteille posée devant elle sur la table, puis se ressert.

— Molly, donc… Je suppose que vous êtes au courant de ce que fera Rome après l'université ? me lance-t-elle.

— Niveau football ? dis-je, troublée par son changement de ton soudain et suspect.

Les parents de Roméo éclatent de rire, l'air condescendant.

— Certainement pas ! Nous parlons du devoir qu'il a de reprendre les affaires familiales, réplique froidement Mr Prince, cinglant.

— Papa…, amorce Roméo sur un ton de défi.

— Il faut bien qu'elle en soit informée, Rome, réplique-t-il avec un sourire méprisant. (De toute évidence, il va passer à l'assaut…) Il faut bien qu'elle sache que bientôt, tu devras abandonner ton mode de vie d'adolescent en crampons.

— Arrête tout de suite ! pare Roméo d'un ton sec et bien plus véhément. Pas de ça ce soir !

Le visage de Mr Prince vire au rouge suite à la réprimande de Roméo, et la tension monte d'un cran tandis que père et fils se fusillent d'un regard noir.

Je m'éclaircis la gorge.

— Puis-je vous demander où se trouve la salle de bains, je vous prie ?

J'ai besoin de prendre l'air ; de quelques minutes pour me calmer et me préparer au reste de la soirée.

Roméo cesse de jouter avec son père pour me lancer un regard inquiet.

— Je t'accompagne, ma chérie.

Nous nous levons et sortons de la pièce sans nous retourner. Derrière nous, les parents de Roméo marmonnent, toujours sur le canapé.

Je me fige sitôt que nous arrivons dans le luxueux vestibule.

— C'est une blague, bordel ! crache Roméo, serrant le poing.

Shelly entre dans la maison, robe noire moulante, talons hauts et sourire fourbe sur le visage.

Roméo se crispe à mes côtés.

— Qu'est-ce que tu fous ici, bordel de merde ?

Shelly nous salue d'un petit geste moqueur, et vient se planter juste devant nous.

— Roméo, mon chéri… Ta maman m'a invitée à vous tenir compagnie, ce soir.

Ma gorge se serre aussitôt, et une vague de déception m'envahit : ils nous ont pris au piège.

Roméo et moi suivons des yeux Shelly qui pénètre avec nonchalance dans le petit salon et tombe dans les bras accueillants des Prince. Tous trois se retournent ensuite vers nous.

La mère de Roméo se tient fièrement derrière Shelly, son visage saturé de Botox barré d'un sourire cruel : les préliminaires sont terminés.

Roméo fait un pas en avant, ses muscles puissants distordant presque sa chemise.

— Comment osez-vous nous faire ça !

— Vous faire quoi ? Shelly fait partie de la famille, et il fallait bien que nous expliquions à Molly deux ou trois choses qui risquent d'affecter votre petite… aventure, répond Mr Prince d'un ton calme et triomphant.

Roméo recule.

— Recommence pas avec tes conneries ! Et, tant que tu y es, montre un peu de respect à Molly, merde !

Mr Prince m'adresse alors une révérence exagérément obséquieuse, un sourire insultant sur le visage.

— La réception est-elle à votre goût, Votre Majesté ?

Shelly et la mère de Roméo s'esclaffent devant sa performance, et je sens un frisson d'humiliation me parcourir la nuque.

— Vous nous avez invités ici à dîner pour qu'on retrouve Shelly ? Pourquoi ? (Une souffrance sincère imprègne la voix de Roméo.) C'était des conneries depuis le début, cette invitation ? C'était quoi votre idée ? Démolir Molly dès qu'elle aurait franchi le pas de votre putain de porte ?

Mr Prince tourne vers Rome un regard hargneux.

— Pour quoi d'autre voudrais-tu qu'on veuille rencontrer une traînée qui n'en a qu'après notre argent ? Et il faudrait qu'on lui offre un repas, en plus ? Elle est tellement miséreuse qu'elle ne doit même pas savoir tenir une fourchette, cette pouilleuse ! Shelly nous a beaucoup parlé de ta… petite copine.

Je reste impassible, feignant de ne pas être affectée. Je ne suis pas sûre d'y parvenir vraiment.

Comme je ne dis rien, Mr Prince part d'un rire moqueur.

— Ce soir, l'idée était de vous envoyer un message : il fallait bien que nous parvenions à te convaincre de nous présenter ta petite friandise, et une invitation à dîner nous a semblé le plus efficace. Grâce à cela, vous êtes ici et allez pouvoir ouvrir grand vos oreilles : vous allez mettre fin à cette petite comédie, c'est un ordre. Et tout de suite. Répudie ta traînée d'Anglaise sur le champ. Si possible, jette-la dans la première cale de navire qui repart pour l'Europe.

Roméo tressaille.

— Vous nous avez invités ici pour nous pousser à rompre ? Bordel, même venant de vous, c'est un peu extrême, non ?

Sa mère s'esclaffe, et une gerbe du liquide ambré dont elle a de nouveau rempli son verre jaillit et retombe sur le sol.

— Ta Molly doit comprendre que sa stratégie mesquine ne prendra pas. (Elle me dévisage.) Fous-lui la paix. Tu n'as pas la moindre idée d'à qui tu t'en prends, n'est-ce pas ? Shelly et Rome sont fiancés, et je ne permettrai pas qu'une putain de bidonville vienne s'interposer entre eux. (Son regard glacial est proprement terrifiant.) Et j'obtiens toujours ce que je veux, chérie, ne l'oublie jamais.

— Je ne suis pas et ne serai jamais fiancé à cette conne ! Votre fortune, vous pouvez vous la foutre au cul : j'en ai rien à battre !

Roméo me prend par la main et m'entraîne vers la porte. Je vois sa mère se ruer dans notre direction et, alors qu'il se retourne pour voir ce qui a attiré mon attention, elle assène une gifle magistrale à Roméo d'un revers de la main : sa joue claque si fort que je lâche un cri d'effroi en portant les mains à ma bouche.

— Saleté de gosse insolent ! hurle-t-elle, l'index pointé dangereusement proche de mon visage. Tu oses nous parler sur ce ton, après tout ce qu'on a fait pour toi ? Tu es la pire chose que cette famille ait jamais eu à endurer, espèce d'ordure ! Ingrat ! Tu es incapable de faire quoi que ce soit correctement, hein ? Il faut toujours que tu gâches tout, et en invitant cette pute dans notre maison, tu bats tous les records !

— Retire ça tout de suite…, siffle Roméo, les mâchoires serrées en s'interposant devant moi, inébranlable, pour me protéger.

Mrs Prince porte une main manucurée aux ongles écarlates à sa bouche et pouffe.

— Sinon quoi, Roméo ? Tu vas m'en tirer une, à moi, ta petite môman ? Tu vas frapper une pauvre femme ?

— Assez ! aboie le père de Roméo, imposant le silence.

Il s'avance vers nous, saisit Roméo par le col de sa chemise et l'attire vers lui. Roméo le laisse faire, impassible.

— Tu reparles à ta mère sur ce ton, et c'en est fini de toi, c'est compris ? Ce débat est clos : tu arrêtes de baiser ta pouffiasse et tu t'en tiens au plan. Ta seule raison d'être, c'est d'obéir et d'honorer tes obligations vis-à-vis des Prince ! Obéis, et arrête de jouer le petit trou du cul insolent !

Il avait parlé d'une voix grave et inquiétante destinée à mater chez Roméo toute velléité de révolte. Soudain, il pousse Roméo vers moi, et je dois redoubler d'efforts pour ne pas m'effondrer sous l'impact. Roméo se redresse et pose une main sur ma joue pour s'assurer que je vais bien. Non, je ne vais pas bien… Je doute que qui que ce soit puisse aller bien après avoir été agressé de façon si abjecte. Lisant la souffrance sur mon visage, il pousse un grognement et me serre dans ses bras comme pour m'isoler de leur malfaisance.

Son pire cauchemar vient de se produire.

Rome se retourne vers ses parents.

— J'en ai fini avec vous : mon choix, c'est Molly. Mon choix, c'est d'arrêter de vivre avec des monstres ! Bordel de merde, mais vous comptez me faire subir quoi encore ? Vous êtes les personnes les plus infectes que j'aie jamais rencontrées ! Je suis votre seul enfant et vous me détestez. (Il avance d'un pas comme pour implorer ses parents de l'écouter.) Est-ce que vous m'avez seulement aimé un jour ? Est-ce qu'une fois, juste une putain de fois, vous avez ressenti le moindre sentiment positif à mon égard ?

Mr et Mrs Prince se regardent, puis partent d'un grand rire qui résonne dans la vaste pièce. J'ai l'impression traumatisante de me trouver devant d'authentiques incarnations du mal.

Son père s'approche de nouveau.

— Comment est-il seulement possible d'aimer quelqu'un comme toi ? Comment peut-on aimer avoir un caillou dans la godasse ? Tu n'es qu'une colossale déception… Mais, cela ne t'empêchera pas d'honorer ton devoir envers ta famille.

On trouvera un moyen de te faire entendre raison, crois-moi sur parole.

Shelly remue sur la chaise longue : même elle semble mal à l'aise. Au moins, elle n'a pas l'air aussi malveillante que les parents de Rome. Je vois davantage en elle une sorte de pion naïf manipulé par des ordures.

Roméo me prend par la main et la serre si fort que je manque de pousser un cri de douleur.

— On se casse : je vous libère enfin une bonne fois pour toutes de la plus colossale de vos déceptions.

Roméo m'attire dans son sillage, et en risquant un regard par-dessus mon épaule, j'aperçois le visage furieux de ses parents.

— Reviens ici, merdeux ! Je n'en ai pas fini avec toi ! hurle Mr Prince.

Roméo ne s'arrête pas, et j'ai le mauvais pressentiment que nous venons d'attiser les flammes d'un brasier qui pourrait nous être fatal. Nous sortons en trombe de la maison, et Roméo me tire derrière lui jusqu'au pick-up. Il ouvre ma portière, me jette presque dans l'habitacle, puis je l'observe tandis qu'il va se planter derrière le volant : bientôt, les pneus crissent dans l'allée de la riche propriété coloniale.

Des gouttes éclaboussent le dos de mes mains blafardes et tremblantes plaquées contre mes cuisses et, lorsque je les examine, je me rends compte que ce sont des larmes, mêlées au noir de mon mascara. Je pleure sans pouvoir m'arrêter. Roméo brûle de rage. Pas une seule fois il ne tourne les yeux vers moi, tandis que je glisse lentement dans mon siège de cuir noir, dévastée.

— Roméo…, murmuré-je.

— Pas maintenant ! Merde ! Pas… Pas maintenant…, articule-t-il, grimaçant de douleur.

Je sursaute, puis me réfugie contre la vitre, loin de sa colère.

Il m'avait prévenue, Ally aussi, mais je n'ai rien voulu entendre. Ils avaient raison, et j'ai fait la sourde oreille. Certes, j'ai vu son père le frapper, mais jamais je n'aurais pensé qu'il vivait un tel enfer, qu'il avait souffert tant d'années leur cruauté et leur violence extrêmes.

L'épaule appuyée contre la portière de métal, je me rends compte, lorsque Roméo prend un virage en épingle à droite, que nous nous dirigeons vers la crique. Tout ce que je veux, moi, c'est rentrer à la maison, oublier cette soirée et réfléchir à un moyen de nous sortir de ce cauchemar.

Bientôt, j'aperçois la crique à l'eau placide et grise dans l'obscurité du crépuscule… mais, à ma grande surprise, Roméo ne s'arrête pas. Nous roulons près de deux kilomètres de plus, traversant les champs de coton, lorsque je vois au loin une petite cabane en rondins de plain-pied. Roméo pile, ouvre sa portière d'un geste brusque, déboule à l'intérieur du bâtiment et allume une lumière poussive. La suite n'est plus que craquements et violents fracas.

Je reste immobile dans le Dodge : pour la première fois, la crise de rage de Roméo me fait peur. Je ne crains pas qu'il me fasse du mal, mais je n'en ai pas moins envie de me tenir loin de lui pour l'instant. Je n'ai pas la moindre idée de ce qu'il est capable de faire…

Abattue, je pose la tête contre la vitre froide et mon regard se perd parmi les millions d'étoiles du ciel ténébreux. Je me suis toujours sentie petite et insignifiante face à l'immensité de l'univers… Pas ce soir, en revanche : qu'importe l'insignifiance de nos problèmes comparée aux mystères insondables de l'existence, je ne peux m'empêcher de rejouer dans ma mémoire ce qui vient de se passer.

Jamais je n'ai été témoin de choses si odieuses par le passé… Comment est-ce seulement possible ?

Les Prince haïssent Rome. Non seulement ses parents le détestent, mais en plus, ils semblent en être fiers… Ils le battent, le menacent, et leurs mots m'ont lacéré le cœur. Comment a-t-il pu supporter ça toute sa vie ? Perdre ma famille a été difficile, et c'est un euphémisme, mais, au moins, je sais que mon père et ma grand-mère ressentaient pour moi un amour inconditionnel. L'un comme l'autre, jamais ils ne m'avaient brutalisée d'une quelconque manière. La vie de Roméo, en revanche, a dû être un véritable enfer.

Je repense soudain à toutes ces semaines qu'il vient de passer à m'aider, à me dire combien je suis courageuse, forte, à me pousser à sortir de ma chrysalide, et une vague de culpabilité m'envahit. La vérité, c'est que c'est sa force et sa détermination à lui qui m'ont aidée à grandir. Alors que c'est lui qui a besoin de soutien…

Le temps passe, et un silence angoissant envahit peu à peu la nuit. Alors, soudain, je comprends : je comprends que ma place est à ses côtés, que je me dois de le réconforter, de lui montrer que je ne l'abandonnerai pas. Et de lui dire, enfin, combien je l'aime.

Chapitre 18

La porte de la cabine en rondins s'ouvre dans un grincement retentissant, et je ne découvre dans la pièce exiguë que des lattes de plancher tachées et irrégulières, un vieux canapé en cuir brun usé et une table poussiéreuse pour deux personnes tout au plus. Roméo se trouve de l'autre côté de la pièce, l'arrière de la tête plaqué contre le mur. Sa chemise ouverte aux manches repliées est encore froissée au col, là où son père l'a empoignée.

Je sais qu'il m'a entendue entrer à la façon dont ses muscles roulent soudain sous sa chemise. Je referme la porte et, lorsque je fais volte-face, Roméo est tourné vers moi, ses traits séraphiques déformés par un rictus presque animal.

— T'aurais jamais dû nous pousser à aller là-bas, merde! hurle-t-il. (La violence dans sa voix et l'intensité de son reproche me font tressaillir.) Je t'avais prévenue! Je t'avais dit que ça les foutait en rogne qu'on soit ensemble, mais t'as rien voulu écouter! Tu m'as dit que ça arrangerait les choses qu'ils nous voient, qu'ils se rendraient compte de ce qu'on représente l'un pour l'autre: mon cul! Ce que tu as fait, au final, ce n'est rien de plus que signer ton putain d'arrêt de mort! Bordel, Jolly, comme ils t'ont traitée… menacée…

Je le laisse évacuer sa colère sans prononcer le moindre mot, mais n'en soutiens pas moins son regard, la tête haute.

Il s'avance vers moi et s'arrête à moins d'un mètre.

— Je t'ai dit qu'ils me haïssaient et qu'ils te haïraient, toi aussi. On s'est laissé prendre dans leur filet, et maintenant, je t'ai perdue… Tu vas me quitter, pas vrai ?

— Rome…

— J'aurais pu empêcher ça ! Non… J'aurais dû empêcher ça ! Je savais ce dont ils étaient capables, mais je t'ai laissée me convaincre que tu saurais gérer l'affaire… J'ai vu ton visage, là-bas, Jolly… Tu m'avais juré que tu ne les laisserais pas te faire de mal, merde !

Je lève une main pour le faire taire.

— Je me moque de ce qu'ils m'ont dit : la seule chose qui m'a blessée, c'est la façon dont ils te traitent. Pourquoi est-ce qu'ils te détestent à ce point, Roméo ? Je n'avais jamais assisté à une telle violence par le passé… Comment des parents peuvent-ils haïr leur enfant sans la moindre raison ? (Je me sens si triste que, soudain transie de froid, je serre les bras autour de ma taille pour me réchauffer.) La gifle de ta mère… Comment peut-elle traiter son fils comme ça ?

Roméo passe une main crispée dans ses cheveux défaits. De toute évidence, il réprime l'envie dévorante de me confesser quelque chose. Au bout de quelques secondes, il pose les mains sur mes épaules, l'air abattu.

— Parce que je ne suis pas son fils ! crie-t-il, si fort que mes oreilles se mettent à siffler.

— Qu… Qu'est-ce que tu dis ?

— Parce que… je… ne… suis pas… son fils ! Tu voulais savoir pourquoi ils me détestaient, eh bien tu le sais maintenant !

— Roméo, non…

Il retire les mains de mes épaules, les passe sur son visage et se met à faire les cent pas sur le vieux tapis jauni.

— Ma mère était stérile : cette putain de garce était stérile ! La seule chose qu'on lui demandait en parfaite épouse, c'était de faire des gosses, et elle n'en était pas capable ! Impossible pour elle de donner un héritier au grand prince du pétrole d'Alabama.

» Ils ne pouvaient pas adopter : ça aurait été bien trop embarrassant, n'est-ce pas ? Ils ne pouvaient pas non plus avoir recours à une mère porteuse, sinon, tout Tuscaloosa risquait de savoir que Madame ne pouvait pas avoir d'enfants. Et puis, *bam* ! le destin a décidé de s'en mêler, juste au bon moment !

Mon cœur se brise un peu plus à chacun des mots de la confession de Roméo, et je me retrouve incapable de parler. Je ne peux rien faire d'autre que le regarder, et l'écouter se soulager d'un poids qui l'écrase depuis des années.

— L'une des nombreuses putes de luxe que se payait mon père s'est pointée enceinte à leur porte : l'enfant qu'elle portait, elle n'en avait franchement pas grand-chose à foutre, mais la somme qu'elle pouvait soutirer à son père biologique, ça, c'était alléchant.

Je sens mon cœur voler en éclats.

— Eh oui, Jolly, c'était moi, le gamin. Mon père a passé un test de paternité anonyme, et j'étais bien de lui : voilà, il l'avait, l'héritier de sa fortune. La putain avait une exigence, par contre : il fallait que je garde le nom qu'elle m'avait donné. Elle voulait leur montrer qu'elle tenait les rênes de l'affaire, et mettre à ses pieds son plus fidèle client, probablement vexée de jamais avoir été plus qu'une tapineuse à ses yeux. Mon prénom, c'était une façon de s'assurer qu'ils n'oublieraient jamais d'où je venais. Ma mère le déteste, elle ne peut pas l'entendre, comme elle ne peut pas me voir.

— Roméo…

— Roméo.

Il passe avec nervosité les doigts sur son menton mal rasé.

— Voilà, tu sais tout, maintenant… Je suis le fils illégitime de mon père et d'une pute qu'il se tapait dans le dos de ma mère, mais mes parents n'ont pas eu d'autre choix que me garder. Il fallait bien, non ? Comment mon père aurait-il pu garder sa fortune dans la famille, sinon ? On attend de lui qu'il ait un gosse, un héritier... Avec mon arrivée, le trésor familial était sauf ! Ils ont payé la pute pour qu'elle accouche en secret, puis ont disparu un an pour une prétendue croisière de luxe de mes deux : à leur retour, ils avaient un joli petit poupon et, bien entendu, tout le monde a cru au mensonge des bons et vertueux milliardaires.

La tête basse, mais un peu plus apaisé, Roméo se laisse tomber contre le dossier du canapé.

— Ma mère me hait, littéralement : je suis un rappel vivant et permanent que mon père l'a trompée. Mais ce n'est pas la seule raison pour laquelle ils se comportent comme ça avec moi : ils s'attendaient à avoir un gosse docile, obéissant ; un gamin qui, quand on lui ordonnerait de sauter, n'aurait rien d'autre à dire que : « à quelle hauteur ? » En résumé, pas la déception ultime que je suis. Il s'est trouvé qu'en plus de mes capacités sportives hors normes, j'agissais à ma guise et avais mes propres aspirations : inacceptable pour un Prince ! Comment osais-je vouloir vivre ma vie comme je l'entendais, après la magnanimité – tout à fait désintéressée, bien sûr – dont ils avaient fait preuve en m'adoptant ? En m'adoptant, et en me rappelant chaque jour de ma vie, bien sûr, que j'étais sorti du ventre d'une traînée ? Ils me battaient jusqu'à ce que je ne puisse plus porter de ballon de foot, encore moins en lancer un : les joueurs blessés n'entrent pas sur le terrain ! Pas con ! Du coup, mon père s'est assuré que les blessures soient régulières : une petite tradition père-fils hebdomadaire...

— Personne ne t'a aidé ? Ou même, vu ce qu'il se passait, au moins ? demandé-je, la gorge serrée.

Il lâche un rire désabusé au possible.

— Qui va remettre en doute la parole d'un milliardaire ou lui demander, l'air suspicieux, la raison pour laquelle son fils sursaute dès qu'on le touche ?

Je renifle pour réprimer un sanglot, et tente d'apaiser la douleur que je sens naître entre mes côtes : l'assurance de mâle alpha de Roméo se désintègre, là, devant mes yeux.

— Et puis, pour enfoncer le clou, leur échec de fils est si bon au foot que les pros attendent impatiemment de pouvoir le recruter lors de la draft annuelle ; deux fois, même, ils m'ont attendu ! Mais le pauvre petit n'a d'autre choix que de refuser, de sacrifier ses rêves au cas où, un jour peut-être, on découvre qu'il n'est pas véritablement le fils modèle et petit rayon de soleil quotidien de Kathryn Prince. Il faut des putains de gros verrous pour garder les gros secrets, non ?

Roméo se relève et écarte les bras, son humiliation manifeste.

— Tu sais tout, Jolly : voilà pourquoi mes parents me détestent, et pourquoi notre relation ajoute à la montagne de merde dont leur putain de fils adoré a salopé leur vie !

J'avance d'un pas prudent et rajuste le col de sa chemise de mes mains tremblantes.

— C'est pour ça que tout le monde t'appelle Rome et pas Roméo… Pour ça que tu détestes autant ton prénom. Ça te rappelle ton passé…

Son regard mal assuré jauge le moindre de mes gestes.

— Ouais… Ma mère biologique leur a dit que s'ils ne m'appelaient pas Roméo, elle irait voir les médias et révélerait toute l'histoire. Ils ne pouvaient pas se le permettre, alors ils ont accepté, à contrecœur. Ils lui ont fait signer un contrat pour qu'elle la boucle. (Il laisse échapper un ricanement nerveux.) Roméo ? Le fils adoré de la plus riche famille d'Alabama ? La blague ! Mes parents m'appellent toujours Rome en public, mais en privé, c'est Roméo : ils se servent de ce prénom pour me provoquer, entretenir la malédiction… Roméo, le fils d'une putain. Roméo, le cadeau empoisonné dont ils ne pourront jamais se débarrasser… Chaque jour, ils me le font payer.

Je couvre de baisers le bas de son cou.

— Et ta mère biologique ? Où est-elle maintenant ?

— Elle a dû retourner dans son trou à rats, je suppose… Où que ça puisse être.

— Roméo, je…

Il me repousse, une grimace naissante sur le visage.

— Tu vas me quitter, pas vrai ? Je savais que je finirais par te perdre. Je le savais ! Qui va se lever contre mes salauds de parents, hein ? Je ne vaux pas la merde qu'ils te feront subir si on reste ensemble… Hein ?

Les traits lourds d'affliction, il se laisse tomber sur le vieux canapé brun installé devant la cheminée usée et crasseuse. Des larmes déferlent aussitôt sur ses joues, et ses larges épaules tremblent au rythme de sanglots déchaînés. C'est la première fois que je le vois pleurer. J'ai l'impression qu'on me plante un poignard en plein cœur.

Je le rejoins sur le canapé et le cajole, tandis qu'il pleure, la tête sur mes genoux. Je pleure avec lui. Je pleure pour le petit garçon qui n'a jamais connu l'amour. Je pleure pour le petit garçon qu'on a privé d'enfance, et je pleure pour l'homme qui a tant à offrir au monde, mais dont la flamme a été soufflée par des parents manipulateurs et abusifs.

Lorsque les pleurs de Roméo ne sont plus que des sanglots discrets, je prends son visage entre mes mains et l'oblige à me regarder.

— Roméo…

— Je t'aime… Je t'aime…, murmure-t-il encore et encore, les yeux écarquillés, apeurés, caressant des pouces mes pommettes encore humides.

— P… Pardon ?

Je sens mon cœur bondir entre mes côtes et ma gorge se serrer. Roméo s'agite et, gauche, se met à genoux et m'attire contre lui.

— Je t'aime. Je t'aime comme je n'avais jamais pensé pouvoir aimer quelqu'un un jour.

Je me penche tout contre lui, pose avec délicatesse ma poitrine contre son torse et savoure le rythme commun de nos cœurs affolés.

— Moi aussi, je t'aime… Je t'aime tellement… Tellement…

Ses yeux désespérés s'écarquillent soudain.

— Vraiment ? Même après…

— Je reste avec toi : c'est pour ça que je suis venue te débusquer dans cette cabane. J'étais dans le pick-up à t'entendre souffrir, et j'ai compris, j'ai su, que je ne pouvais me trouver ailleurs qu'à tes côtés, quoi qu'il arrive ; que je devais te dire que jamais, jamais je ne te quitterais…

— Mais, mes parents…

— Ont été odieux, ce soir, oui, mais c'est une autre histoire. Jamais ils ne me chasseront loin de toi ; jamais ils ne m'empêcheront de t'aimer. C'est le destin qui nous a réunis, Roméo. Les amants maudits, tu te rappelles ? Les parents récalcitrants, ça fait partie du package, non ?

Je lui adresse un petit clin d'œil espiègle, et un sourire commence timidement à se dessiner sur ses lèvres meurtries, métamorphosant lentement son visage dévasté.

— J'ai l'impression d'avoir les tripes à l'air, je te jure… Comme si on m'avait ouvert la poitrine et que tu pouvais voir mon cœur déchiqueté et le tissu cicatriciel qui le maintient tant bien que mal en un seul morceau…

J'entrouvre sa chemise, bouton après bouton, et trace jusqu'à son cœur un sentier de baisers. Il émet un discret grognement, tandis que des lèvres, je caresse sa peau chaude et bronzée.

— Jamais personne n'a rien su du comportement de mes parents à l'abri des regards. Je n'en ai jamais parlé à personne. Ce soir, tu as jeté une brique dans leur forteresse de verre.

J'ai lu la panique dans les yeux de mon père : tu es en mesure de détruire tout ce qu'ils se sont donné tant de mal à construire.

Je trace d'un doigt le contour du tatouage sur ses côtes.

— Qu'importe l'enfer qu'a été cette soirée, je suis heureuse d'avoir été là, et de savoir désormais qui sont les artisans de ton malheur. Toi et moi, on ne peut pas effacer les sombres secrets et souvenirs de nos passés, mais ensemble, nous pouvons écrire les prochains chapitres de notre vie.

Je regarde couler sur ses joues ses larmes silencieuses.

— Jolly…

— Chuuut…

J'embrasse son sternum, son torse, passe la langue sur ses tétons tendus, et redessine avec elle ses muscles saillants. Je le débarrasse de sa chemise et défais le bouton de son pantalon. Je risque un coup d'œil en direction du visage de Roméo et lui découvre un regard ardent de désir : il m'observe, les pupilles dilatées et son désir attisé par mes caresses audacieuses.

La fermeture Éclair glisse lentement et sans obstacle, son boxer aussi, et je place mes mains sur le haut de ses cuisses : j'ai besoin de lui comme j'ai besoin d'oxygène. Le voir nu ainsi devant moi me fait saliver… Je me penche et, de ma langue humide, caresse l'entière longueur de son érection. Roméo grogne et jette la tête en arrière.

Cela suffit à exalter mon assurance.

Je le prends dans ma bouche et sens aussitôt l'une de ses mains se caler sur ma nuque, tandis que ses hanches commencent leurs allers et retours. Je me sens soudain puissante, aux commandes, et j'aime cette sensation de pouvoir le mettre ainsi à genoux.

— Bordel, Jolly, ta bouche ! siffle-t-il, les mâchoires serrées, et je gémis de plaisir, tandis que son corps vibre tout entier, peinant à conserver entre mes lèvres un rythme régulier.

J'attrape son pantalon par la ceinture et en débarrasse ses jambes puissantes, puis me penche pour baiser d'une bouche humide ses cuisses et ses mollets musculeux. Je me redresse et, une fois de plus, avale son sexe tout entier, jusqu'au dernier millimètre, mes dents caressant tout du long sa peau délicate. Il lâche un nouveau grognement, puis se fige et empoigne mes cheveux.

Roméo Prince renaît de ses cendres.

— Debout, m'ordonne-t-il, autoritaire.

Je me lève aussitôt et le contemple tandis qu'il arrache sa chemise et se rapproche de moi, nu, en pleine érection, une aura de puissance pure émanant de tout son corps. Il pose les mains sur mes épaules, me fait pivoter d'un geste vif et descend jusqu'à mes hanches la fermeture Éclair de ma robe : le vêtement se desserre et plane jusque sur le sol où il tombe en un petit tas d'ondes soyeuses.

D'une main, il agrippe mon soutien-gorge, et défait de l'autre le nœud qui, le long de ma hanche, retient ma culotte noire. Le peu de soie qui couvre encore ma dignité rejoint bientôt la robe sur le sol, entraînant dans sa chute la douleur et l'injustice des heures passées.

Roméo émet un grognement guttural et me jette sur le canapé. Plaçant une paume brûlante entre mes seins, il vient se caler entre mes jambes.

— Je ne t'ai pas demandé de me sucer, Shakespeare. Tu sais que tu dois me demander la permission avant de te faire plaisir.

Il fronce les sourcils, et je sens aussitôt ce dont il a besoin : reprendre le contrôle, après que ses parents l'ont si brutalement privé de toute fierté.

— Et maintenant, c'est mon tour, annonce-t-il, avant de jeter sa bouche avide contre mon sexe chaud, sa langue décrivant des cercles brûlants contre mon clitoris quand ses lèvres ne le tètent pas avec un appétit sauvage.

Déferle aussitôt en moi un plaisir si extrême que je décolle malgré moi les fesses du canapé pour m'inviter brutalement contre sa bouche.

— Prends mes cheveux. (J'obéis, et des frissons de plaisir parcourent mon corps entier.) Tire-les ! Allez ! Montre-moi que tu en as envie !

Je m'exécute aussitôt avec violence et lui arrache un grognement de satisfaction. Quelques secondes plus tard, je le plaque violemment contre mon sexe et je jouis passionnément sur ses lèvres.

Roméo glisse ses mains chaudes sur ma peau bouillonnante, les pose sur ma taille, puis use de sa force incroyable pour me retourner sur le ventre : la poitrine reposant sur le dossier du canapé, je sens sa silhouette imposante derrière moi. Là, il empoigne mes cheveux et me tourne la tête, m'embrasse de ses lèvres insatiables et m'offre à goûter les saveurs de mon propre plaisir.

D'une cuisse, il m'écarte les jambes et, d'un assaut puissant, me pénètre et s'invite tout entier en moi. Je me plaque contre le cuir doux et délicat, mon corps prisonnier de ses longs et furieux va-et-vient, m'arrachant chaque fois un gémissement sonore. Roméo orchestre nos ébats comme il l'entend ; chaque saillie est sauvage, puissante et pleine d'un amour immense et pur.

— Dis-moi que tu m'aimes ! tonne-t-il.

Je me mords la lèvre.

— Je t'aime ! Si tu savais comme je t'aime !

Il pousse un gémissement et me prend plus fort encore : je ne tiendrai plus très longtemps…

— Dis-moi que tu ne me quitteras jamais !

Le désir m'enivre au point que je suis incapable de prononcer le moindre mot, et j'empoigne le vieux plaid crème abandonné sur le canapé. Roméo s'arrête d'un coup, mais je poursuis mes déhanchements pour lui arracher encore quelques gouttes de ce plaisir dont je deviens chaque fois plus dépendante.

Roméo m'emprisonne dans une étreinte inflexible.

Je sens son souffle à la douce odeur de menthe me caresser l'oreille, tandis qu'il plaque ses mains sur le dossier du canapé, son torse pesant contre mon dos.

— Obéis ou je ne te donne pas ce que tu veux. Et je sais exactement ce dont tu as envie.

— Roméo, arrête ! Vas-y ! protesté-je, brûlant qu'il reprenne ses assauts.

Il lâche un rire de défi insolent, et des frissons parcourent ma peau entière.

— Obéis. Compris ? siffle-t-il, les mâchoires serrées, en tirant sur mes cheveux.

— Roméo ! m'agacé-je, presque furieuse qu'il se soit arrêté.

Je lance un coup d'œil par-dessus mon épaule et découvre sa mâchoire crispée devant mon attitude rebelle.

Il ne cédera pas.

Vaincue, je plaque le front contre le canapé.

— Oui, c'est compris, bordel ! Prends-moi !

Soudain, sans sommation, il me pénètre avec force et se penche à mon oreille.

— Oui, tu me comprends… Tu es la seule à m'avoir jamais compris. La seule qui sache tout de moi…

Il ne s'arrête pas et me prend plus vite et plus fort qu'il ne l'a jamais fait, son corps si proche du mien que nos peaux se frôlent et s'échauffent.

— Dis-moi que tu ne me quitteras jamais.

— Je ne te quitterai jamais !

Roméo lâche un grognement guttural, empoigne mes seins et fait rouler mes tétons entre ses doigts.

— Tu ne fuiras plus.

— Je ne fuirai plus !

— Promets-le-moi.

— Je te le promets ! crié-je d'une voix perçante, tandis que d'une main entre mes cuisses, il commence à masser mon clitoris. Roméo, j-je…

L'orgasme me frappe telle la foudre, et déferle en moi par vagues puissantes, me laissant vidée, légère, presque éthérée.

Roméo effleure des lèvres mon épaule, aspire la peau, et le sang monte : il vient de m'apposer sa marque. Je suis sienne. Il donne deux derniers assauts, et je sens sa chaleur m'envahir.

Je me laisse tomber contre le cuir du canapé, et sens le nez de Roméo aller et venir sur ma nuque au rythme de sa respiration pantelante.

— Je t'aime…, murmure-t-il en me soulevant pour me plaquer contre son torse.

Nous reprenons ensemble notre souffle.

Roméo Prince, c'est un peu le kaléidoscope des émotions humaines : il me baise comme s'il me haïssait, mais son adoration et son amour pour moi imprègnent ses moindres gestes… C'est comme ça, et je ne pourrais – ne voudrais ? – l'imaginer autrement.

Nous restons ainsi immobiles, satisfaits, de longues minutes, avant que le froid nocturne qui s'infiltre entre les rondins de l'ancienne cabane me fasse frissonner.

— Tu as froid ? me demande-t-il d'une voix douce.

— Un peu.

Roméo dépose un dernier baiser sur ma tempe, se retire, puis va allumer le feu dans l'âtre à l'aide d'allumettes tirées d'une boîte abandonnée près du foyer. Je m'allonge sur le canapé, submergée par la fatigue, et admire sa peau bronzée rendue scintillante par la sueur de nos ébats. À chacun de ses mouvements, je me pâme devant ses muscles saillants et fermes.

Quand Roméo se tourne vers moi, il capte mon regard insistant : je le mate de façon éhontée, et il l'a bien remarqué. Il lève les mains, fait un lent tour sur lui-même, puis m'adresse un sourire prétentieux.

— Admire le temple, ma chérie, et viens t'incliner à ses pieds.

Je glousse, puis lui lance un vieux coussin démodé au visage. Il l'esquive sans mal, fait mine d'être vexé, puis m'approche à grands pas en secouant la tête.

— Mademoiselle Molly Shakespeare : n'avez-vous pas mieux à faire que de provoquer une bête sauvage ?

— Ah, parce que tu es une bête sauvage, toi ?

Il retrousse les lèvres, et je vois sur sa joue, provocante, la marque qu'y a laissée la gifle de sa mère.

— Tu n'as pas idée… Je suis un véritable animal…

Me dominant de toute sa stature d'athlète, Roméo se penche bientôt sur mon corps exténué, et sur son visage, la sévérité laisse peu à peu place à de timides rayons de bonheur.

D'une main sur sa nuque, je l'attire jusqu'à mes lèvres, et la chaleur de son corps me réchauffe aussitôt. Roméo récupère le plaid crème posé sur le dossier du canapé, nous en recouvre, puis m'abrite dans ses bras. De l'ongle, je trace le contour de son tatouage de l'Alabama.

— Ça va ? lui demandé-je d'une voix douce.

Je sens ses muscles puissants se crisper, l'espace d'une seconde.

— Ça va aller… Tu es là.

Je pose le menton sur son torse et croise son regard ténébreux, rendu scintillant par une profonde tristesse.

— Tu m'as choisie. Tu m'as préférée à ta famille.

Sa tristesse se mue aussitôt en bonheur rayonnant, et un sourire heureux habille soudain son visage.

— Et je le referai chaque jour sans hésiter.

Je rougis.

— Tes parents ont déjà fait quoi que ce soit de gentil pour toi ?

Il fait « non » de la tête, avant de river le regard au plafond, soudain hanté, j'en suis convaincue, par de mauvais souvenirs. Je prends sa main dans la mienne. Lorsque je ne vais pas bien, c'est ce qu'il fait, et ça marche toujours… Il tourne la tête et m'adresse un sourire fragile et tourmenté.

— Tu t'es déjà senti heureux par le passé ?

Il secoue la tête une fois de plus.

— Non.

— Et aujourd'hui ?

— Je ne pourrais l'être davantage. Je sais enfin ce que c'est que d'aimer quelqu'un et d'être aimé en retour… Je suis juste… terrifié à l'idée que ça puisse se terminer. Mes parents n'abandonneront pas si facilement.

— Je resterai avec toi quoi qu'ils fassent.

— Tu me le promets ?

— Je te le promets. Je t'aime. Je suis toute à toi. (Roméo porte ma main à ses lèvres et dépose un baiser sur chacun de mes doigts.) Et alors, pour la suite ? C'est quoi le programme ? Le foot US ? La gloire ? La conquête du monde ?

Il hausse les épaules.

— Je suppose, oui.

— Qu'est-ce que tu veux, au fond, Roméo ? Qu'est-ce qui te fait le plus vibrer dans la vie ?

— Toi.

— Allez, je ne plaisante pas : qu'est-ce que tu voudrais faire de ta vie ? Tu peux tout avoir, si tu t'en donnes la peine.

Il soupire et baisse les yeux.

— Je ne veux que toi, ma chérie. Je ne me sens bien qu'à tes côtés. C'est le seul endroit où je me sens à ma juste place.

Je me déhanche pour me hisser sur sa taille, puis niche ma joue contre son cou.

— Moi, tu m'as, tout entière, et jusqu'au dernier jour de notre vie.

— Vraiment ? Jusqu'à la fin des temps ? J'espère, en tout cas, parce que je viens de tirer un trait sur le peu de famille que j'avais.

— Roméo, je suis ta famille et tu es la mienne, maintenant. Toi et mes allumées d'amies, vous êtes ma seule raison d'être. Comment est-ce que tu peux encore douter que tu es tout pour moi ?

— Parce que je n'arrive pas à croire que je puisse avoir autant de chance.

— Pourtant, tout ça, c'est bien réel, Roméo : toi et moi… Pour la vie.

Il se raidit.

— Et après la *draft*, hein ? Il va se passer quoi ? Et si tu continues tes études dans une université à l'autre bout du pays ? Voire en dehors des States ? Tu ne me parles jamais de ton avenir près de moi, et ça me hante du matin au soir. Maintenant que je t'ai auprès de moi, je n'arrive pas à me dire qu'on pourrait être séparés…

Je l'embrasse et aventure ma langue entre ses lèvres pour débusquer la sienne.

— L'avenir, on le découvrira comme il vient.

La vérité, c'est que je n'y ai jamais vraiment réfléchi…

Roméo lève les hanches, et je sens son sexe durcir lentement entre mes jambes.

— Hmm… OK… On fera en sorte que ça fonctionne quoi qu'il arrive.

— Roméo…

— Tu restes avec moi près du feu, ce soir.

— Je ne sais même pas où on est, d'ailleurs…

— Dans la vieille case à esclaves…

J'écarquille les yeux.

— Je te demande pardon ?

Il éclate de rire.

— Hé, souffle un coup, ma chérie : elle a été rénovée depuis le temps… Nettoyée, en tout cas. J'ai toujours eu l'habitude de venir m'y réfugier quand ça merdait à la maison. Mes parents ne viennent jamais ici. C'est un peu ma vraie maison, au fond.

Roméo joue davantage des hanches, et les muscles de mon ventre se tendent, envoûtés.

— Dans ce cas, d'accord : je veux bien rester cette nuit. (Je plaque son bras contre le canapé.) Je peux mener la danse ? Juste pour cette fois ?

Il secoue lentement la tête : le Roméo aux commandes fait son retour sur scène.

— Non. Bien tenté, Shakespeare.

Soudain, il me retourne, me plaque sur le canapé, et lorsqu'il pèse de tout son poids sur mon corps nu, je lâche un petit gémissement de surprise. Roméo vient me mordiller l'oreille et relève mes fesses pour me mettre à genoux.

— Mais ne te bile pas, je vais bien m'occuper de toi.

Chapitre 19

Trois mois plus tard…

— En résumé, nous partons pour Oxford le vendredi, et vous avez le choix de rester une ou deux semaines sur place. La présentation aura lieu le mardi, après quoi nous devrons la corriger, la remettre au propre et tout un tas d'autres petites choses fantastiques de cet acabit, avant de la proposer à la publication. Ensuite, on n'aura plus qu'à croiser les doigts pour que notre travail soit accepté ! Disons que moi, oui, je resterai quelques semaines au Royaume-Uni, mais toi, tu as tes études ici et… (Un sourire solaire illumine les traits ridés de Suzy.) Tu as ce jeune et gentil garçon qui t'attend ici : tu lui portes chance pendant ses matchs, si j'ai bien compris ?

Je rougis et baisse les yeux.

— Oui, je préférerais ne rester là-bas qu'une semaine… Ça ne vous dérange pas ? La Tide devrait disputer la finale de la SEC[1] dans quelques semaines : s'ils gagnent, ils disputeront la finale de la saison et…

Sans prévenir, je quitte ma chaise à toutes jambes et fonce vers la poubelle, dans laquelle je me mets à vomir à m'en faire mal à l'estomac. Suzy me rejoint et commence à me masser le dos en caresses circulaires et bienveillantes. Je m'empare

1. Southeastern Conference : regroupement de quatorze universités dans le cadre d'une compétition sportive dans le sud-est des États-Unis (*NdT*).

du mouchoir qu'elle me tend, m'essuie la bouche, m'avachis contre le mur et pose une main sur mon front.

— La vache, je me sens vraiment mal…

Suzy me dévisage, préoccupée.

— Tu couves quelque chose, peut-être ? Je te trouve un peu ailleurs, ces dernières semaines.

— J'ai l'impression, oui. Ça fait quelques jours que je vomis. J'ai peut-être une gastro… Je pensais à une indigestion, aussi, peut-être ? J'ai avalé un bout de poulet un peu suspect il y a quelques jours. Oui, ça doit être ça…

— Tu travailles trop, Molly. Tu es en plein burn-out. Prends la journée pour te reposer, d'accord ? Tu reviens demain requinquée, et on s'occupe de fignoler comme il se doit ce fichu papier.

— Je ne vais pas avoir la force de refuser, je crois… Merci beaucoup.

Suzy m'aide à me relever, et prise aussitôt de nouveaux haut-le-cœur, je vacille.

— Tu veux que je demande à quelqu'un de venir te chercher ? Tes colocataires ? Ton petit ami, peut-être ?

Je fais « non » de la tête et me tiens au bureau de Suzy pour conserver mon équilibre.

— Non, je vais…

La nausée me reprend à la gorge et, l'estomac dévasté, je plonge presque vers la poubelle que j'arrive à atteindre juste à temps.

— Oh, Molly…, me lance Suzy, une main sur la poitrine.

Je récupère mon téléphone dans ma poche et le lui tends sans relever la tête de la poubelle.

— Vous pourriez appeler Cass, s'il vous plaît ? Elle a des cours près de ce bâtiment : elle va venir me chercher.

— Bien sûr, Molly… je m'inquiète pour toi, tu sais ? Tu es pâle comme un linge.

Je prends une respiration exagérément sonore, m'adosse au mur froid du bureau de Suzy, puis ferme les yeux.

Génial…

— La vache, ma fille ! T'as une vraie gueule de Gremlins… (J'entrouvre les yeux à grand-peine.) OK, je retire : t'as carrément l'air d'un vieux flan bien daubé…

Je me force à sourire.

— Salut, Cass…

Elle se penche, me prend dans les bras et m'aide à me relever.

— Encore malade ?

Je grimace.

— Ça va, ça vient… Autant rentrer avant que ça me reprenne.

— Tout de suite, chérie : mon pick-up est devant le bâtiment.

Cass passe un coup de fil et, lorsqu'on arrive dans ma chambre, Ally et Lexi m'y attendent armées d'Advil, d'Alka-Seltzer, de Pepto-Bismol et de serviettes chaudes et froides. Je ne peux m'empêcher de glousser en voyant l'énergie qu'elles déploient pour m'aider.

Lexi s'approche et me prend dans ses bras.

— Ça va, Molly ?

— J'ai dû choper une gastro, un truc comme ça… Rien de grave.

Je traîne les pieds jusqu'à mon lit, y grimpe, et me sens déjà mieux, rassérénée par la douceur de mon chez-moi.

— J'ai laissé un message sur le répondeur de Rome, m'informe Ally.

— Fallait pas t'embêter. Et puis, il s'entraîne toute la journée, aujourd'hui, de toute façon…

— Il aura mon message après l'entraînement, alors, c'est déjà ça.

Elle prend une serviette fraîche, la place sur mon front, et elles s'asseyent toutes les trois avec moi sur le lit.

— Quel film on se mate ? demande Lexi.

— J'aurais bien aimé dormir un peu, annoncé-je les yeux fermés en plaquant mes doigts contre mes tempes endolories.

— Oui, mais comme on reste ici, au taquet, au cas où tu aies besoin de nous, faut qu'on en choisisse un pour nous, donc…, explique Cass en farfouillant dans la corbeille de DVD posée au pied de mon lit.

— OK, merci, les filles…

Je m'adosse contre mes coussins, prends une longue inspiration, et la nausée s'estompe un peu. Ally se cale sur un coude à côté de moi, une pointe d'embarras dans les yeux. Il se passe un truc… Je connais ce regard.

— Mauvaise nouvelle ? grogné-je.

— Shelly fait courir des rumeurs à la con…

Forcément.

— Et qu'est-ce qu'elle raconte, cette fois ?

— Qu'elle passe tout son temps libre avec les parents de Rome, et qu'elle va passer Noël avec eux… Et Rome… Sans toi.

— N'importe quoi… Il ne leur a pas adressé le moindre mot depuis leur dernière petite tentative de mise à sac de notre couple, il y a quelques mois. On va passer Noël ensemble ici : pas de repas familial foireux au programme. Ce sera lui, moi et personne d'autre, dans l'éventualité où il doit partir en Californie dans la foulée pour la finale universitaire nationale.

Ally pose une main sur la mienne.

— Mes parents voulaient vous inviter dans notre maison de Birmingham…

— C'est vrai ?

— Eh oui… Ils trouvent injuste que vous ne puissiez pas partager Noël en famille, et ils aiment Rome comme leur propre fils. Et puis, je leur ai tellement parlé de toi qu'ils ont déjà l'impression de te connaître. Mon père méprise les parents de Rome, et papa et maman voudraient te montrer que les Prince d'Alabama ne sont pas tous des raclures de chiottes.

Je déglutis, la gorge serrée par l'émotion.

— Ce serait génial, Ally, oui… Merci du fond du cœur. Je n'ai pas fêté Noël en famille depuis une éternité…

Elle m'offre un sourire solaire et frappe dans les mains.

— Super ! Je les préviens tout de suite.

Je retire le plaid de mes jambes et les passe par-dessus le rebord du lit pour me rendre aux toilettes.

— Tu as encore des nausées, Molly ? me demande Cass qui se redresse d'un bond pour venir m'aider.

— Non… Je dois dire que ça va plutôt super bien. J'ai même un appétit d'ogre, tout à coup. Je mangerais un bœuf !

Je me retourne pour me rendre dans la salle de bains, lorsque Cass m'interpelle de nouveau.

— Si je ne te connaissais pas, j'aurais été prête à parier que tu étais en cloque ! Tu gerbes, après t'as faim… Ma sœur, c'était pareil avec son polichinelle dans le tiroir.

Sur ces mots, elle hurle à la lune comme le loup de Tex Avery en voyant Tom Hardy se battre torse nu dans Warrior, et elles éclatent de rire toutes les trois.

Je me fige soudain, prise d'une crise de panique qui me retourne l'estomac, et me retiens à la porte de la salle de bains.

Non… Non, ça ne peut pas être ça…

Je me tourne lentement et couvre ma bouche de mes mains tremblantes. Lexi, la première à remarquer mon étrange réaction, sort brusquement du lit et se rue vers moi. Elle passe ses bras minces à ma taille… Je ne peux plus faire le moindre geste, paralysée par l'angoisse.

— Qu'est-ce qui se passe, beauté ? Tu as des vertiges ? La nausée ?

J'essaie de repenser à la date de mes dernières règles, et mes yeux se chargent soudain de larmes : c'était le soir du match contre l'université A & M du Texas. Roméo pestait parce que nous n'avions pas pu célébrer sa victoire au lit, comme il l'entendait. On avait dû se montrer… imaginatifs pour le satisfaire.

Cass et Ally, perchées au pied du lit, me dévisagent d'un regard préoccupé.

D'une voix paniquée, je demande :

— C'était quand, le match contre l'université A & M du Texas ?

Elles me regardent toutes les trois comme si j'avais perdu la tête.

— C'était quand !? répété-je d'une voix stridente.

Ally sort son iPhone et ouvre son appli calendrier.

— Il y a cinq semaines ! Cinq semaines…, s'empresse-t-elle de répondre.

Mes jambes me lâchent, et je m'effondre sur le sol.

— Non, c'est pas vrai !

Cass, Lexi et Ally se rassemblent autour de moi, échangeant des regards inquiets. Assise au centre du cercle improvisé, je perds pied…

— Qu'est-ce qu'il y a, Molly ? s'enquiert Lexi. Un problème ? Tu nous fais flipper, là ! Tu nous fais une de ces crises d'angoisse dont tu nous as parlé ? (J'ai si peur que je ne peux articuler le moindre mot.) Comment on peut t'aider ? Tu veux que j'aille chercher Rome ?

Je lève les yeux vers Lexi, mais mon regard se perd dans le vague.

— Je suis en retard…, murmuré-je.

Mes trois amies grimacent, perplexes.

— En retard pour ? me demande Cass.

— En retard ! Mes règles ! Je suis en retard !

Un lourd silence envahit la pièce. Toutes les trois en restent bouche bée.

Je me relève d'un bond : je ne peux plus tenir en place. Enceinte ? Comment c'est possible ? Je prends la pilule… Cela dit, ça peut foirer. Sans compter que j'ai baisé non-stop avec Rome ces derniers mois… Bordel, non !

Je me mets à faire les cent pas dans la chambre.

— J'ai une semaine de retard. Une semaine ! Comment j'ai pu ne pas m'en rendre compte plus tôt ? J'aurais dû tiquer il y a plusieurs jours, merde ! J'étais tellement stressée avec les cours, le projet avec ma prof, le foot… Merde, merde et merde. Je ne suis jamais en retard, je suis réglée comme une horloge ! Et je n'ai jamais manqué une prise de pilule ! Et si…

Le mois dernier.

Je retiens ma respiration.

— Le mois dernier, j'ai eu des règles plutôt discrètes… Quasi inexistantes. Je pensais que c'était dû au stress, mais… Et si… Et si…

Je porte malgré moi mes mains à mon ventre et me mets à le caresser, me disant naïvement que si j'étais enceinte, il serait probablement plus gros. Il ne l'est pas : il est toujours aussi plat, même. Mais ce n'est pas si surprenant : si je suis enceinte, ce n'est que d'un mois… Deux, tout au plus.

Je regarde mes amies, figées devant moi comme trois statues de marbre.

— Et si j'étais enceinte ?

Je lâche un sanglot, me rue sur mon lit et perds mon regard dans le ciel bleu, par-delà la porte vitrée. J'essaie de ne plus penser à rien, d'imposer à mon cerveau un arrêt d'urgence salvateur. C'est mon ultime parade en cas d'attaque de stress majeure. Pourtant, cette fois, rien n'y fait : je suis enceinte, et je crois que je l'avais senti. La fille sans famille sera bientôt mère… Mère d'un enfant dont le père est peut-être plus brisé qu'elle encore, haï par sa famille… Une famille qui ferait son possible pour la faire disparaître.

Mes larmes viennent tacher mes draps mauves, et j'entends se refermer la porte de ma chambre. Lexi et Cass s'asseyent près de moi et me prennent chacune une main.

—Ally est partie acheter un test de grossesse… Elle sera là dans dix minutes, m'annonce Lexi d'un ton rassurant.

Un test de grossesse.

Dix minutes.

Dans dix minutes, je saurai la vérité.

J'acquiesce mollement, absente, et Lexi s'agenouille devant moi.

—Positif ou négatif, on sera là, Molly, je te le promets. T'es pas toute seule, et Rome t'aime plus que tout : il te soutiendra quoi qu'il arrive. Déprime pas, OK ? Tiens le coup, et pense à tous les gens qui t'aiment et qui sont là pour toi.

Roméo.

Roméo, ce garçon qui a plus encore que moi des rapports impossibles à la famille. Roméo, le sportif destiné à une superbe carrière. Roméo qui, c'est certain, sera furieux d'entendre parler de cet enfant…

Un bébé.

Il y a peut-être un bébé, un minuscule bébé, au creux de mon ventre…

Je suis prise d'un nouveau haut-le-cœur.

Je me rue dans la salle de bains, verrouille la porte et des convulsions vaines me retournent l'estomac. Rien. Lorsque les spasmes se calment, je me relève fébrilement et me regarde dans le miroir : la crise m'a rougi les yeux. J'ai une mine inquiétante.

Je redresse légèrement la tête et retire mes lentilles de contact, glisse sur mon nez mes lunettes Chanel à la monture écaille de tortue et relève mes cheveux en un chignon désordonné sur le sommet du crâne : dans le miroir, c'est Molly que je vois, la Molly pré-Roméo, pré-sexe, pré-possible grossesse.

J'observe mes joues creuses et pâles, et mes lèvres blanchies par la peur. Incapable de rester longtemps immobile, je traîne les pieds jusqu'à mon miroir de plain-pied, lève mon tee-shirt et dévisage mon ventre comme si je cherchais à voir la vérité à travers ma peau. Il n'a pas changé en quinze minutes…

J'ouvre le robinet, m'asperge le visage d'eau froide jusqu'à en insensibiliser ma peau et, lorsque je rouvre la porte, je découvre Ally assise, un sac de pharmacie dans la main. Je tends la mienne pour le récupérer, mais elle la prend et m'attire contre elle avant de me serrer fort dans ses bras.

— Ça va aller…, me rassure-t-elle d'une voix douce.

Je saisis le sac d'un geste purement mécanique et retourne à la salle de bains, dont je verrouille la porte. Il me faut vingt minutes pour me résoudre à faire le test que je pose ensuite sur la coiffeuse, avant de m'en rejoindre ma chambre en attendant la sentence.

Le *timer* du téléphone de Cass retentit bientôt, et mon pouls bat plus fort entre mes côtes à chaque nouvelle sonnerie. Je sens des mains amicales se poser sur moi, et nous dévisageons toutes les quatre le petit bâtonnet blanc responsable de toute cette tension.

Après cinq minutes d'attente, Cass s'éclaircit la gorge.

— Tu veux que je regarde ? Je commence à plus en pouvoir de rester là à dévisager ce truc…

Je ferme les yeux.

« Inspire pendant cinq secondes par le nez, puis expire lentement par la bouche. »

Je pousse un soupir résigné et acquiesce. Cass s'en va récupérer le test. Elle me tourne le dos : impossible de lire quoi que ce soit sur son visage, et il n'y a rien à deviner dans ses mouvements d'épaules, pas de hoquet de surprise… ni de soupir de soulagement.

Bientôt, elle se retourne, le visage blême : elle me regarde, mais ne me montre pas le test. Lentement, elle vient s'accroupir devant moi et me prend par la main.

— Tu es enceinte, ma chérie, me murmure-t-elle. C'est positif…

Aussitôt, le temps cesse de s'écouler.

Le monde cesse de tourner.

Et mon cœur cesse de battre.

Je me lève, les jambes flageolantes, sans la moindre idée de ce que je suis censée faire désormais. Comment est-on censé réagir lorsqu'on apprend qu'une toute petite personne est en train de grandir en nous ? De grandir en nous dix ans trop tôt ? Sans qu'on y ait été préparé ?

Je ne peux aller bien loin : mes jambes se dérobent sitôt que je pose un pied sur ma peau de mouton, et l'angoisse déferle en moi comme si la digue qui la retenait venait de céder. La déferlante me submerge, me noie… Trois paires de bras prévenantes m'enserrent. On me murmure des mots rassurants pour m'apaiser.

— Qu'est-ce que je vais faire ? pleuré-je dans les cheveux de l'une de mes amies.

Ally me caresse les cheveux, les yeux noyés de larmes.

— Je ne sais pas, ma chérie.

Je relève la tête d'un mouvement brusque.

— Il faut que j'interrompe ma grossesse, mais je ne sais pas si j'en serai capable. Roméo doit se concentrer sur le foot et lutter contre ses parents, et moi, je dois me focaliser sur mes études pour avoir une chance de devenir enseignante. Je ne peux pas être mère et assumer tout ça !

Une peur panique m'envahit des pieds à la tête.

— Mère… Non, je ne peux pas être mère : moi-même, je n'en ai jamais eu ! Comment je pourrais être maman, alors que je ne sais même pas ce que c'est ? On m'a jamais montré ce qu'il fallait faire pour être mère !

— Chuuut, calme-toi, Molly, murmure Cass. Tu te fais du mal en t'emballant comme ça, et ça ne réglera rien.

Des sanglots incontrôlables secouent ma gorge brisée, et je m'écroule sur le sol. La tête perdue sur les genoux de Cass, j'entends des bruissements au-dehors, puis des pas sur la terrasse.

— Jolly ? Jolly ! Qu'est-ce qu'elle a, merde !

Roméo…

L'une des filles se lève.

— Rome, calme-toi, tu veux ?

Ally.

— Non ! Qu'est-ce qu'elle a ? Jolly ? rugit-il, impétueux. Elle est malade ? Pourquoi est-ce qu'elle me répond pas ? Je viens d'avoir ton message, je suis venu tout de suite.

— Non, elle est… disons…

— C'est Shelly, c'est ça ? Qu'est-ce qu'elle lui a fait, cette pute ?

— Non, Shelly n'a rien à voir là-dedans.

— Qu'est-ce qu'il y a, alors ? Al', merde, laisse-moi passer !

Cass et Lexi s'écartent devant lui. Roméo me prend dans ses bras et va me déposer sur le lit où il m'enlace dans une étreinte protectrice.

Je sens le bout de son nez caresser mes cheveux, et il pose la paume sur ma joue pour m'inviter à le regarder. J'essuie mes larmes d'un revers de la main et perçois les émotions conflictuelles qui agitent son regard : l'inquiétude, la tristesse, le soutien indéfectible.

Il se penche et sèche une larme d'un baiser.

— Qu'est-ce qui ne va pas, ma chérie ?

Comme je suis incapable de parler, je me contente de le dévisager, essayant d'imaginer sa réaction à la nouvelle.

D'un brusque mouvement de tête, il se retourne vers les filles.

— Quelqu'un va me dire ce qui se passe, bordel de merde ! aboie-t-il.

— Rome, je pense que c'est à Molly de t'en parler. On va vous laisser, OK ? Vous serez plus tranquilles…, annonce Ally d'une voix qui se veut rassurante.

Chacune de mes amies s'approche et me dépose une bise sur la joue, avant de quitter la pièce. Je me redresse, et ma poitrine se met à trembler de façon erratique, ma respiration fragilisée par la crise encore récente.

Lorsque la porte se referme, Roméo m'assied sur ses cuisses et me regarde, ses yeux fouillant les miens.

— Je t'en prie, ma chérie, dis-moi ce qui se passe… Tu me fais flipper…

Je me penche et le couvre d'un baiser d'une tendresse absolue.

— Je t'aime, Roméo.

— Moi aussi, je t'aime, me répond-il. (J'efface d'une caresse le pli perplexe sur son front.) Jolly…

— Depuis quelques jours, je ne me sentais pas au top…, confessé-je en l'interrompant.

Il fronce les sourcils.

— Pourquoi tu m'en as pas parlé, merde ?

— Parce que je n'ai compris pourquoi qu'aujourd'hui.

— Et alors ? Qu'est-ce qui ne va pas ? insiste-t-il d'une voix forte, sa patience éprouvée.

— Je suis… Je…

Il grogne d'impatience et m'attire contre lui.

— T'es quoi, bordel, Jolly !

— Je suis enceinte, avoué-je d'une voix à peine assez forte pour m'entendre le dire.

Aussitôt, il se fige, et sa peau hâlée blêmit. Je sens ses doigts crispés sur mes bras.

— Tu es enceinte ? (Il me fait rouler sur le dos, inversant nos rôles.) Tu es enceinte ? répète-t-il, d'une voix plus insistante cette fois.

Je sens des larmes me picoter les yeux, mais redouble d'efforts pour les retenir.

— Oui, Roméo : je suis enceinte. Enceinte de toi.

Il se redresse et, les yeux fermés, se passe les mains dans les cheveux. Je le sonde du regard, tente de lire ses émotions.

Après plusieurs minutes d'un silence étouffant, je commence à m'inquiéter…

— Je vais prendre rendez-vous chez le médecin… pour en finir au plus vite.

Il ouvre soudain les yeux, le regard noir d'une déception profonde.

— Tu veux te débarrasser de notre enfant ?

Je suis aussitôt prise d'un subit accès de colère.

— Hé, ne prends pas cet air supérieur et tout-puissant, d'un coup, OK ? Je n'ai pas besoin qu'on me fasse la morale, merde ! J'essaie juste de faire ce qui sera le mieux pour nous, et pour ça, je suis prête à affronter ce qui m'attend, quoi que ça puisse être. Si c'est un avortement, alors je le ferai, mais ça ne veut pas dire que c'est ce que je veux !

La panique envahit son regard.

— Alors, ne le fais pas, ma chérie… Je t'en supplie… Ce n'est pas ce que tu veux… Ça ne peut pas être ce que tu veux…

— J'en sais rien de ce que je veux, merde !

Roméo se penche vers moi et caresse mes lèvres des siennes, posant délicatement ses paumes sur mes joues.

— Eh bien moi, si.

— Mais… Tu…

— Hé, je me suis pris la nouvelle en pleine tronche, c'est tout ! Je suis toujours sous le choc, mais c'est de notre bébé dont on parle… Le nôtre… On l'a fait, toi et moi. (Sans jamais quitter mon regard, il rampe jusqu'à mes jambes, lève mon tee-shirt, déboutonne mon jean et couvre mon ventre de baisers.) Et il va rester là, OK ? Promets-le-moi. Je suis convaincu que tout ira bien, Jolly… C'est un vrai cadeau du Ciel. Ne détruis pas notre petit ange…

Je me remets à pleurer sans m'arrêter.

— J'ai mon mot à dire dans tout ça, n'est-ce pas ? Tu veux bien ? N'avorte pas, je t'en prie…

Je baisse la tête, emportée par un tourbillon confus d'émotions.

— C'est promis…

Il remonte doucement jusqu'à mes lèvres et m'embrasse. Je m'accroche à son cou et, quelques secondes plus tard, il m'a débarrassée de mon jean et de ma culotte. D'une main, il ouvre sa fermeture Éclair et me pénètre avec une délicatesse infinie, sans jamais cesser de m'embrasser de ses lèvres prévenantes.

— Roméo…, murmuré-je, m'agrippant à ses épaules comme à un radeau de fortune.

— Je t'aime, Jolly.

Je pleure pendant qu'il me fait l'amour avec douceur, me prouvant de ses mouvements amoureux et silencieux que nous nous retrouvons embarqués ensemble, soudés, dans cette aventure. Peu à peu, il accélère, et je m'accroche à lui plus fort encore, jusqu'à ce que nous jouissions ensemble.

D'un geste lent, je caresse les muscles saillants de son dos.

— Tu ne m'as jamais fait l'amour de façon aussi tendre… C'était… si différent des autres fois… (Je plaque mon front contre le sien.) J'ai adoré…

Roméo me caresse le ventre.

— Hé, tu transportes une marchandise précieuse, maintenant… Ma marchandise, ma chérie. Il faut que je me montre un peu plus précautionneux… Avec vous deux.

Il niche le visage au creux de mon cou, et nous restons ainsi enlacés. Un peu plus tard, Roméo relève la tête et dépose un petit baiser sur ma joue, un sourire sur le visage.

— T'es en mode old-Jolly avec ces lunettes et ton chignon. La fille que j'ai remarquée il y a quelques mois dans le bâtiment de la fac de sciences humaines, à quatre pattes par terre en train de jurer avec un accent à me foutre la gaule malgré ses chaussures orange fluo. J'ai su tout de suite qu'un jour, cette fille serait mienne.

Il ébouriffe mon chignon et me contemple, une expression de pure adoration illuminant son visage.

— Un jour peut-être, on verra bien…, le taquiné-je en caressant le tatouage sur sa hanche.

Son regard piqué étincelle.

— Je me suis toujours demandé si un jour, j'aurais une famille à moi… Si je me sentirais assez heureux avec quelqu'un – et avec moi-même – pour avoir un enfant.

La douleur dans sa voix me noue la gorge, et un accès de panique m'étreint quand je prends conscience de l'énormité de ce qui nous arrive.

— Roméo, j'ai peur de ne pas être une bonne mère : ni toi ni moi n'avons eu de famille… normale. On n'a pas la moindre idée de ce que c'est que de vivre au sein d'une famille heureuse ! Comment on va faire pour élever un enfant dans de bonnes conditions ? Et on est bien trop jeunes… Qu'est-ce qu'on a à offrir à un bébé ?

Il soupire.

— Ce dont on a été privés tous les deux. (Il change de position et me force à le regarder.) Écoute-moi bien : ensemble, on y arrivera. Quand on est ensemble, rien ne peut nous résister. On peut devenir de bons parents.

— Et le foot, Roméo…

— Eh ben quoi ? Je serai drafté en avril, et toi et notre bébé, vous viendrez avec moi. Tu pourras poursuivre ton doctorat et tes rêves. On gagnera sur toute la ligne. Je t'en supplie… pitié, Jolly… ne détruis pas notre enfant… Notre premier enfant.

— Rome…, pleurniché-je.

Il me fait taire d'un doigt sur les lèvres.

— J'aurais pu ne jamais naître, moi aussi, mais ma mère biologique m'a laissé vivre. Elle a accouché. Si j'existe, c'est parce qu'elle a fait le choix de m'avoir, même si elle ne voulait pas de moi. OK, ma famille m'en a fait baver, mais je m'en suis sorti, et j'ai fini par te rencontrer, ma petite chercheuse *british*… Ma sauveuse. La fille qui m'a appris à aimer…

Je caresse son visage accablé.

— Tes parents vont croire que j'ai fait ça pour te piéger…

Ses lèvres blanchissent soudain et son visage se fait agressif.

— J'en ai rien à foutre de ce qu'ils pensent. D'ailleurs, je n'ai pas la moindre intention de le leur dire. Je n'ai pas menti, l'autre soir, en leur disant que j'en avais fini avec leurs conneries. Ma vie, c'est vous, désormais : toi, et notre bébé. Vous êtes tout pour moi.

Je reste accrochée à mon petit ami jusqu'à ce que se soient taries mes larmes de panique, de sidération et d'amour mêlés. Lorsque Roméo se détache de moi, c'est pour nous déshabiller tous deux. Il me glisse ensuite sous les draps, pose une main sur mon ventre, puis me murmure de doux mots d'amour en caressant le chaud foyer de notre enfant.

Chapitre 20

— Tu es inquiet ? demandé-je en nouant une boucle de cheveux à mon index.

Roméo fait mine de se ronger les ongles, puis me presse le genou, un sourire moqueur aux lèvres.

— Un mélange d'appréhension et d'excitation, on va dire… (Du bras qu'il a passé à mes épaules dans un geste protecteur, il m'attire vers lui.) On va bientôt voir notre bébé…, murmure-t-il tout excité à mon oreille.

Il me prend la main et la serre : je sens bien qu'il est plus inquiet qu'il ne le laisse paraître, et qu'il n'adopte cette attitude enjouée que pour tempérer mes tendances anxieuses.

Ces quelques derniers jours m'ont paru… totalement irréels. Il nous a fallu du temps avant de prendre pleinement conscience du fait que nous étions enceintes.

Oui : « nous ».

Roméo a été catégorique : c'est ainsi que je dois le dire. Jamais il ne manque une occasion de me rappeler que nous sommes impliqués ensemble dans cette aventure, que nous formons une équipe. Qu'il est avec moi à cent pour cent.

Après s'être assurées que cette grossesse ne me déprimerait pas au-delà du raisonnable, les filles, bien qu'inquiètes, se sont laissées gagner par l'enthousiasme et nous ont promis de garder le secret. J'ai aussi mis au courant le professeur Ross qui s'est montrée, disons… totalement choquée par la révélation ; et encore, c'est un euphémisme. Pour autant, elle s'est révélée avec moi d'un soutien inébranlable et m'a aidée à trouver un moyen de poursuivre mes études universitaires après la naissance du bébé. Personne d'autre ne sera mis au courant avant la fin du premier semestre, et lorsque je n'arriverai plus à garder le secret.

La vie s'est emballée, soudain, mais je découvre néanmoins qu'être enceinte n'est pas si effrayant que je l'avais d'abord craint. J'ai pris rendez-vous avec un obstétricien et, vu les complications dont a souffert ma mère à l'accouchement – et qui ont fini par causer sa mort –, on m'a convoquée rapidement pour un examen complet et approfondi.

Roméo a pioché dans ses fonds de placement pour nous payer les services du meilleur médecin de la région ; ainsi, et contrairement à la plupart des simples mortels, nous verrons probablement notre bébé de façon très anticipée.

Roméo et moi sommes assis dans la salle d'attente stérile, entourés de femmes de tous âges copieusement enceintes et d'enfants agités et hurlants qui rampent à nos pieds : la scène suffit à nous faire paniquer totalement, et aux regards rieurs des autres parents présents, notre manque d'assurance est manifeste.

Je suis en train de glousser, amusée par le visage médusé de Roméo devant un petit de deux ou trois ans en pleine crise, quand une jeune infirmière replète s'égosille depuis le couloir :

— Molly Shakespeare ?

Je lève la main.

— Oui, je suis là !

Elle me sourit gentiment.

— Si vous voulez bien me suivre : le docteur va vous recevoir.

Je prends une grande inspiration, tourne la tête vers Rome et lui adresse une grimace inquiète. Il rit et me tapote la jambe pour me rassurer.

— Allez, Shakespeare, y a rien à craindre.

— Dit le type qui, il y a cinq secondes, était à deux doigts de se jeter par la fenêtre à cause du mégaphone qu'a dû avaler le petit…

— Disons que son insistance avait quelque chose de surnaturel… Si ça avait été le mien, cela dit, ce ne serait pas arrivé. Non, ça va être du gâteau pour nous, tu vas voir !

Je me penche à son oreille.

— Si tu crois ça, murmuré-je d'un ton moqueur, tu te fourres le doigt dans l'œil jusqu'au coude. En attendant, pour la naissance, ce sera facile pour toi, c'est déjà ça : c'est pas toi qui vas devoir faire sortir un truc de la taille d'une pastèque d'un orifice pas plus gros qu'une pièce de monnaie.

— Si je pouvais le faire à ta place, je le ferais, ma chérie, dit-il, la main sur le cœur.

— C'est ça, oui ! Tu parles !

Il me pince discrètement les fesses.

— Allez, file, future maman, m'ordonne-t-il. Arrête de repousser l'échéance…

Roméo me prend par la main et nous suivons l'infirmière dans un cabinet typique : bureau, table d'auscultation, fauteuils en plastique.

L'infirmière me tend une chemise d'hôpital bleue.

— Enfilez ça. Le docteur arrive tout de suite.

Elle quitte la pièce, et je me rends vers le vestiaire fermé par des rideaux. Roméo se lève, lui aussi. Je pose une main sur son torse.

— Hmm, tu fais quoi, là, au juste ?

D'une paume dans mon dos, il me pousse à avancer.

— Je viens avec toi.

Je dégage sa main d'une petite tape.

— Hé, retourne t'asseoir ! C'est gênant, ils vont croire qu'on… fait des trucs !

De ses lèvres vicieuses, Roméo murmure à mon oreille en baladant ses mains sur mes hanches, assez provocant pour m'arracher un soupir de désir :

— Entre, Shakespeare : arrête de me tenir tête et laisse-moi te déshabiller.

Je ferme les yeux malgré moi, son attitude autoritaire et insolente m'excitant plus encore que d'habitude : apparemment, la grossesse me fait cet effet-là, aussi… Cette semaine, je crois que ma libido a battu des records historiques.

Roméo tire le rideau et commence à retirer ma veste et mon jean, le regard lubrique.

Lorsque je me retrouve enfin nue devant lui, il dépose des baisers délicats sur ma bouche, mon cou, puis sur mon ventre, avant de se relever et de m'aider à ajuster ma chemise d'hôpital.

— Tu vas être un cauchemar de prévenance dans les mois à venir, je me trompe ? me moqué-je gentiment en caressant ses lèvres de l'index.

Il hausse les épaules et prend mon doigt entre ses lèvres.

— Je veux m'assurer que tout ira bien pour toi et le bébé.

Je l'embrasse d'un baiser chaste et tire le rideau, pour découvrir un médecin d'âge mûr qui nous attend, l'air amusé. Ce bon docteur, au moins, a la gentillesse de ne pas trop appuyer son sourire en me voyant rougir.

Il se lève et me tend la main.

— Vous devez être Molly ? Je suis le docteur Adams.

— Enchantée, docteur Adams. Voici mon petit ami, Roméo.

Roméo tend la main, et le visage du médecin s'illumine.

— Ravi de faire votre connaissance, Flash. Je suis un grand fan : j'ai un abonnement au stade à l'année. (Le médecin se tourne vers moi.) Et je vous reconnais, mademoiselle Shakespeare : la bonne étoile qui va permettre à Flash de nous envoyer en finale, cette année encore !

Le foot, évidemment… On est en Alabama, après tout.

Roméo me prend dans ses bras.

— Ma bonne étoile, oui. Merci bien, docteur.

— Des nouvelles de la draft ? Les Seahawks de Seattle sont à l'agonie cette année : leur quarterback a dû déclarer forfait très tôt pour cause de blessure, et je ne doute pas que vous serez le premier joueur choisi pendant le recrutement annuel.

Roméo me lance un regard en coin et trépigne, manifestement gêné.

— Je n'en sais pas plus que vous, monsieur, mais, si j'en crois ce qu'en disent mes coachs, il est fort probable que je finisse à Seattle, oui.

Je fronce les sourcils.

Seattle ? Il ne m'en a jamais parlé.

— Asseyez-vous, je vous en prie.

Le docteur Adams m'invite à le suivre, me ramenant à la réalité : je monte sur la table d'auscultation, et Roméo s'assied à côté de moi sur une chaise. Il prend ma main tendue.

Le docteur consulte son écritoire.

— Donc… Vous êtes enceinte ?

Je vois aussitôt l'étincelle de surprise dans ses yeux bleus : oui, Roméo « Flash » Prince a mis une fille en cloque… Un vrai cliché.

— Oui. J'ai fait un test la semaine dernière, et le résultat était positif. J'en ai même fait quatre, pour tout dire, de différentes marques, et tous ont confirmé que j'ai un polichinelle dans le tiroir.

Le docteur Adams hausse un sourcil amusé, surpris par l'expression que j'ai piquée à Cass, et Roméo pince les lèvres pour ne pas glousser.

— Bon, très bien : on va faire quelques tests, aujourd'hui, et vous faire passer une échographie, histoire de voir où vous en êtes. Vous estimez être enceinte… d'un mois à peu près, c'est ça ?

— Si mes calculs sont bons, oui. Le truc, c'est que j'ai eu des règles très discrètes le mois dernier, donc je ne sais pas trop…

— C'est normal, en début de grossesse, de trouver encore un peu de sang lors des règles. Vous êtes peut-être enceinte depuis un peu plus d'un mois. On commence, ça vous va ?

L'infirmière me fait une prise de sang, prend la mesure de mes fonctions vitales, mon poids, etc. Bientôt, nous sommes prêts pour l'échographie. Je lève ma chemise, et le médecin s'empare d'une sorte de manche inquiétant rattaché à une machine.

— Ce n'est pas très agréable et un peu intimidant, mais cela nous permettra d'avoir une meilleure idée d'où vous en êtes. On est obligés de passer par une échographie endovaginale, plus performante, en début de grossesse.

Je me tourne vers Roméo, l'air inquiet : il acquiesce pour me donner du courage, et je me rends compte qu'il est si proche du bord de sa chaise qu'il risque d'en tomber. Vu son impatience, je doute de pouvoir me défiler… Je serre doucement sa main et, le sourire timide et anxieux, il dépose un baiser sur la mienne.

— Très bien, tous les deux : faisons la connaissance de votre bébé.

Le docteur Adams introduit le manche en plastique en moi, et je tressaille : c'est très désagréable. Pour autant, j'oublie vite mon inconfort : une image pixélisée vient d'apparaître sur le moniteur placé tout près de nous. Au début, je ne vois là qu'une vaste fresque floue et brumeuse, mais, sitôt que le docteur manipule son outil, l'image s'accompagne des infimes battements rythmés et angéliques d'un minuscule cœur… L'image tressaute et… le voici, juste là, notre bébé, niché douillettement au creux de mon ventre, pas plus grand qu'un haricot.

Mes peurs, jusqu'à la plus insignifiante, s'estompent à chaque nouveau battement du cœur de notre ange, et Roméo pince les lèvres, tandis qu'une larme glisse lentement sur sa joue. Je la sèche d'un pouce, émue de voir à quel point il veut cet enfant… À quel point il veut qu'on la forme, notre famille.

C'est à cet instant précis que je me sens devenir mère, et qu'à en voir le regard ébahi sur son visage divin, Roméo devient père.

Le docteur Adams tapote le clavier de sa machine et sourit.

— Tout m'a l'air de se dérouler parfaitement… Si j'en crois mes mesures, vous en êtes à… Eh bien… Huit semaines de grossesse, à peu près.

Deux mois.

Le docteur Adams appuie sur un bouton, et quelques secondes plus tard, une photo sort de son imprimante. Il me tend l'échographie carrée sur laquelle apparaît notre petit amour, ce ravissement dont Roméo avait parlé l'autre jour comme de « notre fils ou notre fille ».

Je suis captivée, incapable de quitter des yeux la petite image en noir et blanc. Roméo se penche vers moi et dépose en silence un baiser sur mon crâne, la gorge nouée par l'émotion.

— Vous pouvez vous rhabiller, Molly. On se revoit dans deux mois, à moins que vous ayez quelque inquiétude et que vous vouliez en discuter plus tôt. En cas de souci, venez me voir immédiatement.

— La prochaine fois, on pourra connaître le sexe du bébé ?

— Avec un peu de chance. (Le docteur Adams se lève et nous serre la main de nouveau, avant de donner une tape amicale dans le dos de Roméo.) Félicitations, mon garçon. Rendez-vous pour la finale de la SEC en Géorgie et « Allez la Tide » !

Roméo lui prend le bras d'un geste tout masculin.

— Allez la Tide !

Sur ces mots, le docteur quitte le cabinet.

Le silence envahit la pièce, tandis que nous prenons pleinement conscience de ce qui vient de se passer. Je donne l'échographie à Roméo et laisse pendre mes jambes hors de la table d'auscultation. Roméo tend la main, m'aide à descendre et me serre fort contre lui.

— Roméo, qu'est-ce qu…

— Merci, Jolly… Merci… C'est tout.

Chapitre 21

— Putain, mon ange… Ce truc vient de me foutre la frousse ! Pitié, on a beau t'attendre avec impatience, ne sois pas aussi difficile le jour J…, annoncé-je en massant amoureusement mon ventre.

J'ai décidé d'aborder la grossesse et l'accouchement de façon proactive, et me suis mise à consommer de façon boulimique la littérature sur le sujet… Le souci, c'est que je viens de me prendre un joli retour de bâton.

Du genre qui assomme.

C'est certain, ces forceps vont hanter mes cauchemars pendant des semaines…

Je jette sur mon bureau mon exemplaire de *Grosses questions pour gros bidons* comme s'il risquait de me refiler la lèpre, puis sors sur la terrasse. Là, je m'accoude à la balustrade et contemple le vert magnifique de la pelouse et l'immensité bleu clair du ciel hivernal.

Les choses se sont calmées depuis que j'ai rendu mes recherches pour la revue de Mrs Ross, et la fin des corrections des devoirs de ce semestre. J'ai passé beaucoup de temps avec Rome, et j'avoue que je n'aurais pu couler de semaines plus parfaites.

Il y a tout de même eu pas mal de changements ces derniers temps. Roméo a presque emménagé dans ma chambre, même s'il continue à accéder à la terrasse par le treillage, tel mon Roméo Montaigu personnel, m'attirant la jalousie de toutes les filles de la sororité. La Crimson Tide a remporté la finale de la SEC contre LSU, et le club part grand favori pour la finale du championnat national. Plus fantastique encore, Roméo Prince, l'amour de ma vie, a été récemment élu meilleur quarterback du pays. Je suis incroyablement fière de lui, même s'il continue de se renfrogner sitôt que je le lui fais remarquer.

Oh, et, bien sûr, je me sens merveilleusement à l'aise, désormais, à l'idée d'être mère.

Je vais être maman.

Je suis en train de secouer la tête, tout sourires, grisée par cette incroyable perspective, quand Ally déboule dans ma chambre, pantelante, son regard brun électrisé par la peur.

— Molly ! Rome vient de se battre à l'entraînement ! Un peu plus, et il enterrait Chris Porter…

— Chris Porter ? C'est qui, celui-là ?

— Un receveur de la Tide. Le nouveau vibro de Shelly.

J'enfile mes bottes marron et attrape sur la patère mon gros manteau noir.

— Où est-il ?

Ally s'agite à ma porte, comme si elle désespérait de quitter les lieux.

— Il a complètement pété un plomb : il est en train de démolir la salle de muscu. Il faut que tu ailles le voir. Je doute que qui que ce soit d'autre puisse le calmer.

Je sors aussitôt de ma chambre et dévale les escaliers.

— Que s'est-il passé ? Pourquoi il s'est énervé comme ça ? lui demandé-je, affolée, tandis que nous franchissons les portes pour nous jeter dans l'air mordant de l'hiver d'Alabama.

Elle lève les deux mains, perdue.

— Pas la moindre idée ! C'est Cass qui m'a dit de te prévenir : elle a essayé de t'appeler, mais elle tombait direct sur ton répondeur.

— Je l'ai éteint, je voulais me concentrer sur mes bouquins.

Je m'apprête à me diriger vers la salle de sport au pas de course, quand Ally m'attrape par le bras et m'oriente en direction de sa Mustang rouge.

— Je te dépose, ça ira plus vite.

Nous grimpons dans la voiture à la hâte, et je commence à me ronger les ongles en me demandant ce qui a pu le mettre dans un état pareil : il allait mieux ces derniers temps. Je le trouvais plus calme, moins agressif.

Je blêmis soudain.

— Tu penses que quelqu'un a parlé de notre bébé ? Qu'il y a eu… une fuite ?

Ally fronce les sourcils, pensive, tandis qu'elle prend la route.

— Non… Je ne vois pas qui aurait pu vous balancer… Tous ceux qui sont au courant sont des gens de confiance qui ne vous trahiraient pour rien au monde. Cass n'en a même pas parlé à Jimmy-Don.

Je soupire et me masse les tempes.

— Tu as raison… Où sont Cass et Lexi ?

— À la salle de sport. Cass allait chercher Jimmy-Don pour qu'ils aillent manger ensemble quand elle a vu Rome péter un plomb. Lexi était avec elle. Apparemment, Austin et Jimmy-Don ont tenté de le calmer, mais il s'est mis à les violenter eux aussi. Le coach n'était déjà plus là, alors ils l'ont enfermé à l'intérieur, le temps qu'il se calme. Faut vraiment qu'il ait disjoncté pour aller jusqu'à s'en prendre à ses amis !

Je dévisage l'horloge du tableau de bord dont les secondes défilent à une lenteur infinie, tandis que nous roulons à toute vitesse en direction de la salle de sport. Lorsque nous arrivons, une foule s'est massée à l'extérieur : je bondis hors de la voiture et file vers Cass, Lexi et Jimmy-Don, tous les regards braqués sur moi.

— Dieu merci, t'es là ! lance Jimmy-Don, son visage d'ordinaire si jovial grimaçant de panique.

J'attrape Cass par le bras.

— Où est-il ? Qu'est-ce qu'il s'est passé ?

Elle me regarde, interloquée.

— J'en ai aucune idée, ma pauvre ! D'après Austin, le coach a parlé à Rome en privé, et c'est là qu'il a commencé à hurler comme un malade. Et Chris Porter lui a sorti une vanne à la con ou je ne sais quoi : il a pété sa durite et s'est mis à lui déboîter la tête ! Les autres joueurs ont évacué Porter pour s'occuper de lui : il a salement morflé…

Je me tiens l'estomac, réprimant un haut-le-cœur.

— Jimmy-Don, tu peux me dire où est la salle de sport ?

Il me prend par la main et me guide à travers la foule d'étudiants qui murmurent sur mon passage en me dévisageant.

Nous passons la double porte et, au bout du couloir que nous traversons au pas de course, nous retrouvons Austin adossé à la porte fermée, les bras croisés, tous tatouages dehors. Lorsqu'il nous entend arriver, il jette la tête en arrière dans un soupir soulagé.

— Putain, Molly, merci…

— Il est à l'intérieur ? demandé-je en désignant la porte d'un doigt.

Austin acquiesce.

— Il est pas dans son état normal, Molly. Fais gaffe à toi, OK ?

Je lui tapote le bras pour le rassurer et ouvre la porte : c'est un véritable désastre à l'intérieur. Le sol est jonché de tapis, de ballons et d'haltères, et les appareils de musculation dernier cri sont recouverts de débris en tous genres… Roméo vient de mettre à sac la salle de sport et attend là, assis sur un banc la tête dans les mains, torse nu et en sueur, sans rien d'autre que son short noir.

La porte se referme dans un discret cliquetis et il relève brusquement vers l'intrus des yeux rouges de colère. Quand il me reconnaît, il s'adosse au mur, lâche un râle frustré, les mains derrière la nuque et rive les yeux au plafond.

Je m'avance avec prudence.

— Devine qui va organiser le dîner de célébration de la finale de la SEC deux jours après notre retour de Géorgie…, grogne-t-il quand je ne suis plus qu'à quelques pas de lui.

Je sens mon estomac se nouer.

— Oh, mon chéri, non…

— C'est qu'une putain de blague, merde ! Ils n'en ont jamais rien eu à foutre du foot, et voilà qu'ils se proposent d'organiser le plus grand repas de l'année ! Et à la plantation, en plus. C'est un putain de piège pour nous attirer là-bas, Jolly !

Je tends les mains vers lui, mais il se retourne sur le banc et se lève, comme s'il craignait de me toucher. Sa réaction me brise le cœur.

Je découvre le sang sur ses phalanges, sa lèvre éclatée et son œil gauche jauni sous la paupière.

— Roméo, il faut que tu te calmes : la moitié de la fac est dehors, et tu viens de mettre un coéquipier dans un lit d'hôpit…

— Il l'a mérité, cet enculé ! Il a commencé à dire de la merde sur toi… Et à moi, en plus ! Il a signé son putain d'arrêt de mort dès qu'il a ouvert sa bouche de pute.

— Mais, je m'en moque de ce qu'il a dit sur moi : regarde dans quel état tu es ! Ça va trop loin !

Il part d'un rire sinistre, presque moqueur.

— Mes parents ont tout prévu, ces salauds… Tu te souviens de la dernière fois ? Tu te rappelles comme ils s'en sont pris à nous ? Ce plan-ci est juste un peu mieux ficelé ! Ils savaient que je ne retournerai jamais chez eux de mon plein gré… Le coach est de mon côté, mais ils ont déjà invité le gouverneur, le maire et un million d'autres pontes qui se sont empressés d'accepter avec joie. Ils ont tout fait pour que l'Université ne puisse plus refuser. Putain !

Il assène un violent coup de pied à un ballon de foot qui vient s'écraser avec fracas contre un tapis de course.

Je m'approche de lui, m'assieds sur le banc à bonne distance de ses gestes sauvages, puis le regarde faire les cent pas dans la salle, hors de lui.

— On n'y va pas. Hors de question que tu ailles là-bas vu la situation.

Je soupire et me pince l'arête du nez.

— Il faut que tu y ailles, Roméo. Tu sais aussi bien que moi que tu as été élu MVP de la saison, que la Tide va sûrement aller en finale nationale, et que ce dîner va justement être organisé pour honorer votre équipe. Si ça peut te rassurer, je resterai à la maison.

— Non ! hurle-t-il. Non, merde ! Pourquoi est-ce que tu ne fêterais pas tout ça avec moi ? C'est à l'Université de changer le lieu du dîner ! Que mes parents aillent se faire foutre, bordel ! Je les connais, Jolly : ils préparent un sale coup, obligé. Je les laisserai pas détruire ma famille ! J'en ai fini de leurs magouilles à la con.

Son expression passe de la colère extrême à la souffrance infinie, et il se rue vers moi, se jette à genou et pose la tête sur mes cuisses en passant les bras autour de ma taille.

— S'ils découvrent que tu couves notre petit ange, Dieu seul sait ce qu'ils sont capables de faire... Je refuse de vous perdre, tous les deux.

Il pose les lèvres sur mon ventre légèrement arrondi à travers le tissu flottant de mon haut crème. Je lui caresse doucement les cheveux.

— Je comprends ta réaction, Roméo, mais, tu imagines ? Il y aura des centaines de personnes à cette fête : que veux-tu qu'ils fassent devant tant de monde ? Causer un scandale en public, ce ne serait pas dans leur intérêt... Je resterai avec toi toute la soirée, si tu veux. Ils ne me feront pas de mal, parce que tu seras là pour me protéger. Je te fais confiance.

Il relève la tête, un peu plus calme, et je sors mon vieux mouchoir en tissu rose pour tamponner sur son sourcil une petite plaie encore sanglante. Roméo me prend le poignet et dépose un baiser à l'endroit où mon cœur y fait battre ma peau.

— S'ils vous font du mal, à toi ou à notre petit ange, je ne me le pardonnerai jamais, ma chérie…

Je prends son visage entre mes mains, mes doigts encadrant ses oreilles.

— Ils ne nous feront rien du tout.

Des larmes troublent ses magnifiques yeux chocolat.

— Pourquoi faut-il toujours qu'ils me gâchent la vie ? Tout se passe si bien sans eux : tu es en bonne santé, notre bébé est en pleine forme, et la Tide, après avoir dominé la division SEC a son ticket pour la finale nationale. Et il faut qu'ils se pointent avec leurs manigances et leurs complots pour foutre encore une fois ma vie en l'air… Je te le dis, ma chérie : c'est un piège. Ils préparent un sale coup. Un grand coup.

— Ce sont des gens puissants, Roméo : l'Université ne pourra pas faire modifier le lieu des festivités. Il faut qu'on y aille et qu'on leur montre qu'on est soudés. Et toi, tu dois t'y rendre en capitaine de la Tide.

Il acquiesce et détourne les yeux.

— Tu as vraiment pété un plomb, là…

Il lèche une goutte de sang sur sa lèvre.

— Le coach est au courant pour mes parents et moi. Il est venu m'annoncer la nouvelle. Il a essayé de faire changer le lieu du dîner, mais la décision venait de trop haut pour qu'il puisse faire quoi que ce soit. J'ai paniqué et… J'ai pris un coup de sang…

Je tamponne ses phalanges blessées de mon mouchoir.

— Je n'aime pas quand tu t'emportes… Tu vas devoir faire des efforts à ce niveau, Roméo : je ne veux plus avoir à m'inquiéter de ce genre d'incidents… D'autant moins maintenant que le petit ange arrive. (Ses lèvres s'arquent en un sourire fier et insolent.) Quoi donc ?

— Je t'aime.

— Hé, crois pas t'en tirer par une pirouette ! Regarde dans quel état tu as mis cette salle ! le grondé-je, un index plaqué contre ses tablettes de chocolat.

Mon ventre s'embrase et se crispe, tandis que je laisse lentement glisser mon doigt jusqu'aux boucles qui annoncent, plus bas, un tout autre trésor…

Roméo s'avance lentement et presse ses cuisses puissantes contre les miennes.

— J'ai envie de te baiser comme jamais, là…

Je braque dans le sien mon regard d'ambre, sévère.

— Pas ici, et pas avant que tu m'aies promis de ne plus jamais te comporter ainsi.

Ses pupilles se dilatent au point que ses iris chocolat disparaissent presque.

— Je suis à cran… J'ai besoin de lâcher la pression… Y a que toi qui peux me débarrasser de toute cette tension…

Je prends un air tout sauf amusé.

— Je ne plaisante pas : je ne veux pas que notre enfant ait un père incapable de garder le contrôle à la moindre contrariété.

Il acquiesce d'un petit hochement de tête, et je sais aussitôt qu'il a fait le rapprochement avec sa propre expérience.

— Tu comprends ce que j'essaie de te dire ? insisté-je pour avoir confirmation.

— Je comprends. Ça ne se reproduira plus. Je n'agirai jamais avec notre petit ange comme mon père avec moi. Je te le promets.

La flamme de lubricité qui habillait le regard de Roméo s'embrase de nouveau, et il se penche pour embrasser mon cou et la peau délicate autour de mon oreille…

— On file dans les vestiaires. Je vais te désaper, et tu vas faire tout ce que je t'ordonne, jusqu'à ce qu'on ne tienne plus debout. C'est compris ?

Je pose le front sur son épaule.

— OK, OK ! C'est compris...

C'est toujours plus facile pour moi de suivre ses ordres, d'autant plus lorsqu'il joue la carte du mâle alpha. Son besoin de contrôle est palpable, et mon corps – qui ne m'appartient déjà plus – répond au moindre mot que prononce sa bouche autoritaire et experte.

Il se redresse, un sourire orgueilleux aux lèvres : il sait qu'il a fait de moi ce qu'il voulait. Mais soudain, il perd son sourire.

— Il ne t'arrivera rien pendant le dîner, ma chérie.

— Je sais que tu nous protégeras.

Je tends la main : il la prend et vient s'asseoir à côté de moi sur le banc, avant de m'attirer sur ses genoux. Je laisse courir mes doigts dans ses boucles châtains, et il s'enivre lentement de mon parfum.

— Ce n'est pas la première fois, pas vrai, que je m'occupe de tes plaies comme ça... Faisons en sorte que ça ne devienne pas une habitude, OK ?

Roméo force un petit rire.

— C'était la dernière fois, c'est promis : je vais changer. T'auras plus à panser mes bobos... Parole de scout.

— T'as jamais été chez les scouts, Roméo..., gloussé-je.

— Oh si...

Je relève soudain la tête, aussi amusée qu'éberluée.

— C'est vrai ?

— Ouaip... Mais, ils m'ont viré parce que je me suis battu.

Je lève les yeux au ciel.

— Pourquoi est-ce que je ne suis pas surprise ?

Il me mordille l'oreille et lâche un grognement taquin, quand la porte de la salle s'entrouvre.

C'est Ally. Elle jette un coup d'œil à l'intérieur, et je lui fais signe d'entrer. Cass, Lexi, Austin et Jimmy-Don lui emboîtent le pas, refermant la porte derrière eux, et viennent s'asseoir près de nous sur le plancher de la salle.

Roméo relève la tête en entendant leurs pas, comprenant qu'on a de la compagnie. Je pose la tête sur son épaule, entremêle nos doigts, et le contact de la peau de l'autre nous rassérène.

— Ça va, Rome ? lui demande Ally à voix basse en lui caressant le pied.

Il fait « non » de la tête.

— Papounet et mamounette ont manipulé l'Université pour qu'elle se retrouve obligée d'organiser le dîner de la SEC à la plantation, quelques jours après la finale.

— Mais, putain…, siffle Ally entre ses dents.

Les autres soupirent de dépit : tous savent que les parents de Rome sont des ordures.

Roméo dépose un baiser sur mon front, puis se tourne vers Austin et Jimmy-Don.

— Les gars, je vais avoir besoin que vous m'aidiez à protéger Jolly de ces deux enflures.

— On est avec toi, Flash.

— Compte sur nous, et avec le sourire.

Roméo me regarde, et je lis dans ses yeux qu'il me demande la permission de leur parler du bébé. J'accepte : Austin et Jimmy-Don sont ses amis. C'est bien normal qu'ils sachent pourquoi il a si mal pris la nouvelle aujourd'hui.

Roméo pose une main sur mon ventre.

— Les gars… J'ai pété un plomb, parce que… Parce qu'on est enceintes.

Je me tourne avec angoisse vers Austin et Jimmy-Don, et lis sur leur visage toute leur sidération.

— Il n'y a que les gens dans cette pièce qui soient au courant. On n'est enceintes que de tout petits mois : mes parents ne le savent pas, et il est hors de question qu'ils approchent Jolly et les fassent stresser, elle et notre petit ange.

Austin se lève, un peu sonné, et lance un check à Roméo.

— Félicitations, Flash : tu sais qu'on la lâchera pas, ta Jolly. Vous comptez trop pour nous pour qu'on vous fasse défaut, mec.

Jimmy-Don l'imite bientôt, puis part d'un grand rire.

— Sacré Flash, merde ! Non content de passer en une journée du mode « je baise sans attaches le chapelet de meufs qui me sautent au cou » à « j'ai une copine pour la vie » – ce qui, d'ailleurs, a déchaîné la jalousie de toutes les meufs du campus –, il a fallu que tu mettes ta Juliette en cloque ! Putain, t'es impayable, mec ! Tu me tues !

Le colosse me prend alors dans ses bras et me fait tournoyer.

Je pose aussitôt une main sur mon ventre.

— Jimmy-Don, si tu ne me poses pas, je vais rendre mon petit dej' ! J'en ai pas fini avec les nausées matinales… Qui ne s'arrêtent pas de la journée, soit dit en passant.

Il grimace et me repose.

— Oh, désolé, beauté ! (Il se penche et me fait un baisemain.) Félicitations pour le petit ange : tu vas faire une sacrée MILF[1] !

— Hmm… Merci ?

Roméo, dans mon dos, passe les bras à ma taille.

— Jolly est plus que ma première vraie petite amie, mec : c'est mon oxygène. Ma putain de raison de vivre.

En voyant Roméo me serrer tout contre lui, Lexi et Ally poussent un soupir transi, tandis que Cass fait mine de se faire vomir de deux doigts au fond de la gorge.

Jimmy-Don retire son Stetson et s'évente, hilare. Il se met à hurler.

---

1. MILF, *Mother I'd Like to Fuck* : acronyme communément utilisé dans les milieux étudiants pour désigner les mères de famille désirables (*NdT*).

— Putain, tu me tues, mec ! Tu me tues, sans déconner !

Rome lui donne une tape dans le dos, riant de sa performance.

— On se casse, ce soir. Faut que je me barre d'ici, je tiens plus. On se retrouve demain, tout le monde.

Il me prend par la main et se dirige vers la porte.

— Roméo, t'es torse nu, m'offusqué-je, trébuchant presque, hypnotisée par son corps svelte et athlétique.

Il hausse les épaules.

— Je serai à poil dans quarante-cinq minutes et pour douze heures minimum, alors quelle importance ?

— Super… Tu te rends compte de combien de gens sont massés à l'extérieur ? Combien de filles ?

— Qu'elles aillent se faire foutre, Jolly : je suis à toi et rien qu'à toi. Allez, on se taille.

Chapitre 22

Finale du SEC, Georgia Dome, Géorgie

— Je peux pas me jeter dans cette fosse de dingues ! hurlé-je d'une voix stridente, tandis que Cass et Ally me poussent vers nos sièges.

Le stade de soixante-dix mille places est plein à craquer, et sous le plafond clos, les hurlements de la foule sont assourdissants.

Cass pose les mains sur mes épaules, et j'ai droit à son air de maîtresse d'école contrariée.

— Si tu n'embrasses pas Flash quand il sortira des vestiaires, il n'y aura pas que ses parents pour te sauter à la jugulaire ! On veut battre les Gators, merde ! Tu dois ça à tous nos fans !

Je m'apprête à me passer une main sur le visage, liquéfiée, quand Ally la repousse.

— Hé, j'ai passé des heures à te faire belle, alors va pas tout gâcher !

J'ai les cheveux lâchés, frisés, luisants de produits divers et mon maquillage est superbe. Je porte mon maillot porte-bonheur de Roméo – « PRINCE », numéro 7 – et mes santiags, mais je me demande encore si ce n'est pas en pure perte, tant mon corps pétri de peur refuse de m'obéir. La Tide a fini première, mais la compétition n'est pas terminée : le club doit affronter les Gators de Floride pour savoir qui des deux équipes disputera le mois prochain la finale nationale contre Notre Dame en Californie.

Je jette un coup d'œil dans le stade depuis l'allée où nous nous sommes recluses : les rangs entiers de supporters vêtus en rouge de la tête aux pieds me laissent bouche bée, autant que les écrans géants qui retransmettent un montage des meilleurs moments du parcours de la Tide jusqu'en finale. Je ne peux réprimer un soupir d'envie et d'émotion mêlées lorsque défilent des images de Roméo en train de jurer dans sa barbe ou de bondir de joie après un touchdown.

Mon regard est soudain attiré par une ombre au-dessus de nous.

— Non, c'est pas vrai ! Des caméras volantes ! Non, je ne vais pas y arriver… OK, je crois que je vais vomir…

Cass et Ally échangent un hochement de tête complice, puis m'agrippent chacune un bras et me tirent vers le stade. En voyant les pom-poms se ruer dans les tunnels de chaque équipe pour célébrer leur club respectif, je sais que la présentation des joueurs ne va pas tarder.

Je plante mes talons au sol, et Ally grogne avant de tirer quelque chose de sa poche… Un petit bout de papier.

— Rome avait prédit que tu réagirais comme ça, vu que tu n'as pas pipé mot depuis qu'on est descendus de l'avion. Il m'a donné ça comme ultime recours…

Eh merde… Je suis folle des petits mots qu'il me laisse parfois. Je déplie le bout de papier.

Ma chérie,
Pose tes petites fesses dans les tribunes et arrête de paniquer.
Comment tu veux que je gagne sans un baiser de ma bonne étoile ?
Au cas où tu en doutes : c'est un ordre.
Je t'aime.

Ton Roméo

Je soupire, fourre le mot dans ma poche de façon à pouvoir le ranger dans ma petite boîte à babioles secrète quand on sera rentrés. Ally et Cass sourient, triomphantes.

— Bien joué, Roméo… Bien joué…, maugréé-je.

Lorsque les haut-parleurs commencent à hurler la présentation des joueurs, je fais un grand pas en avant.

— Je vous suis, bande de traîtresses !

Elles rient de me voir si frileuse, m'empoignent de nouveau les bras, puis nous longeons le bord du terrain pour rejoindre nos places. Comme si les fans de la Tide n'étaient pas assez déchaînés, le fait de poser les yeux sur moi rend chacun d'eux proprement hystérique. Je m'assieds et essaie tant bien que mal de faire fi des hurlements tonitruants qui me sont adressés. L'euphorie électrise les supporters, la musique cacophonique ajoute à la frénésie, alors que les effets pyrotechniques se déclenchent, annonçant la Tide, puis les Gators de Floride. Les joueurs envahissent le terrain en une fresque carmin, blanc et bleu, et je me frotte les mains, nerveuse comme jamais.

Je sais que tous les regards seront bientôt braqués sur Roméo : tout le monde s'attend à ce qu'il soit le premier choix des équipes pro pendant la draft, et cela ne va pas sans une popularité totalement hors norme. On l'a mis sous les projecteurs de façon presque indécente ces dernières semaines : interviews dans la presse, à la télé… Sauf que d'habitude, je suis planquée, loin, à l'abri des regards.

Je scrute les écrans géants, alerte, et l'aperçois bientôt qui cavale en queue de peloton, son casque sous le bras : Roméo. La foule se met à taper du pied sitôt qu'il lève une main pour la saluer, et les supporters scandent leur invocation préférée, hués aussitôt par les fans des Gators.

« Le bisou ! Le bisou ! Le bisou ! »

Roméo fend le rideau de joueurs et trotte dans ma direction. Cass se penche vers moi et me donne de petites tapes affectueuses sur les joues.

— C'est ton heure, chérie ! Place au spectacle !

Je suis incapable de détacher mon regard de mon petit ami, tandis qu'il s'arrête net et me fait signe de son foutu index de le rejoindre, un air aussi insolent qu'avide sur le visage.

Je me lève, les jambes flageolantes, faisant mon possible pour ne pas prêter attention aux flashs des appareils photo, ainsi qu'aux chœurs d'acclamations et de huées mêlées. Un membre de l'organisation me prend par la main pour me guider jusqu'au terrain, et j'avance seule jusqu'à Rome. Lorsque je me tiens enfin devant lui, il savoure mon apparence soignée.

— Hé, Jolly.

— Hé, toi…

— Alors, ce baiser, ma bonne fée ?

— Si c'est ce que tu veux…

— Plus que tout…

Toujours ce même dialogue. Roméo est trop superstitieux : il faut que chaque match commence exactement de la même manière. Il s'approche et, lorsque sa bouche provocante n'est plus qu'à quelques millimètres de la mienne, je lui murmure :

— Bien joué, salaud, le coup de la note…

Il rit contre mes lèvres, laisse filer sa langue contre la mienne et la couvre de longues caresses circulaires. J'agrippe ses cheveux… et il me soulève et passe mes jambes autour de sa taille. Le monde autour de moi s'évanouit. La foule semble apprécier ! Je gémis entre ses lèvres, et il me repose en grognant, comme s'il craignait de perdre le contrôle, avant de plaquer son front contre le mien.

— Je t'aime.

Je caresse sa joue de l'index.

— Moi aussi, je t'aime.

Il passe discrètement une main sur mon ventre, puis déglutit, avant de croiser mon regard scintillant d'émotion.

— Je vais jouer pour vous, aujourd'hui.

Sur ces mots, il se retourne et repart vers le terrain : comme chaque fois, je vais retrouver ma place d'un pas gauche, grisée par mon amour pour mon quarterback.

Il y a deux jours, la Tide a remporté la finale de la SEC : la soirée que nous redoutions tant est déjà là. Roméo est arrivé tôt, cet après-midi, et il ne m'a pas quittée depuis son escalade du treillage jusqu'à ma terrasse. Je l'ai rarement vu aussi anxieux et son appréhension a tendance à déteindre sur moi... Je peine quelque peu à conserver mon calme.

Pour ce soir, les convives doivent se présenter en blanc, aussi ai-je enfilé une longue robe empire blanche – de façon à dissimuler mon ventre légèrement bombé – et une paire de sandales plates argentées. Roméo, lui, porte un costume d'un blanc éclatant assorti de la cravate attendue aux couleurs de la Crimson Tide.

De sa retraite sur le lit, il m'observe pendant que je m'affaire dans la pièce : je me peigne, passe mon rose à lèvres, enfile mes boucles d'oreilles chandelier en argent...

Une fois prête, je m'approche du lit et grimpe délicatement sur ses jambes. Il place ses mains dans le bas de mon dos. Il me contemple d'un regard si amoureux que mon cœur se serre : c'est comme si la crainte scintillait au fond de ses pupilles, tel un phare à travers la nuit.

— Tu es magnifique, ma chérie... Être enceinte te va à ravir, décidément...

Je lisse sa cravate carmin.

— Tu es très séduisant, toi aussi, tu sais ?

Il lève le menton pour m'inviter à l'embrasser, et je lui offre ce qu'il demande. Nos fronts se touchent délicatement.

— Ça va aller ?

— Ça ira mieux quand ce sera terminé et que je n'aurai plus jamais à revoir ces gens de ma vie. J'ai hâte qu'on file à Birmingham pour Noël, loin de leur venin.

— Ce n'est que l'histoire d'un soir, OK ?

— Je sais, oui.

Ses mains abandonnent mon dos, et il commence à relever ma robe longue et à provoquer mes cuisses avec de dangereuses caresses.

— Roméo…, soupiré-je en un semblant d'avertissement.

Son regard s'embrase, tandis que d'une main il ouvre sa fermeture Éclair et, sans retirer son pantalon, me révèle son impressionnante érection. Il écarte ma culotte et caresse mes lèvres brûlantes… Je ferme les yeux et, sans sommation, il me pénètre.

— Chevauche-moi, m'ordonne-t-il d'une voix traînante de désir.

Je me positionne sur le matelas pour être mieux à mon aise, et Roméo s'allonge et m'observe tandis que je commence à rouler des hanches, l'embarquant bientôt dans un rythme lent et sensuel.

Jamais il ne m'a laissée prendre les commandes… Jamais. Depuis tout le temps que nous sommes ensemble, c'est toujours lui qui a orchestré nos étreintes. Je suis surprise qu'il me laisse diriger cette fois-ci.

Je me penche en avant et place mes mains sur son torse, m'abandonnant au plaisir.

— Bordel, ma chérie, tu es tellement belle…, gémit-il, alors qu'une certaine appréhension imprègne son regard chocolat.

Je me mords la lèvre et jette ma tête en arrière.

— Roméo…

— Je suis là, Jolly… Mène juste la danse… Montre-moi que tu as envie de moi…

— Oui… J'ai tellement envie de toi. Tu n'imagines pas.

Il s'empare de mes cuisses nues, la langue courant entre ses lèvres.

— Pourquoi ? lancé-je, pantelante.

— Quoi donc ?

— Pourquoi tu me laisses… au-dessus… Prendre les commandes…

— Parce que je veux que tu connaisses cette sensation, quand l'autre s'offre à toi sans limites. Je suis à toi, Jolly, corps et âme. Je veux que tu saches à quel point tu comptes pour moi, et c'est le seul moyen que je connaisse pour te le prouver.

Je plaque la poitrine contre son torse et redessine de la langue le contour de ses lèvres tout en augmentant la cadence de mes hanches, sa déclaration me guidant vers l'extase.

J'entends son souffle tressauter, et il se rapproche encore, notre fusion charnelle décuplant mon plaisir.

— Roméo… Roméo ! hurlé-je, lorsque mon ventre se crispe, dévasté par l'orgasme qui métamorphose mes convulsions en cris de plaisir.

Je rive mon regard dans celui de Roméo : bientôt, il ferme les yeux et, dans un dernier assaut, il jouit longuement en moi. Je sens ses mâchoires se serrer et ses mains relâcher leur pression sur mes cuisses, puis il halète, son cœur furieux contre ma poitrine.

D'un doigt, il caresse ma colonne vertébrale, et je souris, la bouche nichée dans son cou.

— Je n'avais jamais rien ressenti de pareil, ma chérie…, me murmure Roméo.

— C'était… parfait. (Je lève la tête vers mon réveil, puis laisse retomber ma tête contre son torse.) Et maintenant, on est grave à la bourre…

— Je m'en branle. Ils n'ont qu'à attendre, ces connards.

— Allez, faut qu'on se bouge.

Je quitte ses hanches et file dans la salle de bains faire un brin de toilette. Lorsque je ressors, Rome m'attend, adossé au mur de ma chambre, terriblement sexy avec ses cheveux en désordre.

— Tu as encore une chance de faire machine arrière, m'invite-t-il, plein d'espoir.

Je prends mon petit sac à main argenté et tends la main.

— Allez, Roméo : « Viens avec moi au bal », le taquiné-je en adoptant mon accent *british* le plus shakespearien.

Il me sourit à contrecœur, et nous partons.

Chapitre 23

— La vache, ils y ont vraiment mis les moyens…, relevé-je alors que nous sortons du Dodge, après qu'un voiturier m'a ouvert la portière.

Des lumières de Noël illuminent partout les abords de l'immense maison blanche. Nous passons l'entrée somptueuse en redoublant de méfiance, guettant tous deux la présence de ses parents.

Toujours main dans la main, nous sortons dans le jardin où un gigantesque chapiteau non moins superbe nous attend, bondé de joueurs de la Tide, tous vêtus de blanc. Dans un coin, un quatuor à cordes joue un élégant *Canon* de Pachelbel.

Cass, Lexi et Ally nous voient les premières à travers la foule, et nous font signe de les rejoindre à leur table dans un coin isolé du chapiteau. Un serveur en costume passe près de nous et nous offre une flûte de champagne. Après un petit geste de menton taquin, Roméo se sert, tandis que je refuse et opte pour un jus d'orange. Ce que j'aurais aimé pouvoir boire pour apaiser le stress de ce soir…

Nous allons nous installer avec les filles, saluant les coéquipiers de Roméo au passage. En quelques secondes, je me retrouve flanquée par Austin et Jimmy-Don qui, je le sens aussitôt, prennent très au sérieux leur promesse de me protéger.

Roméo murmure quelque chose à l'oreille d'Ally pendant que je discute avec Cass qui, subitement, blêmit et désigne d'un geste du menton quelque chose derrière nous. Nous nous retournons tous de conserve pour découvrir les parents de Roméo qui arrivent vers nous, un sourire aussi solaire que feint sur le visage. Derrière eux se pavane Shelly, dans sa robe blanche moulante, ses longs cheveux roux tombant raide sur sa poitrine généreuse. Elle salue le gratin de Tuscaloosa de gestes régaliens. Roméo vient se placer derrière moi et me serre la main si fort que le sang cesse presque d'affluer dans mes doigts.

Sa mère qui, comme à son habitude, empeste l'alcool, ouvre les bras en direction de son fils.

— Rome, mon chéri ! Félicitations ! Quelle grande victoire !

Elle passe les bras autour de son cou raidi, feint de lui faire la bise, les lèvres à plusieurs centimètres de ses joues, puis se tourne vers moi, ses lèvres scellées pour tout indice de sa haine de me voir ici.

— Molly ! Quel plaisir de te revoir ! Tu es superbe, ce soir ! chantonne-t-elle presque, tandis que je me fige entre ses bras. Comment allez-vous, les enfants ?

Je ne réponds pas. Je ne lui ferai pas le plaisir de monter sur mes grands chevaux devant ses invités.

— Bien, maman, répond platement Roméo.

Joseph Prince sert la main de Rome.

— Fils.

— Papa.

Il me salue d'un hochement de tête.

— Molly.

J'opine à peine du menton.

L'atmosphère se charge d'une tension impossible tandis que nous restons là à nous regarder, tâchant de faire étalage pour la galerie d'une bonne entente factice. Je me rends compte que les Prince ont tout bonnement snobé nos amis ; d'ailleurs, lorsque Ally, leur propre nièce, essaie de les saluer, ils la dédaignent purement et simplement. Vu son sourire, cela n'a pas l'air de la déranger outre mesure.

Shelly s'approche alors, tout sourires, et s'apprête à sauter au cou de Roméo lorsqu'il fait un pas en arrière, perplexe.

— Arrête ton cinoche, Shelly, bordel ! lui crache-t-il avec violence.

Elle prend un air furieux, puis se replie près de la mère de Roméo qui ne cherche même pas à cacher son agacement face au rejet public de sa poule aux œufs d'or. Sans plus un mot, ils tournent tous les trois les talons.

— Oh bordel, la tension de ouf ! s'exclame Cass, toujours assise, brisant le silence.

Je prends Roméo à part.

— Ça va, mon chéri ?

Il dépose un baiser délicat sur ma joue.

— Ouais. Je supporte plus leurs faux-semblants de merde… Et c'était quoi, le délire avec Shelly ?

— Je ne sais pas. Allez, plus que quelques heures : on va s'en tirer.

Il fronce les sourcils.

— Ça sonne comme les dernières paroles d'un grand général, ça, Shakespeare… Les toutes dernières…

* * *

Sans surprise, le repas est aussi pompeux qu'ennuyeux, croulant sous les manières inutiles, mais nous restons assis avec nos amis à tâcher de profiter un maximum de cette situation embarrassante. Les discours, particulièrement, s'avèrent insoutenables : lorsque Kathryn Prince parle de son fils bien-aimé, de sa fierté devant ses prouesses sportives et de ses espoirs de le voir réussir une magnifique carrière en NFL, il me faut presque contraindre physiquement Roméo pour qu'il ne renverse pas la table et ne perde de nouveau les pédales. Je l'attrape par le bras, me penche à son oreille et lui répète que je l'aime en plaçant sa main contre mon ventre pour le convaincre de se calmer. Cela semble fonctionner.

Au moment où des employés viennent débarrasser les tables, tout le monde se dirige vers la piste de danse. En entendant les premières notes de *Sweet Home Alabama* de Lynyrd Skynyrd, Roméo se lève et m'aide à en faire de même.

— Allez, Shakespeare : tout bon citoyen d'Alabama se doit de danser sur ce morceau. C'est comme… un rite d'initiation.

Je glousse, et il passe un bras à ma taille avant de me guider avec élégance dans une danse sensuelle, chantant les paroles à mon oreille, ses notes d'une fausseté terrifiante. Des centaines de visages nous regardent danser, le sourire aux lèvres, jusqu'à ce que Roméo me fasse tournoyer, puis me penche brusquement en arrière pour m'embrasser de façon théâtrale sous les applaudissements dévastateurs de l'assistance. Une fois de plus, Flash et sa bonne fée squattent les projecteurs…

Malheureusement, parmi les regards, j'aperçois celui de Kathryn Prince, mauvais, tandis qu'elle chancelle sous les effets de l'alcool. Elle grimace, furieuse que nous étalions ainsi notre bonheur d'être ensemble devant ses invités, et je ne peux m'empêcher de lui sourire. Je sais bien que je ne fais que mettre de l'huile sur le feu, mais je sais aussi qu'elle ne tentera rien devant ses amis. Et puis, Rome veille au grain, de toute façon…

Lorsque la chanson se termine, l'entraîneur de la Tide vient donner une tape amicale dans le dos de Roméo, puis lui demande d'aller discuter foot avec quelques pontes dont je n'ai jamais entendu parler.

Rome me raccompagne à la table et se penche vers moi.

— Je reviens le plus vite possible, OK ? Tu ne restes jamais seule en attendant. C'est compris ?

— Je te le promets.

— Je me dépêche.

Il embrasse tendrement ma main, puis disparaît parmi le groupe d'hommes qui attendent de le rencontrer.

Je reste avec mes amis pendant près d'une heure, et Roméo ne reparaît pas. J'ai bu plus de jus d'orange qu'il est humainement concevable et, comme j'ai depuis peu l'heureux plaisir de disposer d'une vessie pas plus grosse qu'un pois chiche, je suis prise de l'envie – pour la millième fois de la soirée, peut-être – d'aller aux toilettes.

Je me lève, et Jimmy-Don fait de même.

— Jimmy-Don, je vais juste aux toilettes. Encore. Je devrais pouvoir me débrouiller, plaisanté-je. Je t'assure. Reste avec Cass : danse, amuse-toi, tout ce que tu veux, mais reste ici.

— Hors de question. Allez, je t'emmène, beauté. Tu vas devoir me supporter.

Je pose une main sur son bras pour le remercier, puis interpelle les filles.

— Je file aux toilettes : prévenez Roméo s'il revient entre-temps.

Je me dirige à la hâte vers la maison et, une fois à l'intérieur, alors que j'arrive près de l'escalier central, Cait m'approche, un bout de papier à la main.

— Salut, Molly. On m'a demandé de te remettre ça.

Une note.

Je lève les yeux au ciel et l'ouvre.

J'avais besoin de souffler un peu.
Je t'attends à la bibliothèque.

Rome.

Je me dépêche d'aller aux toilettes et, lorsque j'en sors, montre la note à Jimmy-Don. Il sourit et secoue la tête.

— Non mais vous avez un souci, tous les deux… Allez, je t'accompagne là-bas et je vous laisse à vos affaires !

Je lui offre un gros câlin doublé d'un sourire reconnaissant, et nous arpentons la maison bondée à la recherche de la bibliothèque. Don tient parole : il me laisse entrer seule dans l'immense bibliothèque au style ancien. Je referme la porte derrière moi.

Dès mon arrivée, je suis estomaquée par les dizaines et dizaines de rayonnages lourds d'ouvrages, du sol au plafond. Des échelles mobiles permettent d'accéder aux volumes les plus en hauteur. Je suis au paradis… Celui des lecteurs boulimiques, en tout cas. Je pourrais passer des heures dans un endroit comme celui-là, égarée entre ces pages innombrables, allant de monde en monde, vivant mille et une vies, à oublier l'espace d'un instant la réalité. Mon cœur de *nerd* multiplie les saltos d'excitation entre mes côtes.

Je balaie la pièce du regard : dans un coin, une grande cheminée en pierre est entourée de canapés en cuir. Je cherche Rome, mais la salle semble désespérément vide. Qu'est-ce qu'il me prépare encore, celui-là ?

Je souris, amusée et impatiente.

— « Oh Roméo, Roméo ! Où es-tu, Roméo ? » récité-je.

Silence.

— Roméo ?

Pas un bruit.

— Rome, tu es là ?

J'entends derrière moi le cliquetis d'un loquet et, lorsque je me retourne, c'est pour découvrir Shelly et Kathryn Prince plantées devant la porte, leur air de garces renforcé par un sourire malveillant et dédaigneux.

L'excitation que je ressentais se mue aussitôt en effroi.

Kathryn chancelle dans ma direction, et je comprends sans mal à la lueur dans ses yeux qu'elle a franchi depuis longtemps déjà un niveau d'ébriété record.

— Molly, rebonjour… On se retrouve.

Je recule et glisse jusqu'à l'extrémité de la table centrale pour m'éloigner d'elles.

— À quoi est-ce que vous jouez ? lancé-je, me tournant d'abord vers Kathryn, puis vers Shelly que je sens nerveuse derrière la maîtresse des lieux.

— Je vois que tu as reçu ma note…

Ma gorge se serre : elles m'ont prise au piège, et j'ai bondi dans la gueule du loup en agneau candide.

— Shelly m'a parlé de vos petits mots pathétiques de mièvrerie, à Rome et à toi – oui, elle te surveille –, alors j'en ai profité pour t'arracher à la protection de tes amis.

Nous tournons autour de la table telles des lutteuses se jaugeant sur un ring.

— C'est que je me suis renseignée sur vous, mademoiselle Shakespeare, originaire de Durham en Angleterre. (En lisant la détresse soudaine dans mes yeux, elle part d'un rire machiavélique.) Mes recherches ont été très… instructives.

Je lève le menton, fière, pour masquer mon inquiétude. Je crains de ne duper que moi-même.

— Résumons… (Elle tapote sa bouche d'un doigt, singeant une intense réflexion.) Pauvreté, père prolétaire, tu as vécu dans ce qu'on pourrait qualifier, en restant poli, de taudis. Ta mère meurt en couches et te laisse aux bons soins d'un mineur poivrot jusqu'à l'os qui, alors que tu n'es encore « qu'une petite fille », déclame-t-elle en prenant une voix de fillette en pleurs, se dit que tu ne vaux pas la peine de s'attarder dans les parages, et se tranche les veines dans sa baignoire. (Elle plaque les paumes sur la table en bois.) C'est à peu près ça, Molly ? Dit comme cela, ça doit te frapper, non ? Le fait que tu n'aies rien à faire ni à voir avec notre famille ?

Des larmes roulent sur mes joues, mais je me tiens droite, inflexible et forte. Je jette un coup d'œil en direction de Shelly qui garde la porte en bonne servante… Mais elle paraît mal à l'aise. Peut-être ne s'attendait-elle pas que la petite entreprise d'intimidation se change en un étalage cruel de ma vie passée…

Kathryn n'est plus qu'à deux pas de moi. Elle n'a pas manqué de profiter de mon immobilité.

—Huit ans plus tard, on diagnostique à mamie, la grosse fumeuse, un cancer des poumons en phase 4, et la petite Molly, petite chose esseulée, se retrouve obligée de s'occuper d'elle comme une grande jusqu'à ce que… Oh non ! Mamie meurt à son tour… Voilà notre petite Molly abandonnée, orpheline, jetée en foyer d'accueil…

Je peine à respirer et porte une main à ma poitrine, les poumons comme engourdis par le poids de la douleur que ses mots cruels invoquent en moi. Je sens mes jambes trembloter, trop pour que je me déplace, tandis que Kathryn réduit l'écart entre nous, son haleine empestant l'alcool manquant de peu de me faire vomir.

—Mais ça ne s'arrête pas là, ta petite histoire, n'est-ce pas ? Molly se retrouve hantée par la dépression et l'angoisse au point d'en appeler à l'aide, de suivre une thérapie… Une looongue thérapie. Mais ça ne fonctionne pas, alors, elle a une idée, un plan fort malin : faire un bon mariage ! Molly est intelligente et manipulatrice, alors elle s'envole pour Oxford où elle cherche un riche crétin à entuber, un idiot qui succombera à ses charmes. N'est-ce pas, ma chérie ?

Je fais « non » de la tête.

—Je ne ferais jamais un truc pareil ! Vous délirez !

La rage envahit soudain son visage.

—Je délire ? Oliver Bartholomew, ça te dit quelque chose ? C'était ton petit ami, non ? Le fils d'un comte ? Mais, ça n'a pas marché, alors tu es venue ici et as planté tes griffes de harpie dans le cou de Rome, sale putain bouffeuse de lingots ! Tu savais qu'il était riche, alors tu l'as convaincu de se jeter dans tes bras, hein ? Avoue ! C'est à elle qu'on le réservait !

Elle désigne Shelly qui, de son côté, trépigne près de la porte, les doigts noués. Elle a l'air totalement paniquée.

— Oliver et moi étions amis : on s'est fréquentés quelque temps, mais je ne voulais pas m'investir avec lui. Lui aussi était assistant, et on a travaillé un moment ensemble. C'est tout ce qu'il y a à dire sur nous. C'était un bon ami et un type adorable. N'allez pas inventer de plan sordide à notre histoire ou de machinations de ma part : c'est du délire. Je n'en avais rien à faire qu'il soit riche !

Kathryn m'agrippe le menton, et je relève brusquement la tête dans un geste de défi.

— Tout comme tu te moques que Rome soit riche ? Fous-toi de moi ! Il n'a rien à faire avec toi, sale traînée ! Fous-lui la paix, qu'il accomplisse son devoir familial ! Arrête de gâcher l'existence de tous ceux que tu croises au moins une fois dans ta vie, ou tu le regretteras.

Mon anxiété s'essouffle à mesure que s'éveille en moi l'envie dévorante de défendre Roméo. Je dégage sa main d'une claque.

— Qu'est-ce que je regretterais, au juste ? Roméo a des rêves, vous savez ? Il veut devenir footballeur professionnel… Non : il va devenir footballeur professionnel, et il n'y a rien que vous puissiez faire pour l'en empêcher. Avez-vous seulement la moindre idée de combien il est doué ? On le considère ni plus ni moins comme le meilleur joueur universitaire du pays ! Il m'aime, je l'aime, et jamais vous ne réussirez à nous séparer ! (Je me penche vers elle et chuchote de façon que nous seules puissions m'entendre.) Je sais tout. Il m'a tout raconté sur vous, Mr Prince, son enfance, les coups… Tout. Jusqu'au dernier détail. Vous n'avez plus la moindre emprise sur lui, et n'en aurez plus jamais. Avez-vous idée du mal que vous lui avez fait ? Combien il lui est difficile de contrôler sa colère après toutes ces années à avoir entendu que vous ne vouliez pas de lui, parce qu'il était incapable, inutile ?

Je contourne la table, m'éloignant d'elle, fumante de rage, et me dirige vers la porte où Shelly fait aussitôt un pas de côté pour me laisser passer.

Lorsque j'approche du bout de la table, j'entends un hurlement furieux et des ongles acérés me labourent le bras et me poussent à me retourner. Kathryn me lance alors un revers de main en plein visage, et je bascule : elle me pousse pour forcer ma chute, et je percute avec violence le rebord de l'ancienne table de bois en acajou, ventre en avant.

Je suis d'abord étourdie, un peu perdue : je bouge avec lenteur, déstabilisée, et tente de me redresser maladroitement, mais une douleur perforante me déchire le ventre, et je hurle à gorge déployée.

Ma vue se trouble, tandis que des spasmes insoutenables dévastent mes entrailles. Je m'écroule et cherche une prise pour m'aider à supporter les crampes violentes qui m'assaillent. Je lève la tête pour demander de l'aide, et aperçois Shelly en panique, les mains devant la bouche, qui rive un regard terrifié sur mes jambes.

Je baisse les yeux et découvre ma robe blanche maculée de sang.

Une détresse infinie s'empare de moi et je pleure, tandis que les spasmes macabres me poignardent la colonne, le ventre et les jambes, m'empêchant de me relever. Je place une main entre mes cuisses et, lorsque je la regarde, la découvre tachée d'écarlate. Témoin de ma détresse, Shelly quitte la pièce en hurlant : elle appelle Rome.

Je rampe jusqu'au bord de la table et tente de me relever, mais la douleur des contractions est insoutenable.

— Tu es enceinte ? hurle Kathryn d'une voix stridente. Espèce de petite pute !

Elle me gifle une fois de plus, plus fort encore, avec une violence telle que je m'écroule sur le sol baigné de mon propre sang.

Je pose la joue sur le tapis, ramène mes genoux contre ma poitrine et tente de respirer au mieux pour calmer la douleur.

J'entends bientôt du vacarme à l'entrée de la bibliothèque et, lorsque je lève la tête, découvre des dizaines de personnes qui jettent sur moi des regards horrifiés.

— Barrez-vous ! Dégagez, putain de merde ! Allez ! tonne la voix grave de Roméo, alors qu'il déboule dans la pièce.

La dévastation qui tord ses traits sitôt qu'il me voit en finit de déchirer mon cœur à l'agonie.

— Bordel, Jolly ! Ma chérie ! Merde, merde ! Je suis là, je suis là…

Il se jette à côté de moi, les mains tremblantes, ne sachant pas quoi faire, aussi impuissant que moi.

Je le regarde, la vue troublée par mes larmes.

— Roméo, notre petit ange… Notre petit ange… Je crois… Je crois que je le perds… Aide-moi… par pitié…, sangloté-je, avant de fondre en larmes.

Sa gorge déchirée rugit à l'assistance :

— Appelez les urgences ! Elle perd notre bébé !

— C'est déjà fait, mec, l'ambulance sera bientôt là.

J'ai reconnu l'accent texan de Jimmy-Don.

Je regarde, hébétée, un flux incessant de convives déferler dans la salle et aperçois les regards dévastés de Cass, Lexi, Ally, Austin, Reece et Jimmy-Don. Les filles se sont blotties dans les bras les unes des autres, pleurant toutes les larmes de leur corps en me voyant me contorsionner ainsi de douleur, couverte de mon propre sang.

Roméo me place délicatement sur ses genoux et me niche au creux de ses bras protecteurs. Il se met à me bercer, sa joue chaude plaquée contre mon front.

— Chuuut, ma chérie… Je suis désolé… C'est ma faute… Tout ça, c'est ma faute…

Je pose une main sur sa joue, et mes doigts y laissent des traînées rouges…

— Je crois que notre bébé est mort… Je l'ai perdu… Ça fait trop mal… Il est mort…

Un autre hurlement de douleur m'échappe quand un nouveau spasme me déchire le ventre.

Roméo pleure sans s'arrêter, et je me sens de plus en plus faible : comme au ralenti, je vois que la plupart des joueurs de l'équipe sont là dans la salle, la tête basse. Certains nous observent avec gravité, d'autres rivent les yeux sur le sol, le regard vide, et d'autres prient que Dieu nous vienne en aide.

— L'ambulance fout quoi, merde ! Elle est enceinte ! Enceinte… Notre petit ange…

Roméo lâche un râle de douleur, puis sa voix brisée se mue en un murmure de désespoir. Ses mains tremblantes quittent ma robe tachée de sang, et il pose une paume sur ma joue, avant de laisser glisser le pouce sur ma bouche… Il écarquille soudain les yeux.

— Ma chérie ? Pourquoi est-ce que ta lèvre saigne ? Qu'est-ce qui t'est arrivé, putain ?

Je me tourne vers lui, le regard dans le vide, égaré. C'est comme si j'étais déconnectée de mon propre corps, que je planais au-dessus de la scène, à regarder l'horreur se diffuser dans la pièce. Je sens la fatigue peser sur moi de plus en plus, et mon énergie vitale m'échappe à chaque nouvelle perte de sang entre mes cuisses…

— Jolly ? m'interpelle-t-il d'une voix suppliante, s'accrochant à moi comme s'il pouvait empêcher que je sombre dans l'inconscience. Jolly ! Reste avec moi, Jolly !

— Ta mère l'a frappée et elle a percuté la table. On… Je savais pas qu'elle était enceinte… On voulait juste l-lui faire peur. Ç-ça a dégénéré…

Je reconnais la voix pétrie de culpabilité de Shelly.

Roméo se fige et, possédé par un accès de fureur, rugit à en faire trembler les murs.

— Où est-elle ?

— Elle a filé par la porte de service, annonce Shelly d'un ton navré.

Roméo remue, et je sens que de ses bras puissants, il veut me reposer sur le sol : je m'accroche à lui comme à un radeau de fortune. Je me sens si faible… J'ai besoin de lui près de moi, besoin d'être dans ses bras.

— Ne me laisse pas… je t'en prie…, susurré-je, mon cœur brisé de voir ses si magnifiques yeux chocolat verser des larmes de deuil.

Dans les bras rassurants de Roméo, je dépose les armes et sens la douleur qui, bientôt, s'amenuise, s'éteint, comme si mon corps essayait de me dire que notre petit ange, malgré lui, nous adressait un dernier adieu…

— Mon chéri, je suis désolée… Notre… Notre bébé…

La dernière image que je vois avant que ma vision se trouble et que je sombre dans les ténèbres, c'est le visage superbe de Roméo, dévasté par la douleur.

Chapitre 24

Je n'entends d'abord qu'un signal parfaitement rythmé. *Bip… silence… bip… silence… bip…*

Ma gorge est si sèche qu'à chaque déglutition, j'ai l'impression qu'une pelote d'épingles meurtrit ma peau à vif. J'essaie de bouger un peu mes jambes douloureuses, mais tressaille quand une crampe me déchire le ventre.

J'entrouvre les yeux et découvre au-dessus de moi un plafond immaculé éclairé de tubes de néon. Un téléviseur allumé émet discrètement dans un coin, et des chaises de différentes couleurs ont été disposées autour de mon lit.

Je lève un bras… Il est relié à une perfusion. Je sens mon autre main toute chaude et, en tournant ma tête endolorie sur la droite, je le vois, mon Roméo : il dort, ses deux mains tenant la mienne. Il est avachi dans une chaise en plastique rouge, la tête posée sur le bord de mon lit, juste à côté de moi. La bouche entrouverte, il respire un peu fort, et une mèche de ses longs cheveux châtains se soulève et retombe à chaque expiration.

Il est magnifique.

J'admire mon petit ami en tâchant de me rappeler ce que je fais ici. Des images aléatoires fusent dans mon esprit, m'apportant quelques éléments de réponse : une bibliothèque, une douleur intense, des cris, du sang… La mère de Roméo… Notre bébé…

Saisie par un accès d'angoisse, je pose une main sur mon ventre. J'essaie de me déplacer, quand je sens Roméo serrer ma main. Je tourne la tête et il est là, il m'observe, ses yeux chocolat bouffis par la fatigue et les larmes, injectés de sang, lourds d'une tristesse indicible.

J'en reste littéralement paralysée.

— Roméo ? Est-ce que… Est-ce…

Je ne peux me résoudre à prononcer ces mots, tant j'ai peur qu'ils fassent de mon cauchemar une réalité. Je refuse d'y croire…

Roméo ouvre la bouche, puis la referme, incapable d'articuler quoi que ce soit, et des larmes remplissent ses yeux bruns, coulent le long de ses joues rugueuses et tombent en pierres lourdes d'affliction sur le drap blanc de mon lit. Je le regarde déglutir à grand-peine, puis il acquiesce sans me lâcher du regard, serrant ma main plus fort encore.

Je me recroqueville près de lui, tire nos mains jointes contre ma poitrine, et l'infinie tristesse qui m'enserrait le cœur se mue en sanglots pesants et graves. Comme s'il pouvait me protéger de cette torture intérieure, Roméo enveloppe mon corps du sien.

Nous venons de perdre notre bébé.

Je ne serai pas maman.

— Je suis tellement désolé… Tout est ma faute…

Je tourne la tête, renifle et m'essuie le nez d'un revers de main.

— Pourquoi est-ce que tu te le reproches ? Tu n'as rien fait, toi…

Roméo secoue la tête, encore et encore.

Je recule avec difficulté sur le lit et tire faiblement sur sa main pour l'inviter à s'allonger à côté de moi. Avec le peu d'énergie qu'il lui reste, Roméo grimpe à côté de moi sur le matelas trop étroit, et nous rapprochons nos fronts sur le maigre coussin blanc, nos mains jointes comme si nous étions en pleine communion, choyant notre amour entre nos paumes comme un objet sacré.

Roméo porte nos mains à ses lèvres et les embrasse.

— J'ai tué notre bébé, Jolly… Je n'ai pas réussi à te protéger… Je t'ai trahie…

L'émotion me serre la gorge au point que j'en reste presque muette : Roméo, la star du football américain, toujours solide et sauvage, est en train de s'effondrer sous mes yeux.

— Tu n'aurais rien pu faire…

Il ferme les yeux, scellant ses paupières.

— Je n'aurais jamais dû te laisser seule la moindre seconde. Je savais que mes parents manigançaient quelque chose… On n'aurait jamais dû y aller. J'aurais dû te laisser rester à la maison. Vous auriez été en sécurité, tous les deux… Et maintenant…

Il plaque le front contre nos mains jointes et verse des larmes, comme s'il était en train de se confesser.

Je laisse sa tristesse s'exprimer, puis, quand il est plus apaisé, je l'appelle d'une voix triste :

— Roméo ? J'ai le cœur brisé : le jour où, enfin, j'ai eu le sentiment d'être à l'abri du malheur, on m'a planté un poignard en plein cœur. Qu'est-ce qu'on a fait de mal pour qu'on nous prive de tout ? C'est comme si j'étais destinée à toujours perdre tous les gens que j'aime : ma mère, mon père, ma grand-mère et, maintenant, notre bébé… C'est trop de souffrance… Je n'en peux plus. Je n'y arrive plus…

Roméo me berce contre son torse. Il tremble.

— Je ne sais pas pourquoi tu as été privée de ta famille, ma chérie, et je sais que tu te sens brisée, mais pour notre bébé, c'est ma mère la responsable. Shelly a tout raconté à Ally : la note, les accusations… J'en ai fini avec eux, Jolly : ils sont toxiques. Pour moi comme pour toi. Tu es tout ce qu'il me reste… Ne nous abandonne pas, toi et moi. Ne… Ne fuis pas loin de moi…

Je ne ressens plus rien, plongée en pleine torpeur, mon corps bâillonnant la douleur. Je suis redevenue la Molly qui, il y a des mois, avant que Roméo ait réussi à briser ses boucliers, vivait en permanence sur la défensive, se protégeant du monde entier. Roméo couvre mon visage de baisers et de caresses.

— Qu'est-ce qui m'est arrivé ? Je ne me rappelle plus grand-chose.

Roméo tripote le bracelet d'hôpital à mon poignet, revivant en souvenir le traumatisme de la veille.

— L'ambulance est arrivée et t'a amenée ici. Je suis venu avec toi. Nos amis sont encore en bas : ils n'ont pas bougé depuis ton hospitalisation. Ça fait vingt-quatre heures que tu es là. L'impact contre la table a causé une hémorragie interne... Il va falloir que tu te fasses opérer.

Je lève les yeux et, avec une fascination toute détachée du tragique de la situation, compte les dalles blanches du faux plafond.

— Je peux encore avoir des enfants ?

Roméo dégage une mèche de cheveux sur mon front, mon corps engourdi toujours dans ses bras.

— Oui, c'est la première chose que j'ai demandée aux médecins. Je savais pas si tu voudrais retomber enceinte tout de suite ou... Enfin, tu en penses quoi ? Est-ce que tu voudrais qu'on réessaie quand tu iras mieux ? Je... Je veux juste qu'on fasse ce qui te rendra le plus heureuse, quel que soit ton choix.

Je me raidis, et il me serre plus fort.

— Excuse-moi, Jolly, je n'aurais pas dû parler de ça. C'est trop tôt, trop abrupt. Je suis désolé... Pour tout. Je t'aime tellement, et notre petit ange nous rendait si heureux... On était... une famille. J'ai peur de... de te perdre, toi aussi. Je n'arrivais pas à penser à autre chose pendant que tu te reposais.

J'essaie de me détendre en humant le parfum de menthe et de savon mêlés si singulier de Roméo, mais ne peux prononcer le moindre mot. Je sais qu'il a besoin de me sentir forte, de m'entendre lui promettre que je resterai avec lui, que tout finira par s'arranger... Mais j'en suis incapable. La vérité, c'est que je ne veux plus penser à rien. Je veux fuir ce lit d'hôpital qui me rappelle que j'ai perdu mon enfant et que mon petit ami a le cœur brisé à jamais.

J'agrippe son tee-shirt rouge préféré de la Tide et ne le lâche que lorsque nous avons déversé tout ce que nous avions de larmes, et qu'il ne s'élève plus dans la chambre le moindre bruit.

* * *

Mes amis viennent me voir : défaits, ils me présentent leurs condoléances, et me guident vers des discussions superficielles en évitant plus que tout le sujet tabou des enfants, tâchant de leur mieux de me changer les idées.

Ils se donnent beaucoup de mal pour rien : je ne ressens plus la moindre émotion, et pas une seule fois je ne réponds à qui que ce soit.

Roméo est avachi à côté de moi sur le lit : il fait fi des regards sceptiques des médecins, et ne bronche pas lorsque les infirmières viennent à tour de rôle découvrir ce petit ami dévoué qui refuse de s'éloigner une seconde de celle qu'il aime. Tous comprennent, en tout cas, que le quarterback de la Tide n'a que faire de ce qu'ils appellent « les heures de visite », et ils le laissent dormir chaque nuit dans mon lit.

Tel est le pouvoir du football en Alabama.

Roméo tente désespérément de me parler, mais je reste silencieuse. Je dors… beaucoup. Et, quand je ne dors pas, je reste à ses côtés, allongée dans un état semi-comateux. Je ne suis plus qu'une sorte de mort-vivant, absente de corps et d'esprit.

Après plusieurs jours de convalescence, le médecin m'annonce qu'au matin, je serai autorisée à sortir. Roméo n'attend pas pour préparer mes affaires, les rangeant dans le sac apporté par Ally : il peine à cacher son soulagement à l'idée que nous serons bientôt de retour à la maison, chez nous.

Chez nous ?

Où pourrais-je me sentir chez moi ? L'Angleterre héberge les souvenirs de mes parents décédés, et l'Alabama ceux de mon enfant perdu… Je n'ai plus nulle part où me sentir en sécurité.

Le professeur Ross est passée me voir, effondrée, m'assurant de sa sincère et douloureuse sympathie. Elle part ce soir pour Oxford, et Roméo et elle ont jugé préférable que je ne voyage pas. Roméo me l'a annoncé prudemment, de peur que je proteste et insiste pour présenter ma partie de cet article sur lequel j'ai travaillé pendant presque un an, mais je me contente d'un haussement d'épaules et me rendors. En temps normal, oui, j'aurais protesté, mais aujourd'hui, je ne trouve même pas la force de me sentir véritablement concernée par l'événement.

Chaque fois que je lui tourne le dos dans le lit, Roméo soupire et se serre contre moi. Il me scrute, le regard infaillible, et traque mes moindres gestes. Il voit bien combien je suis brisée. Je sais que lui aussi est dévasté, mais j'ai peur de compatir, car je crains, si je baisse ma garde, de ne pas survivre à l'afflux de souffrance qui en découlera inévitablement. Il ne cesse de me répéter qu'il m'aime, et me supplie de ne pas le quitter.

Je ne promets rien.

Mon sac est prêt et le début de soirée approche, quand le téléphone de Roméo sonne. Je me retourne en le voyant se pincer l'arête du nez.

— Qu'y a-t-il ?

— C'est le coach. Il veut que je participe à une action de charité au stade, ce soir. J'ai manqué beaucoup d'entraînements : il aimerait que son quarterback soit là, pour que tout le monde sache que je ne lâcherai pas l'équipe avant la finale.

— Vas-y.

Il tourne aussitôt la tête vers moi.

— Je ne peux pas te laisser. Tu as vu l'état dans lequel tu es ?

— Bien sûr que si. Je suis fatiguée de toute façon. J'ai besoin de me reposer.

Il pousse un grognement frustré et plante son poing furieux dans le mur de ma chambre.

— Bordel, Jolly ! Comment ça se fait que tu sois encore fatiguée ? Ça fait des jours que tu pieutes ! Tu fous rien, merde ! Je sais bien que tu t'es fait opérer, mais les médecins disent que tu devrais aller mieux, déjà… Tu te planques, Shakespeare : faut que tu te bouges ! J'ai essayé de… Non, j'ai été patient, mais ça suffit. Ça va trop loin ! T'es pas la seule à avoir perdu un bébé : moi aussi ! Moi aussi, et tu me traites comme un étranger ! Tu ne me lâches plus le moindre mot. J'étais le père de cet enfant, merde ! Je peux pas mener ce combat tout seul, Jolly… C'est trop, tout ce qui se passe : m'occuper de toi, mener l'équipe vers le titre avec la pression de tout un État sur les épaules… J'ai besoin de toi, Jolly, de ton énergie. Pas que tu m'entraînes avec toi au fond du gouffre ! Qui est-ce qui me soutient, moi, hein ? Moi aussi, je vis un deuil !

Je l'observe, tandis que la rage qui le hantait au temps de notre rencontre reprend peu à peu possession de son corps. Il rive dans mon regard ses yeux chocolat, approche de mon lit à grands pas, me soulève et écrase les lèvres contre les miennes sans autre forme de procès.

Comme je ne lui rends pas son baiser, il me laisse retomber sur le matelas dans un grognement de frustration.

— Bordel de merde ! Pitié, Jolly, tu me fous les jetons, OK ? Je t'en prie, il faut que tu luttes ! On ne changera pas le passé : on n'a pas d'autre choix que lutter, merde ! (Je me détourne et perds le regard dans le vide.) Tu ne supportes même plus de me regarder, c'est ça ?

Je grimace et me retourne soudain vers lui.

— Voilà, je te regarde ! lui craché-je au visage. Alors, dis-moi, maintenant, ce contre quoi je suis censée lutter, OK ? Ce dont je dois me remettre ? Du fait que ta putain de mère a tué mon bébé, c'est ça ?

Roméo a un mouvement de recul, comme si je venais de le frapper en plein visage.

— Notre bébé, rétorque-t-il, les mâchoires serrées. Ne l'oublie jamais… J'ai été avec toi du début à la fin. Et je suis encore là, d'ailleurs ! Juste là, putain, à essayer de te sortir de cet enfer !

Je hausse les épaules, geste désincarné, et lui tourne le dos. La tristesse et la culpabilité se bousculent dans ma gorge, mais je les ravale et les enfouis au plus profond de mon âme. Je ne peux me permettre de ressentir quoi que ce soit.

— Tu sais quoi, Jolly ? Je me casse d'ici. Que le monde entier aille se faire foutre !

Roméo sort de la pièce, et je le regarde filer à grandes enjambées dans le couloir, le dos raidi par la tension.

J'expire lentement, ferme les yeux, et m'endors en espérant ne jamais me réveiller.

* * *

Je suis tirée du sommeil par le claquement d'un journal abattu sur ma table de chevet. Au pied de mon lit se dresse Kathryn Prince, éméchée comme jamais : la porte de ma chambre est fermée, et les rideaux tirés.

Je suis prise au piège.

— Qu'est-ce que vous faites ici ? pesté-je, furieuse, en m'adossant tant bien que mal à mon traversin.

Elle sourit, vacille jusqu'à la chaise placée à côté de mon lit et s'y laisse tomber. Une horrible odeur de whisky me donne aussitôt envie de vomir. Jamais je ne l'ai vue si mal mise : ses cheveux blonds d'ordinaire impeccables pèsent sous des nœuds disgracieux, des cernes profonds et violacés soulignent ses yeux, et son rouge à lèvres s'étale par endroits au-delà de sa bouche.

Elle se penche en avant et, le visage tordu par un rictus malveillant, pointe sur moi un index osseux.

— Tu nous as ruinés, petite putain…

Je la dévisage sans ciller, luttant pour ne pas céder à l'angoisse que je sens naître dans ma poitrine.

— Vous vous êtes ruinée toute seule : vous avez assassiné notre bébé ! Votre petit-enfant !

— Cette abomination n'aurait jamais dû germer dans ton ventre, traînée. Ce n'était qu'un petit tas de merde, comme sa mère !

J'ai soudain l'impression d'avoir été crucifiée, mains et pieds cloués : mon bébé n'était pas un tas de merde. Il était la perfection même. C'était notre enfant.

Mrs Prince pousse le journal vers moi.

— Lis. Le rédacteur en chef – qui ne tient guère mon mari dans son cœur – m'en a envoyé une copie avant publication. Un petit cadeau pour nous remercier de l'avoir poursuivi en justice il y a quelques années.

Je m'empare du journal, les mains tremblantes.

— Putain… Je comprends, maintenant…

— La lecture promet d'être intéressante, n'est-ce pas ?

Sur la couverture apparaît une photo de moi à la plantation le soir du dîner : on m'évacue sur une civière, ma robe blanche maculée de sang, un masque à oxygène sur le visage, tandis qu'un Roméo terrorisé, lui aussi couvert de sang, me serre la main. En parallèle, une photo de Mr Prince en costume devant le siège de la société Prince Oil.

Le titre annonce : « Blanchiment d'argent chez les Prince : la petite amie du quarterback de la Tide perd son bébé. »

Je sens mon cœur voler en éclats et me redresse d'un bond en me massant le sternum pour atténuer la douleur.

En vain… C'est trop pour moi.

Cette image… Cette image de moi en train de perdre mon bébé…

La douleur me ronge de l'intérieur. Je n'y arrive pas : je ne supporte pas la réalité de cet instant figé sur le papier, celle de Roméo me tenant la main, l'air dévasté.

Un rire cruel s'élève dans ma chambre, et je vois Kathryn Prince s'approcher.

— Tu verrais ta tête ! Le jeu en valait presque la chandelle… (Elle fait un pas de plus vers moi.) Tu as tourné ma famille en ridicule, putain du diable : va-t'en ! Quitte l'Alabama et ne reviens jamais ! Il ne te reste rien, ici : Rome ne voudra plus de toi après cette histoire, après que tu as sali sa réputation et détruit les affaires de sa famille. Si tu restes, je t'emporterai avec moi au fond du gouffre, j'en fais la promesse ! À cause de toi, les Prince seront bientôt la risée de tout l'Alabama…

— C'est pour ça que vous le poussiez à épouser Shelly ? Vous vouliez l'argent de son père ? Vous aviez besoin de tisser ce lien légal, avant qu'il découvre ce que vous maniganciez ?

Soudain, tout s'explique : Roméo avait raison de se montrer suspicieux.

— Oui, et le pion de la pute de mon mari l'aurait épousée, s'il ne t'avait pas rencontrée ! Maintenant, tout le monde est au courant… Mon mari a été arrêté. Nous avons tout perdu à cause de toi ! Tout !

— Non ! C'est vous qui avez causé votre perte ! rétorqué-je, cinglante.

Elle lève une main et m'assène un violent coup de poing dans le ventre. Je hurle de douleur. En pleine panique, je tâtonne au bord du lit à la recherche du bouton d'appel, mais Mrs Prince passe ses mains à mon cou et commence à m'étrangler. Je trouve le bouton d'urgence de justesse et le martèle désespérément. La peau de mon cou s'échauffe et, lorsque ma vision se trouble, j'entends une infirmière débouler dans la pièce.

— À l'aide… Pitié…

L'infirmière interpelle aussitôt la sécurité, puis éloigne sans ménagement Kathryn Prince de mon lit, lui plaquant les bras dans le dos. Je tousse et crachote, tandis que les responsables de la sécurité évacuent la mère de Rome, ivre, qui continue de jeter des coups de pied en tous sens en hurlant.

— Je vous détruirai, si tu restes ! Je vous détruirai tous les deux ! Je n'ai plus rien à perdre !

Je laisse tomber ma tête entre mes mains. La démesure de ces derniers jours m'étouffe. Une souffrance déchirante déferle en moi, m'engloutit, me noie…

Je ne peux plus rester ici. Je dois fuir cette douleur et cette tristesse.

— Ça va, Molly ?

Je lève les yeux : une jeune infirmière râblée s'est assise à côté de moi sur le lit et me tient par la taille.

J'acquiesce.

— Vous êtes sûre ?

— Oui.

— La police arrive, OK ? Ça va aller.

J'essaie de m'extirper de mon lit.

— Non, non ! Stop ! Je n'en peux p…

L'infirmière me retient d'un bras puissant, tout en cherchant à me rassurer d'une voix douce.

— Cette femme vous a agressée, Molly. Vous devez porter plainte.

Je m'effondre contre elle. Elle a raison… Et ce sera la dernière chose que je ferai pour Roméo. Je l'aiderai en m'assurant que sa réputation ne sera pas davantage ternie par ma faute. Ses parents sont au bord du gouffre : je n'ai plus qu'à les pousser dans le vide, et Roméo sera enfin libre.

— OK, acquiescé-je.

— Vous êtes courageuse, c'est bien, Molly… Voulez-vous que je contacte Roméo pour vous ?

Je feins un sourire et fais « non » de la tête.

— Non, ne vous embêtez pas. Il assiste à un repas de charité au stade, et je ne voudrais pas qu'il se sente obligé de partir. Son équipe et les fans ont besoin de lui là-bas.

Elle me serre gentiment le bras.

— Vous êtes de bonnes personnes, vous et lui, mademoiselle Shakespeare. De bonnes personnes.

Elle quitte ma chambre et, quelques instants plus tard, la police arrive. Tout au long de ma déposition – que je livre sincèrement, jusqu'au dernier petit détail –, j'ai l'impression que mon âme entière se brise comme un palais de cristal.

Quand la police s'en va, je récupère mon téléphone sur la table de nuit.

— Molly ? Tout va bien ? me répond la voix du professeur Ross.

— Professeur ? Vous êtes déjà partie pour l'aéroport ?

— Je suis dans ma voiture, pourquoi donc ?

— Mon billet est encore valable ?

— Eh bien, oui, mais… Molly, tu n'es peut-être pas en état de…

— Je vais bien. Les médecins ont signé mon autorisation de sortie. Vous pourriez passer me prendre à l'hôpital ?

— Maintenant ?

— Oui, maintenant, dis-je d'un ton impatient.

Un long silence me répond, mais Suzy finit par pousser un soupir vaincu.

— Je serai là dans quinze minutes.

— Je vous attendrai dehors.

Je raccroche, serre les dents et retire la perfusion de mon poignet. Je tends la main vers mes affaires, tressaillant lorsqu'une douleur insidieuse me perce le ventre, enfile mon jean et un tee-shirt et récupère mon sac de voyage. Ensuite, je sors dans le couloir désert et me dirige vers la porte d'entrée de l'hôpital : dehors, Suzy est en train de se garer. Je monte à l'avant, à côté d'elle.

Elle me dévisage, suspicieuse.

— Tu t'enfuis une fois de plus, n'est-ce pas, Molly ?

— Je ne supporte plus d'être ici, avoué-je d'une voix presque inaudible.

Suzy quitte le parking de l'hôpital et rejoint la route.

— Roméo n'est pas au courant, n'est-ce pas ?

— Lorsqu'il l'apprendra, je serai à quinze mille mètres d'altitude… Il sera plus heureux sans moi…

Elle se retourne soudain vers moi. Sa déception est manifeste.

— Non, Molly : c'est faux et tu le sais aussi bien que moi ! Tu ne peux pas…

— Je pars, professeur ! Je vous en prie, je ne peux plus… Il faut que je quitte cet endroit !

Elle se passe une main ridée sur le front.

— Tu as ton passeport ?

— Il est dans mon sac. J'en avais besoin pour un justificatif d'assurance maladie. Coup de chance…

— Dans ce cas, on est reparties pour Oxford…

Je pose la nuque contre l'appuie-tête et regarde les champs de maïs jaunes défiler en torrent flou de l'autre côté de la vitre. Je revois en esprit le visage de Roméo, et des larmes coulent le long de mes joues. L'espace d'un instant, je suis prise d'un doute… Mais dès que je repense à la photo dans le journal, il se dissipe.

Je dois quitter cet endroit.

Fuir loin d'ici.

Chapitre 25

Université d'Oxford

— Mademoiselle Shakespeare et moi-même vous remercions d'avoir suivi cette présentation.

Le professeur Ross me retrouve en bord d'estrade, tandis que le public de trois cents personnes nous honore d'applaudissements satisfaits.

Nous serrons la main au doyen, puis je m'absente poliment de l'amphithéâtre suffocant, me hâtant au-dehors en quête d'une grande bouffée d'air frais. Je déboule dans le campus et le froid hivernal me gifle en plein visage, m'offrant la décharge dont j'ai besoin. Je lève les yeux au ciel, et de grands flocons délicats caressent ma peau gelée. Je me sens vivante… Au moins à demi, en tout cas : je me sens toujours aussi fermée au monde extérieur.

J'enfile mes gants de cuir noir et balaie du regard le campus désert. Une neige immaculée recouvre les hautes flèches et les toits des bâtiments, jetant sur la prestigieuse université une ambiance magique et hivernale toute dickensienne. J'adore Oxford en hiver. Pour moi, c'est l'un des plus beaux endroits au monde : c'est ma Mecque, mon Saint Graal… Enfin, cela l'était. Avant. Aujourd'hui, je ne m'y sens plus vraiment à ma place. J'ai l'impression de ne plus être qu'une vagabonde égarée loin, très loin de chez elle.

La plupart des étudiants sont partis pour les vacances, si bien que je passe la journée de Noël seule dans ma chambre avec un grand verre de vin en tâchant de ne pas trop réfléchir à ce qu'aurait été cette même journée chez Ally, à Birmingham. Avec Roméo… Et notre bébé.

Quand Suzy et moi sommes arrivées à Oxford, on nous a dit que les organisateurs avaient dû repousser notre présentation d'une semaine, ce qui me convenait tout à fait : l'équipe d'archéologues en fouilles sur le campus a possiblement découvert les ruines d'un tombeau royal, si bien qu'on a préféré leur donner l'entière priorité de façon qu'ils puissent annoncer leur trouvaille à la presse. Moi, en tout cas, j'en étais ravie : j'avais besoin de me remettre des récents événements.

Roméo me manque. Il me manque même tellement qu'il m'arrive de penser que je suis en train de mourir à petit feu, loin de lui. Deux semaines ont passé depuis notre arrivée en Angleterre, et je n'ai encore consulté ni mon journal d'appels, ni mes e-mails. Je l'aime passionnément, mais je ne peux revenir en arrière : tout le monde en Alabama est au courant pour ma fausse couche, et je doute de pouvoir supporter de me retrouver face à la commisération d'un État entier.

Je lâche une longue expiration pour mieux recouvrer mon calme, puis pars pour la Radcliffe Camera, une bibliothèque hallucinante qui abrite des milliers de livres dans mon domaine. La douleur s'atténue lorsque j'étudie : je réfléchis moins à Roméo, plongée dans les livres. Ils m'aident à oublier.

La neige crisse sous mes bottes d'hiver comme un tapis de feuilles séchées, et je me blottis dans mon épais manteau noir. Je suis à quelques pas de la bibliothèque quand on m'interpelle.

— Molly ? Molly Shakespeare ? C'est toi ?

Je me retourne pour découvrir le visage médusé d'Oliver Bartholomew.

Je jure intérieurement devant le mauvais hasard de cette rencontre.

— Hé, Oliv', ça fait un bail…

Un immense sourire fend soudain son visage, et il s'approche de moi pour me donner une accolade aussi brève que maladroite.

— Bon sang de bonsoir, Molly ! J'ai bien failli ne pas te reconnaître ! Et tes lunettes, alors ? Et tes cheveux, tu... Tu as changé, c'est dingue ! Ça te va très bien, d'ailleurs, hein, ne... Ne te méprends pas..., bredouille-t-il en me toisant de son regard bleu saphir.

— Merci. Je porte des lentilles, maintenant. Pour les cheveux, c'est une amie américaine qui s'en est occupée... Elle s'est chargée de me relooker complètement, à vrai dire..., expliqué-je en me désignant d'un geste de main.

— Eh bien, elle s'est surpassée ! Tu es magnifique. Cela dit, tu as toujours été magnifique.

Je baisse la tête, les lèvres crispées. Ce genre de compliments ne me touche que lorsqu'il vient de Roméo... Une volée de souvenirs tente de resurgir dans ma mémoire. Je retiens ma respiration quelques secondes pour mieux les éloigner.

— Un petit café, ça te dirait ? lance Oliver, me libérant de ma torture intérieure.

Sa voix m'a suffisamment surprise pour me rappeler au réel. Je lève les yeux vers lui et découvre son regard plein d'espoir.

Pauvre Oliver... La dernière fois qu'il m'a vue, il m'avait déflorée et, le lendemain matin, j'avais disparu pour ne jamais reparaître. Il n'avait pas mérité que je le traite ainsi.

— Molly ? Un café ?

Je tourne le regard vers la bibliothèque, puis le repose sur lui. J'aimerais refuser.

— Je ne te prendrai pas beaucoup de temps, c'est promis. (Il a attrapé du bout des doigts la manche de mon manteau, la tête basse.) Tu m'as manqué...

— OK, cédé-je.

Le visage d'Oliver s'illumine d'un nouveau sourire, et nous marchons bientôt côte à côte, en silence.

Quinze minutes plus tard, nous sommes assis près de la vitre du café du campus. Oliver commande un thé English Breakfast pour lui et un cappuccino pour moi.

En le regardant, je me rappelle combien c'est un chouette type, si gentil et humble. Jamais je ne l'en ai remercié, durant notre brève relation. Si tant est qu'on puisse la qualifier de relation… Il ne connaissait rien de moi, mais c'était entièrement ma faute. Je ne me suis jamais livrée à lui.

Oliver est assis en face de moi, son écharpe de l'équipe d'aviron d'Oxford nouée au cou, son pull en cachemire rouge mettant en valeur sa silhouette svelte et ses cheveux châtain foncé.

— Alors, Molly ? Comment ça s'est passé aux États-Unis ? Pourquoi est-ce que tu es revenue ?

Je joue d'un geste nerveux avec mon gobelet de café.

— C'était… cool. Différent. J'ai continué à bosser pour le professeur Ross sur son article de philo : on vient de terminer la présentation de notre travail.

Son visage s'éclaire, et il hausse les sourcils.

— Et alors ?

— Il a été très bien reçu. Je crois que l'article sera publié le mois prochain dans la revue de philosophie d'Oxford.

Il me sourit de toutes ses dents.

— Je suis tellement fier de toi ! Publiée à vingt ans : parfait pour une future prof de fac ! J'ai toujours su que tu y arriverais.

— Merci. (Je sirote une gorgée de café et essaie de trouver un sujet de conversation pour meubler un peu notre échange.) Qu'est-ce que tu fais encore à la fac ? Tu ne devrais pas être dans votre propriété pour les fêtes de Noël, à donner de l'accolade à de nobles gens ?

Il pouffe.

— Je devrais oui, mais je fais partie de l'équipe d'archéologues qui a trouvé la tombe royale. Ce qui ne plaît pas vraiment à ma mère, d'ailleurs : elle pense que je gâche ma vie à farfouiller dans la boue à la recherche de vieux os… En attendant, quelle aventure extraordinaire ! Je viens de terminer mon premier semestre de première année de doctorat, et je ne m'imagine plus faire autre chose.

Son accent britannique aristo au possible m'arrache un sourire. Je le taquinais souvent à ce propos, en lui disant qu'il me faisait penser au prince William : vu les ridules amusées au coin de ses yeux, je pense qu'il a compris que c'est exactement ce à quoi je suis en train de penser.

— Où est-ce que tu vas passer ton doctorat, au fait ? Tu restes aux États-Unis ou tu reviens ici ?

Il gagne en enthousiasme, plein d'espoir à l'idée de cette seconde option.

Je hausse les épaules, le regard perdu de l'autre côté de la vitre où quelque étudiant se hâte parfois pour fuir la neige.

— Je pensais rester aux États-Unis, mais… Enfin, je ne sais pas trop.

Oliver m'observe attentivement en penchant légèrement la tête, l'air déçu pour moi.

— Oh, ce n'était pas à la hauteur de tes attentes…

— Je ne sais pas vraiment ce à quoi je m'attendais, à vrai dire… En tout cas, ma vie a sacrément changé. Est-ce qu'elle me convient ? Je ne sais pas. C'est tellement différent du quotidien en Angleterre… Et encore, c'est un euphémisme.

Le silence s'installe à notre table. Les yeux rivés sur ma tasse, je sens qu'il me dévisage. L'heure est venue pour moi de m'excuser…

— Oliver ?

Celui-ci agrippe de ses mains crispées le bord de la table, les doigts tremblants.

Je pose une main sur l'une des siennes.

— Je te dois des excuses… Des excuses que tu attends depuis trop longtemps…

Il se tourne vers la vitre.

— Pourquoi est-ce que tu m'as quitté comme ça ? Je n'ai pas été un bon petit ami ? Et puis, il y a eu… enfin… notre dernière nuit… J'ai fait quelque chose de mal ?

Ma gorge se serre.

— Rien, Oliver. Rien du tout. Tu n'étais pas un mauvais petit ami, au contraire : tu as été adorable avec moi. Si quelqu'un n'a pas été à la hauteur, c'est moi, Olly.

Il se retourne vers moi.

— Tu m'as brisé le cœur en disparaissant comme ça. Quand j'ai appris de camarades de promo que tu étais partie rejoindre le professeur Ross en Alabama, je suis tombé des nues. Tu savais depuis des mois que tu partirais à l'étranger pour ton master, et tu ne m'as rien dit. Tu as… couché avec moi, et puis… tu as disparu sans la moindre explication… J'ai trouvé ça vraiment cruel de ta part.

— Ça l'était. En plus d'être totalement égoïste. Tu méritais infiniment mieux que ça… Je suis sincèrement désolée de t'avoir traité ainsi, Olly.

— Molly…

Je lève une main pour l'interrompre.

— Si tu as un peu de temps, j'aimerais que tu me laisses une chance de te parler un peu de moi, de… de mon passé. Peut-être que ça t'aidera à comprendre qui je suis et pourquoi j'ai agi ainsi avec toi… Je pense que tu mérites de le savoir.

Il pousse un soupir reconnaissant et me sourit.

— Rien ne pourrait me faire plus plaisir.

Je passe les deux heures suivantes à partager avec lui mon passé, sans en omettre le moindre détail, y compris mon départ subit après que nous avons fait l'amour.

Lorsque j'en ai terminé, Olly, les épaules tombantes et les yeux ronds, expire lentement, le souffle tremblant.

— Molly… je ne savais pas, c'est… incroyable.

Je lui adresse un sourire, crispé certes, mais je me sens mieux, comme soulagée d'un poids. Partager ces souvenirs intimes a bel et bien eu sur moi un effet thérapeutique.

— Tu méritais de savoir. Je suis tellement confuse que ça ait pris tant de temps pour en arriver là… J'aurais pu nous épargner ce chagrin.

Oliver pose un coude sur la table, puis le menton dans sa paume. Il m'analyse. Il a lu quelque chose sur mon visage.

— Parle-moi de lui.

— De ?

— Du garçon dont tu es amoureuse.

— Je ne…

Il me prend la main avec délicatesse.

— Si tu savais comme j'aurais aimé que tu parles de moi avec cette étincelle dans le regard… Sentir que j'avais une telle importance à tes yeux, me dit-il avec un sourire bienveillant.

— Pardon ?

Il baisse les yeux.

— J'étais amoureux de toi, Molly Shakespeare, mais ça n'a jamais été réciproque. J'ai essayé de me faire une place dans ton cœur… En vain. J'aurais aimé que tu te confies à propos de toi, de tes problèmes, de ton passé, mais tu ne m'as jamais accepté comme confident. Je n'étais pas le garçon qu'il te fallait… Je le comprends à présent. (Il rive dans le mien ce regard saphir si plein de gentillesse.) Je ne le connais pas, mais ça doit être un sacré type : tu n'es plus du tout la même, aujourd'hui. Adieu la jeune fille introvertie et timide que je connaissais. Tu es plus forte désormais. Une nouvelle Molly.

Je laisse tomber ma tête entre mes mains et me mets à pleurer. Oliver se lève de sa chaise et vient s'installer à côté de moi, avant de me prendre dans ses bras. Cela me fait du bien de me sentir de nouveau enlacée, mais Roméo me manque ; Roméo et ses bras plus puissants, plus protecteurs, son torse plus large. Qui plus est, le doux parfum qui émane d'Oliver – quelque après-rasage de luxe, je gage – n'est ni celui de la menthe ni celui du savon de l'homme qui me manque tant.

Oliver n'est pas mon Roméo.

— Molly, Molly… Ne pleure pas. Il n'y a pas de problèmes, que des solutions.

Je relève la tête.

— Ça s'est si mal terminé… On a eu trop de choses à encaisser, c'était trop de pression, alors… J'ai fui… Une fois de plus. Comme avec toi. Je me hais d'être partie, mais c'était trop pour moi.

— Hé… Du calme, Molly, du calme.

Mais, il est trop tard pour que je puisse me calmer : j'ai enfin rouvert la porte aux émotions, et elles me dévastent avec la puissance inouïe d'une vague de fond.

— On nous a arraché, volé, détruit ce à quoi nous tenions le plus, et je l'ai laissé affronter ça tout seul. Le match le plus important de sa vie approche, et tout ce que je fais, c'est me morfondre sur son absence, alors que c'est moi qui ai tout foutu en l'air en le quittant quand il avait le plus besoin de moi. Comment est-ce que je pourrais revenir après ça ?

Oliver remue dans son siège et prend un air confus.

— Quel match ?

— Il fait du foot américain.

— Oh, super. Il joue bien ?

Je lâche un rire nerveux.

— C'est un euphémisme : c'est un vrai tueur.

Oliver secoue la tête, incrédule.

— Molly Shakespeare en couple avec un joueur de football américain ? Voilà un dénouement que je n'avais pas vu venir. On ne parle pas de polo ou de cricket, c'est sûr, mais je reste convaincu que les sportifs, quels qu'ils soient, sont de bonnes personnes : je suis sûr que ton homme ne déroge pas à la règle.

Je mets un petit coup de poing amical dans son bras mince.

— Ce n'est pas qu'un joueur de foot américain : c'est aussi la personne la plus courageuse et la plus prévenante que j'aie jamais rencontrée. Il me comprend comme personne avant lui. C'est mon âme sœur… Ma vie.

— Molly, la petite amie du footballeur américain, sourit Oliver, incrédule, en secouant la tête.

— Tu n'imagines pas, Olly : l'État entier vénère son équipe, le vénère lui, même ! Le stade, c'est plus de cent mille personnes… C'est hallucinant ! Les matchs sont retransmis à la télé, l'équipe est sponsorisée par des marques internationales… Et il a fallu que je tombe amoureuse du joueur le plus révéré du pays.

Oliver prend ma main avec bienveillance et me regarde droit dans les yeux.

— Dans ce cas, Molly, il n'y a guère qu'une question à se poser : pourquoi es-tu attablée avec moi dans un fichu coffee shop au lieu de te réchauffer dans les bras de ta superstar d'âme sœur en Alabama ?

Je lui rends son regard tandis que ses mots prennent tout leur sens en mon esprit.

Il a raison… Qu'est-ce que je fous ici, bordel ?

Je me relève d'un bond.

— Olly…

— File, Molly. Je comprends. (Il se lève, tout auréolé de la classe *british* du gentleman anglais qu'il incarne si bien, et dépose un baiser sur chacune de mes joues.) Quand tu es partie sans un mot l'année passée, cela m'a dévasté, mais je comprends aujourd'hui que tu ne m'étais pas destinée. Ton nouveau petit ami est un chanceux gaillard.

— Non, c'est moi qui suis chanceuse d'avoir Roméo.

— Roméo ?

— Oui. Roméo Prince.

Oliver se masse le front et glousse sans moquerie.

— Eh bien, mademoiselle Molly *Juliette* Shakespeare, je crois que le destin essaie de nous dire quelque chose, ici. Allez, tu ferais mieux d'aller rejoindre ton Roméo au plus vite. Si j'ai bien suivi, il a la fâcheuse habitude de s'attirer des ennuis en ton absence.

Je souris à sa pique amicale, et pose sur sa joue glabre et douce un long baiser reconnaissant.

— Au revoir, Oliver. Merci pour… pour tout.

— Non, merci à toi, Molly. Je te souhaite plein de belles choses pour ta nouvelle vie en Amérique.

Ma détermination ressuscitée, je me rue vers la résidence d'accueil de l'université aussi vite que possible. Une fois sur place, je cavale jusque dans ma chambre où je balance mes affaires sans ménagement dans mon sac. J'ai bientôt terminé de ranger mes affaires, lorsque quelqu'un frappe à la porte.

— Molly ? Je peux entrer ?

Suzy.

Je l'invite à l'intérieur et, après un regard circulaire à ma chambre vide, elle lève vers moi un regard paniqué.

— Tu disparais encore ? Où vas-tu cette fois-ci, Molly ? Il va falloir que tu arrê…

— Je rentre, l'interromps-je.

Elle perd sa grimace sévère et une étincelle d'espoir ravive ses yeux d'un gris laiteux.

— Où donc ?

— En Alabama. Enfin, non, pas exactement… (Je jette un coup d'œil au calendrier sur le mur.) Je vais à Pasadena, en Californie. Au Rose Bowl Stadium pour être exacte.

Un sourire solaire naît sur le visage à la peau si fine de Suzy.

— Oh, merci Molly… Qu'est-ce qui t'a fait changer d'avis ?

— Un vieil ami m'a mis devant les yeux combien j'aime Roméo et combien il me manque. Il avait besoin de moi, et je l'ai abandonné. Je dois rentrer et réparer cette erreur, expliqué-je, les doigts noués. Ça va être difficile de retourner là-bas après… après… Enfin, vous savez. Mais je dois le faire. Pour lui.

Suzy me prend la main.

— Molly, j'aimerais te parler de quelque chose, avant ton départ.

— Très bien…, dis-je, avant de regarder ma montre avec impatience.

Elle esquisse un sourire maternel.

— Tu me rappelles la jeune Suzy, m'avoue-t-elle. Tu aimes la philosophie, tu veux devenir enseignante, et la vie ne t'a pas épargnée.

Je m'assieds sur mon lit, soudain anxieuse au vu de la direction que prend sa tirade.

— Mon père est mort à la guerre, Molly. Je te l'avais dit ?

— Non.

Ma surprise est sincère.

— Il a pris une balle en France. J'étais très jeune quand c'est arrivé, mais je l'ai gardé longtemps en moi : cela m'a pesé, affectée, freinée comme la mort de ton père l'a fait pour toi. Les années ont passé, et j'ai fini par reprendre ma vie en main. Lorsque je suis arrivée à Oxford – une prouesse fort remarquable pour une jeune fille à mon époque –, j'ai rencontré Richard : soigné, très bel homme… La première fois que j'ai effleuré sa peau, j'ai su sans l'ombre d'un doute que j'étais folle amoureuse. Six mois plus tard, nous étions mariés. C'est exactement ce que tu vis avec ce jeune Mr Prince. Je vous ai observés dans l'amphi : tout de suite, j'ai vu comme tu avais changé à son contact, et pas qu'en apparence.

Je noue mes doigts entre eux avec nervosité, puis entends Suzy lâcher un soupir tressaillant.

— J'ai perdu cinq bébés dans ma vie, Molly.

Je hoquette et me couvre la bouche des deux mains, mais elle se penche et me tapote le genou.

— Ne pleure pas. Je suis une vieille dure à cuire, aujourd'hui.

Je prends sa main et la serre, compatissante.

Suzy pose sur nos mains jointes un regard vide.

— Aucune de mes grossesses n'est arrivée à terme. Après la cinquième fausse couche, on m'a annoncé que je ne pourrais même plus tomber enceinte. Richard et moi avons, bon gré mal gré, fini par accepter notre destin. Et nous avons vécu une vie fantastique.

— Suzy, je…

— Chuuut, ma douce, je ne te dis pas ça pour m'attirer ta commisération. C'est même tout le contraire : malgré ton jeune âge, tu as déjà trop souffert, mais c'est ainsi, et tes épreuves ont fait de toi ce que tu es. Tu en es sortie plus forte, et ces événements t'ont finalement menée vers ton destin. Un destin que tu vas devoir arrêter de fuir.

J'essuie mes larmes naissantes d'un revers de la main.

— J'aimerais juste… me sentir enfin chez moi quelque part… Où que je débarque, j'ai l'impression de ne découvrir qu'un peu plus de tristesse…

— Molly, un chez-soi, ce n'est pas forcément un lieu : un pays, une ville, un bâtiment, la proximité d'un objet. Un chez-soi, c'est la proximité de l'autre moitié de notre âme, cette personne qui, mieux que quiconque, nous aide à supporter nos peines et le poids de nos deuils. Un chez-soi, ce sont les bras de la personne qui, de l'alpha à l'oméga de la vie, ne t'abandonne jamais et fait naître en toi un bonheur infini. Ton chez-toi, c'est cela, Molly, et nous savons toutes les deux que c'est fort probablement ce jeune et bel américain qui te manque tant qui fera ton foyer. Ne le laisse pas t'échapper, Molly : même lorsque la vie s'acharnera sur vous, accroche-toi à lui comme à rien d'autre.

Je me relève soudain et la serre fort dans mes bras. Au bout de quelques longues secondes, elle me tapote dans le dos et se redresse, secouant la tête pour recouvrer sa contenance.

— Eh bien, eh bien, ma petite : trêve de sensiblerie. Nous sommes anglaises, n'est-ce pas ? Le menton haut, et l'œil sec, non ? Inutile de se perdre en sentimentalisme.

Je glousse et m'empare de mon sac. Lorsque je me retourne, Suzy brandit ses clés de voiture.

— Allez, Molly, il est temps que le vieux singe montre à la jeune colombe comment arriver à l'aéroport d'Heathrow en un éclair.

* * *

Assise dans la salle d'embarquement, je sors mon téléphone de mon sac d'un geste anxieux. Une boule dans la gorge, je dévisage l'écran noir. Je sais qu'il doit être rempli de messages de détresse et de souffrance. Je choisis de ravaler mes craintes et l'allume : un flot ininterrompu de SMS et de notifications inonde l'écran.

Le premier message vocal me fait verser des larmes irrépressibles sitôt que j'entends la voix bourrue à l'accent marqué de Roméo.

« Molly ? T'es où, ma chérie ? Je suis vraiment désolé pour ce que je t'ai dit tout à l'heure. D'être parti comme ça, aussi : une infirmière vient de me prévenir de ce qui s'est passé avec ma mère. Putain, Jolly, j'arrive pas à croire qu'elle t'a encore agressée ! Dis-moi où tu es, je t'en prie… T'as quitté l'hosto sans rien dire à personne, et je te trouve nulle part. »

Mon répondeur passe automatiquement au message suivant.

« Jolly… (Il a la voix brisée d'un homme au bord des larmes.) J'ai vu l'article dans le journal… À propos de nous… Du fait qu'on a perdu notre petit ange. Bordel, Jolly, y a même une photo de toi… Je suis effondré et… Tu n'es pas là. Ma mère a été arrêtée pour agression, mon père pour blanchiment d'argent… Appelle-moi, je t'en prie. Dis-moi où tu es. Tout part en couilles, ici : je deviens dingue sans toi. Je t'aime. Reviens, s'il te plaît. »

Je sens des larmes mouiller mes genoux.

« Molly ? C'est Ally. C'est Noël, Roméo est ici, chez mes parents. Il est mal… Je l'ai jamais vu aussi déprimé. Soit il ne lâche pas le moindre mot, soit il est si furieux qu'il doit quitter la maison pour se calmer. Je t'en prie, Molly, appelle-le : il s'accuse de tous les maux. Il pense que tout est sa faute ! »

Message suivant.

« Molly, c'est Cass. T'as intérêt à revenir pour la finale, ma fille, si tu veux pas que je te traque aux quatre coins du monde pour botter ton petit cul de *British* ! Les fans paniquent après l'article du journal ! Roméo balance des putains de briques pendant l'entraînement ! Arrête de t'apitoyer, maintenant : remonte-toi les couilles et viens régler ça. Genre, tout de suite ! »

Je ne peux réprimer un petit rire en entendant le ton de matrone habituel de Cass.

Je passe l'heure suivante à écouter les messages d'affliction, de colère ou de désespoir total de Roméo et de mes amis qui, tous, tentent de me convaincre de revenir. Le dernier message vocal date de ce matin. Je le lance.

« Hé, ma chérie, c'est moi… Je suis à Pasadena pour le match de demain. Je voulais t'appeler… Une fois de plus. Vu que tu réponds à aucun de mes messages, j'en conclus que t'as pas dans l'idée de revenir… Je sais que tu es à Oxford : le prof Ross m'a prévenu par mail. Sache juste que… que je t'aime et que ça ne changera jamais. J'ai besoin de toi, ma chérie, tu sais ? Tu es ma seule famille, ma vie. Mon chez-moi. »

Son chez-lui… Je suis son foyer. Sa vie.

J'efface l'intégralité des messages et envoie deux SMS dans la foulée.

> Ally, ne dis rien à Roméo au cas où je n'arrive pas à temps, mais je suis en route pour Pasadena. J'aurais besoin que tu me trouves un billet pour le match. Je t'appelle dès que mon avion atterrit… Si tu savais comme je suis désolée. Mais je rentre : je viens le retrouver. Je serai bientôt là. Bisous.

Le second est bien plus simple.

> Roméo, je t'aime. Je vais me battre pour nous. Toi aussi, tu es mon chez-moi, ma vie.

J'éteins mon téléphone et me dirige vers la porte d'embarquement. Pour la première fois de ma vie, je ne fuis pas mon destin : je me jette dans ses bras.

Chapitre 26

— Combien de temps avant le début du match ?

— Vingt minutes.

— On y sera à temps ?

— Tout dépend de la circulation.

Je m'affale sur la banquette arrière du taxi et envoie un SMS à Ally.

> Je suis bientôt là. Embouteillages de merde. Comment il va ?

Ally répond aussitôt :

> Grouille, Molly ! Les fans et les caméras te traquent dans la foule. Tout le monde nous harcèle, Cass et moi. Roméo est au fond du trou : il te cherche partout du regard pendant l'échauffement. Vu sa tête, il est convaincu que tu viendras pas.

Merde, ça s'annonce mal…

— On y est bientôt ?

Les phalanges du chauffeur blanchissent sur le volant : je crois que je l'agace.

— Bon, mademoiselle, je vous la fais courte : vous voyez là ? C'est le stade. Là, devant nous, c'est d'autres voitures. C'est vous qui voyez…

Je tends le cou : l'immense stade s'élève au bout de la rue bondée. Il faut que j'y sois vite.

Et si j'y allais en courant ?

Je jette un billet au chauffeur, bondis hors du taxi et me mets à cavaler en direction du Rose Bowl Stadium. On me siffle et m'acclame sur mon passage, tandis que je cours, santiags marron aux pieds et robe d'été en dentelle blanche, mais je n'y prête pas attention. J'ai lâché mes cheveux et ai même réussi à me maquiller un peu. Disons que j'ai mis à profit le temps passé dans l'avion…

Lorsque j'entends au loin s'élever la clameur du stade, je récupère mon téléphone.

En approche. Retrouve-moi dehors avec le billet.

J'arrive. Il était moins une !

Je déboule près de l'entrée, monte les marches quatre à quatre et, lorsque j'arrive en haut de l'escalier, Ally – short en jean et maillot de la Tide – se rue vers moi. Elle me prend par la main avec un sourire si soulagé sur les lèvres que j'en suis presque prise de vertige.

— Hé, Molly, t'auras un câlin plus tard, OK ? Là, faut juste qu'on se magne ! Enfile ça !

Elle me lance un maillot et mon billet pour le match.

C'est mon maillot fétiche… Elle savait que je viendrais. Elle n'a pas douté de moi. Ally n'a pas douté de moi…

J'enfile le maillot par-dessus ma robe, et Ally m'entraîne à l'intérieur du stade et agite nos billets sous le nez du responsable de la sécurité devant lequel nous filons à toutes jambes. Les couloirs défilent, les escaliers, les files de gens et, enfin de retour au rez-de-chaussée, nous longeons le tunnel d'accès au stade et débarquons bientôt sous le soleil éclatant de la Californie : un immense drapeau américain recouvre la pelouse entière.

L'hymne américain vient de s'achever, entonné à pleins poumons par je ne sais quelle pop star en vogue. La foule rugit, patriote et excitée. Je tressaille devant la démesure de la cérémonie, mais la poigne d'Ally ne me laisse pas vraiment le choix.

J'aperçois à nos places la forme potelée de Cass, juste derrière les affiches de publicité : elle siffle et fait de grands gestes pour nous guider jusqu'à elle. Des acclamations de soulagement éclatent sitôt que des fans de la Tide me voient débarquer dans le stade. Je sais que si je lève la tête, les écrans géants retransmettront aussitôt mon visage, alors je baisse les yeux.

Sur notre chemin, les supporters m'adressent leurs condoléances en retirant leur coiffe en un geste respectueux et compatissant. Certains me donnent même une tape amicale dans le dos et m'encouragent à rester forte.

Je me sens faible, tout à coup, et trébuche presque.

Ally se retourne vers moi, l'air affecté.

— L'histoire a fait la une, chérie, c'est vrai, mais tout le monde ici est derrière vous et vous soutient. Ne sois pas mal à l'aise : ce qu'ont fait les parents de Rome a révulsé tout le monde ici. L'Alabama vous aime comme ses enfants.

Je déglutis, les pommettes en feu, et remercie chaque inconnu pour sa gentillesse d'un petit geste de main.

Nous courons jusqu'à Cass qui, comme toujours, porte son Stetson, son jean, un maillot « SMITH » et une paire de bottes. Elle me soulève, m'embrasse les joues, puis me repose devant elle.

— OK, c'est la grande classe que tu sois de retour, ma fille ! On va dire que je passe l'éponge pour cette fois, vu les circonstances, mais refais-moi le coup de la fugitive encore une fois et tu vas me voir en mode sauvage ! Hé, je suis championne fédérale de poursuite de veau au lasso, et je n'ai pas peur d'user de mes compétences !

Je lui caresse le bras.

— C'est noté, Cass…

Elle m'adresse un clin d'œil, le regard scintillant d'émotion.

— Tu m'as manqué, ma fille.

— Toi aussi, tu m'as manqué.

Elle me lance un petit coup de coude joueur.

— Vous poursuivrez les mamours plus tard : ils arrivent !

Je regarde sur les écrans géants les équipes se rassembler dans leur vestiaire respectif. Championne en titre, la Tide entre la première, ses joueurs en carmin et blanc.

Mon cœur bat la chamade tandis que les joueurs débarquent un à un sur le terrain : je sais que Roméo apparaîtra en dernier et, lorsque je l'aperçois, je manque de peu de m'écrouler. Il m'a suffi de poser les yeux sur lui pour que m'assaille un flot de souvenirs presque tangibles : les caresses, les baisers, les larmes, les sourires, nos ébats tendres et nos séances de baise furieuse.

Il est mon foyer, ma vie. Mon chez-moi.

Rome entre sur le terrain, et je remarque son trot presque traînant, absent, sa tête légèrement baissée, et son lever de casque peu enthousiaste à l'intention de la foule. Mon cœur se brise quand je pense à tout ce que je lui ai fait endurer. Il m'a suppliée de rester à ses côtés, et moi, je me suis enfuie…

Tandis que Roméo arrive au bord du terrain, les écrans géants retransmettant le moindre de ses gestes, les fans de la Tide commencent à entonner leur invocation fétiche :

« Le bisou ! Le bisou ! Le bisou ! »

Mon quarterback blêmit. Il pense que je ne suis pas là et a l'impression de laisser tomber ses fans : mon absence le menace d'humiliation publique. Cass et Ally couvrent mes joues de baisers rassurants, et je ne quitte pas des yeux Roméo, seul sur le terrain. Il ne me regarde pas.

— Il ne sait pas que je suis ici, murmuré-je.

Ally et Cass échangent un coup d'œil inquiet. Cass crache une giclée de tabac à chiquer, monte sur son siège et, avec de grands gestes de bras, invite la foule à rugir de plus belle.

La clameur soudaine est assourdissante. Nombre de joueurs de la Tide se tournent dans notre direction, et le caméraman braque son objectif sur moi. Soudain, Austin me remarque sur l'écran géant : aussitôt, il se lance dans un sprint impossible jusqu'à Roméo qui, la tête basse, reste désespérément sourd aux acclamations de la foule.

Austin le secoue pour le ramener à la réalité, puis pointe l'index dans ma direction. Soudain, j'ai l'impression que le temps ralentit, que nos mouvements se font plus pesants... J'avance jusqu'à toucher les panneaux de réclame, fendant la foule devant moi, et j'attends, incapable de faire quoi que ce soit d'autre.

Réveillé par Austin, Roméo lève la tête : son regard ténébreux fuse aussitôt dans ma direction et se plante dans le mien. Il me considère, immobile, et je fais de même. La tension monte, et les supporters se taisent peu à peu, jusqu'à ce que le stade se retrouve plongé dans un silence irréel.

Je suis désolée. Je t'aime... J'ai foiré... Tu me manques tellement.

C'est tout ce que je tente de lui communiquer du regard, mais il ne réagit pas.

Alors, au bout de longues secondes, il marche lentement vers moi... Plus il approche, plus je me sens nerveuse.

Je dévore des yeux chaque centimètre de son visage, ses yeux chocolat, ses lèvres charnues et excitantes, ses longs cheveux châtains, sa peau ambrée et sa silhouette charpentée et musculeuse.

Mon corps excité s'échauffe, impatient, sitôt qu'il reconnaît son Roméo.

Mon homme.

Mes cuisses nues me font mal tant je m'appuie contre le bois des panneaux publicitaires : je brûle d'être avec lui, et qu'il me serre dans ses bras.

Roméo abandonne son casque sur le sol, et je prends conscience que les deux équipes nous observent. Les joueurs de la Tide ont vécu la perte de notre enfant aux premières loges et savent mieux que personne que j'ai laissé Roméo seul avec nos démons. Le sourire rassuré qu'ils affichent en me revoyant est incroyable de bienveillance et de respect.

C'est son parfum que je perçois en premier, menthe et savon, porté par la brise, et, soudain… Il est là devant moi, et me dévisage, ses yeux aux longs cils d'encre levés vers moi.

Il avale sa salive.

— Hé, Jolly, lâche-t-il d'une voix enrouée par l'émotion.

Je pince les lèvres pour qu'elles cessent de trembler.

— Hé, toi…

— Alors, ce baiser, ma bonne fée ?

— Si c'est ce que tu veux…

Il ferme les yeux un moment, puis les rouvre subitement.

— Oh, putain, oui… Plus que tout…

Alors, il plonge en avant, m'attrape par la taille et, avec une force extraordinaire, me fait passer par-dessus les panneaux et me serre dans ses bras, avant de plaquer ses lèvres désespérées contre les miennes. Je passe les bras à son cou, enserre sa taille de mes jambes et l'embrasse passionnément. Sa langue glisse entre mes lèvres, danse avec la mienne, brûlante, et il gémit dans ma bouche. Nous partageons tant avec ce baiser : notre deuil, notre tristesse…

Notre amour. Si fort, si puissant…

Bientôt, il se détache de moi et pose le front contre le mien.

— C'est vraiment toi ? murmure-t-il, la gorge serrée.

— Mon chéri… Je suis tellement navrée d'être partie comme ça… C'était trop pour moi, mais… Je t'aime. Je t'aime tant, tu n'imagines pas… Pardonne-moi, je t'en supplie… S'il te plaît?

Il cale le visage dans mon cou et, soudain, il tombe à genoux sur la pelouse. La vague de soulagement est trop forte et, emportée dans sa chute, je finis assise sur ses cuisses. Nous nous serrons fort dans le silence tout-puissant, la foule honorant avec respect notre étreinte.

— Tu m'es revenue, alors? Pour toujours? murmure-t-il contre mon cou.

Je caresse les boucles sur sa nuque.

— Pour la première fois de ma vie, mon chéri, c'est la peur que j'ai fuie… Pour revenir vers toi… Mon Roméo.

Il relève la tête et, les yeux bouffis, rive son regard dans le mien. J'y lis qu'il me pardonne, qu'il m'aime d'un amour inconditionnel… Et puis, soudain, la bête s'éveille et son regard s'assombrit: maintenant qu'il est rassuré, il a besoin de reprendre le contrôle.

— C'était la dernière fois que tu t'enfuyais. C'est compris?

— Compris.

Il serre mon visage entre ses mains.

— Tu m'as laissé seul des semaines sans un mot, sans la moindre explication. Tu sais à quel point je suis en rogne contre toi de m'avoir fait endurer ça?

— Je sais, oui, murmuré-je, la voix lourde de regrets.

La passion embrase soudain ses yeux.

— Je vais gagner ce match, et ensuite, je vais te marquer au fer rouge, pour que tu comprennes une bonne fois pour toutes que tu m'appartiens. J'ai été trop indulgent avec toi, Shakespeare. Tu n'as pas bien compris que tu étais à moi et que, par conséquent, il t'était strictement interdit de partir loin de moi, même le cœur brisé. Parce que, ma chérie, il faut que tu comprennes que lorsque tu souffres, tu peux être sûre que moi aussi, je souffre le martyre…

Roméo se relève, moi toujours dans ses bras. La foule et les joueurs applaudissent.

— Toi, dans les gradins. Tout de suite. Je remporte ce putain de titre de champion et après, je m'occupe de toi. Honnêtement, je ne suis pas sûr que ce soit le titre que j'ai le plus hâte de prendre.

Mon ventre s'échauffe, et j'entoure ses joues de mes mains pour déposer sur ses lèvres un baiser délicat.

— Mets-leur la misère, mon chéri.

Il m'adresse un clin d'œil, puis me soulève pour me renvoyer à mon siège, au-delà des panneaux. Cass hurle, triomphante, les bras levés, et Ally s'essuie les yeux.

Roméo reprend sa place sur le terrain.

— Bordel, Molly, l'Alabama va te sacrer reine après cette victoire ! Ton prince est remonté à bloc ! Qu'est-ce qu'il t'a dit, là-bas ?

Je baisse la tête.

— Oh… Rien d'important.

Ally et Cass éclatent de rire en me voyant rougir, et l'arbitre siffle le début de la rencontre.

La foule se lève aussitôt comme un seul homme.

* * *

Les deux équipes sont au coude à coude.

Cela fait plus de trois heures que nous regardons la Tide marquer, et Notre Dame égaliser dans la foulée. L'équipe offensive d'Alabama est en place. Il ne reste plus qu'une poignée de secondes à jouer : si Roméo assure, la Tide remportera la victoire.

J'essaie de ne pas regarder les joueurs se remettre en position, mais je suis incapable de ne pas épier à travers les doigts de mes mains plaquées sur mon visage. Le ballon arrive entre les mains de Roméo, et il recule de trois pas, à la recherche d'un joueur démarqué. Austin se retrouve coincé entre deux joueurs, et Chris Porter ne parvient pas à se débarrasser de l'ailier défensif de Notre Dame.

Je me retourne vers Cass qui hurle à gorge déployée, tandis qu'Ally se couvre la bouche d'une main.

D'immenses colosses se dirigent vers Roméo, et je pousse un cri d'inquiétude strident : il esquive d'un pas sur la gauche, d'un autre sur la droite et, trouvant une petite ouverture, se met à courir, à sprinter, mettant ses jambes puissantes au supplice.

— Fonce, Flash, fonce ! hurle Cass d'une voix suraiguë, tandis que Roméo se rue vers la zone d'en-but.

Mon cœur bat à tout rompre entre mes côtes, pendant que sur le banc, les joueurs de la Tide se lèvent d'un bond et rugissent des encouragements sauvages.

Les bloqueurs bloquent, étayent la brèche pour que Roméo puisse s'y engouffrer, et nous levons tous les bras dans un même mouvement lorsqu'il franchit la zone d'en-but, marquant un touchdown alors que le chronomètre a déjà cessé de tourner.

Le stade explose soudain, et les joueurs et entraîneurs d'Alabama déferlent en direction de Roméo qui jette son casque, baisse le col de son maillot, se tape le torse d'une main, puis la porte à ses lèvres, avant de la lever tel un étendard en signe de victoire.

Je me fige, les yeux rivés sur l'un des écrans géants où s'affiche son buste en gros plan.

— Oh…, lâché-je, avant de me laisser tomber sur mon siège.

Ally l'a remarqué. Elle s'assied à côté de moi et me caresse doucement le dos.

— Il l'a fait pendant que tu étais en Angleterre, pour que personne n'oublie jamais votre bébé.

J'acquiesce, et les larmes me montent aux yeux.

— Des ailes d'ange.

— Pour l'angelot que vous avez perdu…

Des larmes chaudes roulent sur mes joues.

— Je l'ai laissé seul… Il souffrait à en mourir, et je me suis enfuie. Je suis un monstre…

Ally me masse doucement le dos.

— Hé, te charge pas trop, ma chérie. Tu es de retour, OK ? Et tout le monde sait que toi aussi, tu souffres le martyre. Personne ne te jette la pierre, ici.

Cass m'attrape par le bras et me relève d'un coup, son regard azur compatissant.

— Pas de pleurs, ma fille ! On vient de remporter le championnat national, bordel à cul !

J'acquiesce, prends une inspiration profonde, et me joins au concert d'applaudissements jusqu'à ce que je ne sente plus mes doigts. Les yeux étincelants de fierté, je regarde l'équipe monter sur l'estrade où on leur décerne le titre de champions.

Un animateur les rejoint, présente l'entraîneur de la Tide, puis le président de la ligue qui lui remet le trophée AFCA, avant de se diriger vers Roméo. Le visage magnifique de mon superbe petit ami embellit bientôt les écrans géants. On vient de le couronner MVP.

Le présentateur lève son micro.

— Alors, Flash ? Qu'est-ce que ça fait de recevoir le titre de MVP de la finale nationale ?

La foule rugit de plus belle, et Roméo dégaine son sourire le plus ravageur.

— C'est un rêve devenu réalité : quand j'étais gosse, je rêvais de jouer pour la Tide. Je n'arrive pas à croire qu'on vient de remporter le titre une fois de plus.

Roméo baisse la tête. Il semble presque intimidé, aujourd'hui, par le fait d'être la cible de tous les regards.

Le présentateur prend soudain un air sérieux et pose une main sur l'épaule de Roméo, dont le visage se fait aussitôt plus sévère.

— Flash, c'est un fait : vous avez ravi le cœur de tout le monde ici. (Il désigne la foule d'un geste, et les supporters se mettent à taper du pied pour assurer Roméo de leur soutien.) Tout le monde sait que vous avez connu des heures bien sombres, ces dernières semaines.

Cass et Ally me prennent par la main, et plusieurs supporters me gratifient de tapes amicales dans le dos. Je m'efforce de contrôler ma respiration, écrasée par ce trop-plein d'attention.

Roméo croise les bras, baisse la tête et dévisage l'estrade, mais je souris en voyant Austin, Reece et Jimmy-Don s'approcher de lui pour le soutenir.

Le présentateur invite d'un geste la foule à se taire.

— Tous ici, nous voudrions simplement vous demander… si vous tenez le coup.

Roméo s'éclaircit la gorge.

— Ça va… mieux, merci.

Il n'en dit pas plus.

— Le soutien du public pour vous et votre amie a été sensationnel. Y a-t-il quelque chose que vous aimeriez dire à tous ces gens qui ont été de tout leur cœur avec vous ?

Je me retourne aussitôt vers Ally, l'air perplexe.

— Un soutien sensationnel ?

Elle serre ma main avec délicatesse.

— Plus que ça, même, ma chérie…

J'acquiesce, réprimant des larmes d'émotion.

— Je…

Roméo se passe une main sur le visage, incapable d'articuler le moindre mot, quand Jimmy-Don entoure ses épaules de son bras et lui murmure quelque chose à l'oreille.

— Flash ? l'interpelle le présentateur, la voix pleine de compassion.

Roméo prend une inspiration profonde, puis relève la tête.

— J'ignore comment je vais pouvoir remercier tous ces gens à la hauteur de ce qu'ils ont fait. Leur soutien m'a soufflé, ému comme jamais. L'Alabama peut se vanter d'avoir les fans les plus incroyables au monde.

La foule explose, euphorique.

— Une dernière chose, Flash, annonce le présentateur.

Roméo acquiesce poliment, mais je devine combien il doit être mal à l'aise qu'on l'interroge ainsi publiquement.

— Pensez-vous que le désormais célèbre baiser de votre bonne fée – et tous ceux qu'elle vous a délivrés avant chaque match à domicile – vous ait vraiment porté chance ?

Cass me donne un petit coup de coude et me lance un chapelet de bisous pour me taquiner. Je rougis et me mets à glousser…

Le visage de Roméo s'éclaire d'un sourire solaire, magnifique, et son regard balaie le terrain pour se poser sur moi.

— Oh que oui ! Ce baiser a tout changé, mec. Ma bonne fée a changé ma vie.

Austin, Reece et Jimmy-Don se jettent sur Roméo, hilares, et l'animateur se retourne vers la caméra en secouant la tête, amusé.

— Mesdames et messieurs, faites du bruit en l'honneur de l'Alabamaaaaaaa Criiiiiimson Tiiiiiiiide !

Des torrents de confettis pleuvent soudain du ciel et les premières notes de *Sweet Home Alabama* tonnent dans le stade entier, tandis que les fans se mettent à danser dans les gradins, célébrant leur victoire. Les joueurs se félicitent les uns les autres, s'embrassent, rient, et des journalistes se massent autour de Roméo pour l'interviewer.

Je sens soudain le poids de cette journée peser sur mes épaules et me rassieds. Cass ne tarde pas à me tendre sa flasque de gnôle.

— Allez, bois, je sais que t'en meurs d'envie !

Je m'empare de la flasque en levant les yeux au ciel, mais ne me fais pas prier pour en prendre une petite gorgée.

C'est bien ce que je pensais : ce n'est pas particulièrement meilleur la deuxième fois…

Je vois tout à coup Lexi accourir, ses pompons dans les mains.

— Molly, t'es venue ! hurle-t-elle et, après avoir rendu la flasque à Cass, je me penche par-dessus les panneaux publicitaires et l'enlace tendrement.

— Comment ça va, toi ? me demande-t-elle, prudente.

— Ça va… mieux, merci. Je suis contente d'être de retour à la maison…

Les fans exultent tout à coup, et lorsque je lève les yeux, je vois Roméo qui court dans ma direction. Comme chaque fois, la caméra ne le quitte pas d'un pouce.

Une fois près des panneaux, il me soulève et me prend dans ses bras.

— On a gagné, ma chérie !

— Je suis si fière de toi…, dis-je, avant de déposer un doux baiser sur ses lèvres.

— Maintenant, j'ai besoin d'un peu de temps seul à seul avec toi, m'annonce-t-il à voix basse et d'un ton autoritaire.

— Tu ne dois pas rester avec ton équipe ?

Il m'emporte en direction du tunnel d'accès des joueurs, snobant tous ceux que nous croisons sur notre passage. Il se penche à mon oreille.

— Tu veux qu'on s'exhibe devant nos fans ? Parce que là, je n'ai plus qu'une chose en tête : te prendre, et peu importe où on se trouve dans trente minutes, c'est ce qui se passera.

— Dans ce cas, faut qu'on y aille… Tout de suite.

— Content qu'on soit sur la même longueur d'onde, bordel…

Chapitre 27

Roméo ne prononce pas le moindre mot sur le trajet jusqu'à notre hôtel. Je désespère qu'il parle, qu'il me dise quelque chose… N'importe quoi. J'aimerais qu'il me hurle dessus, qu'il s'emporte, qu'il pleure, et ce silence qu'il m'impose n'est pour moi qu'une lente et douloureuse torture.

Après un voyage en ascenseur d'une tension intenable, nous entrons dans une vaste et luxueuse chambre pour deux personnes. Au centre trône un immense lit à baldaquin aux draps d'un blanc immaculé.

Des frissons d'excitation me parcourent l'échine. Je sens la présence de Roméo dans mon dos, m'enivre de cette odeur de musc exaltée par ses efforts durant la finale, tandis qu'il laisse courir un doigt du haut de ma colonne jusqu'à mes fesses. Nous sommes partis si vite qu'il n'a même pas pris le temps de quitter sa tenue, et son attitude brusque et sauvage ne fait qu'attiser mes sens.

Il dégage d'une main les longs cheveux qui tombent sur mon épaule, puis lèche ma peau nue.

Je m'embrase aussitôt.

D'une main, Roméo défait le nœud qui retient ma robe blanche, et elle flotte aussitôt jusque sur le sol, révélant ma poitrine et me laissant nue devant lui, à l'exception de mon shorty en dentelle.

Je pose la nuque sur son épaule, sens son souffle à la douce odeur de menthe caresser ma peau brûlante de désir, puis il laisse courir les doigts le long de mes bras. Il les mêle aux miens et lève doucement mes mains pour les placer derrière sa nuque.

Je tourne la tête vers sa bouche, mais, au lieu de m'embrasser, il sort la langue et lèche mes lèvres, provocant. Je gémis et ferme les yeux.

Roméo ouvre la bouche un peu plus, puis sa langue glisse lentement contre la mienne. De ses mains rêches, il caresse mes côtes, puis empoigne mes seins. Je soupire.

— Tu ne fuiras plus jamais loin de moi, Shakespeare, pas vrai ? (Il masse mes seins plus fort.) Dis-le ! aboie-t-il.

— Non, plus jamais, crié-je en plaquant mon dos contre son torse.

Roméo cesse de supplicier mes seins et les caresse plus tendrement en mordillant mon lobe d'oreille.

— Tu m'as manqué. C'était un cauchemar d'imaginer que tu ne reviendrais peut-être jamais. Je me suis promis que si tu me revenais un jour, je ferais en sorte que tu ne me quittes plus jamais.

J'aime cette façon qu'il a de passer en un clin d'œil du maître autoritaire à l'amant tendre… Il laisse descendre ses mains jusqu'à ma culotte, puis les glisse sous l'élastique, directement sur mes lèvres brûlantes. Il prend une inspiration sifflante.

— Bordel, ma chérie, tu es toujours prête pour ma queue…

La sensation de ses doigts s'immisçant en moi me grise, et je jette ma tête en arrière dans un gémissement, agrippant ses longs cheveux.

— Je vais te faire jouir, Jolly, promet-il en provoquant mon clitoris du pouce.

— Putain, Rome !

Je commence à me déhancher, frottant mes fesses contre son entrejambe. Puis je sens ses dents se ficher dans mon épaule, et un désir enivrant m'envoûte.

— Je t'aime, ma chérie… Tu sens à quel point je t'aime ?

— Moi aussi, je t'aime !

Les doigts de Roméo se font plus sauvages, presque trop, rigides et possessifs.

— Alors, pourquoi tu es partie ?

— Parce que… C'était trop de souffrance… Je pensais que tu serais mieux sans moi.

Il glisse un troisième doigt en moi, et je lâche un cri de plaisir.

— Jamais je ne serai mieux sans toi, ma chérie. Tu crois vraiment que la souffrance, je pouvais la supporter seul ? Que je n'ai pas eu l'impression de crever chaque fois que tu détournais ton regard de moi, que tu refusais de partager ta douleur avec moi ? (Ses doigts se font plus furieux encore.) Tu crois que je n'ai pas souffert quand je suis revenu à l'hôpital pour n'y trouver qu'une chambre vide ? Pas de message, pas de coup de fil, rien ! Tu crois que je n'ai pas souffert quand les journaux ont balancé notre putain de scandale familial illustré d'une photo de ma petite amie en train de pisser le sang ?

Des larmes de honte et de culpabilité coulent le long de mes joues, et je serre son avant-bras comme si je ne méritais pas ses caresses.

— Roméo, je m'en veux tellement. Je suis désolée…

Il me mord un peu plus fort.

— Jouis, Jolly. Maintenant, murmure-t-il à mon oreille en retirant soudain ses doigts de mon sexe chaud.

Je lui obéis.

Des points noirs troublent ma vision, et la puissance de ses bras m'empêche de m'effondrer. Quelques secondes plus tard, il me relâche doucement en m'embrassant le cou et, subitement, déchire des deux mains ma culotte de dentelle et jette ce qu'il en reste sur le sol.

Je suis nue, comblée, vidée, et aussi brûlante que si des braises couvaient sous ma peau.

— Tourne-toi.

Je m'exécute et regarde l'envie dilater ses pupilles. Il retire lentement son maillot, et son torse de miel se met à luire à la lumière du lampadaire qui baigne d'ambre notre repaire.

Je suis aussitôt hypnotisée par les deux magnifiques ailes d'ange blanches tatouées sur son torse… Troublée, je les effleure du bout des doigts, puis me penche et dépose sur chacune d'elles un baiser tremblant, présent intime à celui qu'elles honorent.

Lorsque je relève la tête, Roméo pince les lèvres, ému, le regard dans le vague.

— Je sais que notre petit ange n'est plus ici avec nous, mais je voulais que des cieux, il ou elle puisse voir combien nous l'avons aimé. Que même si nous n'avions pas prévu son arrivée, nous le chérissions plus que tout…

Les yeux mouillés de larmes, je lui souris. Il m'embrasse.

— Je les trouve incroyables. Elles sont parfaites…, murmuré-je contre sa bouche.

Il me repousse de quelques centimètres.

— Je suis pas le type le plus spirituel qui existe, Jolly : je vais pas à l'église, et j'ai péché comme un putain de salopard dans ma vie, mais je sais que notre petit ange est entre de bonnes mains, là-haut… Avec tes parents. Je le crois de tout mon cœur.

Je sanglote malgré moi, et d'une main sur ma nuque, il m'attire contre son torse. De longues minutes plus tard, je dépose un baiser sur son cœur et relève la tête.

— Je t'aime, Roméo.

— Je t'aime aussi, ma chérie.

Roméo me serre contre lui un bon moment, et nous restons là tous les deux, immobiles, la présence et la respiration de l'autre comme seuls remèdes.

Roméo pose finalement ses mains rugueuses sur mes bras, et me repousse. Il a désormais un air sévère.

— Maintenant... Retire-moi ça, dit-il en désignant d'un doigt le nœud de son short.

Mon pouls s'accélère aussitôt, cravaché par son ton autoritaire, et je défais le lacet qui retient son short, puis tire lentement sur les cordelettes, mes phalanges effleurant son sexe en érection.

Il surveille mes moindres gestes, son menton mal rasé se crispant chaque fois que j'effleure sa queue. Lorsque j'en ai terminé, j'attends l'ordre suivant, docile.

— Baisse mon short et mets-toi à genoux.

J'attrape l'élastique de son short et le fais glisser le long de ses jambes puissantes : son sexe jaillit et se cale, brûlant, contre ma joue, et je me tourne pour l'effleurer du bout du nez. Je continue de baisser son short, jusqu'à ses chevilles, puis le retire et l'abandonne sur la moquette. Je relève la tête et observe Roméo, debout devant moi, immense et triomphant.

— Suce-moi jusqu'à ce que je te dise d'arrêter.

La salive me monte à la bouche et j'avance les lèvres, laissant courir ma langue le long de sa queue. Roméo laisse échapper un soupir sifflant, et je le prends entre mes lèvres, me penche en avant et l'avale jusqu'à sentir son sexe caresser le fond de ma gorge.

— Putain, Jolly ! hurle-t-il, avant d'empoigner mes cheveux et de commencer ses va-et-vient, sa queue gagnant en vigueur dans ma bouche.

Je lève les yeux et grogne de plaisir en le voyant jeter la tête en arrière et se lécher la lèvre inférieure. Galvanisée, les mains serrées autour de ses cuisses pour plus d'assurance, j'accélère le mouvement, gâte son gland de caresses humides, tandis que ses hanches s'activent de plus en plus vite et de plus en plus fort.

— Ta bouche, Jolly, bordel ! grogne-t-il, avant de m'arracher avec violence à sa queue. Monte sur le lit !

Je me lève, puis rampe jusqu'au milieu du lit où Roméo me retourne sur le dos d'un mouvement impatient. Il m'écarte les cuisses, plie mes genoux, puis sa bouche prend d'assaut mes lèvres brûlantes.

— Ah ! Roméo…

Il me lèche, sauvage : ses lèvres sucent les miennes, sa langue se glisse en moi. Je m'accroche à ses cheveux… Je sais que je ne tiendrai pas longtemps.

Soudain, il lève la tête.

— Attrape une des colonnes du lit. Ne la lâche pas.

Roméo replonge entre mes cuisses, et je dois ficher mes ongles dans le bois de la colonne, pantelante, poussant des cris qui se brisent sitôt qu'ils naissent dans ma gorge, dévastée par ses lèvres avides, sa langue, ses dents sauvages…

— Roméo… Roméo… Je vais jouir !

Le plaisir me ravage, attachée à la colonne de lit par des liens invisibles, tandis que Roméo savoure à pleine bouche mon orgasme. Bientôt, il libère mes jambes qui tombent mollement sur le matelas. J'écarquille les yeux lorsqu'il me pénètre sans ménagement, disparaissant tout entier en moi.

— Aaah ! gémis-je, la voix stridente, mon excitation presque douloureuse.

Le plaisir est intenable, trop fort, et je lâche la colonne malgré moi…

— Non ! hurle-t-il. (J'agrippe de nouveau la colonne et il joue de son emprise sur mes cuisses pour me prendre plus fort encore.) Tu comptes encore m'abandonner ?

— Non ! Non, non, non…

— Pourquoi ? Dis-le !

— Parce que je t'aime.

Le regard ardent de Roméo s'assombrit, et il me baise de façon plus sauvage encore.

— Mauvaise réponse.

Je replie les orteils. Je ne sens plus mon corps.

— Parce que je suis à toi ! Parce que je t'appartiens ! Parce que tu es mien !

Ses yeux se font sauvages, et il plonge en avant, en équilibre sur les mains, sans ralentir ses assauts bestiaux.

— Parce que tu es à moi, murmure-t-il à mon oreille. Parce que tu m'appartiens.

Je sens l'orgasme proche, et mon ventre se crispe, prêt à s'embraser.

— Bordel, ce que t'es étroite ! Je vais jouir avec toi ! J'ai l'impression que ta chatte me suce, ma chérie !

Je jette la tête en arrière et, dans un dernier assaut, nous rugissons ensemble : je passe mes bras autour de son torse et le serre pendant qu'il finit de jouir en moi.

Nous restons ainsi enlacés, ruisselants de sueur. Je me suis rarement sentie aussi épanouie et heureuse.

— Je t'aime, déclare Roméo en relevant la tête, avant de couvrir mon visage de caresses délicates.

— Moi aussi, je t'aime. Je ne me pardonnerai jamais de t'avoir abandonné.

Roméo esquisse un sourire soulagé.

— Je te crois. Je t'ai retrouvée et je ne te laisserai plus jamais t'enfuir, même si pour ça, je dois t'attacher à ce putain de lit. Tout ça, on n'en parle plus de toute façon : c'est fini, et j'ai besoin de pensées positives, maintenant. D'une vie positive. (Il écarte du pouce les mèches humides sur mon front.) Quand on sera de retour en Alabama, tu emménages chez moi.

— OK.

Roméo hausse les sourcils, surpris.

— « OK » ? Je m'attendais à devoir te convaincre… Tu ne comptes pas me sortir qu'on est trop jeunes, que c'est trop tôt ou je ne sais quelle connerie de ce genre ?

— Non… Mon foyer, c'est toi. Je l'ai compris, maintenant. Enfin.

— T'auras mis le temps, bordel ! soupire-t-il, taquin.

Il mêle ses doigts aux miens.

— Ma mère a été remise en liberté : elle a fait jouer un contact au tribunal. Mon père a été libéré sous caution, mais il va purger une peine balèze. J'ai parlé avec lui et son avocat, et on s'est mis d'accord pour ne plus se voir, purement et simplement. On va chacun notre chemin : finis les rapports père-fils. On n'en a jamais eu, de toute façon.

— Je suis vraiment navrée pour toi, Roméo…

— Te bile pas. Tout ce que je voulais, c'était m'assurer qu'ils ne t'approcheraient plus, et ce sera le cas. Tout ce qu'ils voulaient, c'était que j'épouse Shelly pour s'emparer du fric de son père, et ça, c'est réglé.

Je caresse sa paume du pouce, et il me regarde faire, l'air heureux.

— C'est dingue, mais, pour la première fois de ma vie, je me sens libre. (Il roule sur le côté, et nous nous faisons face, le visage posé sur le même oreiller.) On est enfin libres de vivre notre amour, sans rien ni personne pour nous faire obstacle.

— Shelly ?

— Oh, elle ne nous embêtera plus jamais de sa vie, Cass s'en est assurée, m'annonce-t-il en riant.

Je fronce les sourcils.

— C'est-à-dire ?

— Elle lui a foutu un poing dans la gueule pour lui faire payer ce qu'elle nous a fait. Elle lui a pété le nez. Je suis vert d'avoir raté ça !

— C'est vrai ? La vache…

J'en connais une qui va avoir droit à un bon gros câlin de remerciement quand je vais la revoir. Je ne peux réprimer un rire, et me mets à mitrailler les paumes de Roméo de petits baisers. Mais soudain, il perd son sourire et pose une main sur mon ventre.

— Je n'ai pas été trop brusque ? Tu avais peut-être encore mal, merde…

Je secoue tristement la tête.

— Non, plus du tout… Physiquement, en tout cas.

Roméo compatit de son magnifique regard chocolat. Il m'a comprise.

— Tu voudrais d'autres enfants ?

Je déglutis, ravalant ma souffrance : il est temps d'abandonner mes peines au passé. D'aller de l'avant.

— J'aimerais être mère, un jour. Mais, pas tout de suite… On a des rêves, toi et moi : on est jeunes, pleins de détermination. On aura des enfants, Roméo, oui, mais seulement quand on estimera que c'est le bon moment.

— Entièrement d'accord. On en aura d'autres, avec le petit ange toujours là-haut, au paradis.

Je me penche et dépose un baiser délicat sur les grandes ailes tatouées.

— Alors, monsieur le quarterback ? Tu seras sûrement le premier choix de la draft dans quelques mois, non ? Surtout après ton touchdown gagnant en finale.

Il noue à son index une mèche de mes cheveux.

— Ouaip… Sûrement.

— Vas-y, crache le morceau : je sens que tu veux me dire un truc…

Il laisse filer une expiration trop longtemps contenue.

— On va là où on est drafté. Pas le choix.

Mon doctorat. Il s'inquiète pour mon doctorat.

— Attends, je n'ai même pas finalisé mon inscription encore, alors te bile pas pour mes études, OK ? On ne sait pas de quoi demain sera fait, alors on verra ça plus tard. On gérera tout ça en temps voulu. Si on se contentait de profiter de notre temps ensemble sans l'encombrer de galères ? Ça nous changerait, tiens ! (Il acquiesce avec un sourire.) Et puis, j'ai adopté une nouvelle philosophie de vie, tu sais ? Je pense qu'on devrait la suivre tous les deux, d'ailleurs.

Il m'observe, impatient d'entendre la suite.

Je m'éclaircis la gorge.

— « Il y a des choses dures dans la vie. Parfois, ça met en colère. Parfois, tu as envie de jurer et de crier. Quand dans la vie, tu tombes sur un os, ne ronchonne pas, siffle un peu pour tout arranger, pour que tout aille mieux, et… Prends la vie du bon côté ! »

Roméo renchérit avec le sifflement attendu, hausse un sourcil et se met à rire.

— Les Monty Python, Shakespeare ? C'est ça, ta nouvelle philosophie ?

Je hausse les épaules.

— Les Monty Python, c'est la crème de la crème.

Il rit de plus belle, sans la moindre retenue.

— La crème de la crème, oui…, répète-t-il.

Je regarde le réveil.

— Il est encore tôt, tu veux aller retrouver tes coéquipiers ? Aller dîner peut-être ? Qu'est-ce qui te plairait ?

Il me donne une belle tape sur les fesses, et j'éclate de rire.

— Te prendre encore. J'en ai pas fini avec toi, Shakespeare. On a des semaines de baise à rattraper, annonce-t-il d'une voix grave et ténébreuse, soudain dépourvue de toute douceur. Maintenant, allonge-toi au bord du lit, attrape tes chevilles et prépare-toi à jouir encore au moins trois fois…

Épilogue

New York, Radio City Music Hall
Draft NFL

Le président de la NFL s'avance sur scène et s'installe au micro.

Roméo me prend la main, se penche et porte nos mains jointes à ses lèvres pour y déposer un baiser. Je me rapproche autant de lui que possible, tandis qu'il ferme les yeux et plaque le front contre le mien.

Le silence dans la salle est assourdissant.

— Le premier choix de la draft… attribué aux Seahawks de Seattle pour cette prochaine saison de la NFL… est… le quarterback… Roméo Prince de la Crimson Tide d'Alabama !

Nous sommes en coulisses lors de l'annonce, attablés avec nos amis aussi nerveux que nous, et bondissons tous à la nouvelle, hurlant notre joie à pleins poumons.

Roméo se penche pour s'emparer de moi, me soulève et m'embrasse passionnément. Je me redresse pour admirer son visage et vois dans ses yeux que tout au fond de lui, il s'était convaincu que ce moment ne se produirait jamais.

Je prends son visage entre les mains et l'invite à me regarder.

— Tu l'as fait, mon chéri… Tu as réussi.

Roméo reste silencieux : il est incapable de prononcer le moindre mot, totalement médusé.

Un membre du staff vient immédiatement le chercher pour l'entraîner sur scène, et je l'observe sur l'écran installé au mur, tandis qu'un caméraman le suit dans le couloir. Roméo est superbe à se damner, costume noir ajusté et chemise blanche. J'ai assorti ma tenue à la sienne en optant pour un pantalon taille haute noir moulant et un débardeur en soie noire.

Lorsque Rome arrive au bout du couloir, on lui tend une casquette bleu marine et vert citron des Seahawks de Seattle dont il couvre aussitôt ses cheveux châtain clair, avant de monter sur scène sous les applaudissements et les hurlements furieux du public présent dans la salle.

Roméo serre la main du président de la ligue, un petit sourire aux coins des lèvres. Je ris de voir combien aux yeux de tout le monde, à l'exception des miens, il doit sembler si imperturbable, presque blasé : l'archétype du *bad boy* ténébreux et inaccessible. Aux cris hystériques des femmes de l'assistance, je gage sans l'ombre d'un doute que son fan-club est déjà bien rempli.

Une nuée de flashs crépite tandis qu'il brandit fièrement le maillot des Seahawks frappé de son nom, « PRINCE », et du numéro 7. Je ne sais pas combien de larmes de joie je dois essuyer sur mes joues, pendant que je l'observe, centre de toutes les attentions, en train de jouir enfin de tout ce qu'il mérite, tout ce dont la vie l'avait privé.

Après une courte interview, il quitte la scène pour échanger avec la presse. Ally, Lexi et Cass sont assises près de moi, me clouant au petit canapé sur lequel nous l'attendons.

— Alors, Molly ? Seattle ? me demande Ally, l'air aussi heureuse qu'inquiète de ma réaction.

Roméo et la draft ont siphonné toute l'attention ces derniers mois : nos amis savent que je compte travailler à mon doctorat l'année prochaine, mais personne, pas même Roméo, ne sait où j'ai été acceptée.

Je veux qu'il soit le premier à l'apprendre.

— Je suis si heureuse pour lui… Il en rêve depuis tout petit, dis-je, esquivant sciemment sa question.

Cass lève les yeux au ciel.

— Rooh, vas-y, finies les conneries : tu pars avec lui ou pas, merde ? T'as rien lâché sur ta fac pour l'année prochaine. On veut savoir !

Je regarde nos amis un à un autour de la table : tous ont les yeux grands ouverts et rivés sur moi. Austin, Reece et Jimmy-Don, pourtant de l'autre côté, sont intrigués par les cris de Cass.

Je m'agite sur mon siège pour tenter d'évacuer un peu la pression.

— Hé, c'est la soirée de Roméo, pas la mienne.

Déçus, nos six amis s'affalent dans leur siège, exaspérés.

Je tiens à prévenir Roméo le premier.

Après une trentaine de minutes, il revient en coulisses, et je cours me jeter dans ses bras écartés pour couvrir son visage de baisers délicats.

— Je t'aime, je t'aime, je t'aime.

Mon quarterback vedette de Seattle me serre fort dans ses bras, puis se détache de moi pour mieux me regarder. Je lis un bonheur fou sur son visage, oui, mais ses yeux trahissent une anxiété palpable.

— Quoi donc ? Qu'est-ce qu'il y a ? lui demandé-je, paniquée.

Roméo signale d'un geste à nos amis qu'il aimerait un moment avec moi en privé, puis m'entraîne dans un coin mal éclairé, loin des regards. Il me caresse les cheveux et je tire d'un geste joueur sur la visière de sa casquette des Seahawks.

Roméo intercepte ma main, retire sa casquette, et coiffe ses cheveux en bataille de son autre main.

— Je suis heureux, ma chérie, mais je n'y arriverai pas sans toi. Seattle… Je pars pour Seattle. Tu as postulé à Harvard, Yale et Stanford, à ma connaissance. Tu ne m'as rien dit pour l'année prochaine, rien de rien, et ça me rend dingue. Si ça se trouve, on va se retrouver chacun sur une côte différente du pays : j'ai besoin de toi. Je ne pense pas que j'y arriverai sans toi…

— Rome…

Il pose un doigt sur mes lèvres pour me faire taire.

— J'aurais envie de te demander de venir avec moi, parce que je sais que tu lâcherais tout pour le faire, mais le truc, c'est que je veux que toi aussi, tu réalises tes rêves… Je ne sais pas comment faire pour jouir à la fois de toi et du football…

Je prends sa main et embrasse ses doigts un à un.

— Roméo… J'ai fui mes problèmes toute ma vie. Tu es la première personne pour laquelle j'ai accepté de revenir. Tu n'imagines pas ce que ça représente pour moi : tu m'as sauvée des ténèbres. (Je pose sa main sur mon ventre.) Tu m'as offert l'espoir. L'espoir qu'un jour, je pourrai être une bonne mère… Le moment venu, bien sûr… Tu es ma famille, Roméo.

L'émotion fait scintiller ses yeux chocolat. Je dépose un doux baiser sur son cœur, là où s'étendent fièrement les ailes tatouées sur son torse.

— Une fois… Tu m'as dit qu'un jour, tu quitterais l'Alabama, qu'un jour, tu deviendrais celui que tu veux être, qu'un jour… Tu mènerais ta vie comme tu l'entends.

Roméo acquiesce lentement.

— Et ma vie, je la veux avec toi. Tout ce que je veux, c'est toi. Ce « un jour », il signifiait qu'un jour, tu ferais mon bonheur.

Je tire alors une enveloppe de ma poche arrière. Roméo prend un air intrigué.

— Eh bien, je crois qu'il est temps… D'honorer ton tatouage…

Il m'arrache aussitôt l'enveloppe des mains, l'ouvre et déplie la lettre à la hâte, et je l'observe, y découvrant les mots « Acceptée » et « Université de Washington, Seattle ».

Il agrippe le papier avec une telle force que je crains qu'il le déchire. Soudain, il lève les yeux vers moi, et rive dans le mien un regard circonspect.

— Tu… Est-ce que… Qu'est-ce que…

Je reprends la lettre, la remets dans ma poche et prends son visage à deux mains.

— J'ai aussi postulé à Seattle. Il y a des mois de ça, quand le docteur Adams a mentionné que tu pourrais bien être recruté là-bas, je me suis renseignée sur le fonctionnement de la draft et ai fait quelques calculs concernant la probabilité que tu finisses dans ce club. Je ne voulais pas t'en parler au cas où ça foire, mais au final, ça a marché… Je viens à Seattle avec toi, mon chéri : tu as devant toi la doctorante la plus récemment inscrite en fac de philo de l'université de Seattle. J'ai envoyé mon e-mail de confirmation il y a vingt-cinq minutes.

Le visage de Roméo s'illumine d'un sourire qui aurait fait la fierté de mon père, et il plaque sa bouche contre la mienne. Lorsqu'il se détache enfin de moi, c'est le visage plus sérieux que jamais. Il me pousse contre le mur. Je connais ce regard : sa nature sauvage, possessive et bestiale refait surface…

Roméo me considère de longues secondes.

— Épouse-moi, lance-t-il soudain.

Ahurie, je tressaille et manque de me tordre une cheville, perchée sur mes talons hauts.

— Je te demande pardon ?

Roméo prend mon visage à deux mains et l'emprisonne, suppliant.

— Épouse-moi. Épouse-moi demain, ce soir, aussi vite que possible. Simplement… Épouse-moi, Shakespeare, bordel. Rendons officiel… que tu m'appartiens…

— Mais… mais…

Il lève les bras et plaque les paumes contre le mur, prévenant toute fuite.

— Je t'aime. Je t'aime plus que tout. Je ne peux pas vivre sans toi, et je ne vivrai pas sans toi. Je t'offrirai tout ce que je suis capable d'offrir : l'amour… Des enfants, un jour, si tu le souhaites. (Il pose son front contre le mien.) Veux-tu m'épouser ? murmure-t-il. Te lier à moi… Pour l'éternité.

L'intensité de sa supplication embrase son regard au point que je peine à respirer : je sais sans l'ombre d'un doute ce que je vais répondre.

Roméo est tout pour moi.

Roméo est pour moi ce que ma mère était pour mon père. Roméo est l'homme qui m'était destiné, mon âme sœur… Mon foyer.

— Oui ! lancé-je, et ses lèvres s'entrouvrent en un sourire soulagé.

— Redis-moi ça ?

— Oui ! Bien sûr que je veux t'épouser !

Roméo se jette sur moi et pose ses lèvres délicates sur les miennes pour sceller notre union. Le bonheur m'embrase, m'anime tout entière à son contact. Nous allons nous marier et nous aimer plus que quiconque dans l'histoire de l'humanité…

Les amants maudits… Je ne peux réprimer un petit gloussement.

— Qu'est-ce qui te fait rire, merde, Shakespeare ? me demande Roméo, le sourire baigné de lumière.

Je pose une main sur son cœur et lève les yeux vers le grand amour de ma vie.

— Que dans notre histoire, contre toute attente, les amants maudits ont réussi à surmonter tous les obstacles pour vivre leur amour. Enfin, ces deux-là vont vivre heureux et avoir beaucoup d'enfants…

Rome baisse la tête en un signe d'adoration pure, puis enveloppe mes joues de ses mains.

— « Car jamais amour ne triompha mieux de la douleur que celui de Molly Juliette et de son Roméo. »

À ÉCOUTER
PENDANT VOTRE LECTURE

Pour écouter cette playlist, suivez le lien suivant :
http://tilliecole.com/sweet-home/

See You Again – Carrie Underwood
I Don't Want This Night To End – Luke Bryan
Tomorrow is Gonna Be Better – Joshua Radin
Bullet In The Gun – Planet Perfecto
Broken – Jake Bugg
Bruce's Philosophy Song – Monty Python
Beat This Heart – Tim Chaisson
Feels Like Home – Chantal Kreviazuk
Small Bump – Ed Sheeran
Angel – Sarah McLachlan
How Country Feels – Randy Houser
Sweet Home Alabama – Lynyrd Skynyrd
Dead In The Water – Ellie Goulding
Home – Edward Sharpe & The Magnetic Zeros
You've Got The Love – Florence & The Machine
Season of Love – Shiny Toy Guns

Remerciements

Une fois n'est pas coutume, j'ai beaucoup de gens à remercier. Maman, papa, merci pour votre soutien indéfectible tout au long de cette folle aventure : je n'y serais jamais arrivée sans vous. Papa, merci de m'avoir fait découvrir le football américain : nous avions beau vivre dans une petite ville du nord de l'Angleterre, tu m'as initiée aux secrets des stades de foot US et, des années plus tard, tes leçons m'ont été incroyablement utiles ! Maman, tu sais combien je te suis reconnaissante de chacune des lectures que tu accordes à mes manuscrits. D'ailleurs, tu ferais mieux de garder le rythme, parce qu'il y en a encore un paquet qui se profilent à l'horizon !

Merci à toi, mon amour de mari, pour ta patience et le temps que tu m'as accordé pour l'écriture de ce livre ! Tu m'as donné un conseil bien avisé en m'encourageant à écrire sur les sujets que je maîtrisais le mieux et, depuis, mon style a bien changé… Pour le mieux !

À mes fabuleuses bêta-lectrices : Lynn, Sam et Rebecca. Vos commentaires sont chaque fois inestimables !

Un merci tout particulier à Rachel et Kia, les deux frangines de génie qui m'ont aidée, de bout en bout, à survivre à cette odyssée. Vous avez passé bien trop de votre temps à me soutenir : vous n'avez pas idée de combien cela compte pour moi.

Merci à Cassie, ma correctrice. En plus de corriger mes tournures de phrases trop british, tu m'as donné de nombreux conseils sur la ligue universitaire de football américain, sans oublier ce que tu m'as appris du vocabulaire de l'Alabama ! Quelle chance incroyable j'ai eue de te rencontrer, toi, correctrice extraordinaire, native du pays et passionnée de football (je passe sur le fait que tu es fan de l'équipe d'Auburn…) On se voit à un match de la Crimson Tide !

Merci à Lysa, ma conceptrice Web. Merci d'avoir créé ce site splendide, et merci d'avoir supporté mes chichis incessants quand tu étais submergée de travail.

J'aimerais également remercier les blogueurs et blogueuses qui donnent chaque jour de leur temps pour promouvoir ces petites histoires que nous autres, auteurs, écrivons. Vous êtes la colonne vertébrale – et le cœur ! – de ce monde de fous.

J'aimerais adresser un merci plus appuyé encore à certains blogueurs : *Smitten's Book Blog*, tout d'abord, pour avoir parlé d'*Eternally North* avec autant d'enthousiasme, et pour tes super conseils.

Un grand merci aussi à la fabuleuse Kelly Moorhouse du blog *Have Book Will Read*. Tu as travaillé d'arrache-pied pour organiser ma tournée des blogs, et m'as guidée tout au long de l'aventure sans jamais perdre le sourire ni cesser de m'encourager ! Tu mérites une médaille, copine !

Enfin, merci à Jenny et Gitte du blog *Totally Booked* pour avoir accordé votre soutien à une modeste auteure d'une petite ville anglaise, et m'avoir aidée à placer ma petite comédie romantique toute *british*, *Eternally North*, dans le palmarès Amazon du genre. J'espère que vous apprécierez tout autant SWEET HOME et Roméo Prince !

Pour terminer, merci évidemment à mes lectrices : chaque fois que vous lisez l'un de mes livres, vous m'aidez à réaliser mon rêve.

Je vous aime tous !

Achevé d'imprimer en mai 2018
Par CPI France
N° d'impression : 3028516
Dépôt légal : juin 2018
Imprimé en France
81122721-1